Fritz Rudolf Fries
ALLES EINES IRRSINNS SPIEL

In memoriam Klaus Haake

Fritz Rudolf Fries

Alles eines

I r r s i n n s

Spiel

R o m a n

☆

Verlag Faber & Faber Leipzig

Für Pauline

Was hat uns der Krieg schon Gutes beschert?
Das alles ist ganz schön, um davon zu erzählen ...
Was wir brauchen, ist Frieden.

MIGUEL DE UNAMUNO, *FRIEDEN IM KRIEG*

Inhalt

Genieße den Krieg

Der Propagandaminister verkündet: Genieße den Krieg,
denn der Frieden wird furchtbar. Wir applaudieren.

Heimat, deine Sterne

Meine Mutter erwachte mit einem Lächeln, und schaue ich heute zurück, weiß ich, wovon sie geträumt hatte. Ich bin die Erinnerung der Toten in meiner Familie geworden, und das heißt, ihre Erinnerung ist die meine, und ihr Leben ist in mir aufgehoben.

Meine Mutter erwachte mit einem Lächeln und erschrak: Erst jetzt hörte sie das Auf und Ab der Alarmsirene, die alle Schläfer in der Wohnung in die Gegenwart des Krieges riß. Meine Mutter drehte sich zu mir, ihre Hand berührte ein leeres Kopfkissen. In der Abwesenheit meines Vaters schlief ich in seinem Ehebett. In dieser Nacht zum Sonntag am 20. Februar 1944 aber nahm mein Vater, auf Urlaub aus Italien, seine alten Rechte wahr. Als Soldat hatte er seine Sinne so geschärft, daß er die Gefahr ahnte, ehe sie ihn treffen konnte. So war er auf den Beinen, bevor die Sirene auf dem Diakonissenhaus zu jaulen begann. Er fand sich nicht gleich zurecht, scheute sich, Licht zu machen, obschon meine Mutter jedes Fenster in der Wohnung verdunkelt hatte mit diesen schwarzen Jalousien, die wie ein Trauerflor aus empfindlichem Papier waren. Er wollte mich wecken, der ich auf jeden nächtlichen Alarm mit einer Attacke gewaltiger Nieskanonaden reagierte, und er fand mich auf einer Matratze im Zimmer meiner Großmutter liegend, in unschuldiger Umarmung mit meiner Cousine Concha, auf die ihre jüngere Schwester Clara ein wachsames Auge hatte. Die Wohnung mit ihren verstörten Schläfern glich einem Heerlager, und man konnte uns, wer immer sich da den Schlaf aus den Augen rieb und die Angst unterdrückte, in Zivilisten und Soldaten einteilen. Wir hatten zu Ehren der Urlauber die Familien zu Tisch geladen, an dem meine Großmutter Doña Amparo präsidierte, und da sie kein Wort Deutsch verstand, war es einfach, sie über den Ernst der Lage im Unklaren zu lassen; und warum ihr Lieblingssohn Paco fehlte, der im Vorjahr nach der Schlacht um Stalingrad für vermißt gemeldet worden war, wurde ihr von ihren Töchtern in immer neuen Geschichten erklärt. Ihre Töchter waren meine Mutter Consuelo, meine Tanten Teresa und Lore, das Schlußlicht der Familie, dem Alter nach hätte sie meine Schwester sein können. Und wie Bruder und Schwester stritten wir über alles und nichts, über die Kuh Audumblah aus der germanischen Göttersage wie über die Frage, wer denn nun den Krieg gewinnen werde, die Plutokraten oder unser Führer. Lore war für den Führer, und wir hatten ihr mit Mühe ausreden können, auf der Familienfeier ihre BDM-Uniform zu tragen. Ihr Bruder Alfredo war aus Bilbao gekommen, in deutscher Uniform, obschon keiner genau wußte, was er da unten, im Süden, in der Stadt meiner Großmutter tat. Er war ein Meister, wenn es galt, seine Schwester Lore zu ärgern, und er war ein genialer Nachahmer jeden Schauspielers. Seine beste Nummer war eine Imitation von Hitlers Redepathos, wie ich sie später bei Chaplin fand, und wir staunten über soviel Dreistigkeit im Schatten des Hakenkreuzes. Seine beste und riskanteste Nummer aber war seine Rolle als Groucho Marx in Duck Soap, besser bekannt unter dem Titel Die Marx-Brüder im Krieg, ein Film, den die Geschwister in Bilbao gesehen zu haben behaupteten. Buster Keaton, rief mein Onkel Alfredo und machte ein Pokerface. Stan Laurel und Oliver Hardy … Diesmal lächelte auch meine Großmutter, und Alfredo zitierte klassische Sätze aus ihren Filmen, welche sie selber für Spanien synchronisiert hatten. Und ihr Yankee-Spanisch war zu komisch. *Esta cabra huele mal …!* Ihr erinnert euch, die Szene, wo sie eine Ziege unterm Bett verstecken müssen. Lore und ich konnten nicht mithalten. Was wir im Kino Buenos Aires gesehen hatten, bevor wir heim ins Reich zogen, hieß Schneewittchen und die sieben Zwerge. War denn die böse Königin ein Sinnbild des aufkommenden Faschismus? Und ein Glubschauge wie Popeye, im Kampf mit Pluto, nichts als ein GI, der sich auf die Invasion in der Normandie vorbereitete? Und seine magere Olivia ein Abbild kommender Freiheit?

Aus dem neutralen Spanien gekommen war der junge Thaler, in der Uniform eines spanischen Freiwilligen an der Ostfront. Er war der Erbe einer mit deutscher Wurst und Gründlichkeit erfolgreich geführten Fleischerei in Bilbao, und er sah entsprechend rosig und gut genährt aus. Ich konnte ihn auf Anhieb nicht leiden, als ich merkte, wie er in seinem gebrochenen, von spanischen Wendungen verunsicherten Deutsch meiner Tante Lore den Hof machte. In welcher Entfernung von ihr hatte er die Nacht verbracht? Er hatte zu ihren Füßen gelegen, während sie in einem Sessel schlief.

Zu den Soldaten zählte in dieser Nacht mein Onkel Gustav, Teresas Mann, der an der Heimatfront seinen Dienst tat und sich von meinem Vater den italienischen Kriegsschauplatz am Gran Sasso und um Assisi erklären ließ.

Die Wohnung, in dieser Stunde nach Mitternacht, da die blauen und grünen Kachelöfen keine Wärme mehr ausstrahlten, war aufgeheizt vom Atem der Schläfer, und im Luftzug der offenen Türen schwebten die Düfte gerauchter Ramses-Zigaretten und zur Neige getrunkener Likörgläser. Alfredo war ein Kettenraucher. Wir Kinder bewunderten seine Kunst, die Kippe mit einer Stecknadel zu halten, um sie bis auf wenige Millimeter rauchen zu können. Ein anderes Kunststück bestand darin, ein Wort wie SPIRALE nur durch das Rollen der Augen zu artikulieren, oder deutsche Worte wie FEUER trotz falscher, spanischer Betonung – FE-ÚR – raten zu lassen. Wir Kinder amüsierten uns und gaben ihm andere Aufgaben. – Auf dem grünen Filzteller des Grammophons lag die Platte, die immer wieder gespielt worden war, bis jeder den Text, den Marikka Röck sang, auswendig konnte.

Im Leben geht alles vorüber, auch das Glück, auch das Leid. Nutz die Zeit, laß uns heut glücklich sein …

Meine Tante Lore schaltete den Volksempfänger ein, sie war zuständig für die Luftlagemeldungen des Reichssenders Leipzig, und wir hörten eine Stimme wie aus der Tiefe des Grabes sagen:»… der Reichssender Leipzig schaltet nunmehr wegen Annäherung feindlicher Flugzeuge ab. Wir bitten unsere Hörer, ihr Empfangsgerät auf einen anderen deutschen Sender einzustellen.«

Das Radio, am Beginn des Medienzeitalters, war der unentbehrliche Ratgeber und Tröster einer jeden Familie. Mit Hilfe des Rundfunks hielt man die Volksgenossen am Gängelband der Propaganda und verabreichte ihnen den Süßstoff der Unterhaltung. Wunschkonzert, Kinderfunk. Märchenstunde. Hurrah, ich bin Papa! Heimat, deine Sterne … Das kann doch einen Seemann nicht erschüttern … Sag zum Abschied leise Servus …

Mein Onkel Alfredo schlug vor, BBC London einzuschalten, aber keiner lachte. Ein Witz, der den Kopf kosten konnte. (Hier ist England, hier ist England, und dann der Paukenschlag aus Beethovens Fünfter Sinfonie: So klopft das Schicksal an die Tür.) Er half meiner Großmutter in ihren mottenzerfressenen Pelzmantel, und es begann der Exodus in den Keller. Im Treppenhaus war längst das Gewitter der mit Sack und Pack, Kind und Kegel in den Keller ziehenden Mieter ausgebrochen. Wir wohnten in der ersten Etage, und wir schlossen uns langsam an, eskortiert von unseren Urlaubern, die ihre schnell übergeworfenen Zivilsachen trugen.

Meine Mutter verließ ungern ihren Traum. Die Sirene trennte sie mitten im Tanz mit einem Mann, den sie gar nicht kannte oder der ihr im Abstand von zwanzig Jahren verlorengegangen war. Getanzt hatten sie einen Tango, den wir gestern abend mehr als einmal gehört hatten. Adalbert Lutter & sein Orchester, Nächte am La Plata. Meine Mutter war achtzehn Jahre alt, trug ein weißes, mit roten Mohnblumen verziertes Kleid. Sie tanzten auf der Promenade von San Sebastián, unter den gelb staubenden Tamarindenbäumen, das unberechenbare baskische Meer mischte sich in die Musik und entfachte die Leidenschaft der Tänzer, in diesem Tango, der bei jeder Kehre eine andere Haltung verlangte, auch wenn das Tempo unverändert blieb, und von Begehren zur Abwehr wechselte und die Passion zu einem Guerillakrieg der Liebenden machte.

Wie in jedem Sommer erholten sich der Adel und das vermögende Bürgertum im milden Seeklima der Stadt. Das Dreimädlhaus meines Großvaters durfte nicht fehlen, meine Mutter, ihre beiden Schwestern Paquita und Teresa. An Lore war noch nicht zu denken, und in diesem Haus war kein Platz für sie, weshalb Alfredo sie das Hündchen, das Kätzchen, das Hausschwein der Familie nennen würde. Aus Protest trat Lore den Nazis bei, die in Bilbao mit einer Gulaschkanone und viel Gesang einrückten. Aber noch begleiten wir das Dreimädlhaus unter der Obhut einer Schwester meiner Großmutter – ich gebe zu, die Verzweigungen europäischer Adelshäuser sind nicht komplizierter als die Entwirrung dieser Familienbande. Consuelo, meine Mutter, ist beinahe zu zerbrechlich für die Attacken eines Tangos, der in La Plata den viel robusteren Argentiniern auf den Leib geschrieben wurde. Dagegen ist Paquita mehr eine Schaufensterpuppe, im Selbstgefühl einer Blondine weiß sie, daß mein Großvater sie bevorzugt und nach einem Mann für sie Ausschau hält. Sie hat Zeit, sie pflegt ihre Figur und spielt Tennis. Meine Tante Teresa würde gern etwas mehr Figur haben und also zunehmen. Es gelingt ihr nicht, und so neigt sie dazu, sich selber nicht allzu ernst zu nehmen. Sie sucht nach Beispielen einer ironischen Lebensführung, und entdeckt die schöne Literatur wie einen möglichen Ausgang in andere Welten.

Wer aber wacht über diese Mädchen, die mein Großvater mit nur wenig Taschengeld fürs teure San Sebastián ausrüsten konnte? Vermutlich eine Gouvernante im Rang eines Familienmitglieds? Mir hat sie einmal beibringen wollen, den Löffel aus der Tasse zu nehmen beim Trinken, und ich habe sie böse angefunkelt. Sie hielt auf Etikette, seitdem sie einen Liebhaber hatte, der Engländer war. Und somit sind wir beim Thema. Denn Tía Cucharita, Tante Löffelchen, wie sie genannt wurde, vertrat die Liebe des Herzens gegen jede Heirat der Vernunft. In Madrid hatte sie des Geldes wegen einen Juwelier geheiratet und sich im selben Jahr in seinen Angestellten, einen Engländer aus der Grafschaft Wales, verliebt. Die Mädchen ließen sich diese Geschichte immer wieder erzählen, in Gedanken an meinen Großvater, der die patriarchalische Moral der Zeit verkörperte, indes sie auf die Schläge ihres Herzens hörten, wenn sie die jungen Männer auf der Promenade beobachteten.

Wie in jedem Jahr genoß der Adel und sein Anhang die süße Trauer in Erinnerung an den frühen Tod der Königin María de las Mercedes. Sie war die Frau Alfonso XII. gewesen und nach fünf Monaten Ehe an Tuberkulose gestorben. Ganz Spanien beweinte sie, die eine Königin der Herzen gewesen war. Conchita Piquer, die Sängerin, verkündete noch Jahrzehnte später ihre Legende – vier Herzöge trugen den Sarg durch die Straßen von Madrid, und untröstlich war der König …

Sie hatten, sagte Tía Cucharita, ihre Liebe über alles gestellt, sie hatten geliebt wie zwei junge Leute aus dem Volke, gegen die Empfehlungen der Ärzte und der Politik ... Die Liebe, das ist die Krankheit der Unvernunft, gegen die man sich nicht wehren kann ...

Ein halbes Jahrhundert später studierte meine Cousine Clara Medizin und besiegte ihre Tbc in einem Leipziger Krankenhaus. Familiengeschichten sind wie Efeu, sie ranken und ranken ohne Ende, und indem sie den Stammbaum mit einem immergrünen Kleid umgeben, verstecken und vernichten sie ihn.

Tía Cucharita versuchte auf ihre Art, Familienpolitik zu machen. Sie suchte die Tänzer für dieses Dreimädlhaus aus, und es mußten nicht unbedingt Gigolos sein, wie sie das Ende des Ersten Weltkriegs aus der Schar arbeitsloser Offiziere hervorbrachte. Sie waren nicht so adrett und gebügelt wie die weiß uniformierten Matrosen aus dem deutschen Schulschiff, das neulich in Bilbao vor Anker ging, aber sie waren die besseren Tänzer.

Tía Cucharita brannte mit ihrem Engländer durch, ein Skandal, der in der Familie vertuscht wurde. Beide gingen nach London, und als der nächste Krieg *merry old England* bedrohte, verhalf ihr Bruder, Tío Salus, beiden zu einer Schiffskarte nach Buenos Aires, an den Strand des Rio de la Plata.

Meine Mutter, im Zwischenreich des Erwachens, hatte zur Liebe des Herzens zurückgefunden, ohne sich an ihren Tänzer erinnern zu können. An die Geschichte von der unglücklichen Königin María de las Mercedes – *el rey no tiene consuelo* –, dachte sie, als mein Vater sie fragte, in welchem Madrider Hotel sie auf ihrer Hochzeitsreise wohnen sollten – Hotel Alfonso XII., sagte meine Mutter ohne zu zögern, und mein Vater erschrak ein wenig, als er das Hotel mit seinen kostbaren Glasfenstern von Maumejean und die edle Einrichtung sah. Die Rechnung würde hoffentlich sein Schwiegervater begleichen, als Ersatz für eine Mitgift. Auf ihrer Hochzeitsreise schlief meine Mutter das erste Mal mit meinem Vater, und also begänne meine Geschichte im Hotel Alfonso in Madrid, in der noblen Gegend am Retiro. Aber Ich, bekanntlich, ist ein Anderer, und dieses Ich ist nichts als der Buchhalter der Familie, der sich das Recht nimmt, die Seiten der Familienchronik vor- und zurückzublättern.

Die Platte mit der Piquer schickte uns Tante Paquita nach dem Kriege. Von Spanien aus gesehen war die Ostzone ein zweites Sibirien, wo die Gefühle erkalteten und die in dicker Kleidung verpuppten Menschen nicht fähig waren, den Tango à la Nächte am La Plata zu tanzen.

Als meine Mutter zu ihrem Tango zurückfand, geschah das in der Wohnung des aus dem Krieg unversehrt zurückgekehrten Knopfhändlers Kießling, der unser Nachbar war. Er hatte ein Grammophon mit Schalltrichter und einer Handkurbel. Aber es ließ sie kalt. Träume sind unwiederholbar.

☆

Gestern, während die anglo-amerikanischen Bomber in einer konzertierten Aktion sich auf den Beginn ihrer Großen Woche, *Big Week*, vorbereiteten, gestern wurde auch getanzt. Den Tango beherrschte keiner so richtig, Alfredo parodierte die Art, wie Groucho Marx für sich tanzt, mit Augenaufschlag und verdrehten Beinen, ein Hosenbein übers Knie gezogen, die Finger streichen über den Schnurrbart, wir Kinder lachten, und Consuelo und Teresa erinnerten ihren Bruder daran, wie sie nach jeder Kinovorstellung in Bilbao zu Hause in Streit geraten waren – über die Handlung, die Haarfarbe der Heldinnen, und hatten sie während der Vorstellung kaum eine Miene verzogen und auch keine Träne vergossen, so weckten sie nun die schlafenden Eltern mit ihrem Gelächter. Die eine Szene mit Groucho, der sich als Arzt ausgibt und in Wahrheit nur ein Pferdedoktor ist, ihr erinnert euch, er kramt während einer Operation buchstäblich in den Innereien seiner Patientin, und er räumt sie aus, während er verkündet: Das braucht sie nicht, das kann weg, das taugt nicht …

Ich kann mich an so einen Film nicht erinnern, sagt mein Onkel Gustav, dem die wiederholte Erwähnung des Namens Marx Unbehagen bereitet. Wohl aber, fährt er fort und bittet meinen Vater um Bestätigung seiner Worte, wohl aber hatten wir, Jonas und ich, euch Mädchen oft ins Kino begleitet, um euch dann bei euren Eltern abliefern zu können, in der Hoffnung, unsere Verlobung mit euch von einer anständigen Mitgift regaliert zu sehen.

Er sagt: *regaliert* und spielt damit auf die unterschwellige Familiensprache an, die sich aus spanischen Worten und deutschen Prä- und Suffixen zusammensetzt.

Dafür, sagt mein Vater, bekamen wir einen Teil der schwiegerelterlichen Möbel und Teppiche, als euer Vater seine Geschäfte aufgab und sich in seine Phantasien zurückzog.

Vater macht der Kopf drehen, sagt Teresa und übersetzt wörtlich das spanische *dar vueltas a la cabeza*, sich den Kopf zerbrechen.

Ich habe nie verstanden, sagt mein Onkel Gustav, der seine Gedanken und Gefühle so ordentlich beherrscht wie seine Büroarbeit bei Mayer & Weichelt, ich habe nie verstanden, warum euer Vater von einem Tag zum andern alles aufgab. Zugegeben, das Geld machten die anderen, dieser Lipperhaide etwa, der im ganzen Baskenland den Eierhandel organisierte und Millionär wurde.

Das stimmt nicht, widerspricht Lore, es war nicht Lipperhaide, ich muß es ja wissen, ich bin mit einem seiner Söhne in die Deutsche Schule gegangen.

Thaler gibt sich neutral und schweigt.

Er hatte sich, sagt meine Mutter, doch alles überlegt. Seine Geschäfte gingen bergab, die deutsche Kolonie von Bilbao gehörte den Neureichen, und Vaters aus Deutschland importierte Werkzeuge und Maschinen wollte in Spanien keiner mehr haben.

Teresa bestätigt und sagt: Und wer hätte uns geheiratet, wenn wir ganz arme Mädchen gewesen wären?

Mein Vater und mein Onkel Gustav protestieren, und Lore übersetzt schnell für meine Großmutter, wovon denn hier die Rede ist.

Teresa läßt sich nicht beirren. Und da, sagt sie, fiel dem Vater ein, wie er sich selber und uns vor dem Schlimmsten bewahren konnte.

Er lancierte das Gerücht seiner künftigen Erfindungen

Damals, ergänzt meine Mutter, kam das Wort auf: *vivir del cuento*, was leider nicht heißt »vom Konto leben«, sondern im Märchen, in der Phantasie leben.

Teresas und Consuelos Ehemänner schauen sich an. Sie müssen zugeben, daß sie auf die Taktik meines Großvaters hereinfielen. Der bastelte an seiner Wunderwaffe, die freilich kein Interesse fand, da sie eine Maschine war, in Friedenszeiten zu gebrauchen. Absichtlich ließ er, kamen die künftigen Schwiegersöhne zu Besuch, phantastische Blaupausen auf dem Tisch liegen, mit Zahlen gespickte Ungetüme, halb Mondrakete, halb fledermausartige Luftschiffe oder von Panzerglas geschützte Tauchboote zur unterhaltsamen

Erkundung des Meeresbodens. Und sprach er davon? Wohl nur in verlegenen Andeutungen, und nur die lesehungrige Teresa hätte seine Entwürfe als Plagiate aus den Zukunftsromanen eines Jules Verne deuten können. Doch das Gerücht dieser Erfindungen machte die Runde durch Bilbao, und das Gespenst der Utopie nahm Gestalt an. In der Deutschen Schule versuchten die Lehrer, Lore auszufragen. Dein Vater, sagten sie, wie man hört, wird er bald eine gewaltige Erfindung machen. Du weißt vielleicht, daß der deutsche Konsul sich im Reich für ihn nach Geldgebern umsieht …

Der deutsche Konsul, sagt mein Onkel Gustav, war ein Österreicher und hieß Wakonigg.

Vaconi, sagt meine Großmutter. Er war ein Freund der Familie.

Vivir del cuento. Die Söhne meines Großvaters blieben unbeeindruckt, es ließ sie kalt, was der Alte sich da zusammenphantasierte. Er hatte sich nie um ihre Ausbildung gekümmert. Jetzt kümmerten sie sich nicht um seinen Spleen, der selbstverschuldeten wirtschaftlichen Misere mit Hilfe einer lenkbaren Montgolfiere zu entkommen. Alfredo ging zur Legion Condor, Paco als Volontär in eine deutsche Autofirma. Mein Großvater, denke ich, überzeugte am Ende nur sich selber von der Verwertbarkeit seiner Erfindungen. Er verkaufte das Haus in Amorebieta, verschenkte ein paar Möbel und Teppiche an seine Töchter, und auf deren Hochzeit hielt er eine Rede über die geistige Mitgift, die er seiner Familie vermachte, und das meinte Begeisterungsfähigkeit, Phantasie, Vertrauen in die eigene Leistung. Der Geist, sagte er, weht, wo er will, und er ist wie der ruhmreiche Ritter Don Quijote ein Widersacher des Materialismus … Dann trennte er sich von seiner Ehefrau und zog in ein Städtchen am Rhein.

Lore übersetzt und übersetzt. Meine Großmutter aber bleibt ungerührt. Sie sitzt am Tisch regungslos, ein Denkmal der Trauer, ihr erloschener Blick gibt keine Erinnerung preis.

☆

Meine Mutter geht in die Küche, während die anglo-amerikanischen Bomberverbände den Kanal überqueren. Ein Kaffee-und-Kuchen wird die erhitzten Gemüter beruhigen, danach ein Likörchen. Die Wohnung, die man uns als sogenannten Rückwanderern zugewiesen hat, trägt die Spuren der Mieter vor uns. Die Küche ist schmal, ein Wasserrinnsal netzt den Ausguß, der vom Wasserstein wie Perlmutt glänzt. Das Licht kommt von der Tür zum Balkon, und es zieht den Blick an auf die parzellierte Weite hinter dem Haus, auf die Schrebergärten, auf den Fußballplatz, auf das Freibad am Rande des Leutzscher Waldes, der von Kanälen durchzogen wird und das Villenviertel schützend umgibt. In den Baracken am Rande des Bades hausen die polnischen und holländischen Zwangsarbeiter. Das Haus ist ein Eckhaus, um 1900 gebaut schließt es die Häuserzeile, die sich, von Seitenstraßen unterbrochen, die Theodor-Fritzsch-Straße entlang zieht. Wir sind die »Neunziger«, meine Tante Teresa und ihre Familie die »Sechsundachtziger«, die mit uns Leutzschern nichts gemein haben, weil vor ihrer Haustür, so sagen wir, praktisch der Stadtteil Lindenau beginnt. Das kann unter uns Kindern im Winter zumal zu Territorialstreitigkeiten führen, wenn die eine und die andere Partei die Rodelbahn beansprucht. Im Sommer, zum Indianerfest Tauchschern, erreicht der Krieg seinen Höhepunkt, und Trapper wie Horschte oder Harry sind unsere ernannten Vertreter, die dafür sorgen, daß die Enkelkinder des Juden Zitrin als zu skalpierende Rothäute gelten. Wohin sie den Juden Zitrin gebracht haben, wissen wir nicht, und wer es weiß, sagt es uns nicht. Seine halbjüdische Tochter Sarah (eigentlich heißt sie Inge) ist mit ihrem Geliebten, der unmöglich der Vater ihrer Kinder sein kann, in unser Haus gezogen. Bei Alarm braucht sie die Genehmigung des Luftschutzwarts, um sich im Keller in Sicherheit bringen zu können.

Meine Mutter öffnet die Speisekammer und weiß, daß wir für die nächste Zeit nicht hungern müssen. Thaler hat einige Wurstsorten seines Vaters im Koffer gehabt, die sich gut vertragen mit der Pferdewurst, die mein Vater aus Italien mitgebracht hat, zu den anderen Delikatessen aus dem »Führerpaket«, auf das ein Soldat Anrecht hat, kommt er auf Urlaub. Sie schneidet ein paar Scheiben vom italienischen Weihnachtskuchen ab, der mit Butter verrührte Puderzucker bleibt am Messer kleben, und sie kann der Versuchung nicht widerstehen, die Krümel abzupflücken und sich in den Mund zu schieben.

Sie kommt zurück und deckt mit Lores Hilfe den Tisch. Zur Feier des Tages ist sie einverstanden, das geblümte Kaffeeservice aufzubauen, ein Hochzeitsgeschenk von Tante Löffelchen.

Wir hätten, sagt mein Onkel Alfredo zu meinem Vater, wir hätten uns um neunzehndreißig, etwa, schon in Madrid kennenlernen können. Und hätten der Stadt den Kopf verdreht.
Mein Vater lacht. Sein Bruder war nach Amerika ausgewandert und er nach Spanien. Warum? Keine Ahnung. Womöglich weil die Fahrkarte von Karlsruhe nach Madrid billiger zu haben war. Die Sprache hatte er über Nacht gelernt. Seine deutschen Gewohnheiten verdrängt. Niemand nahm ihm ab, ein Deutscher zu sein. Er wohnte in Nähe des Hotels Florida in einem Hospiz für katholische junge Männer. In der Karwoche führten sie die Passion Jesu Christi auf.
Du? sagt mein Onkel Gustav. Welche Rolle haben sie dir denn gegeben?
Mein Vater möchte sich nicht erinnern. Mir? sagt er. Ich habe einen der Soldaten gespielt, der Christus den Essigschwamm reicht. Natürlich hatten wir den Schwamm mit Cazalla oder Sherry getränkt, so daß der Mann am Kreuz nicht genug bekam und wir fürchten mußten, er würde seinen Text vergessen: Herr, warum hast du mir das angetan? Dann sagte er noch: Es ist vollbracht, und schlief seinen Rausch aus.
Thaler bekreuzigt sich und sagt: Mein Vater, warum hast du mich verlassen, das hat er gesagt.
Ich würde am liebsten, sagt Alfredo, den Judas gespielt haben, der steckt im Heilsplan wie die Wanze im Kopfkissen und riskiert, für eine gute Sache zerquetscht zu werden.
Und hattest du nicht, fragt mein Onkel Gustav, und Teresa kann ihn nicht daran hindern, hattest du nicht jeden Tag Gelegenheit dazu, etwa im Hotel Florida?
Meine Mutter gießt den Kaffee ein, guter, echter Bohnenkaffee, den sie seit Weihnachten versteckt hat, und sie gießt den grünen Likör in die Gläser, und wir Kinder spähen nach einer passenden Gelegenheit, mit unserer Zunge die geleerten Gläser sauber zu lecken.
Hotel Florida, denke ich heute, zu einer Zeit, da ich noch nicht existent war; ergo kann ich mich als Geist an der Bar aufhalten, zu

etwa dieser Nachmittagsstunde. Alfredo, der hier ein Rendezvous hat mit einer Amerikanerin, die viel zu alt für ihn ist, weshalb er sie an Ernest Hemingway abtreten muß, Alfredo gerät in diesem Eldorado der Agenten zwischen die Fronten. Der spanische Krieg steht unmittelbar bevor, und das Land wird zum Sandkasten für die europäischen Kräfte, die den nächsten und großen Krieg vorbereiten und zunächst einmal ihr Material und ihre künftigen Gegner testen wollen. Ein wenig so, wie vor einer Corrida der Stier gekitzelt und geneckt wird, um zu sehen, ob er bereit ist für den Tod am Sonntag nachmittag um fünf Uhr.

Der gut aussehende junge Mann an der Bar gewinnt das Vertrauen der einen und der anderen Seite. Am Ende wird er nicht wissen, in wessen Diensten er diesen und jenen Auftrag angenommen hat.

Hätte er sich in den Dienst Hemingways gestellt, denke ich, oder André Malrauxs, der hier an jedem Nachmittag zum Cocktail einladet, in Sorge, ob die in Cochin China von ihm geklauten und auf dem Pariser Kunstmarkt angebotenen Kunstschätze das nötige Kleingeld für diese Eskapaden und für seine neue Liebe bringen werden; Alfredo hätte der Sekretär des chilenischen Konsuls Pablo Neruda werden können, und ich hätte in späteren Jahren mit seiner Hilfe eine Biographie des Dichters geschrieben.

Nichts von alledem. Er kannte keine Zeile der hier trinkenden und diskutierenden Autoren. Und als er uns an jenem Nachmittag ihre Namen nennt, können auch wir sie nicht einordnen. Die wenigen Bücher, die meine Großmutter aus Bilbao mitgebracht hatte und immer wieder las, waren Romane von Pío Baroja, die Novellen des Cervantes und ein Buch, das En poder de Barba Azul hieß – In Blaubarts Gewalt. Ich habe sie alle gelesen.

In späteren Jahren kannte ich die Autoren im Florida besser und sah sie in ihrer Rolle im spanischen Krieg. Hemingway, damals ein Korrespondent amerikanischer Zeitungen, überragte sie alle. Er überrundete mit seinen praktischen Vorschlägen die ideologischen Bedenken seiner Kollegen Malraux und Neruda. Eine gemeinsame Lesung im Hotel Florida? Unsinn. Es galt, einen Sanitätszug zwischen Madrid und der Ebro-Front zu organisieren. Malraux war vor der Stadt der Pilot einer Flugzeugstaffel, die den anrückenden General Franco in Schach hielt. *No pasarán!* Zu den Cocktailnachmittagen kam er ins Florida in Begleitung seiner Frau Clara Goldschmidt, die sich seine Liebe mit Josette Clotis teilen mußte. Malraux nahm die Liebe als unvermeidliches Übel; aus Indochina hatte er nicht nur die Skulpturen der Khmer mitgebracht, auch ihre stoische Gelassenheit, die Kunst, gleichzeitig anwesend und abwesend zu sein, im Gespräch sich Sätze auszudenken für die Bücher, die er schreiben wollte. Seine Kollegen Gide, Mauriac und der Papst der surrealistischen Bewegung, Breton, hatten ihn davor bewahrt, in Phnom Pen wegen Kunstraub zu drei Jahren Gefängnis verurteilt zu werden. Wichtiger als Gerechtigkeit, hatten sie argumentiert, ist es, den Bestand der französischen Nationalkultur zu garantieren, und dieser junge Mann ist eine Hoffnung.

Alfredo ließ sich von Esther Goldschmidt und von Malraux überreden, Artikel über die bedrohte spanische Republik für die französische Presse zu schreiben, Artikel, die nie erschienen. Er gab die Artikel weiter an Hemingway und in einer spanischen Fassung an Neruda, und eines Tages tauchte im Florida ein deutscher Journalist auf, dessen Name nicht überliefert ist, und bat um einen Artikel in deutscher Sprache. So geriet mein Onkel Alfredo zwischen die Fronten, und als er sich nicht zu helfen wußte und Madrid nicht zu halten war, verabschiedete er sich von seiner Schwester Paquita und schloß sich dem Übervater, dem General, an, und die Cocktailtrinker aus dem Hotel Florida zogen sich hinter die Linien zurück, allen voran Hemingway, der die notwendige Kargheit seiner Depeschen zu einem Stilprinzip seiner Shortstories und Romane machte und die in späteren Jahren Teresas und meine bevorzugte Lektüre wurden.

Sprach man damals im Florida über Literatur? Kaum. Literatur macht man, das Reden darüber ist Sache der Leser, der Kritiker und Akademiker. Der Autor spinnt seinen Faden, denke ich, der Leser webt sich daraus etwas, das ihm paßt, ihm zu groß oder zu klein ist. Die Freiheit des Autors ist grenzenlos, er hat ja seine Figuren in der Hand – bis sie ihr Spiel mit ihm treiben. Am Ende blickt er mit der gleichen Skepsis auf seine Gestalten wie meine Großmutter, wenn sie in unserer Familienrunde auf ihre Kinder und Kindeskinder sah. Was eigentlich hatte sie mit uns zu tun? Hatte sie uns so gewollt, wie wir nun waren? Hatte ein Anderer uns so gewollt? Doch, ein wenig besser geht es dem Autor in seiner Gottähnlichkeit, er schafft seine Figuren nach seinem Ebenbild und ergo nach dem kosmischen Prinzip: Energie verwandelt sich in Masse, Masse in Energie.

Der Krieg ist der Vater aller Dinge, hatte ein Philosoph gesagt, der vermutlich wie Diogenes nie aus seiner Tonne herausgekommen war. Mich inspirierte der Luftkrieg zu einem Kunstwerk. Ich nannte es »Die Katastrophe von Hamburg«, eine Buntstiftzeichnung, die ich meinem Vater schenkte. In gewaltigen Farbspritzern detonieren die Bomben des alliierten Geschwaders über der Stadt. Wie Kreuze hängen die Flugzeuge am Himmel. Am Boden lodern Flammen, in denen brennende Menschen verschwinden. Alles in allem eine Zeichnung im expressionistischen Stil, der Mensch, wie die Expressionisten meinten, ein Nichts, hingespuckt ins Nichts. Der Krieg lehrt den Glauben an den Nihilismus. Mein Vater lobte die Zeichnung. Diesmal hatte ich nichts dazu geschrieben, keine Worte in Liebe wie in meinen Briefen an ihn, und die er mir zurückschickte, die falsch geschriebenen Worte eingekreist. Das fand ich beleidigend, buchhalterisch, als schickte er mir eine Mahnung wegen einer unbezahlten Rechnung aus den Tagen seiner Arbeit bei Gerster & Söhne, Karlsruhe, Fahrräder en gros. Eine Sohnesliebe in den engen Stiefeln der Orthographie? Ich nahm es ihm übel. Dennoch, als er vor wenigen Tagen an der Haustür klingelte und ich öffnete, umarmte mich ein fremder Mann. Der mich an seine graugrüne Uniform drückte, an diesen groben Stoff, der mich an das Büßergewand eines Heiligen in meiner Katechetenfibel denken ließ. Ein Fremder, der Einlaß forderte. Auf ihn war ich neugierig. – Meine Cousinen bewunderten meine Kunst, Concha ohne Vorbehalt, Clara mit skeptischem Blick aus ihrer Kinderbrille. Die Darstellung war ihr viel zu bunt, und der Zeichner hatte es leicht gehabt, sich aus dem Inferno zu retten, indem er es darstellte.

Clara würde meine Kritikerin bleiben. Den Naturwissenschaften ergeben, machte sie sich lustig über das Stellvertreterdasein der Künstler, Literaten. Sie krochen bestenfalls unter die Röcke ihrer Großmütter, um die Vergangenheit zu studieren, ließen die Personnage ihrer Erfindungen stellvertretend für sie handeln, übermalten den Blick aus dem Fenster mit eigenen Farben. Und wurden dafür, daß sie die Welt auf den Kopf stellten, auch noch gelobt, mit Preisen bedacht und in die Unsterblichkeit gehoben, nur weil sie angeblich einen Epochenstil kreierten. Die Zeit, argumentierte meine kluge Cousine, unsere Zeit brauche andere Helden, und wenn schon Phantasie, dann für die Entwürfe einer besseren Zukunft. Schriftsteller, geht in die Forschungslabore und an die Drehbank! Einmal entdeckte ich, daß sie ihre Polemik aus dem Zettelkasten meines Archivs haben mußte, aus einem Bericht vom Besuch des sowjetischen Schriftstellers Tretjakow in Berlin, wo er zum Entzücken der deutschen Kollegen das Ende des psychologischen Romans verkündet hatte und die Einreihung der »Ingenieure der Seele« in die Produktion der Fünfjahrespläne. Dann fiel er in Ungnade, und einer vaterländischen Kunst stand auch in der Sowjetunion nichts mehr im Wege.

Auch meine Cousine widerrief ihre Ansichten, spätestens als sie in den Fieberdelirien ihrer Tbc-Erkrankung den Surrealismus eines Dalí und die LSD-Delirien eines »Naked Lunch« für sich entdeckte und in ihrem Unterbewußtsein die Kunst gegen die Medizin siegte, und so söhnten wir uns aus.

Früh ging ich zu Collagen über, schnitt aus Zeitungen Fotos und Schlagzeilen und mischte alles auf einem neutralen Blatt Papier. So wurde ich, ohne es zu wissen, ein Kollege von Schwitters und Hannah Höch. Ich klebte die disparaten Nachrichten und Bilder des Jahres 1943 zu einem Rebus zusammen: 10. JULI: LANDUNG DER ALLIIERTEN AUF SIZILIEN. MUSSOLINI VERHAFTET. NEUE DURCHFÜHRUNGSBESTIMMUNGEN FÜR KZ-EXEKUTIONEN. WEHRMACHTSANGEHÖRIGE ERHALTEN BEZUGSSCHEINE FÜR BORDELLBESUCH. 12. FEBRUAR: IN DRESDEN WIRD DER FILM »EIN WALZER MIT DIR« URAUFGEFÜHRT. 18. FEBRUAR: AUFSTAND IM WARSCHAUER GHETTO. 22. FEBRUAR: GESCHWISTER SCHOLL ZUM

TODE VERURTEILT. FRAUEN UND MÄDEL: MELDET EUCH ZUR ARBEIT BEIM NÄCHSTEN POSTAMT. SCHÜLER AB 15 WERDEN LUFTWAFFENHELFER. 2. APRIL: RÜHMANN IM LUSTSPIELFILM ICH VERTRAUE DIR MEINE FRAU AN ... Aufgelockert das alles mit Fotos lachender Schauspielerinnen und Schauspieler, da mir weder von Schlemmer, der im April in Baden-Baden stirbt, noch von Jackson Pollocks Ausstellung »Art of this Century« im New Yorker Guggenheim Museum Abbildungen zur Verfügung standen. Doch bleibt die Frage, hätte die Kunst die Nachrichten ad absurdum geführt oder die Nachrichten die Kunst? Ein Neunjähriger wie ich wäre mit dieser Frage überfordert gewesen. Aber den Erwachsenen an jenem Nachmittag hätte man sie auch nicht stellen dürfen. Meine Cousine Clara ahnte, als sie meine Collagen sah, welche Alibifunktion wohl die schönen Frauen in dieser Olla Podrida, in diesem Leipziger Allerlei, haben sollten.

Wenn sich die späten Nebel drehn

Die Fliegenden Festungen näherten sich dem Deutschen Reich, als meine Mutter noch einmal in die Küche ging, um das Abendbrot vorzubereiten. Sie hätte gern eine Paella angeboten, aber es fehlten die unumgänglichen Zutaten wie Paprikaschoten, Rind- und Schweinefleisch, allenfalls hätte sie ein Ei gefunden, das hart gekocht und in Scheiben geschnitten den Reistopf *geschmückt* hätte –, und so begnügte sie sich, die Ölsardinenbüchsen aus dem Führerpaket zu öffnen, das Kommißbrot in Scheiben zu schneiden, die italienische Wurst dazuzulegen und Thalers spanische Blutwurst auf einem Teller zu arrangieren, wobei sie sich zurückhalten mußte, nicht davon zu kosten.

Eine Philosophie der Nationalgerichte böte sich hier an, eine Theorie zum Thema wes Brot ich eß, des Lied ich singe –, an jenem Abend kam es höchstens zu einer virtuellen Speisung über die entbehrten Gerichte der baskischen Küche, die vom Huhn zum Thunfisch wechselt, vom gebackenen Hirn zur gebratenen Sardine und zum in gelber Soße schwimmenden Stockfisch, von der süßen roten zur pikanten grünen Paprika und dann zum Nachtisch aus Vanillecreme, vom Weizen zum Mais, vom Weißbrot zum Fladenbrot, von der gelben Butter im grünen Salatmantel zu den Süßigkeiten aus Honig und Mandel. Die verlorene Heimat ist die von Kind auf gewohnte Nahrung.

Meine Großmutter trank nur stark gesüßten Pfefferminztee, den meine Mutter in ihrer ungeheizten Küche vorbereitete. Aus dem Aroma des Tees, herb und süß, steigt über die Jahre die Erinnerung an Erkältungskrankheiten, an Schnupfen und Halsschmerzen, an die süße Lust, umsorgt zu werden und in den Schlaf der Genesung zu fallen. Wir Kinder, die wir uns bei den Gesprächen der Erwachsenen langweilten, belagerten die Küche und wurden beauftragt, Teller, Gläser und Tassen ins Wohnzimmer zu tragen, wo Lore das Ohr an den Volksempfänger hielt, der vom Eindringen feindlicher Verbände

in den reichsdeutschen Luftraum raunte, ohne vorhersagen zu können, in welcher Richtung sich die anglo-amerikanischen Verbände
bewegten. El loro de Lore, spottet Alfredo, Lores Papagei.

Wir saßen im schummrigen Wohnzimmer, das für mich das Jahr
über die Geheimnisse der Weihnachtszeit bewahrte. Die Soldaten
unter uns, in diesem Krieg in einer Phalanx stehend, mißtrauten
dennoch einander. Denn wer von ihnen stand in der Etappe und
wer in vorderster Linie? Meine Großmutter, obschon sie so gut wie
kein Wort Deutsch verstand, hörte genau hin und wußte, wovon
die Rede war.

Und so begannen die Soldaten, sie mit ihren Lügengeschichten zu
beruhigen. Paco in Stalingrad? Er war, keine Frage, am Leben. In
Gefangenschaft? Gut möglich. Aber – am Leben. Dem Kessel entronnen. Vor dem Erfrieren bewahrt. Beschützt vom eisernen Willen
seiner Kameraden durchzuhalten.

Ich beeilte mich, in meinem Archiv die passende Schlagzeile zu
finden: LUFTWAFFE UNTERSTÜTZT DEN HELDENKAMPF
IN DEN RUINEN VON STALINGRAD. Januar 1943.

Man könnte, gab Alfredo nach einigem Zögern zu bedenken, sich
vorstellen, seine leidenschaftliche Gesinnung, sein Durst nach Gerechtigkeit habe ihn verleitet, den Wahnsinn des totalen Krieges
vor Augen, zu den Russen überzulaufen.

Niemals! rief mein Onkel Gustav empört aus. Niemals! Da kennt
ihr ihn schlecht. Hat er nicht die Roten zur Genüge in Spanien
kennengelernt?

Meine Tante Teresa versuchte einmal mehr, ihn an diesem Abend
zurückzuhalten.

Denn jetzt umkreisten die Gespräche, wie wir ahnten und verschwiegen, die schlimme Wahrheit. Paco hatte sich gegen seine
Verhaftung durch einen Rotarmisten gewehrt und war erschossen
worden.

Heute denke ich, meine Großmutter wußte es. Ihr Schmerz zerriß
die Lügenschleier und zeigte ihr das Bild des im Stalingrader
Schnee liegenden Sohnes. Vielleicht, daß in ihrer Vorstellung der
Tote immer jünger und so dem Leben zurückgegeben wurde, und
von Tag zu Tag fand sie mehr Trost an diesem Bild eines wieder-
geborenen Kindes.

Jung Thaler, der ein weiches Herz hatte, genährt von zuviel deutscher Butter und spanischem Chorizo, hörte diesen Gesprächen mit ängstlichem Gesicht zu. Da er den Jahren nach zwischen den Erwachsenen und uns Kindern stand, beobachteten wir ihn sehr genau. Er übernahm ein gut Teil unserer Ängste, ohne deshalb unser Mitgefühl zu bekommen. Wir sahen, wie seine rosige Stirn sich mit Schweiß überzog. Er griff in seinen Hemdkragen, berührte die Amulette an seinem Hals, die sein Beichtvater in Bilbao ausgesucht und mit Weihwasser benetzt hatte, winzige Skapulette, die in kleinen Beuteln steckten und vermutlich Abbilder der Heiligen Jungfrau von Begoña und dem heiligen Ignazius von Loyola waren. Auch sonst war Thaler für den russischen Winter vorbereitet. Seine Mutter hatte ihm eine baskische Bergsteigerausrüstung eingepackt, mit der man die Schneestürme und Eiswinde des Pagasarri überleben oder die Felsen der Pyrenäen bewältigen konnte in den Fußstapfen der Schmuggler wie der Flüchtlinge, die aus Franco-Spanien nach Frankreich entkamen, oder aus Deutschland in der Hoffnung, in Portugal das rettende Schiff nach Übersee zu finden. Thaler hatte für uns Kinder die Wollmütze übergezogen, die nur die Augen freiließ – später trugen die Kämpfer der ETA ähnliche Bedeckung, wenn sie öffentlich auftraten und unerkannt bleiben wollten. Die Mütze, Pasamontañas genannt – »um über den Berg zu kommen« –, verwandelte ihn auf unheimliche Weise. Kein Russe würde dieser bedrohlichen Maske standhalten können. Zur Ausrüstung gehörten die genagelten Stiefel, mit denen man über das russische Eis wie auf Engelsflügeln getragen wurde und die auf dem Parkett des Moskauer Kremls ein scharfes Geräusch machen würden wie von Panzerketten. Leider würde Thaler für einen Besuch im Kreml zu spät kommen. Die deutschen Truppen befanden sich auf dem Rückzug, und mein Vater und mein Onkel Gustav trösteten ihn, wenn sie versicherten, weiter als bis Brest-Litowsk (ich beeilte mich, eine Abbildung dieses Frontabschnitts aus meinem Archiv zu holen) würde er nicht reisen müssen. Und eine spanische Abteilung Freiwilliger ohne Fronterfahrung würde man in die Verwaltung der rückwärtigen Dienste stecken, wo sie den Landsern mit etwas Musik und der Ausgabe von Getränken den Krieg so angenehm wie möglich machen könnten.

Genieße den Krieg, sagte mein Onkel Alfredo (während er bei sich dachte, man werde diese grünen spanischen Jungs samt ihren Amuletten in vorderster Front verheizen), genieße den Krieg, denn der Frieden wird furchtbar.

Singen, sagte Thaler, könnte ich schon. Er intonierte ein baskisches Lied, das meiner Großmutter ein Lächeln entlockte – Gora, Euskadi, um dann auf deutsch zu singen: Das kann doch einen Seemann nicht erschüttern, keine Angst, Ros'marie …!

Lore verzog keine Miene.

Wir Kinder fanden auch das nicht komisch. Auch wir sangen, wenn wir Angst hatten.

Taler, Taler, sangen wir, du mußt wandern, von einem Ort zum andern …

Thaler, der wie jeder Baske, ob er nun deutsche Vorfahren hatte oder nicht, gutes Essen und Gesang liebte, glaubte, mit uns in einen Wettbewerb treten zu müssen, und schmetterte:»Wenn die Soldaten durch die Stadt marschieren, öffnen die Mädchen die Fenster und die Türen - - - tschimm bumm tschimm bumm.« Die Soldaten unter uns ließen es sich nicht nehmen, den Kehrreim im Takt auf die Tischplatte zu klopfen. TSCHIMM BUMM TSCHIMM BUMM!

Um Thaler von der Bühne jenes Abends zu verdrängen, bestürmten wir Kinder Lore, ihr Kellerkostüm anzulegen, ihre Schutzkleidung nach Anweisung des Luftschutzwarts. Meine Großmutter verstand unsere Bitte und schüttelte den Kopf. Es würde Unglück bringen, die bösen Geister, welche die Bombenflugzeuge begleiteten, würden auf unser Haus zeigen und auf die abwehrbereite Lore.

Der von meiner Großmutter eingeschleppte Aberglaube war von zweifacher Herkunft. Er berief sich auf eine private Familienerfahrung, nach der, sollte zufällig im Radio der beliebte Pasodoble El Relicario zu hören sein, der Musik ein Unglück folgen würde. Noch heute überzieht mich eine Gänsehaut, wenn ich das schmissige, für eine Stierkampfarena passende Musikstück höre. Noch heute fürchte ich, Fieber zu bekommen, wenn mir beim Händewaschen Wasser in den Ärmel läuft, und noch heute halte ich Jodtinktur für ein Universalheilmittel gegen Husten, Schnupfen oder Herzklopfen. Und woher jene Manie, auf dem Teller einen kleinen Rest übrigzulassen, vielleicht um böse Geister zu versöhnen? Wir Kinder paßten auf und räumten die Teller leer, ehe sie abgetragen wurden. Aus tieferen Schichten aber kamen die Sprichwörter, die etwa davor warnten, an einem Dienstag weder zu heiraten noch zu verreisen. An einem Dienstag hatten wir im vorigen Jahr die Wohnung in Leutzsch verlassen, um uns auf dem Lande vor den Bomben in Sicherheit zu bringen. Wir kamen nicht weiter als bis zum eingeschneiten Leutzscher Bahnhof. Davon später mehr. Die Sprichwörter, versetzt mit Zitaten aus deutschen Gedichten, die meine Mutter auswendig konnte, waren ein Kapital, das nicht abnahm, so sehr die Familie es auch auszugeben versuchte.

Lore ließ sich auf einen Kompromiß ein. Sie zeigte, was sie stets griffbereit hatte und im Alarmfall anziehen würde: Strickjacke und lange ausgebeulte Hosen; eine zweite Jacke, dazu Mantel, Schal und Wollmütze, Luftschutzbrille (um die Stirn zu tragen), Hängetasche, darin Ausweispapiere und Geld, eine Taschenlampe, Kerzen, Streichhölzer, Verbandszeug, Taschentücher, ein Handtuch, das naß gemacht ihr Gesicht vor Rauch und Staub schützen würde …

Und keine Pariser gegen etwaige Vergewaltigungen? fragte mein Onkel Gustav, und Lore funkelte ihn aus ihren schwarzen Augen an. Die anderen Soldaten verkniffen sich ein Lächeln.

Meine Cousinen sahen mich an. Ich flüsterte meinem Vater ins Ohr, was denn das sei, ein Pariser. Er zerstreute mit einer Handbewegung den Rauch seiner Zigarette und sah mich nachdenklich an. Dann flüsterte er mir ins Ohr, es ist ein Überzieher, zum Schutz. Ich gab die Erklärung weiter an meine Cousinen, und wir verstanden, es mußte eine Art Pasamontañas sein, wie Thaler uns soeben vorgeführt hatte.

Die italienische Front beschäftigte alle. Mein Vater kam aus Italien, und ehe er seine Beobachtungen mitteilen konnte (ich zeigte ihm warnend ein Zeitungsblatt mit der Schlagzeile FEIND HÖRT MIT!), sagte mein Onkel Gustav: Der Italiener, das weiß man, ist von Natur ein Verräter.

Ich frage mich heute, wie er das meinte. Vermutlich hatte er nie Macchiavelli gelesen über die Politik des Möglichen, auch Diplomatie genannt. Als junger Mann hatte er Italien bereist im Auftrag einer deutschen Firma. Wurden die Verträge, die er machte, nicht eingehalten, wie es der Verräter Badoglio gerade vormachte, indem er unseren Bündnispartner, den gewaltigen Duce Mussolini, verhaften ließ?

Am 12. Mai beschließen die Alliierten, in Italien zu landen, am 12. Juli besetzen sie Sizilien. Mussolini wird verhaftet und im September von deutschen Fallschirmjägern aus seiner Bergfestung befreit. Wir hatten die Bilder in der Wochenschau gesehen, und wie der senkrecht landende und startende »Fieseler Storch« ihn wie ein märchenhafter Vogel Greif durch die Lüfte trug, hin zu einer Begegnung mit unserem Führer.

SS-Hauptsturmführer Otto Skorceny befreit mit neun Mann den Duce: *Mani in alti!* ruft er den verdutzten Carabinieri zu, die ihn bewachen. Als er vor Mussolini steht, sagt er: Duce! Der Führer schickt mich, Sie zu befreien. Er sagt es ein wenig atemlos, schließlich ist er gerade über eine Mauer gesprungen, und mit Hilfe seiner Leute hat er einen drei Meter hohen Vorbau erklommen. Das Leben schreibt die besten Theaterstücke.

Alfredo ließ es sich nicht nehmen, die Begegnung nachzuspielen, die Augen verdrehend und sich, in der Rolle Mussolinis, auf den Bauch klopfend, *Pasta e Spaghetti!* zu rufen. Zwei Irre in einem Königsdrama von Shakespeare.

Nachdem die *Ingleses,* sagte mein Onkel Alfredo, nun wieder im sachlichen Tonfall, in Afrika unserem Rommel den Marsch geblasen haben, sind die *Americanos* am Zuge und ziehen sich den italienischen Stiefel an.

Mein Vater nickt. Er hatte sich gern nach Italien versetzen lassen. Aus Verona schickte er meiner Mutter mehrere Meter Stoff für ein Kleid, ein bunter Stoff wie für eine Hochzeitsreise, bedruckt mit blauen Vergißmeinnichtblümchen. Aber nun saß er in einem Unterstand am Gran Sasso, vor sich das weite Tal wie eine Naturbühne, in Erwartung der Schauspieler, von denen man nicht wußte, ob sie *Romeo e Giuletta* spielen werden oder den Untergang Trojas.

Der Italiener, sagt mein Onkel Gustav (und ich wundere mich, welchen er meint), ist der geborene Schauspieler. Wie soll man da wissen, wer er wirklich ist? Da lobe ich mir die Geradlinigkeit unserer

Spanier. (Diesmal meinte er sie alle, den Caudillo inbegriffen, der doch in seiner Außenpolitik ein Fuchs war aus der Schule Macchiavellis.)

Die Amerikaner, sagt Alfredo (und wir wundern uns einmal mehr, woher er das alles weiß), die Amerikaner fürchten nichts so sehr, wie daß ihnen die Kontrolle über ein künftiges Italien durch die Lappen gehen könnte. So werden sie einen Trick anwenden: Sie entlassen ihre in Amerika verurteilten Mafiabosse aus dem Knast und schicken sie in die alte Heimat nach Italien, diese Lucky Lucianos und wie sie heißen, und die organisieren, die Amerikaner im Rükken, den Rauschgifthandel und das Verbrechen im großen Stil. So rutscht die Politik in den Keller. Aber vorerst – Jonas wird es wissen – kommen die Partisanen aus der Versenkung mit ihren Vogelflinten, und versorgt mit Kaugummi und Spam agieren sie als fünfte Kolonne der Alliierten.

Mein Vater nickt und denkt an die Schönheit der Dolomiten.

Das kann nicht sein, sagt mein Onkel Gustav. Noch ist nicht aller Tage Abend. Ihr vergeßt, und da kann ich mich auf geheime Quellen beziehen, es kommt die Wunderwaffe. Wollt ihr den totalen Krieg, hat vor einem Jahr Goebbels im Sportpalast gefragt – und die Frage kam nicht von ungefähr. Die V-2 über den Köpfen des schnöden Albions ist erst der Anfang.

Wir werrden ihre Städte ausrradieren, tönt Alfredo im drohenden Tonfall des Führers.

Por Dios, sagt meine Großmutter, *cálmate*, beruhige dich, wenn uns jemand hört ... Alfredo war immer ihr Sorgenkind gewesen, seit er infolge eines schlecht überwundenen Maltafiebers zu Wutausbrüchen neigte, zu absurden Forderungen, die zu erfüllen Mutter, Dienstmädchen und Köchin sich beeilten.

Die scheinbar konträren Positionen meines Onkels Alfredo und meines Onkels Gustav – aus späterer Sicht wirken sie eindeutig. Ich denke, gemeinsam war ihnen die Sorge um die Zukunft, die eigene, denn wie sonst sollte man Zukunft erfahren. Alfredo versuchte sich an ein Ufer zu retten, das die Sieger von morgen befestigten. Und er hatte gewiß seine Gründe. Gustav dagegen hatte jenes »Deutschland, Deutschland über alles« als eine Wiederaufrichtung der deutschen Tugenden und der nationalen Souveränität nach der Erniedrigung durch den Versailler Vertrag begriffen, eine neue Einheit nach dem Parteienchaos von Weimar. Nun drohte die Demokratie nach englischem und amerikanischem Muster, und also kam ein neues Teile und herrsche!

Ich stellte mir vor, wie er mit dem Mut der Verzweiflung seine Papiere in der Militärverwaltung von Meißen ordnete und in ihren Richtlinien präzisierte. Du bist nichts, dein Volk ist alles! Er korrigierte: Deutschland muß leben für seine Kinder.

Um den Meinungsstreit unter den Soldaten zu dämpfen, ging meine Mutter noch einmal in die Küche. Sie nahm eine Konserve mit, die Alfredo aus seinem Gepäck zauberte, und die enthielt, wie er erklärte, mehrere argentinische Ochsen, zu Fleischextrakt gepreßt, der sich in eine wunderbare Suppe mit Hilfe von heißem Wasser verwandeln ließ.

Auch eine Art Ersatz, sagte mein Onkel Gustav, der in Meißen Einsicht bekam in die Zauberkunststücke des Dritten Reiches, Erdöl in Buna zu verwandeln und Butter in Kanonen oder doch in einen Brotaufstrich von dunkler chemischer Beschaffenheit.

Kein Ersatz, sagte Alfredo, während wir die aromatische Suppe schlürften, eher das Gegenteil. Hier erwachen in jedem von uns, nach dieser *sopita* – er sprach gerne in zwei Sprachen, um sein geliebtes Mütterchen, *mi querida mamuquis*, aus ihrer linguistischen Gefangenschaft zu befreien –, hier erwachen in jedem von uns die Kräfte argentinischer Kühe und Stiere ...

Sogleich begannen meine Cousinen und ich zu muhen und zu blöken.

Nur Schafe blöken, korrigierte uns mein Onkel Gustav.

Ein wenig *pan blanco*, sagte mein Vater, in die Suppe zu brocken, wäre nicht schlecht.

Aber Weißbrot gab es nicht. Thaler fühlte sich aufgerufen, die in dieser Familie bekannte Geschichte zum besten zu geben, bei der zwei baskische Bauern wetten, wer denn als erster einen halben Ochsen aufessen könne. Sagt der eine, mit etwas Brot wird es schon gehen.

Wir lachen, als hörten wir die Geschichte zum ersten Mal. Auch meine Großmutter lacht. Die Geschichte versetzt sie in jene Zeit, da sie meinen Großvater kennenlernte, jenen schmucken Alemán mit seinem blonden Schnurrbart à la Kaiser, und ihm die Geschichte erzählte.

Alfredo hat noch andere Überraschungen in seinem Koffer. Er sei, sagt er, nur der Briefträger, der etwas Post und ein paar Zeitungen aus Argentinien befördere, die Tío Salus und die Tante Löffelchen ihrer auf direktem Wege unerreichbaren Schwester in Deutschland schickten. Und dazu ein paar Konserven und etwas Schokolade. Und dann packt er aus.

Concha und Clara teilen die Schokolade aus, ich bemächtige mich der Zeitungen und Zeitschriften. Mein Onkel Gustav runzelt die Stirn. Teufel auch, denkt er, wie hat der Kerl das gemacht, daß ihm keiner in die Taschen geguckt hat. Oder hat er einen falschen, gar einen Diplomatenpaß?

In Argentinien, lese ich und sage es, hat das Militär geputscht und die Macht übernommen. Das Militär garantiert den Achsenmächten die argentinische Neutralität in diesem Krieg. Und dann mache ich mich über die Comics her (ohne das Wort zu kennen), diese spannenden Auseinandersetzungen zwischen List und Dummheit, Gewalt und Güte, darin die Neue Welt die Märchen und Sagen der Alten Welt weiterspinnt. Ich vermisse, was Lore und ich uns in Bilbao amüsierten, diesen wie ein Weinfaß dicken Chapete, diesen spindeldürren Pinocho, der ein spanischer Vetter des italienischen Pinocchio ist. Niemand hört mir zu, bis ich die Seiten mit der Werbung für Wolle, Schuhe, Küchenmöbel und Nahrungsmittel aufschlage und für Mittel gegen einen zu vollen Magen, Magnesiummilch oder Alka Seltzer. In Argentinien, offenbar, hat die Zukunft längst begonnen, nachdem Salus und die Löffeltante mit ihrem Engländer sich den Staub der Alten Welt von den Füßen geschüttelt und ein Imperium aufgebaut haben, mit Hilfe der Einwanderer aus aller Welt, und Charlie, der Inglés, liefert Getreide an die Alliierten, und Salus, trotz seines hohen Alters, macht in Fleischextrakt und ist dabei, wie Alfredo versichert, unser Überleben nach dem verlorenen Krieg zu organisieren. Inzwischen trösten wir uns mit dem

Tango von den Nächten am La Plata. Salus hat auch Fotos geschickt, die meine Großmutter ungerührt betrachtet: Ein alter Mann, auf dem Sprungbrett seines Swimming Pools stehend und dann im tiefen Sessel sitzend, umgeben von den Reliquien, den Erinnerungen, Fotos und Wappen, seiner baskischen Heimat. Denn jeder Argentinier, falls er keine italienischen Vorfahren hat, hat baskische. Was sonst. Sehen wir einmal davon ab, lese ich im Mundo Argentino, daß unser großer Dichter Jorge Luis Borges eine englische Großmutter hatte. Wer ist Borges? Auch Teresa weiß es nicht.

Noch einmal wird meine Mutter in die Küche geschickt, um einen Büchsenöffner zu holen, während ihre Schwester Lore den Volksempfänger nach der Luftlagemeldung befragt. Niemand interessiert sich für die Luftlagemeldung, als mein Vater den Büchsenöffner ansetzt und dicke Schlagsahne aus der ersten Büchse tropft. Die zweite Büchse enthält einen vakuumverpackten Bohnenkaffee, die geöffnet ihren Inhalt mit leisem Zischen und einem betäubenden Duft verrät, und mir gelingt es, eine Abbildung der Büchse auf einer Seite des Mundo Argentino zu finden.
Nach dem Krieg, sagt Jonas zu meiner Mutter, ziehen wir alle nach Buenos Aires.
Alfredo schüttelt den Kopf: Wir würden, sagt er, zu viele Nazis antreffen.
Lore gibt ihm recht. Wir werden, sagt sie, spätestens nach der Wunderwaffe dort einziehen.
Noch einmal droht der Krieg auszubrechen. Alfredo kommt ihm zuvor, indem er eine mitgebrachte und zum Glück nicht zerbrochene Schellackplatte auflegt. Marlene Dietrich singt *Vor der Kaserne, vor dem großen Tor ... wenn sich die späten Nebel drehn.* Für die Dauer des Lieds schweigen die Waffen an allen Fronten. Friede wird ein anderes Wort für Liebe, und Sehnsucht ein anderes Wort für *Da wollen wir uns wiedersehn.*

Hohe Nacht der klaren Sterne

Nach dem Essen lade ich Clara und Concha ein, mein Puppenhaus zu besichtigen. Ich weiß, sie haben in ihrer Wohnung viel schönere Puppenhäuser, mit richtigen Möbeln und einem Herd, auf dem winzige Töpfe und Tiegel stehen, und ihre Puppen, ob groß oder klein, haben Zöpfe aus echtem Haar. Nur zum Reden sind sie zu faul. Anders mein Bär und mein Hund, die in einer Gemeinschaft wie Mutter und Sohn leben oder doch wie zwei ungleiche Brüder. Sie hausen in einer ehemaligen Kartoffelkiste, die ich ihnen eingerichtet habe, mit Tisch und Stuhl, Bett und Radio, und alles aus den Holzwürfeln angefertigt, die ineinandergeschachtelt der beste Ersatz für die fehlenden Möbel sind, gehen wir einmal davon aus, Bär und Hund sind im vorigen Jahr, am 4. Dezember ausgebombt worden und haben ihre Luxuswohnung im Leipziger Musikviertel verloren. Ich habe sie aufgenommen, und meine Mutter hat ihnen diese noble Garderobe geschneidert, diese roten Umhänge, in denen sie aussehen, als könnten sie schon einmal im Circus Sarasani aufgetreten sein. Doch kein Wort über ihre Vergangenheit kommt über ihre Lippen. Dafür wiederholen sie wie ein abgerichteter Papagei die Weihnachtsgeschichten, die meine Mutter mit Beginn des ersten Advents vorliest oder, wenn es Gedichte sind, auswendig vorträgt. Lieber wäre mir, sie erzählten, was sie in der Bombennacht des 4. Dezember erlebt haben, als die Royal Air Force zwanzig Minuten brauchte, um eine mehrere Jahrhunderte alte Architektur samt ihren Schätzen an Büchern, Noten und Gemälden zu Asche zu brennen. Die gelungene Verwandlung der Innenstadt in die Aschefelder von Pompeji und die hohläugigen Ruinen des römischen Kolosseums sprach von der klassischen Bildung der Bomberpiloten. Allerdings starben in Pompeji, so mein Archiv, an die 12 000 Menschen, in Leipzig an jenem Dezember nur 1182. Der Widerschein der Brände, die am Tag danach bis in unsere Vorstadt den Himmel himbeerfarben färbten, in dieser mit einem nebligen Rauch vermischten Röte, ich fand es wieder, als ich ein halbes Jahrhundert später die Gemälde von William Turner in der National Gallery zu London entdeckte und die Auflösung der Konturen und die Schleier einer Götterdämmerung bewunderte. Jene raffiniert geknüpften Bombenteppiche über den deutschen Städten deckten die Zivilisation zu und markierten die Rückkehr zur Barbarei einer Steinzeit, welche die Piloten, die Hand am Bombenschacht, versicherten Bär und Hund, nicht zu verantworten hatten. Die Leipziger hatten geglaubt, ihnen könne nichts passieren, ihre von Handel und Wandel geprägte Stadt, ihre vertriebenen jüdischen Pelzhändler würden bei ihren jüdischen Vettern in den USA um Schonung für eine Stadt bitten, in die sie nach dem Krieg zurückkehren wollten, um am Brühl die Zeit zurückdrehen zu können –, dies also würde die Sünden der Stadt aufwiegen können. Köln war ausradiert, Hamburg abgefackelt worden, wir aber, in Leipzig und Dresden, schliefen den Schlaf der Gerechten.

Aus einem Versteck holte ich, was mein Vater zu Weihnachten geschickt hatte, saure Drops und merkwürdig geformte Bonbons, die an Würfel erinnerten und nur langsam im Munde schmolzen. Ich gab sie meinen Cousinen, denn wie jeder Bauchredner wollte auch ich nicht ertappt werden, wenn ich sozusagen um der höheren Wahrheit wegen Lügen erfand und Hund und Bär zum Reden brachte, weil ja Weihnachten vorbei war. Immerhin saßen sie hier vor unseren Augen in Freiheit, während die putzigen Vertreter des Winterhilfswerks, die wir mit einer Spende aus ihrem Dienst befreiten, und so trugen auch wir bei zum Gelingen des Totalen Kriegs –, diese Weihnachts- und Schneemänner, Schornsteinfeger und Abbilder unserer Nationaldichter Goethe und Schiller, sie schliefen das Jahr über in einem Pappkarton. Der lag auf dem Kleiderschrank, und ich versprach meinen Cousinen gelegentlich einen Aufstieg zum Olymp dieser Vorkämpfer einer ewigen und totalen Weihnacht.

Während die Gespräche der Erwachsenen über uns hinweggingen, steckten wir die Köpfe zusammen, lutschten ein Bonbon nach dem anderen, und dann nahm ich Bär und Hund auf den Arm und wartete auf einen Einfall. Der Bär ließ mich nicht im Stich. Schließlich hatte er in meiner rechten Manteltasche unseren Auszug begleitet, der Hund schaute aus der linken Tasche. Von Lore haben wir uns am Abend verabschiedet, nicht ohne Tränen; sie muß an jenem Tag um vier Uhr früh aufstehen, es ist ihr Pflichttag in der Rüstung, sie zieht einen Schlosseranzug an, und ihr Fabrikdienst beginnt, sie entfernt den Rost von den verbrannten Maschinen, entgratet Eisenplatten und hilft bei der Montage von Wasserbomben. Mit den russischen Zwangsarbeiterinnen zu sprechen ist verboten, solange der Meister in der Nähe ist. Lore hält sich an das Verbot. Die Russinnen sehen zu, wie sie sich müht, Lore ist keine Arbeiterin, an den anderen Tagen sitzt sie bei Meyer & Weichelt, Eisen und Stahlwerke in Leipzig-Großzschocher, im Büro, Steno und Schreibmaschine, für ein Anfangsgehalt von 90 Reichsmark.

Der Bär nickt. Und jetzt das Märchen, sagt er, von einem Land, wo es keine Angst gibt. Denn als die Kinder ihren Vater verloren hatten, wurde ihre Angst größer und größer, und auch ihre Mütter und ihre Großmutter konnten nichts dagegen tun. So beschlossen sie, die Stadt der Angst zu verlassen und hinter den sieben Bergen einen Ort zu finden, der in jedem Märchenbuch einen anderen Namen hat. Der Ort, den sie suchten, hieß Weihnachtsland. Immer schneite es dort, und die Kinder konnten so lange mit ihrem Rodelschlitten rodeln, wie sie wollten. So ist es doch, Franz? (Franz hieß der Hund.) Und immer brannten die Lichter auf den Tannenbäumen des Waldes, als ob tausend Sterne vom Himmel fielen. Nun aber geschah folgendes. Die Kinder mit ihren Müttern und ihrer Großmutter kamen im Schnee bis zu Schäfers Ballhaus, und als sie durch die Schlippe wollten, um den Weg zum Bahnhof abzukürzen, fiel der Großmutter die Flasche Wein aus der Tasche, die sie zu Hause heimlich eingepackt hatte. Die Flasche ging entzwei, und der Wein floß aus, und im Schnee entstand ein großer Fleck wie von Blut. Da war es nun schwer, die Großmutter zum Weitergehen zu bewegen. Ein Unglück würde das nächste nach sich ziehen. (Franz nickt, Clara und Concha hören gebannt zu, als wären sie nicht dabei gewesen.) Und so kam es, sagt der Bär, als sie frierend auf dem Bahnsteig standen und auf den Zug warteten, kam kein Zug. Schnee fiel, es wurde kälter und kälter und die Kinder weinten, und Chico fragte uns, die wir in seinem Mantel steckten, was sollen wir tun, und wir rieten zur Rückkehr. Kam am Ende doch der Zug, und die vom Schnee eingehüllten Gestalten stürmten die Abteile, als ginge es darum, wer als erster die Rettungsboote eines sinkenden Schiffs erreichte? Unser spanischer Stolz verbot uns, da mitzumachen. Und so liefen wir zurück durch die Schlippe, und der rote Fleck im Schnee war von feinen Eiskristallen überzogen und sah nun aus wie eine Blume, und vorbei ging es an Schäfers Ballhaus, wo zwei Jahre später ihr Kinder euch die Nasen an den Scheiben plattdrücken werdet (sagte der Bär, der Fritz hieß), um die Tänzer und ihre wehenden weißen Schals zu sehen, wie sie Lore umwerben und zum Tanz auffordern zu einer Musik, die in diesem Jahr noch verboten ist. Zu Hause angekommen, stellten wir uns an die noch warmen Kachelöfen, die Großmutter schickten wir ins Bett, und unsere Mütter mischten einen Grog und ließen uns kosten.

Um Weihnachten teilten sich die Familien. Meine Mutter, die ihre sentimentalen Jahre in Deutschland verbracht hatte, stimmte alle auf Stille Nacht heilige Nacht ein, auf Andersens Märchen vom Tannenbaum und, von mir bevorzugt, vom Tapferen Zinnsoldat, der nur ein Bein hat, aber die Prinzessin inniglich liebt, und sie verbot mir den Zugang zum Wohnzimmer, das am frühen Nachmittag verdunkelt wurde. Dafür brannte eine Kerze an den Tagen davor in der zum ersten Advent aufgestellten Weihnachtslaterne, die Lore gebastelt hatte und die in den glühenden Farben des violetten, roten und gelben Papiers an mittelalterliche Kirchenfenster denken ließ. Die täglich von mir aufgeklappten Fensterchen eines Hauses von idealen Proportionen erzeugte die Illusion, das Wunder der Heiligen Nacht werde sich am 24. Dezember auch in unserem Haus ereignen, darin im Augenblick der Bescherung das Paradies für alle Zeiten betreten werden durfte im Glanz der Geschenke, obschon in diesem Jahr noch alles Ersatz war, auch wenn ich mit

Bilderbüchern voller Zaubersprüche oder Beschreibungen einer Bärenjagd in Siebenbürgen überrascht wurde. Die Weihnachten meiner Mutter waren schön, weil sie zuverlässige Wiederholungen im Kalenderjahr waren.

Weihnachten wäre vollkommen gewesen, wenn meine Mutter und ich alleine gewesen wären. Dem war nicht so. Meine Großmutter nahm an den Vorbereitungen zum Fest kaum Anteil. Die deutsche O-Tannenbaum-Sentimentalität erreichte sie nicht. Ihre Kinder wurden einst beschenkt am Dreikönigstag, am 6. Januar, wenn die Drei Heiligen Könige hoch zu Roß sich über die Krippe beugen und ihre Gaben überbringen. Und so kamen wir Kinder zu einem dreifachen Weihnachten. Wir Neunziger machten den Anfang, dann folgte das Weihnachten in der Sechsundachtzig – und das war von klassischer Ausrüstung und lief doch aus in einer von Lore mit Clara und Concha einstudierten Gesangsnummer, die alle klassischen Lieder durch die Kantaten des germanischen Wintersonnenfestes ersetzte – HOHE NACHT DER KLAREN STERNE –, und wie immer glaubte Lore als Vertreterin der jüngeren Generation, sich gegen die Gefühlsduselei der älteren Generation durchsetzen zu können. Da alles vorbei war und wir unsere Geschenke beäugten, setzte sich meine Mutter an Teresas Klavier und spielte mit einem Finger ihr Stille Nacht heilige Nacht.

Der Wechsel von der einen in die andere Wohnung dauerte Minuten. Mir kam es dennoch so vor, als wechselte ich die Klimazonen, zumindest die Länder; denn der Übergang von der einen Straßenecke zur anderen öffnete eine Art Schneise, eine Lichtung für den nach links gewendeten Blick. Eine Art Sog entstand, ein kühlerer Wind kam auf, der von den Gärten und Feldern wehte, vom Sportplatz und vom Auenwald, und Natur erhob sich hier gegen Architektur. Jedes Mal, ehe ich die andere Straßenecke erreichte, die von Winklers Fleischerladen mit dem Hakenkreuz an der Ladentür markiert wurde, zögerte ich. Der Weg zurück oder ein Ausweichen in die Gärten und Wälder war der Weg zu den Müttern. Der Weg nach vorn, zum schwarzen Portal der Sechsundachtzig zu einem

von einem Sternenhimmel verzierten Treppenhaus (es glänzte wie
ein Meer in einer Mondnacht und roch nach süßsaurem Bohner-
wachs) war der Weg ins Unbekannte. Das in der Schattierung seiner Bleiglasfenster gespenstisch düstere
Treppenhaus betrat ich nicht ohne Herzklopfen. Ich gebe zu, es war
eine künstlich erzeugte Angst, die dadurch entstand, daß ich die
Hausbesitzer in die Nähe jener Märchen rückte, in denen Kinder
gefangen und gegessen werden, verfolgt von Stiefmüttern oder
Schwiegermüttern, während der leibliche Vater als ein tumber Tor
machtlos ist und am Ende alles so nicht gewollt hat. Leibhaftig in
diesen Märchen, die mir jedes Mal beim Eintritt in das Treppenhaus einfielen, waren Teresas Schwiegereltern, denen das Miethaus
gehörte. Ich vermied es jedes Mal, ihnen zu begegnen. Der Schwiegervater, ein gutmütiger Ostpreuße, der seine Lehre als Drucker in
der Buchstadt Leipzig absolviert hat, war hier wie der Bär im Märchen in die sächsische Liebesfalle getappt. Unvorstellbar für mich,
mit welcher Zauberkraft an Schönheit und Sinnlichkeit ihn seine
spätere Ehefrau angelockt hatte, denn für mich mußte sie schon
immer so ausgesehen haben wie heute, wie ausgelaugt und abge-
magert von den Säuren und Laugen einer langen Ehe (zwanzig
Jahre Krieg im Dunkeln), eine Inkarnation oder doch mehr eine
Mumie Leutzscher Verhältnisse, wie sie unsere Lehrerin Margarete
Wittber beschreiben würde –, auf den Pfennig sehend, putzwütig
und rechthaberisch, fremdenfeindlich, mit der Dominanz des Be-
sitzenden, der seine Moral eben aus seinem Besitz ableitet, aus der
Dunkelheit des Treppenhauses heraus (so in meiner Phantasie) die
Untaten der Mieter belauschend, ihren Strom und Wasserverbrauch
kontrollierend und die spanische Schwiegertochter mit Vorhaltungen und Vorschlägen quälend, und mit der Eifersucht einer jeden
Mutter auf die Schwiegertochter, die ihr den Sohn abspenstig gemacht hat. Hier in diesem Haus thronte, sagte ich mir, die Schick-
salsnorne, ohne die wir nicht nach Leipzig gekommen wären, auf
diesem abgesteckten Weg des Zufalls, der noch lange nicht zu Ende
gegangen war. Der Tod ist die Schwiegermutter des Lebens, hieß
ein etwas rätselhaftes Wort eines spanischen Philosophen, und ich
würde Jahre brauchen, um von diesem Weg abzukommen, ohne
ein anderes Ziel zu erreichen als jeder von uns am Ende seines

Lebens. Ich schloß die schwere schwarze Haustür, atmete tief durch und beeilte mich, die Wohnung meiner Tante zu erreichen. Ich bin sicher, der Schwiegermutter war ich nicht entgangen. Der Weg nach vorn zog mich aus zwei Gründen an. Ich würde Zugang finden zu den geheimnisvollen Büchern meiner Tante Teresa, die nichts mit der schönen Naivität der Märchen meiner Mutter zu tun hatten. Den Lügenbold Münchhausen würde ich mit seinem Namensvetter Börris Freiherr von Münchhausen aus dem Feld schlagen und die Deutschen Heldensagen ergänzen können durch die Kenntnis eines Romans, der Madame Bovary hieß und den Gustave Flaubert geschrieben hatte. Das Thema des Romans würde vielleicht ein anderes Rätsel lösen helfen, das Rätsel der Liebe. Denn soviel wußte ich schon, die Liebe zu meiner Cousine Concha (sie war der zweite Grund meiner Besuche in dieser Wohnung) konnte nur unglücklich enden. Sie würde mir über Jahre als Katalysator meiner unerprobten Gefühle dienen, dann und wann der Anreiz zu einer Mutprobe, ein Geländespiel sein für eine spätere Erfahrung, und darin glich meine Beschäftigung mit Concha, die Tagträume von ihr, der Beschäftigung mit der Literatur, deren Bilder und Gedanken wir in uns aufnehmen, um sie mit unserem gegenwärtigen oder künftigen Leben zu vergleichen. Jahrzehnte später hätte ich diese und eine andere Liebe vergessen, würde mich ein vermißtes Buch, damals als Symbol meiner Liebe weitergereicht, nicht noch heute an diese Liebe erinnern.

Concha, trotz ihrer verträumten, großäugigen Art, war raffiniert genug, meine Gefühle für sie auf die Probe zu stellen. Kaum war ich durch die Tür, die unverschlossen und von ihrer Mutter überhört wurde, wenn sie im Sessel saß und las, eilte Concha ans Telefon, um im Tonfall einer UFA-Schauspielerin ein Gespräch mit einem imaginären Liebhaber zu beginnen. Ich vermutete, sie könne meinen Schulfreund Klaus meinen, der ein Stotterer war, was kein Nachteil für eine Liebeserklärung sein konnte, denn seine umständliche Rede brachte ihm Aufmerksamkeit, ein suggestives Aug-in-Auge, das ihm Sicherheit gab und somit die Illusion, verstanden zu werden.

Für eine Nacht voller Seligkeit, flüsterte Concha in die Muschel, gebe ich alles hin ... Kauf mir einen bunten Luftballon und führe mich ins Land der Illusion ...

Dumm, wie ich war, der nur Filme kannte, die meine Tante Lore für uns in Bilbao ausgesucht hatte, begriff ich nicht, daß Concha in Zitaten sprach, die Filme der Saison in ihren Dialogen nachplapperte, die sie unmöglich gesehen haben konnte, da die verborgene Welt der Erwachsenen für uns Kinder vor den Filmpalästen endete, die ihre Vorstellungen für Jugendliche unter vierzehn Jahren verboten.

Was Concha mir trotz ihrer Kindlichkeit beibrachte, war die merkwürdige Lektion von der Erneuerung der Liebe nach einer Enttäuschung an der Liebe zu der gleichen Frau, dieses Wechselbad der Gefühle zwischen Hoffen und Verzagen, ein Prozeß der Wiederholung, der sich langsam abnutzt, bis eine neue Liebe ihn überflüssig machte, ohne daß man irgendwelche Lehren aus der verjährten Erfahrung gezogen hätte.

Die Wohnung in der Sechsundachtzig befand sich im Parterre des vierstöckigen Mietshauses. Das Schlafzimmer der Eltern, die Küche und die klamme Schlafkammer für Clara und Concha hatten die Fenster zum Hof, der in einen Schrebergarten überging, mit seinen im Frühjahr blütenbesäten Wegen, im Sommer mit blutroten Johannisbeeren und giftiggrünen Stachelbeeren. Der Garten mit seinem teerschwarzen Wasserbehälter war im Sommer eine Oase von der Vollkommenheit eines Brahmsschen Walzers, im Vergleich zur Natur des Leutzscher Waldes mit seinem schlammigen Flüßchen Luppe zur Marschmusik aus dem Hermann-Göring-Heim. Das Wohnzimmer und die Gute Stube in der Sechsundachtzig schauten auf die Straße im Stolz von Parvenüs in proletarischer Nachbarschaft.

Hier hatten wir, meine Mutter und ich, die ersten Wochen nach dem Umzug aus Bilbao verbracht, während mein Vater in Glauchau das Soldatenhandwerk erlernte. Meine Mutter hielt ihr verweintes Gesicht an den Kachelofen und versuchte, ihre Zahnschmerzen mit Wärme und Pyramidon aus Teresas Hausapotheke zu beruhigen. Mein Onkel Gustav, der noch nicht in Meißen stationiert war, kam am Spätnachmittag aus seinem Büro bei Meyer & Weichelt, und wir waren es, die die Harmonie seines Feierabends durcheinanderbrachten, was er wortlos tolerierte und nur im Zurechtrücken scheinbar schief hängender Bilder zum Ausdruck brachte, indes ich ihm seine Töchter entführte, wenn ich sie unter den Tisch im Wohnzimmer zog zu einem Spiel, das wir »Dunkler Wald« nannten und das ich erfunden hatte, um Clara abzulenken und Concha nahe zu sein. Es konnte vorkommen, daß sich Teresa ans Klavier setzte, an dieses schmale Möbel aus einem Günstigangebot von Woolworth, und Schubert spielte: LEISE FLEHEN MEINE LIE-DER DURCH DIE NACHT ZU DIR ... Meine Cousinen ließ die herzzerreißende Klage kalt, indes ich den Tränen nahe war und meine Märchenstunde unterbrach.

Was ist denn, mahnte Clara, und ich legte einen Finger auf die Lippen, bis Concha oder Clara ihrer Mutter zuriefen: Nu spiel doch mal was Lustiges, und Teresa in ihren Noten kramte und das Salome Lied spielte, das wie vom Schlag der Tamburine in einer Kamelkarawane untermalt war und mir Gelegenheit gab, den Takt auf Conchas Rücken oder Schenkel zu begleiten.

Wieder auf dem Sofa sitzend, in Erwartung der mit Kunsthonig bestrichenen *Bemmen,* erzählte ich meinen Cousinen, was ihre Mutter mir von der unglücklichen Emma Bovary mitgeteilt hatte, die sich aus Liebeskummer vergiftet.

So ein Quatsch, sagte Clara. Aus Liebeskummer. Wenn sie verliebt war, war sie doch glücklich. Und wenn sie Kummer hatte, war sie eben nicht verliebt.

Concha und ich sahen uns an und bissen in unser Kunsthonigbrot. Kummer hatte sie, sagte ich, weil sie unglücklich verheiratet war, mit einem Landarzt, der nie Zeit für sie hat, und aus purer Lange-weile macht sie eine Dummheit nach der anderen.

Quatsch, sagte Clara, sie hätte ihrem Mann helfen sollen. (Jahre später hätte Clara noch sagen können: Die Liebe ist eine Produk-tion. Und Concha hätte nach der Lektüre von Françoise Sagan ge-sagt: Die Liebe ist das, was geschieht, wenn sich zwei Menschen lieben. Nur waren wir Jahre später, trotz aller Zitate, auch nicht klüger als in diesem Winter 1944.)

Concha damals besann sich nicht lange und sagte: Denkt doch mal an die arme Frau Weber aus dem zweiten Stock. Die hat den Gas-hahn aufgedreht, es ist gar nicht lange her, weil sie mit ihrem Mann nicht mehr leben konnte.

Teresa sieht von ihrer Lektüre auf. Sie schaut auf die Uhr, als könnte ihr Ehemann jeden Augenblick auftauchen, aber nein, er ist ja in Meißen.

Die Frau Weber, sagt sie, hat sich umgebracht, weil sie Jüdin war, ihr Mann sich deshalb von ihr scheiden lassen wollte, um seine Arbeit nicht zu verlieren, und sie Angst hatte, abgeholt zu werden wie neulich der Herr Zitrin.

In der nächsten Minute trauen wir uns nicht, von dem süßen Brot abzubeißen. Ich stelle mir vor, wie das Gas sich in der Sechsundachtzig ausbreitet und die Mieter aus ihren Träumen nicht erwachen können.

Eine Jüdin, sagt schließlich Clara, wieso, sie sah aus wie Frau Meyer, blond und einigermaßen doof, wenn sie den Mund aufmachte und besser sächseln konnte als wir. Bei Herrn Zitrin kann ich es noch verstehen, so wie der aussah, so finster wie Rumpelstilzchen, den guckte jeder an und dachte, eiverpippsch, wie kommt der hierher?

Wenn wir ihn sahen, erinnert sich Concha, sangen wir, während wir auf der Straße Huppekästel spielten, eins zwei drei vier Eckstein, Zitrin muß versteckt sein.

Verstehst du überhaupt unsere Sprache, fragt Clara, eiverpippsch, Huppekästel?

Eschá, sage ich, Huppekästel, das ist Himmel-und-Hölle und heißt rayuela …

Du bist viel zu angeberisch, sagt Clara, um je richtig Sächsisch zu reden.

Concha steht auf und hüpft auf einem Bein über die Rhomben des unechten Perserteppichs.

Meine Tante Teresa legt einmal mehr einen Finger auf ihre Lippen und hat sich wieder in ihr Buch zurückgezogen. Was sie uns verschweigt, ist der Besuch zweier Gestalten in Ledermänteln, die jeden Mieter darauf einschworen, daß Frau Weber in einem Anfall von Schwachsinn den Gashahn aufgedreht habe. Niemand hatte zu ihren Lebzeiten den gelben Stern auf ihrem Mantel sehen wollen, wenn sie bei Stertzing die Butterzuteilung kaufte und im Kolonialwarenladen an der Klopstock-Straße das Sauerkraut vom Faß und beim Fleischer Winkler als letzte bedient wurde.

46

Die dulle Griet

Alle Jahre wieder las unsere Lehrerin ihre Weihnachtsgeschichten im Café Carola. Wir alle waren neugierig, wie sie sich das Weihnachtsfest 1943, mit seinen *Verlusten an Menschen und Material* vorstellte. Frau Margarete Wittber, unsere Deutschlehrerin in der 57. Leutzscher Grundschule, las ihre ausgesuchten Seiten von Storm oder Rosegger mit Ausdruckskraft und Autorität. Sie verbarg ihre Brosche, die sie als Mitglied der nationalsozialistischen Frauenschaft zu erkennen gab, durchaus nicht. Es war der einzige Schmuck an ihrem mütterlichen Busen; doch hatte sie keine Kinder. Ihre Kinder waren wir. Über germanische Bräuche der Sonnenwende, über Runen und Fibeln, Tannenbaum und Knecht Rupprecht, Bratäpfel und Pfefferkuchen sprach sie in der Schule mit der kalten Leidenschaft eines Forschers, der einen Wissensstand vermittelt, von dem man bestenfalls sagen kann, daß er relativ und ergänzungsbedürftig ist. Tatsächlich schloß sie sich zwei Jahre später einem Lutheraner Christentum an, als sie, zusammen mit ihrem Mann, der uns Zeichnen und Schönschrift beibrachte, aus dem Schuldienst entlassen wurde.

Im Café Carola hatte sie Jahr für Jahr eine treue Gefolgschaft unter Hausfrauen, alten Männern und Kindern. Sie saß in ihrer Fülle und in einem weiten Kleid aus den zwanziger Jahren unter einer Fotografie von Gerhart Hauptmann. Und von Jahr zu Jahr glich sie dem schlesischen Dichter immer mehr, in ihrer ungebändigten Frisur, in ihren blauen, ein wenig törichten Augen, denen nichts entging, in der Klasse nicht und nicht in der Schar ihrer Zuhörer. Sie machte ihre Studien, notierte sich, wie wir später lesen würden, für ihren Roman die Eigenarten dieses Phänotyps einer Vorstadt, »ein Boden wie Stein«, in der nördlichen Hälfte eine Villenkolonie, in der die Fabrikbesitzer wohnen; in der südlichen Hälfte eine Proletariersiedlung, und beides dem Sumpf abgetrotzt und dem Starrsinn seiner Bewohner zu verdanken. Sie schickte uns mit Zettel und Bleistift aus, um Straßennamen zu notieren und den Unterschied zwischen Klopstock und An der Lehde herauszufinden, und warum die eine Straße Schwylststraße hieß und eine andere Pfingstweide oder Ellernweg. Ringsum, zwischen Bienitz und Borsdorf, Wald und Wiese, dehnten sich die Ausläufer eiszeitlicher Endmoräne, Blaubeeren im Sommer und Ährenlesen im Herbst. Und zwischen Stein und Feld, Wald und Flur wandert die Dulle Griet, von zäher Gesundheit und hinterlistigem Geist. Einem Gespenst ähnlich, das sich materialisiert, wenn man es mit Hilfe eines Bildes von Breughel erkennen möchte.

Ein Vorort, der seinen Anschluß an die Stadt noch immer verleugnet, in dieser Unentschlossenheit zwischen Dorf und aus dem Boden gestampfter Industrie. Straßen, die sich zu Feldwegen verengen, mit geduckten Häusern, die jede Renovierung verweigern. Dann, wie hingestreut auf großer Fläche die abweisenden Flachbauten der Industrie, aus denen ein Grollen und Singen zu hören ist, der Geruch nach Maschinenöl sich mit den Lacken und Farben mischt und den Spaziergänger betäubt, noch ehe er das geschundene Eisen, den Hunger der Fräsmaschinen wahrnehmen kann. Ein Geflecht von Kabeln verbindet die Lichtmasten, ein Funkenflug würde die Vorstadt in einem höllischen Feuerwerk auffliegen lassen. Das Dorf hat den Raub an seinen Feldern und Wäldern nicht vergessen; es schickt Jahr für Jahr eine Armee schnell wachsender Bäume und Gräser, Pappeln, Schachtelhalm, Farne, die sich in den Mauerrissen festsetzen und auf ihren Einsatz warten, um den Putz von den Mauern zu fressen und den Stein zu sprengen.

Das praktische Gemüt der Ansässigen war auf Anpassung aus. Nur so würde man in Zeiten übergeordneter Ideologie seinen Laden bewahren können, sein Handwerk und am wichtigsten die private Sphäre, die im Schrebergarten zur Entfaltung kam, in den abgezirkelten, von Gartenzwergen bewachten und von Wasserburgen im Kleinstformat bewässerten Beeten.

Margarete Wittber, aus dem wohlhabenden Markkleeberg in dieses Zunschwitz, wie sie es nennen würde, eingezogen, kam sich mit den Jahren, in ihrem Grimm und ihrem Eifer, eine Topographie der Vorstadt zu erstellen und ein Lebensbild ihrer Bewohner, selber wie die Dulle Griet vor, die unausgesprochene Beleidigungen zu rächen hat und ihren Sack füllen muß, damit, wer ihr anvertraut war, nicht verhungern soll.

Ihr anvertraut war unser Lehrer Alfred Wittber, den sie in späteren Novellen ein armes Schwein nennen würde, ein Malerschwein, ihr verbunden in langer Ehe, ein uneheliches Kind, das sich nach Vater und Mutter sehnt, ein Künstler mit Bartstoppeln und einer in den Kragen wachsenden Zigeunermähne. Zusammen mit Zitrin hatte er die Hochschule für bildende Kunst besucht, einst ein Wandervogel, der sich zwischen Ulbricht und Hitler hatte entscheiden müssen. Als er Margarete kennenlernte, deren Bruder als Prokurist in der Rüstung (und als Chef meines Onkels Gustav und Lores) im Dritten Reich Karriere machte, entschloß er sich für die braune Uniform und versuchte, Zitrin zu überreden, sich taufen zu lassen. Du hast, sagte Zitrin und hüllte sich in Zigarrenrauch, offenbar Mein Kampf nicht gelesen. Wir sind, mein Lieber, nicht mehr in Spanien, wo man unsereinen nicht wegen der Rasse, sondern wegen der falschen Religion verfolgte.

Um das spanische Element besser kennenzulernen, porträtierte Wittber meine Großmutter, Doña Amparo, und er bat sie, vor einem Kachelofen Platz zu nehmen, eine Mantille um die Schultern, einen Fächer in der Hand und im Haar einen Einsteckkamm, und das Bild in seinen Widersprüchen hätte Exil heißen können. Zitrin sah es, und ein Gelächter schüttelte ihn: Du hättest es »Mantille und Kachelofen« nennen sollen. Wittber zog ein beleidigtes Gesicht und beschloß, sich den Prophezeiungen des Neuen Testaments anzuschließen und seine Haltung zum Judentum mit Hilfe des Alten Testaments zu überdenken.

Seine Frau entdeckte indessen das Pneuma Hagion, einen Geist, der über die Stoppelfelder weht und ihr beim Ährenlesen half. Denn jemand mußte sich ja ums Überleben kümmern in den Hungerjahren von Krieg und Nachkrieg.

Das Pneuma Hagion, zuweilen in Gestalt einer Taube auf dem Fensterbrett sitzend, war im Café Carola nicht zu sehen. Meine Mutter bedankte sich für die Lesung mit einer kleinen Tüte Bohnenkaffee und meldete mich für den Privatunterricht in Englisch bei Frau Wittber an.

Mit Blick auf den Leutzscher Wasserturm von der Parterrewohnung aus, im Terpentingeruch nach Ölfarben und beim Anblick der abgelehnten Manuskriptseiten, auf deren blanker Rückseite ich die unregelmäßigen englischen Verben notierte, begannen auf dem »Boden aus Stein« die seltsamsten Blüten und Blumen zu treiben. Aus dem englischen Lehrbuch stieg das Pneuma Hagion auf, an manchen Tagen von einer Handbewegung der Lehrerin verscheucht. Sie hatte, davon war ich von Mal zu Mal überzeugter, ein anderes Leben gewollt.

Ihre Art zu unterrichten hatte etwas Schlafwandlerisches, wenn sie sich in die wilde aschblonde Frisur griff, meine Aussprache korrigierte und an etwas anderes dachte. Woran dachte sie? Ich begriff, so ist eben ein Schriftsteller, der gleichzeitig in zwei Welten lebt, in der alltäglicher Realien und in der seiner Imagination.
Ich lernte den Satz: SOMETIMES I FEEL LIKE A MOTHERLESS CHILD. Da fiel mir ein, den Satz hatte ich im Mundo Argentino gelesen. Ich brachte meiner Lehrerin die Illustrierte, die zu besitzen und zu lesen uns beiden vermutlich verboten war, und ich übersetzte ihr die Nachricht vom Tod des schwarzen Musikers Fats Waller in einem ungeheizten Zugabteil für Schwarze in einer Reise quer durch die USA. In Paris hatte ihm der Organist von Notre Dame, schrieb die Illustrierte, erlaubt, an der Orgel zu improvisieren, und er hatte den Spiritual vom mutterlosen Kind gespielt.
Forget about it, sagte die Lehrerin.
Einmal, als ich die Wohnung verließ, trat ein älterer Junge aus der Tür gegenüber, schaute über mich hinweg, hob dann den Arm zum Gruß und sagte: Drei Liter! Dann nahm er in seltsamen Sprüngen die Stufen zur Straße und pfiff dabei eine den Sprüngen angepaßte Melodie. Mir fiel nichts Besseres ein, als ihm nachzurufen: Fats Waller! Er drehte sich erstaunt um, zögerte und sagte dann: Charlie Parker! Zu Hause angekommen, schrieb ich beide Namen in eine geheime Kladde meines Archivs.

Ich vertraue dir meine Frau an

An jenem Abend umarmten wir Kinder unsere Großmutter immer aufs neue: Sie roch so gut. Alfredo hatte ihr ein Fläschchen Agua de Colonia Añeja mitgebracht, eine Essenz aus Früchten und Blumen, die mich an die Kamillenblüten auf den Wiesen des Pagasarri erinnerte und die auf der Mantille unserer Großmutter einen Duft verströmte, der auch Concha und Clara betörte. Damit nicht genug, Alfredo schenkte seinen Schwestern jene magische Seife ihrer Jugend, Heno de Prado, Wiesenheu, grüngelbe Riegel, die wie ein Versprechen auf bessere Zeiten waren in unserem Haushalt mit seiner Zuteilung an Kernseife und anderen Seifen unbekannter Beschaffenheit. So kam es, daß Teresa einmal mehr die Vorteile unserer Wohnung für sich und ihre Töchter beanspruchte. Wir hatten ein Badezimmer, dessen Ofen mein Onkel Gustav im Nu zu heizen verstand. Mutter und Töchter, ihr Stück Heno de Prado in der Hand, verschwanden für die nächste Stunde. Mich überfiel eine gewisse Unruhe, wenn ich mir die Verwandlung dieser in ihren Kleidern, Röcken, Strümpfen vertrauten Leiber in die Blässe nie gesehener Nacktheit vorstellte, und ich bin sicher, die Atmosphäre in der ohnehin durch Essen und Trinken aufgeheizten Wohnung veränderte sich schlagartig, und sei es, daß die Gespräche eine andere Wendung nahmen. Meine Großmutter warnte vergebens, so schnell nach dem Essen ein Bad zu nehmen, das die Verdauung durcheinanderbringen würde, aber niemand hörte auf sie. So kam es, daß die Sechsundachtziger sich entschlossen, die Nacht bei uns zu bleiben, um sich, frisch gebadet, nicht der Februarkälte auszusetzen. Das Schweigen meines Vaters, als die Rede auf Rühmanns neuesten Film – Ich vertrau dir meine Frau an – kam, wußte ich mit den Jahren immer besser zu deuten. An jenem Abend wich er den Blicken meiner Mutter aus. Und meine Macht über ihn war, ich würde sein Schweigen teilen, obschon ich alles wußte, und meine

Mutter vor jeder Verletzung ihrer Gefühle schützen. Nichts als Eifersucht, würde später meine Cousine Clara sagen, nachdem sie ein paar Semester Psychologie studiert hatte: dein Vater hatte dich, und sei es für die Zeit seines Urlaubs, von der Seite deiner Mutter verdrängt, und du fühltest dich *like a motherless child.* Jetzt hattest du etwas in der Hand, um ihn von der Seite deiner Mutter zu verdrängen.

Nein, sagte ich, Was ich wußte, verriet ich nicht. Ich habe ihnen den Abschied dadurch nicht leichter gemacht, als sie sich ihrer Liebe versicherten und nie in ihrem Leben wiedersehen würden. Die Geheimnisse vor und in der Ehe, sind sie nicht das Salz jeder Liebe?

Clara findet den Vergleich zum Lachen. Salz in einer Wunde, das brennt, sagt sie.

Jonas, der sich nicht gern an seine Zeit bei den katholischen Jung-männern in Madrid erinnern wollte, damals, als er meine Mutter kennenlernte, er hatte seine Gründe, einiges zu *verdrängen,* sage ich zu Clara – wenn wir schon in der Terminologie deiner Wissen-schaft bleiben wollen. Denn die Jungmänner hatten meinen Vater beauftragt, für die Aufführung ihres Passionsspiels eine Maria Magdalena zu besorgen, die dem Herrn die Füße wäscht und mit ihrem Haar trocknet. Warum sie gerade ihm diesen Auftrag gaben, weiß ich nicht. Er brauchte nicht lange zu suchen, er kannte eine berufsmäßige *golfa,* eine Prostituierte, und er hatte sich von ihren Vorzügen für die Rolle der Maria Magdalena überzeugt, denn sie vermachte ihm die Syphilis, damals eine Krankheit, die man sich so unvermutet zuziehen konnte wie heute einen Schnupfen. Und als meine Mutter ihm als Ziel der Hochzeitsreise das Hotel Alfonso vorschlug, erschrak Jonas auch deshalb, weil er sein Geld für Arzt und Salvarsan ausgegeben hatte. Er wurde geheilt, doch eines blieb ihm, die unheilbare Sucht nach dem anderen, dem unbekannten Körper, eine Sucht, welche bekanntlich die Ehe heilt (Clara schüt-telt den Kopf), um den Preis, daß sie die Lust austrocknet.

☆

Mein Vater, auf Urlaub, folgte dem Wunsch eines Kameraden, seine Frau aufzusuchen, Gertrud hieß sie und wohnte in Leipzig-Schönefeld, und ihr ein paar Kleinigkeiten zu bringen, die ihr Mann zusammengestellt hatte als Ersatz für eine persönliche Umarmung. Jonas machte sich auf den Weg, ohne meiner Mutter im einzelnen zu erklären, was er vorhatte – nun gut, er überbrachte ein paar Geschenke seines Kameraden Clemens, der keinen Urlaub bekommen hatte. Der Geist der Erzählung begleitet ihn. Trug Jonas Uniform oder einen seiner in Bilbao maßgeschneiderten Anzüge? Er machte sich, frisch rasiert, früh am Morgen auf den Weg. Man mußte als Zivilist auch am Tage mit Fliegeralarm rechnen, mit verspätet fahrenden Straßenbahnen, mit Ruinen, die noch gestern Wohnhäuser aus den zwanziger und dreißiger Jahren gewesen waren. Clemens hatte ihm das Haus beschrieben und ein Bild seiner Frau entworfen, das Jonas sofort verdrängte, weil ihm vorschwebte, wenn er diese rothaarige, blasse und enttäuschte Frau zu Gesicht bekäme, würde er die Fassung verlieren.

Jonas blieb einen Tag und die darauffolgende Nacht bis zum Mittag in Schönefeld. Die Frau seines Kameraden Clemens war auf seinen Besuch nicht vorbereitet, so daß die erste Verlegenheit über das Auftauchen meines Vaters mit Entschuldigungen über eine leere Speisekammer – Kaffee könne sie anbieten, doch nichts zu essen – überbrückt werden konnte; Jonas aber brachte dies und das mit im Auftrag des abwesenden Ehemanns, und so kam eins zum anderen, die Verlegenheit wich einer hausfraulichen Geschäftigkeit, die mein Vater mit Vergnügen beobachtete. Ein Soldat wie er, zumal in Vertretung seines an der Front unabkömmlichen Kameraden – ach ja, es geht ihm den Umständen entsprechend gut –, verdiente liebevolle Aufmerksamkeit und eine Atmosphäre friedfertiger Zuneigung. Gertrud schien in allen Zimmern der Drei-Zimmer-Wohnung – mit Ausnahme des Schlafzimmers – zugleich anwesend zu sein. Sie schob meinem Vater ein Kissen zurecht, goß ihm ein Glas Melde Likör in den Cognacschwenker; eilte in die Küche, ständig bedacht, eine in die Stirn rutschende Locke zurechtzuschieben, indes Jonas sie mit Blicken verfolgte, seinen Kameraden um diese schlanke, dabei rundliche und agile Sächsin beneidend.

Das Essen kam im Handumdrehen auf den Tisch, noch ehe Jonas sich ein Bild von der Wohnung hatte machen können. Er entkorkte die hingestellte Flasche Wein, drückte die dritte oder vierte angerauchte Zigarette in den Aschenbecher – Clemens hat sich das Rauchen abgewöhnt, sagte Gertrud – und goß den roten Burgunder in die geschliffenen Gläser – eigentlich trinke ich gar nicht, sagte Gertrud, und Jonas stellte sich vor, daß die Gläser vermutlich das letzte Mal am Hochzeitstag des Ehepaars benutzt worden waren.

Seinen betulichen, behäbigen und kurzsichtigen Kameraden Clemens konnte er sich nach der Zeremonie des Gläser-Leerens nicht vorstellen: vermutlich war meinem Vater eine Geschichte eingefallen, aus der Zeitung oder aus der Familienchronik, und Gertrud hatte ein leichtes Gähnen verheimlicht. Sie ließen, anstoßend, die Gläser klingen, und Jonas überlegte, was er sagen sollte, doch kam ihm Gertrud zuvor mit dem Vorschlag, Brüderschaft zu trinken, schließlich duzte er sich doch auch mit Clemens, und schon reichte sie ihm ihren Mund zum Kuß, und Jonas stellte das Glas auf das Tischtuch und drückte die Frau an sich, faßte um ihre Schultern und berührte wie zufällig ihre flachen Brüste und lobte im stillen den Krieg, der das Vorspiel zur Liebe angesichts des ständig drohenden Todes verkürzte.

Gertrud griff nach ihrem halb geleerten Glas, was einer instinktiven Abwehrhaltung glich, und erkundigte sich einmal mehr nach ihrem Mann. Nun war ja Clemens an der russischen Front zurückgeblieben, als Jonas an die italienische Front versetzt wurde –, und der russische Frontabschnitt war bekanntlich in ständiger Bewegung, so daß keine klare Auskunft zu geben möglich war. Alles, was man über Clemens sagen konnte, hing mit seinem sanften Charakter zusammen, der in jeder Lebenslage einen Widersacher überzeugen würde. Zur Überraschung meines Vaters schlug Gertrud bei dieser Einschätzung eine Lache an, die Jonas an das Gelächter jener Maria Magdalena erinnerte, als er ihr vorschlug, eine Rolle im Passionsspiel der deutschen katholischen Jungmänner in Madrid zu übernehmen.

Zu den Geschenken, die Jonas nach und nach auspackte, gehörten ein Paar Strümpfe, die Clemens im Tauschgeschäft organisiert hatte und die Jonas nun, mit eingespielter Geste der Verlegenheit, auf den Tisch legte.

Gertrud griff sofort zu und verschwand mit dem knisternden Angebinde im Schlafzimmer. Zurückgekommen, zog sie ihren Rock hoch bis übers Knie, um Jonas die makellos über ihre Beine sich schlängelnden Strümpfe zu zeigen. Ihre Beine im Korsett der Strümpfe waren so klassisch wie die Arme der Venus von Milo, das heißt, man konnte sich ihre Vollkommenheit vorstellen. Jonas zögerte keinen Augenblick, er legte seine Hände um ihre Kniekehlen und umspannte ihre Schenkel, bis er an die Grenze ihres von Clemens organisierten französischen Seidenschlüpfers kam.

Es ist wie im Krieg, dachte Jonas: die Kontrahenten stehen einander gegenüber, wer greift zuerst an, alles eine Frage der besseren Waffen oder besseren Strategie. Auch Gertrud zögerte, die begonnene Herausforderung auf die Spitze zu treiben. Sie zog den Rock mit rascher Bewegung über die Knie, so daß meinem Vater nichts anderes übrigblieb, als seine Hände aus der Verwicklung des Stoffes zu befreien – mit der Hast eines Schauspielers, der aus dem zu früh fallenden Vorhang nicht herausfindet.

Er griff nach der angefangenen Zigarette, die im Aschenbecher verglommen war, er zog eine neue aus der Packung, fand sein Feuerzeug nicht, so daß Gertrud ihm behilflich war; sie hielt das verchromte Gerät russischer Herkunft in der Hand, als hätte sie es schon länger dort verborgen, und die übergroße, von der Wärme ihrer Hand entfachte Stichflamme blendete Jonas und war wie die Einleitung zu einer neuen Herausforderung.

Jonas lehnte sich zurück, er rauchte und sah sich um. In der Glasvitrine an der Wand gegenüber hatte Gertrud die Bastelarbeiten ihres Ehemanns aufgestellt, diese auf Streichholzbeinen stehenden Kastanienmännlein, diese Laubsägearbeiten, welche fliegende Störche und schlafende Katzen imitierten; diese glasgeblasenen Schneemänner und glückbringenden Schornsteinfeger.

Da lag es nahe, das Gespräch noch einmal auf Clemens zu bringen. Wann hast du ihn das letzte Mal gesehen? fragte Gertrud.

Jonas überlegte, ob er mit einer Lüge antworten sollte. Er hatte ihn zufällig getroffen, auf einem Bahnhof in Warschau, im Februar vorigen Jahres, und Clemens hatte erzählt, er sei abkommandiert worden an die Mauer des Warschauer Ghettos, um zu verhindern, daß die aufständischen Juden das Ghetto verließen oder ihnen aus der Stadt Verstärkung käme. Notfalls sei von der Waffe Gebrauch zu machen, hatte Clemens gesagt, und seine Stimme klang gebrochen. Er habe noch nie einen Menschen erschossen, hatte er gesagt, seine Kurzsichtigkeit und seine sozusagen zwei linken Hände hätten ihn davor bewahrt. Doch nun ging alles drunter und drüber, und sein Gefühl sage ihm, hier käme er nicht mehr lebend heraus. Jonas beruhigte ihn, obschon auch ihn in den Ruinen von Warschau, in der Hektik der Befehle und dem Brandgeruch, der über der Stadt lag, das Gespenst des Todes überfiel. Er mußte Clemens versprechen, beim nächsten Urlaub seine Frau in Leipzig zu besuchen, und dann verschwand Clemens mit den anderen Soldaten, die ein Befehl in Marsch setzte. Es war keine Zeit gewesen, ein Geschenk für Gertrud zu übergeben, falls Clemens etwas bei sich hatte. So besorgte mein Vater, bevor er Warschau in Richtung Italien verließ, auf dem Schwarzen Markt vor dem Bahnhof das Paar französischer Strümpfe und die Flasche Kölnischwasser.

Wann ich ihn zuletzt gesehen habe? Auf der Durchreise. Du kennst ihn ja. Auf seine Art ein großes Kind. Wenn er Angst hat, macht er die besten Witze. Zum Beispiel den von der Frau, die ... Nein, warte, ich habe ihn vergessen.

Vielleicht fällt er dir wieder ein, sagte Gertrud und stand auf. Ich mach uns was zu essen. Du bleibst doch noch?

Mein Vater bejahte. Was würde er zu Hause erzählen, bliebe er bis morgen früh?

Mach doch bitte das Radio an, sagte er und dachte: Nur ein angloamerikanischer Angriff würde ihm eine passende Entschuldigung bringen.

Der Reichssender Leipzig sendete ein Estradenkonzert, das mein Vater mit den Worten eines Gassenhauers aus seiner Schulzeit in Karlsruhe begleitete: Auf deine Liebe pfeif ich, auf den Nachttopf ... scheint der Mond. Ein Lied, das er seinem Sohn beibringen sollte.

In der Stunde der Gefahr hilft es besser als die Anrufung der – wie viele sind es? – Nothelfer.

Da mein Vater in der Nacht aufstand, behutsam, um die schlafende Gertrud nicht zu wecken und im Wohnzimmer eine Zigarette zu rauchen, Clemens gerahmte Fotografie im Schein der Stehlampe betrachtend, entdeckte er ein zusammengefaltetes Papier unter dem Bild. Ein Stempel mit dem Hakenkreuz war zu erkennen und die verstümmelten Buchstaben, die sich als GENERALGOUVER-NEMENT zusammenstellen ließen.

Jonas zog das Schreiben unter dem Foto hervor, faltete es auseinander und erfuhr, was er geahnt hatte: Es war die Mitteilung vom Heldentod für Führer und Vaterland des Gefreiten Clemens … Herzliches Beileid, liebe gnädige Frau … Stabsarzt Militärkrankenhaus Warschau, Generalgouvernement am …

Jonas rauchte eine zweite Zigarette, trank in der Küche ein Glas Wasser. Hörte auf die Geräusche der Nacht. Es blieb still, keine Alarmsirenen, kein Anflug feindlicher Flugzeuge. Er zog das schwarze Rollo ein wenig vom Küchenfenster und sah auf die wirbelnden Schneeflocken. Er nahm sich vor, morgen mit mir rodeln zu fahren. Ein Alibi für sein Wegbleiben hatte er im Kopf. Denn seinen Gedanken würde niemand folgen wollen, am wenigsten Consuelo: Da so wenig Liebe in der Welt war, dachte er, und soviel Tod, war doch jede Liebe der Versuch, den Tod zu überwinden. Nur: jede neue Liebe kam wie der Dieb in der Nacht und tötete die alte Liebe.

☆

Sí, hombre, ich vertraue dir meine Frau an, spottete Alfredo, als mein Vater ihm beiläufig erzählte, er habe vor ein paar Tagen die Frau seines Kameraden Clemens besucht. Ich hörte genau zu, um meinen Vater bei seiner Lüge zu ertappen; und er wiederholte die Geschichte, die er meiner Mutter erzählt hatte, in meinem Beisein. Er habe die Nacht leider in einer Wachstube, also fast einer Arrestzelle am Hauptbahnhof verbringen müssen, da er von zwei Greifern geschnappt worden war, die seinen Urlaubsschein sehen wollten, mißtrauisch gemacht durch seine zivile Erscheinung eines besseren Herrn im grauen Zweireiher mit elegantem Wintermantel, auf dem Kopf weder Käppi noch Stahlhelm, sondern einen guten Filzhut aus der Gran Vía von Bilbao. Man habe ihn mitgenommen, sich seine Erklärungen angehört wie die Lügen eines Spions, und es habe eine Weile gedauert, bis eine übergeordnete Stelle Kontakt zu seiner Einheit aufgenommen oder sonst wie seine Identität festgestellt habe.

Sie hätten dich glatt für Rühmann halten können, sagte mein Onkel Gustav, und so kam das Gespräch auf den letzten Film mit Rühmann und Lil Adina, Ich vertraue dir meine Frau an.

Meine Mutter hätte leichtes Spiel gehabt, meinen Vater zu überführen. Sie hätte in der Innentasche seines Anzugs den Urlaubsschein finden können und in einer anderen Tasche die Fahrscheine nach und von Schönefeld, jeweils mit dem Datum des einen und des anderen Tages. Sie tat es nicht. *Vivir del cuento* – wo, wenn nicht in der Ehe sollte man an Märchen glauben. Ich hatte nachgesehen und die Fahrscheine und den Urlaubsschein in seinen Uniformmantel gesteckt, der neben dem grauen Jackett an der Garderobe hing. So wäre, dachte ich, ihr und ihm geholfen.

Rühmanns Komödie von der Frau, die ihm ein Freund anvertraut, als er verreisen muß, und die alles dransetzt, den liebenswürdigen Rühmann, der im Grunde nie nein sagen kann, zu verführen, hatte Alfredo neulich in Hamburg gesehen. Mein Vater kannte den Film nicht, den die Familie, meine Großmutter und wir Kinder ausgenommen, in der Edda oder im Filmpalast gesehen hatte. Beide Lichtspielhäuser waren zu Fuß zu erreichen, und der Heimweg erfolgte in der immer bekannten Prozession: mein Onkel Gustav als Schrittmacher vorneweg, dahinter Lore, die auf seine Meinung zum Film wartete, um widersprechen zu können; paarweise meine Mutter und Teresa, die sich über den albernen Film rasch einigten und sich verständigten, welche Lebensmittelmarken in dieser Woche *aufgerufen* würden.

Das Merkwürdige an diesen Unterhaltungsfilmen des Dritten Reiches war ja, wie Clara und ich uns später sagten, daß sie in einem Nirgendwo spielten, historisch gesehen. In welche Vergangenheit oder Gegenwart wurde denn der Zuschauer hineingeführt? War das die Weimarer Republik? Keineswegs. War das die Gegenwart der Zuschauer? Ohne Krieg, Alarm und rationierte Lebensmittel, und schlug Rühmann eine Zeitung auf, fehlten die Todesanzeigen mit dem Emblem des Eisernen Kreuzes. Was also bekam man zu sehen? Es war die von keiner Geschichtszeit angekränkelte Figur des munteren Angestellten, der seinen Witz und seine Kunst zu überleben bei einer gelegentlichen erotischen Stimulanz beweisen kann. Am Montag beginnt dann der Alltag im Büro: Glück hat auf die Dauer nur der Tüchtige. Auch Thaler hatte, wie Jonas, den Film nicht gesehen. Er fragte sich, ob er erzählen sollte, wie Alfredo ihn zuweilen gebeten hatte, in Bilbao seine Ehefrau Merche und die beiden Kleinen zu besuchen, wenn er geschäftlich unterwegs sei. Er habe es gern getan, schon wegen der gelegentlichen Freikarten, die er von Merche fürs Kino bekam, denn sie half zuweilen an der Kasse des Buenos Aires aus. Besser, dachte Thaler, er halte den Mund, denn er fürchtete, eine andere Geschichte würde dann nicht zu verschweigen sein, nämlich seine Beobachtung von Alfredos Doppelleben. Einmal, bei einem Spaziergang durch das Villenviertel von Guecho, habe er Alfredo aus einem rasanten Sportwagen aussteigen sehen, eine Frau sei aus dem Gartentor der Villa gekommen und habe ihn umarmt und den Kindern zugerufen: Papa ist da! Und dann sei Alfredo ins Haus gegangen, ganz so wie ein Hausherr zum Feierabend und in Begleitung seiner Familie. Er, Thaler, sei noch einmal zurückgegangen, um das Schild an der Gartentür zu lesen: Enrique Arizaleta war da zu lesen. Womöglich der Name des verreisten Hausherrn, der Alfredo seine Frau anvertraute. Er habe damals die nächstbeste Kirche am Weg aufgesucht, um ein Gebet für die Sünder dieser Welt zu sprechen, und also auch für sich selbst und den Versuchungen, denen auch er ausgesetzt war.

An diesem Punkt der Gespräche, Mutmaßungen und Verheimlichungen kamen die Badenden zurück, umhüllt noch von den Düften nach Heno de Prado, in der Entspannung, die ein heißes Bad dem Körper bereitet, zumal in diesen Kriegstagen, die jede Entbehrung zu einer patriotischen Verpflichtung machten; ich versuchte, meiner Cousine Concha in die Augen zu sehen, als wüßte ich um das Geheimnis ihrer Nacktheit, das sie mir im warmen Badewasser in Gedanken mitgeteilt hatte. Ich erfuhr nichts, Clara schaute mich, ihre Kinderbrille putzend, spöttisch an. Meine Mutter beeilte sich, für Teresa Kaffee nachzugießen, der schön mache, eben weil er kalt sei –, und Lore bemühte einmal mehr die Voraussagungen der Goebbelsschnauze, die uns beruhigten. Der Verband feindlicher Flieger sei in Richtung Rheinland abgedreht. Mein Onkel Alfredo schaute auf seine Armbanduhr und bat meine Mutter, einen kleinen Nachtisch vorzubereiten.

Mein schönes Fräulein,
darf ich's wagen

Keiner übersah, daß Lore ihrem Schwager aus dem Weg ging. Widersprach sie ihm, wie es ihre Art war, dann nicht, weil sie Streit mit ihm suchte. Vielmehr verbarg ihr Widerspruch eine besondere Taktik, sich zu wehren – doch gegen welche Anfeindungen, Zumutungen? Mit Clara würde ich auch später nicht darüber reden können, ohne Gefahr zu laufen, mich zu sehr in die Belange ihrer Eltern einzumischen. Nach dem Tod meiner Tante Teresa – Jahrzehnte nach den hier, im Februar 1944 festgehaltenen Ereignissen – schien es folgerichtig, wie in den Königsdramen Shakespeares, daß mein Onkel Gustav, als Witwer, Lore heiraten würde, die auch in den späten Jahren keinen Ehemann gefunden hatte. Mein Onkel Gustav aber heiratete seine langjährige Sekretärin, und die Feindschaft Lores wuchs ins Irreale.

Der Geist der Erzählung, oft auch als Gespenst der Familiensaga verpönt, greift ungern den Ereignissen voraus. Lore hatte in ihrer sachlichen Art ausgerechnet, daß nach Stalingrad nur wenige heiratsfähige Männer ihrer Generation übrigbleiben würden. Sie las die Frontberichte und Todesanzeigen in den Zeitungen, und einmal fand sie den Brief eines jungen Gefreiten an der Ostfront, der, ein Faust-Zitat frei zitierend, um Post bat, zwecks Gedanken- und Gefühlsaustausch, und er gab seine Feldpostnummer an. Lore korrigierte zunächst das Zitat und ergänzte es mit den Worten Gretchens – *bin weder Fräulein weder schön, kann ungeleitet nach Hause gehn* –, stellte sich ein wenig vor, in wenigen Worten, die nicht mehr von ihrer Person verrieten als ein von Jäpel an der Demmeringstraße angefertigtes Paßbild. Auch über ihre Arbeit schrieb sie nichts, aus Furcht, der Brief könne zensiert und dann zurückgehalten werden. Also schrieb sie über Gretchens Schicksal in einer vom Teufel regierten Männerwelt. Ihre Hoffnung erfüllte sich. Der Gefreite an der Ostfront, hieß er Lothar oder Peter? entpuppte sich als ein gefühlvoller Jüngling, vielleicht ein angehender Germanist und

heimlicher Dichter. Er sparte nicht mit Kritik an Goethes Frei-
geisterei in puncto Liebe, und Lore las zwischen den Zeilen des
Feldpostbriefes die Versicherung, er, der einsame Schreiber im
Schnee, würde sein Gretchen auf Händen zum Traualtar tragen.
Im Dezember bat Lore meine Mutter, etwas von ihren aufgesparten
Vorräten abzugeben für ein Feldpostpäckchen. Lore nahm einen
Schnellkurs bei ihrer Schwester, um das komplizierte Verfahren zu
lernen, mit fünf Nadeln zugleich einen Fingerhandschuh zu strik-
ken. Es gelang. Sie besorgte eine rote Kerze, etwas Tannengrün und
ein paar Lamettafäden, die ich ihr großzügig schenkte aus den Vorräten von Fritz und Franz in ihrer Wohnkiste
Der Gefreite bedankte sich überschwenglich. Lore hielt seine Briefe
unter Verschluß, diesen aber las sie vor und übersetzte ihn für unsere Großmutter. Auch das Foto ließ sie sehen, ohne es aus der
Hand zu geben, das einen lächelnden jungen Mann, das Käppi
schräg aufgesetzt, im Kreis seiner Kameraden zeigte. Viel war auf
dem Foto nicht zu erkennen, die jungen Männer in ihrer Montur
glichen einander, und das eingefrorene Lächeln stand auf jedem
Gesicht. Es war der letzte Brief. Dann kam nichts mehr, keine Antwort auf Lores dringende Briefe. Doch, ihr letzter Brief wurde mit
dem Vermerk zurückgeschickt: ZUSTELLUNG NICHT MÖG-
LICH.
Niemand sah Lores Tränen. Ihr Stolz verbot jede Zurschaustellung,
jeden Trost, den ihr meine Mutter vor allem hätte geben können,
war sie doch für Consuelo wie eine Tochter, den Jahren nach, als
ihre leibliche Mutter sie als Strafe des Schicksals empfunden haben
mußte – ein ungewolltes Kind in ihren Jahren!
Lores Trauer wurde zur übertriebenen Disziplin in allen Dingen,
die den Krieg an der Heimatfront betrafen – Meldepflicht, Brandschutz, Lebensmittelkarten, Sand gegen Brandbomben auf dem
Dachboden und Trinkwasser im Keller.
Ihr Bruder Alfredo erfand, um sie zu ärgern, eine Slapstick-Szene,
darin die Marx Brothers den Sand säckeweise über den Dachboden
verstreuen, bis ein Sandsturm entsteht, darin sie zu verschwinden
drohen und sich verwechseln, bis alles in einer Prügelei endet und
Harpo schließlich eine Schalmei aus der Tasche zieht, Groucho
seine Zigarre raucht und Chico ein Kartenspiel aus dem Ärmel

zaubert. Tatsächlich zauberte Alfredo ein Kartenspiel aus dem Ärmel seines eleganten Anzugs, und einmal mehr hatte er Claras, Conchas und meine Bewunderung.

Lore schwieg trotzig, und mein Onkel Gustav meinte, man könne bei einem so lebensbedrohlichen Thema wie Brandschutz keine Späße machen. Niemand von uns wußte, daß Alfredo den Feuersturm in Hamburg überlebt hatte und seine Späße der Versuch waren, zu vergessen, was er gesehen hatte. Auch Thaler versuchte den einen und anderen Witz zu erzählen, um Lore aufzuheitern. Er wußte ja nichts von ihrem Briefwechsel mit diesem unbekannten jungen Soldaten, und er tat alles, um jene Lore wiederzufinden, die in der Deutschen Schule von Bilbao seine erste Liebe gewesen war, eine unerwiderte Liebe, die kaum Lores Phantasie wecken konnte. Sie, die Minderjährige, spielte sich im Beisein ihrer Schwestern Teresa und Consuelo lieber wie eine Anstandsdame auf, wie eine zweite Tante Löffelchen, doch nur um im Kino zwischen ihren künftigen Schwägern Gustav und Jonas sitzen zu können, die mit ihr schäkerten und im Vergleich zu Thaler richtige Männer waren.

Big Week

Von den Karlistenkriegen ihrer Jugend erzählte meine Großmutter nur die eine Episode von der Bombe. Aufgehoben hatte sie die Fotografie ihres Vaters, eines jungen Mannes mit schwarzem Vollbart, eher mißtrauisch auf den Fotografen schauend, der mit einer so magischen Kunst vertraut war wie der Konservierung des Augenblicks auf einem Blatt Papier. Mein Ur-Großvater, der Genealogie nach, trägt eine flache Mütze mit einer Kokarde – einziges Zugeständnis an seine Militärzeit, denn er posiert im Jackett, ein weißes Hemd mit hochgestelltem Kragen und schwarzer Kragenschleife vervollständigt den zivilen Eindruck, und der Orden auf dem linken Revers ist die bleibende Erinnerung an die bewegten Tage eines spanisch-baskischen Erbfolgekrieges und ein Zeugnis abgelegter Tapferkeit.

Auch meine Großmutter zeigte uns ihre Medaillen, die sie in der Schule für gute Leistungen bekommen hatte. Wir staunten über diese Art, Schule und Militär zusammenzubringen. Auch wir, Concha und ich, hätten eine Menge Abzeichen bekommen können, doch glichen sie den Abzeichen, die Lore hütete, für vaterländische Gesinnung und Teilnahme an den Übungen und Wanderungen des Bundes Deutscher Mädchen. Keines der Abzeichen hatte die Patina der Medaillen unserer Großmutter, mit ihrem verblichenen Rot der Schleifen und den verwitterten Schriftzeichen auf den Münzen, die aussahen, als hätte man sie beim Rückzug der Römer aus Spanien gefunden.

Die Geschichte mit der Bombe kannten wir, wenn auch mit Variationen, denen wir eigene Wendungen hinzudichteten. Denn konnte es stimmen, daß bei einem Bombenalarm ein Mann durch die Straßen am Arenal von Bilbao lief, dabei eine Glocke schwingend, wie ein Eisverkäufer, und wiederholt rufend: *Bomba, Bomba!* Die Leute schauten aus ihren Türen und fanden Zeit, sich in Deckung zu bringen, indem sie die Türen schlossen, an denen das Geschoß pfeifend vorbeizog, um mit sanftem Knall unter einem Baum zu krepieren.

Auch wir waren gewarnt worden vor dem Abwerfen einer Bombe: Wir sollten, belehrte uns der Luftschutzwart, nur immer auf die schwache Glühlampe schauen, die im Keller glomm. Sobald sie zu flackern begänne, sei es Zeit, sich eine nasse Decke über den Kopf zu ziehen. Und so starrten wir auf das Licht, bis uns die Augen schmerzten.

Das war ein drolliger Krieg, sagte Alfredo zu seiner Mutter. Warum haben wir nicht damals gelebt? Er schaut einmal mehr auf seine Armbanduhr, als könne er das auf uns zufliegende Verhängnis auf die Minute voraussagen oder abwenden.

An der Operation »Gomorrha«, Hamburg im Juli 1943, beteiligten sich 740 britische Flugzeuge. Sie warfen 2300 Tonnen Bomben auf die Stadt und kehrten in den folgenden Nächten wieder, in Begleitung amerikanischer Verbände, um eine bunte Mischung von Bomben abzuwerfen – Leuchtbomben, Spreng- und Stabbrandbomben, Phosphorbomben und Phosphorkanister, Flüssigkeitsbrandbomben ... Eine kombinierte Druck- und Sogwirkung entfachte den Feuersturm, der Menschen und Häuser davontrug wie verkohltes Zeitungspapier. Der Luftdruck kann in unmittelbarer Nähe der Detonationsstelle mehrere zehntausend Atmosphären erreichen ... Trifft der Luftstoß auf ein Haus, entsteht Staudruck ...

Wir Kinder hörten zu, als säßen wir in der Schule. Jedes Verhängnis der zurückliegenden Geschichte verliert seinen Schrecken, wenn es in einer Beschreibung untergebracht und in seinen Zusammenhängen, ob ideologisch oder dialektisch, physikalisch oder biologisch, erklärt werden kann. In diesem Fall aber konnten wir nichts auf die lange Bank der Geschichte schieben. Mein Onkel Gustav, um uns die Angst zu nehmen, zählte die Maßnahmen auf, die zum Schutz der Bevölkerung gedacht waren, eine Art »Wegweiser für Fliegergeschädigte«, und diesmal fand er Lores Unterstützung.

Es genügt, sagte mein Onkel, bei Alarm die Fenster zu öffnen, um dem Luftstoß die Kraft zu nehmen.

Lore beeilte sich, eine Zeitungsseite herumzureichen mit der angekreuzten Zeile »Schütze dein Gut und Leben – Luftschutzgepäck und Selbsthilfe, neue wichtige Einzelheiten über das Verhalten bei Luftangriffen«. Alfredo nahm ihr das Blatt aus der Hand und las vor:»Wichtig vor einem Angriff ist es, seine Blase zu entleeren.« *Mira qué ocurrencia*, sagte er zu unserer Großmutter und übersetzte ihr die Empfehlung. Man stelle sich unsere Familie vor, wie sie Schlange steht, um die Blase zu entleeren, während die Sirenen heulen und die letzten fürchten müssen, zu spät in den Keller zu kommen, wenn zum Beispiel Tante Lore vor ihnen *me-iert*, ich meine Wasser läßt.

Por Dios, sagte meine Großmutter, denk doch an die Kinder und sag nicht so häßliche Worte.

Lore nahm ihm das Zeitungsblatt weg und las:»Die Kleidung sollte nicht aus leicht entflammbaren Stoffen wie Kunstseide oder Baumwolle bestehen.«

Besser, man trägt wie Don Quijote, sagte Alfredo, eine Ritterrüstung. Hier, sagte er zu mir und holte seine Lederjacke von der Garderobe, die Jacke trägst du, es ist eine Fliegerjacke, die meinem Freund Galland gehörte und ihn beschützt hat. Du sollst sie haben.

Wer war Galland? Mein Archiv kennt ihn nicht. Alfredo hüllt sich in Schweigen. Dann sagt er: Der könnte uns die Fliegenden Festungen vom Leibe halten. Und mein Onkel Gustav weiß: Mehr als 94 Luftsiege über die Hawker Hurricanes der Royal Airforce! Ein Ritter der Lüfte, ein Held. Magere Auskünfte, die ich Jahre später ergänzen werde, wenn Galland und mein Onkel Alfredo sich nach Argentinien absetzen.

Der Angriffskrieg als Abenteuerersatz brachte einen merkwürdigen neuen Heldentyp hervor, der seine unerschrockene Männlichkeit wie eine private Angelegenheit pflegte, die nichts zu tun hatte mit dem Gerede von Partei und Führer. Piloten, U-Boot-Kommandanten ebenso wie Erfinder, Architekten, Wissenschaftler schienen Angehörige einer anderen Gattung Mensch zu sein, Glasperlenspieler, die, auch wenn ihre Raketen London zerstörten, in ihrer Vorstellung schon dabei waren, den Mond zu erreichen und damit unser aller Zukunft.

Ich legte mir die steife schwarze Jacke über die Schultern. Sie hüllte mich ein wie ein Mantel, und schon saß ich in der Pilotenkanzel einer Me-110 und flog eine Attacke gegen die »Fliegenden Festungen«, die uns in fünf Stunden erreichen würden. Mein Onkel Gustav beruhigte uns einmal mehr. Die Keller unserer um die Jahrhundertwende gebauten Mietshäuser waren für jeden Notfall gut ausgerüstet. Nicht nur gab es Vorräte an Trink- und Löschwasser, an Sitz- und Liegeplätzen, die Keller waren miteinander verbunden wie die Katakomben antiker Städte, denn der Zugang zum Keller des Nachbarhauses war bestens vorbereitet worden durch eine nur Zentimeter dicke Trennwand, die einzuschlagen, sofern das dazu nötige Werkzeug sich dort befand, wo es hingehörte, ein Kinderspiel war.

Ich dachte, daß ich auf diesem Weg mit meinen Schulfreunden verbunden war, sofern sie in der gleichen Häuserzeile wie ich wohnten. Leider würde ich auf diesem unterirdischen Gang weder die Schule erreichen können noch die Wohnung des Ehepaars Wittber und also auch nicht die Bekanntschaft des älteren Jungen machen können, der mir den Namen Charlie Parker wie eine Losung zugerufen hatte. Vergebens versuchte ich nachzupfeifen, was ich von ihm gehört hatte. Was ich zustande brachte, klang dissonant, mit Anklängen an Dining at the Ritz, einen Foxtrott auf der Rückseite der Schellackplatte mit dem Tango am La Plata.

Mein Onkel Gustav reichte mir das Zeitungsblatt, das eine Warnung aus dem Büro des Außenpolitischen Amtes abdruckte, in welchem PG Rosenberg waltete. Und der forderte zum Kampf gegen den Jazzbazillus auf, gegen das jahrzehntelange Betrommeln und das Gejaule und Gekreisch der als Musik getarnten Kulturpest amerikanischer Nigger.

Ich stellte mir vor, wie *die Nigger* in ihren fliegenden Festungen genau mit dieser Musik infiziert wurden und die abgeworfenen Blindgänger einem Füllhorn voller Musik glichen. In der Zeitung stand nichts von schwarzen Piloten. Nigger waren entweder Schuhputzer oder Schlafwagenschaffner, und wenn ein Sänger als Schwarzer auftrat, war er nichts als ein geschminkter Weißer, und war seine Hautfarbe echt, dann hatte er auf jeden Fall eine weiße Seele. Die Piloten, schrieb die Zeitung, die im Anflug auf Leipzig ihre »Double-Blow«-Technik vorbereiteten, waren vorzeitig entlassene

Zuchthäusler, unrasiert und mordlustig, und sie sahen ein wenig so aus wie der Räuber Chapete in den Comic-Heften, die meine Cousinen und ich uns immer wieder anschauten.

Frau Schulz und Herr Manfred

Es klingelte zweimal an der Wohnungstür – ein Zeichen dafür, daß kein Fremder vor der Tür stand, sondern jemand, der zur Familie gehörte oder zum Kreis ihrer Freunde. Dennoch löste das Klingeln die obligatorischen Redensarten aus. Lore rief: Wer kommt denn jetzt noch, Gustav sagte Herein, wenn es kein Schneider ist, und Alfredo wiederholte den allen vertrauten, schwer zu übersetzenden Satz: *Éramos pocos y parió la abuela* … Da wir noch nicht genug waren, kam die Großmutter ins Wochenbett …

Meine Mutter öffnete, und wie immer, wenn es klingelte, eilte sie mit schnellen Schritten an die Tür, weil es unhöflich gewesen wäre, jemand unnötig lange warten zu lassen. Herein kamen die Nachbarn aus der Zweizimmerwohnung auf unserer Etage, Frau Schulz und Herr Manfred. Dieser reichte der kleinen Frau Schulz kaum bis zur Schulter, denn er trug einen Buckel, und sein Hals verschwand in der Tiefe des Hemdkragens, der ein Schillerkragen war. Manfred, wie wir ihn nannten, war ein junger Mann, jünger als seine Begleiterin. Das gepflegte lange Haar gab ihm einen Hauch von Boheme in dieser soldatischen Runde, die einen militärischen Haarschnitt, auf Streichholzlänge getrimmt, bevorzugen mußte. Manfred gab sich gern als Künstler, seit er vor Jahren im »Schwarzen Jäger« bei einem Herrn Licht im Chor gesungen hatte, bis das Asthma ihm die Luft nahm, und die Krankheit setzte verstärkt ein, als der Chorleiter, der im Musikleben der Musikstadt Leipzig eine Legende gewesen war, über Nacht verschwand. Er sei abgeholt worden, erfuhr Manfred, was immer das zu bedeuten hatte, und wer es genauer wissen wollte, konnte ihm auf Staatskosten nachreisen. Manfred hörte damals eine Weile auf zu reden, er schwieg, er winkte ab, wenn wir Kinder ihn trafen und sozusagen auf Augenhöhe das Gespräch mit ihm suchten. Er zog sein Taschentuch hervor, weil ihn ein Anfall plagte, und im Taschentuch verbarg er den Inhalator, der ihm Linderung brachte.

Seit einem Jahr lebte er zusammen mit unserer Nachbarin, Frau Schulz. Auch sie war eine »tapfere kleine Soldatenfrau«, wie es in einem der Schmalzgesänge im Radio hieß. Ihr Mann stand im höchsten Norden an der Front, und kam er auf Urlaub, kam er in einem Militärlastwagen, in dem die Nachbarn mehr Beute als Bomben vermuteten, so daß Frau Schulz immer gut versorgt war mit Räucherfisch, Schokolade und Kaffee, und sie gab auch uns davon, vor allem meiner Großmutter. Beide Frauen verstanden einander, auch sprachlich, hatte doch Frau Schulz dank »Kraft durch Freude« vor dem Krieg Spanien besucht und ihre Spanischkenntnisse ergänzt, die ihr vor Jahren ein spanischer Messegast in ihrem Bett beigebracht hatte. Jetzt schlief, wie jeder im Haus wußte, Manfred in diesem Bett. Er machte sich nichts aus dem Klatsch der Nachbarn, von denen einige ihm prophezeiten, auch er werde abgeholt und an einen Ort ohne Wiederkehr verbracht werden. Ein Buckliger und läuft frei rum, ich meine, der macht ihr noch ein Kind, das womöglich, man kennt Beispiele, seinen Buckel erbt. War nicht schon seine Mutter eine Bucklige? Und der Vater? Der Vater war in Ordnung, Offizier im Ersten Weltkrieg.

Manfred wußte mehr, als er sagte. In seinem Kopf gab es eine Abteilung für Musik und eine für Nachrichten. Beides bezog er aus dem großen Körting Radio, das Soldat Schulz eines Tages mitgebracht hatte. Die Musik kam aus Hilversum, Prag und Berlin; die Nachrichten aber kamen aus London. Und das genügte, damit Frau Schulz ihn tagtäglich beschimpfte, man werde sie beide abholen und einen Kopf kürzer machen, und wenn er nicht darauf verzichten könne, die feindlichen Sender zu hören, auch wenn er das Radio so leise stellte, daß man sich jedes zweite Wort dazudenken mußte, weil man kaum etwas verstand, würde sie ihn zuerst aus ihrem Bett und dann aus der Wohnung werfen.

Manfred täuschte jedes Mal, wenn sie ihn beschimpfte, einen Asthmaanfall vor. Er würde, vor die Wahl gestellt, als Künstler reagieren und ergo auf das Leben und nicht auf die Wahrheit verzichten. Oder als Moralist, im Sinn der Franzosen, die Wahrheit über die Freuden der Sinne stellen, was freilich auch für Voltaire oder La Rochefoucault, wie er von den Gesprächen mit Licht wußte, keine leichte Sache gewesen war.

Frau Schulz ließ ihre schwarzen Kulleraugen von einem zum andern wandern. Dann umarmte sie unsere Großmutter, die aus ihrer Schwermut aufzuwachen schien, als käme hier ihre lang vermißte Lieblingstochter. Frau Schulz brachte ein Päckchen holländischen Kakao und ein Tütchen Kaffeebohnen, und meine Mutter ging in die Küche, um den Kakao und den Kaffee zu kochen. Wir Kinder unterdrückten die Müdigkeit, um nichts zu verpassen und nicht abgeschoben zu werden. Schließlich konnten wir ja alle morgen ausschlafen. Mein Vater verteilte die Reste aus den Likörflaschen und bot Manfred ein volles Glas an. Der goß es, mit meinem Vater, mit Alfredo, Gustav und Thaler anstoßend, auf einen Ruck herunter, und eine ungesunde Röte stieg ihm ins Gesicht, die Luft blieb ihm für Sekunden weg, dann beruhigte er sich, lächelte und schaute Thaler an, den er nicht kannte und der den Blick nicht von ihm wenden konnte. Thaler hatte die spanische Unart angenommen, beim Anblick eines Krüppels unruhig zu werden, so wie manche Leute den Anblick von Kranken oder das Gespräch über Krankheiten nicht vertragen, aus Angst, selber krank zu werden. Thaler wehrte sich im stillen mit dem alten spanischen Kalauer, den wir alle kannten. Ein Mann trifft einen Buckligen auf der Straße in Nähe des Bahnhofs und sagt zu ihm: So früh schon wollen Sie verreisen und tragen ihren Koffer zum Bahnhof? Wiederum brachte ein Buckliger Glück, berührte man seinen Buckel, doch in dieser Soldatenrunde war es Manfred, der Glück haben würde, den Krieg als Zivilist zu überleben, so daß er, wie wir uns später erinnerten, an diesem Abend wie ein Symbol der kommenden Freiheit wirkte, wie eine etwas beschädigte Freiheitsstatue mit dem zum Gruß erhobenen Glas in der Hand.

Was gibt es Neues, Don Manfredo, fragte mein Onkel Alfredo und berührte wie zufällig seinen Rücken.

Viel, sagte Manfred und dachte nach, was er antworten sollte, zumal in der Gegenwart von uns Kindern. Denn Neuigkeiten verbreiten sich wie ein Lauffeuer, man kann sich ihrer Brisanz nur entledigen, indem man sie weitererzählt.

Wir siegen uns kaputt, sagte der Bucklige. Wenn nicht bald Adolfs Wunderwaffe kommt, ist es aus.

Sie kommt, sagte mein Onkel Gustav, Sie können sich drauf verlassen.

Lore ging in die Küche, meiner Mutter zu helfen und diesem Gespräch nicht folgen zu müssen.

Die Frage ist nur, sagte Manfred, wie geht es dann weiter, ich meine, wenn sie nicht kommt, die Wunderwaffe. Es ist doch klar, daß auch die andern an ihrer Wunderwaffe basteln, solange in Deutschland noch ein Stein auf dem anderen steht.

Und was würden, sagte Alfredo und spießte seine berühmte Stecknadel in die Kippe seiner Zigarette, was würden die Alliierten mit Deutschland anfangen?

Kommt drauf an, sagte Manfred mit der raffinierten Hinhaltetaktik einer Wahrsagerin. Kommt drauf an, wer das Rennen macht.

Die Amis? fragte ich, um zu zeigen, daß mich das Gespräch der Erwachsenen durchaus interessierte.

Die Amis, die Russen, die Franzosen oder die Tommies, sagte Manfred.

Der Franzose hat keine Chance, sagte mein Onkel Gustav.

Klar, daß die Amis die besten Pariser im Gepäck haben, wenn sie anrücken, um zu fraternisieren. Niemand lachte. Ich stelle mir vor, sagte Manfred, die Amis und die Russen treffen zusammen, von beiden Seiten rücken sie an, sagen wir an der Elbe, und ihre Politiker lassen die Leine locker, und die Russen spielen Ziehharmonika, und die Amis spendieren die Zigaretten und den Whisky, und dann würfeln sie um die Zukunft Deutschlands. Ein schönes Bild. Dann teilen sie den deutschen Kuchen auf, in der amerikanischen Zone blüht der Schwarzhandel, in der russischen Zone wird weniger von Freiheit geredet, dafür mehr von der Einsicht in die Notwendigkeit. Ich sag euch (zu uns Kindern gewandt), die Russen sind solche Leseratten wie sonst niemand. Der Nachteil von soviel Belesenheit ist, daß sie manchmal die Gegenwart nicht erkennen. Deshalb reden sie auch soviel von der Zukunft.

Und die Tommies? fragte ich.

Alfredo rauchte eine imaginäre Zigarre, um Winston Churchill zu imitieren, und Manfred hob seine rechte, wohlgeformte Hand und spreizte zwei Finger zu einem V-Zeichen.

V-Zwei, sagte mein Onkel Gustav, keine Aussichten auf Victory.

Manfred ließ sich nicht beirren und beantwortete meine Frage. Der Engländer, sagte er, ist der Löwe, der vor lauter Beinschienen und Pflaster kaum noch gehen und stehen kann. Die Kolonien setzen ihm zu wie unheilbare Krankheiten, sein Weltreich hängt windschief in den Angeln, die Monarchie kostet ihn mehr als der U-Bootkrieg. Ich sage dir (zu mir gewandt), gerade deshalb ist er ein guter Partner im Frieden, weil Verlust macht vernünftig und bescheiden. Deshalb quatscht der Engländer, im Gegensatz zu seinem amerikanischen Vetter, nicht von Freiheit. Er hat sie sich vor Jahrhunderten genommen und in seine Gesetze eingebaut. Stürzt das Imperium ein, die Gesetze bleiben. Wer immer in den Kolonien englisch erzogen worden ist, kommt eines Tages nach London, um von diesen Gesetzen zu profitieren. Doch vergiß vorerst, was ich gesagt habe, falls eure Lehrer das anders sehen.

Bist du nun fertig mit deinem Sermon, fragte ihn Frau Schulz, und Manfred duckte sich, wurde vom Herrn zum Knecht. Wir alle wußten, daß sie ihn wie einen Angestellten behandelte, er machte den Abwasch, putzte die Fenster, wischte das Treppenhaus, wenn die Mieter auf unserer Etage an der Reihe waren.

Einen Augenblick schützte ihn gleichsam unser Schweigen, so daß unsere Großmutter fragte: *Qué pasa?* – Was ist los?

Nada, sagte Alfredo und bat meinen Vater, eine weitere Flasche zu öffnen. Manfred richtete sich auf, soweit sein Rücken es erlaubte. Woher wußte er das alles?

Jonas goß noch einmal die Gläser voll, und es kam zur erneuten Verbrüderung der Soldaten in dieser Runde mit dem Zivilisten, dessen Überlegungen auch sie in einen künftigen Zivilstand versetzt hatten.

Meine Mutter und Lore kamen aus der Küche und stellten die Kannen mit dem Kaffee und den Kakao auf den Tisch.

Die Stimmung entspannte sich. Concha, Clara und ich konnten hoffen, nicht abgeschoben zu werden, bevor wir nicht unseren Kakao bekommen hatten. Der dampfte in den Tassen, und so schlürften wir das dicke, süße Getränk übertrieben langsam und vorsichtig.

Frau Schulz ging über unser Schweigen hinweg und improvisierte eine Reihe schnell gesprochener Sätze mit kleinen spanischen Einsprengseln für das Ohr unserer Großmutter. Diese sächsische Eloquenz glich in ihrem ironischen Pathos, der Witze mit Sentenzen vermischte, Anzüglichkeiten und versteckte Seitenhiebe gegen ihren Untermieter Manfred enthielt und unter Einsatz des ganzen Körpers vorgetragen wurde, den Tiraden der Sardinenverkäuferinnen auf den Straßen von Bilbao. Man konnte zuhören, als vergnügte man sich an einer exotischen Musik, ohne auf den Sinn des Textes angewiesen zu sein.

Inzwischen war es dreiundzwanzig Uhr geworden. Unsere Großmutter bat um Erlaubnis, sich zurückziehen zu dürfen. Man würde auch uns Kinder auffordern, ihrem Beispiel zu folgen, was wir zunächst überhörten, weil wir in ihrem Zimmer schlafen sollten, auf den Matratzen in Nähe ihres Bettes.

Frau Schulz bot die Couch in ihrer Wohnung an. Lore lehnte ab, mein Onkel Gustav war nicht abgeneigt, Alfredo kam ihm zuvor. Vermutlich hoffte er, zusammen mit Manfred den Mitternachtsnachrichten der BBC lauschen zu können.

Die Nachrichten waren noch im Gange, beide Herren hielten ihr Ohr an den Körting, da drehte sich die erste Alarmsirene auf dem Dach des Diakonissenhauses. Die amerikanischen fliegenden Festungen, im Anflug auf unsere Vorstadt, wurden vom Gebell der Flak empfangen.

Der Schule lange Zeit und Weile

Im Winter konnten wir uns darauf verlassen, daß die Lehrer uns immer öfter nach Hause schickten. Es gab keine Kohlen, die Klassenräume zu heizen, die Kohlenzüge waren aufgehalten oder umgeleitet worden, so hatte es der Direktor dem Lehrerkollegium erklärt, und er verschwieg, das Plakat vom Kohlenklau vor Augen, der überall in der Stadt schwarz und unrasiert von jeder Litfaßsäule herabblickte, daß die Züge mit den Deportierten auf der Fahrt in die Gaskammern die Vorfahrt hatten. Uns interessierten die Gründe nicht. Wir wirbelten über die Schulhöfe, ballten den Schnee zu festen Geschossen und zielten damit auf die Mädchen, die sich duckten und so taten, als bemerkten sie uns nicht. Worüber schwatzten sie, wenn sie Arm in Arm auf die Straße traten, die blank gefegt war von den Besen der Zwangsarbeiter? Auch wenn sie nicht älter waren als wir, so verstanden sie es, in den Schuhen der großen Schwester und mit übertrieben bemalten Lippen die Kassiererin im Filmpalast oder den Central Lichtspielen zu täuschen und sich alle Filme anzusehen, die »über 14« waren. Für mich ein Grund mehr, das Vertrauen dieser Hannas und Giselas zu gewinnen, um etwas über diese Filme zu erfahren. Bestenfalls trällerten sie mir die Lieder ins Ohr, die sie aus den Filmen mit Zarah Leander oder Marikka Röck behalten hatten. Für alles andere, sagten sie spöttisch, bist du noch zu klein.

Im Sommer konnte es schon vorkommen, daß die Klassen gemischt wurden, wenn man uns an heißen Tagen zum Unterricht in den nahen Schulgarten führte, wo die altmodischen Bänke unter Apfelbäumen standen und unsere Aufmerksamkeit vom Flug der Insekten und Vögel abgelenkt wurde. Die Nähe der Mädchen war beunruhigend, und diese Unruhe konnte nur mit unseren Einfällen bezwungen werden, mit Versuchen, ihnen einen Käfer auf den Nakken zu setzen, saßen sie vor uns, oder sie mit den kleinen vertrockneten Äpfeln, sog. Paradiesäpfeln zu bewerfen, die wir auf Vorrat gesammelt und in die Hosentasche gesteckt hatten. Lehrer Thomas, indes er zum wiederholten Male die Zeile vom Wirte wundermild und seinem Apfel zitiert hatte, entging nichts. Sein Rohrstock traf wie der Blitz aus heiterem Himmel die Finger des armen Sünders, sehr zur Schadenfreude der anderen, die ihre Bestrafung hinter sich hatten.

Mit den Jahren denke ich, die Lehrer und wir ergänzten einander nicht nur in den Zeiten des Krieges in einem seltsamen Wahnsinn. Da es keine festumrissenen Parameter gibt, Wahnsinn zu definieren, der ja vom Standpunkt des Betrachters eingestuft wird, so bleibt auch diese Beobachtung relativ. Für die Lehrer war es das Gefühl, in einem zu engen Käfig eingesperrt zu sein, der ein Wissen einschloß, das sie immer wieder mit dem gleichen fraglichen Erfolg dem Schüler einbläuen mußten, ohne sich auf die geistfördernden Spekulationen eines Wissenschaftlers einlassen zu können. Für uns Schüler bedeutete der Zwang zu lernen – und in vielen Fächern hieß Lernen nur stures Auswendiglernen – eine Unterdrückkung vieler Wünsche und Gefühle. Aus dieser Neurose befreiten wir uns nicht nur durch Streit und Beleidigungen, die in Prügelei endeten; wir begannen uns in unartikulierten Lauten zu verständigen, wir verwandelten uns, wie mein Banknachbar Gutsch in der Pause in eine Straßenbahn, die sich quer über den Schulhof bewegte, von Gutsch mit Klingelzeichen und dem Drehen einer imaginären Kurbel angetrieben.

Lehrer Thomas glaubte, den federnden Rohrstock in der Hand, der Dompteur dieser unberechenbaren Meute zu sein. Ein anderer Lehrer, der sich wenig Respekt zu verschaffen wußte, wanderte durchs Klassenzimmer und zog drohende Grimassen wie ein Gorilla, und seine massige, dabei plumpe Gestalt hatte die größte Ähnlichkeit mit diesem Tier. Lehrer Grasemann dagegen, ein gewitzter Pädagoge in vielen Fächern, bändigte uns mit seinen Zaubertricks, wenn er, den Rücken zur Wandtafel, mit nasser Kreide Kaninchen und Katzen entwarf, die vollkommen in ihren Konturen waren und sich langsam, sobald die Kreide trocknete, zu erkennen gaben.

Mich vor den Attacken der Lehrer und den Einfällen der Mitschüler zu schützen gelang ohne jede Absicht. Ich kam im Winter 1942 in diese erste Klasse, die seit der Einschulung im September ihre

Fronten aufgebaut hatte. Wohin mit mir, diesem Fremden aus einem anderen Land. Lehrer Thomas präsentierte mich wie ein rohes Ei. Die Klasse sah mich an und schwieg. Es gab zwei Möglichkeiten, jenseits der Schutzbehauptungen des Lehrers, mit mir fertig zu werden. Man konnte dem Fremden zeigen, daß er hier nichts zu suchen habe und nicht willkommener war als etwa die Zwangsarbeiter in den Baracken des Prießnitzbades. Aus einem mir unerfindlichen Grund kam es anders. Die Klasse, diese Mischung aus der Arbeiterjugend und den Fabrikantenkindern des Vororts, adoptierte mich, sozusagen. Lehrer Thomas fuhr mir übers Haar, das meine Mutter mit einer spanischen Pomade behandelt hatte – dem seine Haare, sagte Gutsch, sind gefroren. Dann führte der Lehrer meinen Habitus vor, dieser in Bilbao maßgefertigte Mantel von der Farbe Pfeffer und Salz, dieser von meiner Mutter gestrickte blaue Pullover und die nicht ganz winterfesten Schuhe aus dem besten Laden in der Gran Vía ... Es war der Auftritt eines Prinzen, dem es allerdings vor Angst mulmig war, so daß er die Augen niederschlug. Lehrer Thomas suchte einen Platz für mich aus, neben einem einigermaßen gut gekleideten und gewaschenen Nachbarn. Dieser wurde für viele Jahre mein bester Freund. Er durchschaute, was hier ablief, und in seiner klug-spöttischen Art übertrieb er den Respekt, den die Klasse mir entgegenbrachte. Ich fand mich in meine Rolle, und wir beide, Falk und ich, steigerten uns von Jahr zu Jahr in einer von Fremdwörtern aufgeladenen Suada, die uns von den anderen entfernte. Wir kultivierten den Wahnsinn vorgespielter Elite, und die Lehrer ließen sich von unseren Leistungen täuschen. Falk war mir in den meisten Fächern überlegen. Seine Begabung vereinte Mathematik mit den Fächern Deutsch oder Erdkunde. Ich erreichte seine glänzenden Zensuren höchstens in einem Fach, das Lüge und Phantasie vereinte – im Aufsatzschreiben.

☆

In einer merkwürdig diagonal verlaufenden Linie, von den Lehrern nicht behindert, von uns Schülern nicht durchschaut, gab es den Versuch, uns an die Ideologie des Dritten Reiches heranzuführen. Das lag in der Hand älterer Schüler, die uns ins Jungvolk einreihten, zur Wehrertüchtigung heranzogen, was immer das war, und uns in die Kantinen der Schrebergärten bestellten. Nach dem Absingen von Marschliedern und dem Verlesen letzter siegreicher Frontmeldungen wurden wir ausgefragt. Wer von euch, fragten die im Gefühl ihrer Macht, den Ehrendolch im Gürtel, auftretenden Hitlerjungen, kann uns sagen, ob seine Eltern, Tanten, Onkels, Cousinen heimlich die Feindsender abhören?

Hier ist England, dachte ich und hörte den Paukenschlag der Fünften Sinfonie. Ich kannte, wer uns da ausfragte. Es war der Sohn unserer Nachbarn, Dieter, der mich einmal geohrfeigt hatte, weil ich ein Abzeichen der HJ, das er mir geschenkt hatte, nicht anstecken wollte. Er sprach den Berliner Jargon seiner Stiefmutter, einer stillen Frau, heimlich vertraut mit den verbotenen Lehren der Zeugen Jehovas; dagegen zeigte sie allen ihre Leidenschaft für Ramses Zigaretten. Die Unbekümmertheit, in aller Öffentlichkeit zu rauchen, irritierte die Nachbarn. Für Falk und für mich ein Beweis für die in Kunst und Literatur gerühmte Berliner Freiheit. Bei Dieter aber klang der hier ungewohnte Dialekt schneidend und für sächsische Ohren wie die Ankündigung eines Verhörs.

Sollte ich meinen Onkel Alfredo nachahmen und seine uns in späteren Jahren erklärbare Haltung zum Krieg parodieren? Ich tat es nicht. Der in der Schule eingeübte Wahnsinn war zu feinsinnig für das grob gestrickte Muster dieser Kameradschaftsnachmittage. Falk und ich verständigten uns ohne Worte. Wir versicherten – und womöglich verwendeten wir im Hinblick auf diesen Dieter zum ersten Mal unser späteres Lieblingswort *imbezil* –, daß unsere Eltern nur die reichsdeutschen Sender hörten und fest an den Endsieg glaubten.

Beschämend für mich war es dennoch, daß ich tags darauf in der Pause von Lehrer Thomas beauftragt wurde, in seiner Abwesenheit den Rohrstock zu halten und notfalls anzuwenden. Falk drehte mir den Rücken zu. Später würden wir darüber streiten, ob die einfache List als eine Form der Anpassung genügte, um nicht hineingezogen zu werden ins Räderwerk der Diktatur.

Während wir in der gestelzten Sütterlinschrift Gedichte abschrieben, kreisten um uns die Gespenster des Krieges. Sie waren unsichtbar. Die einen schickten Schwaden von Gestank über die

Schulhöfe der beiden Grundschulen. Der Gestank kam aus einer Art Beinhaus, in das wir die Knochen trugen, die zu Hause gesammelt wurden, Reste von Kaninchen, Hühnern, für viele Suppen ausgelaugte Röhrenknochen. Der Krieg fraß alles und kochte sich seine Suppen aus unseren Überbleibseln. Falk und ich überlegten, ob wir nicht Vorschläge machen sollten, wie die Pisse und die Scheiße aus den Latrinen, samt den weißen Würmern, die über die feuchten Wände krochen, zu nutzen wären. Die anderen Gespenster drehten die Alarmsirenen und jagten uns aus den Klassenräumen. Wer in der Nähe wohnte wie ich, brauchte nicht in den Schulkeller. Noch heute laufe ich im Traum durch die leeren Straßen nach Hause, verfolgt von den Gespenstern, die sich in Flugzeuge verwandeln und mich im Visier haben, indes die Menschen, die sich in ihren Häusern verstecken, mich beobachten, ein Kind, atemlos, den Schulranzen auf dem Rücken, der mit jedem Stolperschritt schwerer wird.

A Media Luz

In der halben Stunde vor Mitternacht, da wir Kinder an der Seite unserer Großmutter uns in den Schlaf fügten, ging den Erwachsenen ein Traumspiel durch den Kopf, das Alfredo ihnen suggeriert hatte. Es war der wie nebenbei mitgeteilte Hinweis, daß in Madrid ihre Schwester Paquita in Liebe entbrannt war – ja, zu wem eigentlich? Zu einem nahen Verwandten, einem Cousin von jener Tante Löffelchen, die ihre Tage in Buenos Aires hin zu einem gesegneten Alter verbrachte.

Den Leipziger Schwestern machte das keinen Eindruck. In Madrid hatte der Caudillo seinen Burgfrieden verkündet; hier in Leipzig aber mußten wir fürchten, von der einen zur nächsten Nacht unser Leben zu verlieren. Was also ging uns das spanische Glück an.

Doch das Merkwürdige geschah, sobald der erste Schlaf nach einer Oase der Entspannung suchte, die sich auftat am Rande der gewollten Gedankenlosigkeit, mit der wir den Schlaf herbeizulocken suchen. Die Schläfer – mit Ausnahme von uns Kindern und unserer Großmutter, die nichts davon wissen durfte –, die Schläfer, auf ihren Traum wartend, fanden sich wieder in einem jener Madrider Mietshäuser in der Calle Goya, wo man auch am Tage von schweren Träumen heimgesucht werden konnte. Festungen, bewacht von einer Concierge, die dem Staat diente wie ihren kleinen privaten Interessen, wenn sie jeden und jede registrierte, die an ihrem Fenster vorbeigingen und die umso weniger verdächtig waren, je mehr Trinkgeld sie gaben.

Zu jeder Tageszeit herrschte in diesen respektablen Häusern ein Zwielicht, das jedes Wiedererkennen unmöglich machte. Die Nachbarn übten sich in Diskretion, um nicht selber irgendwelcher Sünden bezichtigt zu werden.

Es hatte diese Liebe, wie meine Cousine Clara und ich uns Jahre später zu erklären suchten, etwas mit der alles kontrollierenden Diktatur des Staates zu tun. Merkwürdig, wie der Ehemann den

Übervater vertrat, oder anders gesagt, im Betrug seiner Ehefrau eine Revolte erfuhr, die gegen beide gerichtet war, gegen Staat und Ehemann, auch wenn alles vertuscht wurde, um der Moral der Zeit zu genügen und die eigene Sicherheit nicht zu gefährden.

Dennoch, eine merkwürdige Liaison, die nicht länger währte als die Jahre des Franco-Regimes.

Nun mach mal einen Punkt, würde Clara an dieser Stelle unserer Überlegung gesagt haben. Das Ende dieser Beziehung war ganz einfach eine naturgegebene Übermüdung. Bedenke, sagte sie, die Strategie, die auf ihren Schultern oder wo immer lastete: Dieser Fahrplan, der die Abwesenheit des Ehemanns – war er nicht Handlungsreisender – in Rechnung stellen mußte –, und, bitte, war nicht auch der Liebhaber verheiratet? Und dann der Zwang auf einen fixen Wochentag, wo Liebe auf ein Stichwort entflammen soll, wie kann das auf Dauer gut gehen. – Gewiß, Männer sind Gewohnheitstiere, aber wir Frauen?

Worauf willst du hinaus, fragte ich. Und genügt euch Frauen nicht die Lüge, wenn die Wahrheit nicht zu haben ist?

Ich weiß nicht, sagte sie.

Mir reicht, sagte ich, die Vorstellung dieser wöchentlich erneuerten Illusion auf Liebe in diesem verdämmernden Haus, das dem Schlaf so sehr entgegenkam, der bekanntlich ein Bruder des Todes ist.

Ich weiß nicht, sagte Clara. Paquita wollte einfach einmal in ihrem Leben mit einem Mann glücklich sein. Die Umstände, die wir hinzudichten, sind wie eine Entschuldigung ihres Fehltritts. *Y fodo a media luz.* Liebe ist immer eine Sache des Zwielichts.

Wenn ich Clara und Concha in späteren Jahren erklärte, ich könnte mir die Träume der Erwachsenen in jener Nacht vorstellen, lachten sie mich aus. Deine Begabung zum Hellseher, sagte Clara, könntest du heute marktgerecht ausbeuten. Aber mit der Wahrheit lügen, das konntest du schon immer. Wir bitten also um eine Vorstellung. Die könnt ihr auf der Stelle haben, sagte ich und schloß die Augen. Eure Träume, sage ich zu Clara und Concha, in jener Nacht waren austauschbar. So als hättet ihr zwischen zwei Zimmern die Tür aufgemacht, um euch besuchen zu können oder abwechselnd in dem einen und dem anderen Zimmer zu schlafen.

Oder war es doch so, sagte Clara, wie in dem Film von Cocteau, den wir mit dir gesehen haben und wo ein Spiegel den Übergang von der einen in die andere Welt erlaubt.

Ich erinnere mich, sagt Concha, wir waren ziemlich die einzigen in dem Westberliner Grenzkino, und wir wußten nicht, was wir komischer fanden, das mit dem Spiegel, der zu Wasser wird und Jean Marais hindurchläßt, oder deine Andacht.

Orphée heißt der Film, sage ich, und er wird mit den Jahren immer besser.

Nun aber, Vetter, zu unseren Träumen, mahnt Clara.

Ihr träumtet, während wir auf der Matratze im Zimmer unserer Großmutter schliefen, von langen Spaziergängen am Meer, und das Seltsame daran ist, daß ihr noch nie am Meer wart, weder an der Biscaya noch an der Ostsee. Ihr kanntet nur die Fotografien eures Vaters, das Meer bei Biarritz mit dem großen Felsstein als Blickfang, das Meer an der Concha von San Sebastián oder die Adria. Ein wenig kräuseln sich die Wellen und schmücken den Strand mit feiner Spitze … Und immer hatte euer Vater gesagt, wenn ihr die Fotoalben zum wiederholten Mal aus dem Schank holtet, nach dem Krieg, versprach er, zeige ich euch die Ostsee. Ein See im Osten? Das klang auch bedrohlich, so daß euer Traum am Ende die schwarzen Farben eines aufziehenden Gewitters bekam, und er endete vor dem ersten Blitzstrahl genau in dem Augenblick, da die Sirene jaulte und wir geweckt wurden.

Und wieder zwang uns die Erinnerung, zu jener Nacht des 20. Februars 1944 zurückzukehren, obschon uns all die Jahre danach zur Verfügung standen.

Mein Vater, sage ich, als sei er auf der Flucht, wechselte von einem Traum in den nächsten. Er saß, keine dreizehn Jahre alt, in der ersten Reihe, im Schneidersitz, die Augen geradeaus auf den Fotografen gerichtet, der die Klasse B 1 des Karlsruher Gymnasiums auf seine Platte bannte. Die Schüler tragen Kniehosen, mein Vater fällt auf durch einen weißen Kopfverband, etwas zwischen Turban und Heiligenschein. Er hat sich mit seinem älteren Bruder Wilhelm geprügelt, womöglich kommt er nach dem Fotografiertwerden in den Karzer. Den aufrecht stehenden, die sitzenden Schüler überragenden Klassenlehrer umgibt die Aura der Gewalt. Seine patriarchalische Autorität ist die beste Einführung in die Militärdisziplin des Ersten Weltkriegs, der ohne diese Klasse auskommen muß und gerade dem Schandfrieden von Versailles ausgeliefert wird. Mein Vater, den Karzer vor Augen und die Prügel seines Vaters erwartend, macht sich aus dem Staub. Der Traum öffnet ihm, Jahre überspringend, die nächste Kammer. Obschon er noch immer den Verband um die Stirn trägt, so kann er ihn unter einem Tropenhelm verbergen. Wo ist er? Doch im Land seiner Träume, in Südwestafrika, er hat eine Farm gekauft und Land erworben. Land gibt es hier unendlich viel, man nimmt sich ein Teil, und es ist, als wollte man das Meer parzellieren. Es ist trockenes Land, es staubt unter den Füßen, es ist Weideland, und sobald man es bewässert, treibt es über Nacht, wie von Zauberhand berührt, es ist hier noch immer die erste Stunde nach der Schöpfung, das Paradies zugänglich, die wilden Tiere noch zutraulich, auf den Bergen ewiger Schnee. Mein Vater plant eine Kaffeeplantage, Viehwirtschaft, deutsche Gründlichkeit, Toleranz den Schwarzen gegenüber und Hände weg von ihren jungen Töchtern und Frauen, die darüber enttäuscht zu sein scheinen und die den Weißen im Tropenhelm auflauern wie hungrige Katzen. Hier könnte der Traum eine neue Kammer öffnen, doch mein Vater erwacht, Minuten vor der Attacke der Sirenen auf die Schläfer. Er berührt seine Stirn, er hat Kopfschmerzen. Afrika, ein unerreichbarer Traum.

Diesen Traum zu erzählen, sagen die Cousinen, war einfach genug. Du kanntest seine Bücher, vor allem dieses eine dickleibige über Afrika, darin du mit Vorliebe die Seite mit dem barbusigen Herreromädchen aufschlugst. Aber weißt du etwas über den Traum unseres Vaters in jener Nacht?

Ich zögere, ihnen die Wahrheit zu sagen. Ihr Vater schlief traumlos, aus welchen Gründen auch immer. Manche Menschen können sich keine Träume leisten. Traumschwer würden sie in den neuen Tag taumeln, und ihr Arbeitspensum litte darunter. Nicht umsonst hing über dem Schreibtisch meines Onkels Gustav der Spruch: GLÜCK HAT AUF DIE DAUER NUR DER TÜCHTIGE. Traumlos schlief auch, zu Füßen Lores liegend, Thaler. Er wollte die Angst vor der Zukunft abwehren, und er wehrte den Schlaf ab. Mit offenen Augen blickte er in die Nacht des abgedunkelten Zimmers, aus dem Menschen, Möbel, Bilder, der ausgefranste Wandteppich mit den grasenden Rehen verschwunden waren. Schloß er die Augen, blendete ihn ein weites Schneefeld.

Träumte Lore? Ihre Träume wiederholten sich. Sie führten, in unerheblicher Abstufung, zur Deutschen Schule von Bilbao. Der Weg dorthin konnte über die Brücke führen und sich verzögern, wenn sich die Brücke über den Nervión wie eine Schere öffnete, um ein Schiff passieren zu lassen. Der andere Weg führte in den kleinen Ruderbooten über den Fluß, als der siegreiche Caudillo die Brücken gesprengt hatte – oder hatten die Roten, die Republikaner oder die baskischen Separatisten die Brücken gesprengt? Wie immer bestimmten die Sieger die einzig richtige Wahrheit.

Auf dem Schulhof ging Lore vorbei an dem Feigenbaum und an der Gulaschkanone, quasi den Kennzeichen der neuen deutsch-spanischen Symbiose. Ein paar Trümmer aus Gernika, würden wir später zu Lore sagen, hätten diese Freundschaft noch besser veranschaulicht. Lore, im Traum, hat es eilig. Ein Klassenaufsatz ist am Vormittag zu schreiben, zum Thema »Wie hat Adolf Hitler die Reichshoheit des Rheinlandes wiederhergestellt?«. Für Lore kein Problem, sie wird sich die beste Note holen. Als sie ins Klassenzimmer tritt und an ihren Platz will, merkt sie, daß die anderen sie so merkwürdig anstarren. Margot, ihre Banknachbarin und Tochter des deutschen Konsuls, schaut sie nicht an, als Lore sie begrüßt. Sonst ist Lärm in der Klasse, bis Lehrer Süßemilch die Tür aufreißt und alle in Habachtstellung strammstehen. Stille diesmal, die Tür geht auf, der Lehrer erscheint, winkt ab und bittet Platz zu nehmen. Dann bittet er Lore zu sich ans Pult, er flüstert mit ihr, Lore, im Traum, strengt sich vergebens an, ihn zu verstehen, doch sie weiß aus anderen Träumen, was er ihr mitteilen will. Sie darf, ab sofort, nicht länger am Unterricht teilnehmen. Ihr Vater, der die Familie verlassen hat, kommt für keine Zahlungen mehr auf, und das Deutsche Reich, vertreten durch den Konsul, schiebt Mutter und Tochter ab, heim ins Reich.

Lore erwacht, noch ehe ihr die Tränen kommen und sie sich vorstellt, im Fluß zu ertrinken, im Fluß Nervión, aus dem sie neulich die Blütenlese Deutscher Gedichte gefischt hat, der aus ihrer Schultasche in den Fluß gefallen war, dieser blaue Band, der seitdem das Wasserzeichen unauslöschlicher Erinnerung trägt.

Als Traumerzähler trage ich ohne Hemmung die Träume des einen in den Schlaf des anderen. Was träumte denn nun unser Vater? fragen zum wiederholten Mal die Cousinen. Ich lüge mit der Wahrheit und schenke ihm einen Traum, den Alfredo, mein Vater und mein Onkel Gustav gemeinsam hätten träumen können. Anders gesagt, sie begegneten sich in ein und demselben Traum. Sie alle haben ein freies Wochenende in Bilbao vor sich. Mein Vater kann seine Schreibmaschine und seine Kontobücher bei der DEMAG vergessen; Gustav seine Kundschaft (als Vertreter deutscher Maschinen) auf nächste Woche vertrösten. Alfredo bekommt frei, nur wissen wir nicht von wem und von welchen Pflichten. Es ist ein warmer Herbsttag, über der Stadt wölbt sich, was selten vorkommt, ein Himmel wie über Paris, von einer weißlichen Bläue. Die Herren haben ein Auto, einen Opel, der Eigentum der DEMAG ist und auf dem Hinterhof der Firma steht, so daß die Angestellten ihn sehen können. Die Angestellten dürfen sich das Auto im Wechsel ausleihen. Mein Vater ist an der Reihe. Seine Fahrprüfung hat er unlängst auf der Gran Vía bestanden, mit der Genugtuung eines Schuljungen, einen Gassenhauer pfeifend. Als nächstes wird er Klavier spielen lernen, dann hat er sich den zweiten großen Wunsch seit seinem Auszug aus Karlsruhe erfüllt.

Man fährt aufs Land, in die Berge. In der lauen Luft ein Duft nach Brombeeren und Kuhfladen. Vorbei an den Maisfeldern schlängelt sich der Weg bergauf und bergab. Gustav konsultiert eine Landkarte. Wenig zuverlässig, sagt er. Die Teiche am Weg sind von einer dicken grünen Schicht überzogen, wie von Gras. Die Mühle als Orientierungspunkt auf der Karte ist in guter Erinnerung. Hier haben wir, in Villarcayo, im Vorjahr die Ferien verbracht und sind auf dem Esel des Müllers geritten. Die Kinder des Müllers quälten eine Fledermaus, der sie die qualmende Zigarette in die Schnauze schoben, um uns zu beweisen, daß sie rauchen kann. Der Müller zeigte uns seine Vorräte an Mehl, von denen ein kühler Duft ausging. Doch träumt man von Gerüchen?

Am flachen Ufer des Flusses steigen die Herren aus. Hier haben wir die Steine umgedreht und Krebse gefangen. Die Herren tauchen die mitgebrachten Flaschen ins fließende Wasser und sichern sie mit angehäuften Steinen. Die mitgebrachte Tortilla wird in Maisblätter gewickelt. Dann werfen sie die Angel aus, prüfen ungeduldig, ob der Chacoli in den Flaschen kalt genug ist, und entkorken die erste Flasche. Die aus Deutschland eingewanderten Herren wissen einmal mehr, warum sie in Spanien glücklich sind.

Alfredos Traum währt etwas länger. Er träumt, als er die Angel zum wiederholten Mal auswirft, daß sich die Schnur um seine Handgelenke schlängelt und er, unbemerkt von den anderen beiden, ans höhere Ufer gezogen wird. Er versucht zu rufen, zu schreien. Er kann es nicht. Als legte sich ihm eine fremde Hand auf den Mund.

Concha und Clara passen genau auf. Nun fehlen uns noch, sagen sie, die Träume unserer Großmutter und die Träume unserer und deiner Mutter, zum Schluß kommst du an die Reihe.

Über die Träume unserer Großmutter weiß ich nichts. Sie träumte in der archaischen Sprache und Bilderwelt ihrer Kindheit, also auf Baskisch.

Das sind Ausreden, sagt Clara. Aber wovon träumt man im Alter?

Vom Reisen, sage ich, der ich von uns dreien der Älteste bin. Vom Weggehen, also von Bahnhöfen, unbekannten Städten. Ich komme an und weiß den Weg zurück zum Bahnhof nicht mehr. Auch habe ich kein Geld, mir eine Rückfahrkarte zu kaufen. Das Alter ist *the point of no return.*

Clara und Concha rechnen im stillen aus, wie viele Jahre sie von meinen Jahren trennen. Es reicht noch immer für eine Rückfahrkarte.

☆

Bleiben unsere Mütter, sagen die Cousinen. Was träumte die eine, was die andere? Eure Mutter sage ich und denke, hier wäre es reizvoll, meine Tante Teresa einmal mehr in die Literatur zu bringen. Sie könnte in den vielen Romanen, die sie bisher gelesen hatte, etwas Ordnung in den Verhältnissen schaffen. Das heißt, tragische Lieben in glückliche verwandeln, Emma Bovary zurückfinden lassen zu ihrem Mann, anstatt daß sie Gift schluckt. Sie könnte für den Zauberberg den Ersten Weltkrieg aufhalten und so das Leben Hans Castorps retten. Sie könnte in einem Roman, der 1944 noch gar nicht geschrieben worden war, im Roman Goya von Lion Feuchtwanger, die sündhafte Liebe des von Taubheit bedrohten Malers zur Herzogin von Alba zu einer Erfüllung ohne Fragezeichen machen. Doch all das geschah nicht. Das Leben hatte nichts mit diesen Illusionen zu tun, und die Literatur war das Leben oder besser, sie war die Abkehr von der Lüge.

Und so träumte meine Tante von ihren Ängsten. Sie saß im Wartesaal des Leipziger Hauptbahnhofs, mit seinem Ambiente eines großbürgerlichen Salons. An allen Tischen saßen Menschen, aßen und tranken und unterhielten sich über die Köpfe ihrer Nachbarn hinweg. Kinder schrien, die Kellner polterten mit dem Geschirr und rissen ungeduldig die aufgerufenen Marken von den Lebensmittelkarten derjenigen, die hier saßen und *ausgebombt* waren. Aber es blieb alles stumm für die Ohren der Träumenden, sie sah, wie sich die Münder öffneten und schlossen, sie hörte nichts, und ihre Angst nahm zu, als ihr klar wurde, daß sie nicht im Wartesaal des Ohrenarztes in der Demmeringstraße saß. Erst das Heulen der Alarmsirene, die sie weckte, beendete den Zustand der Taubheit.

☆

Meine Mutter trennte sich ungern von ihrem Traum. Es war ihr nicht gelungen, den Mann zu erkennen, der sie unter den Tamarindenbäumen der Concha von San Sebastián zum Tanz aufgefordert hatte, unter den Blicken ihrer Schwestern Teresa und Paquita und im Beifall von Tante Löffelchen, die ihre in weißen Handschuhen steckenden Hände bewegte. Merkwürdig, daß sich das trockene Geräusch, das ihre Hände hervorriefen, zu einem Trommelwirbel steigerte, der an keiner Stelle zum Tango von den Nächten am La Plata gehörte. Noch mit geschlossenen Augen, in den ersten Sekunden der aufheulenden Sirene, sah meine Mutter ihren Tänzer ganz in Weiß gekleidet. Er mußte zur Mannschaft des deutschen Schulschiffs gehören, das mit geblähten weißen Segeln in die Bucht von San Sebastián eingefahren war. Da lag es vor Anker, zum Greifen nahe, und hier war sie, ein achtzehnjähriges Mädchen im weißen Kleid, eine Mohnblume im schwarzen Haar, eine leichte Beute. Ihr Tänzer hätte sie auf sein Schiff entführen und mit ihr bis an den Strand von La Plata segeln können. Klang die Sirene denn nicht wie eine Schiffssirene?

Meine Mutter erschrak, als sie in die Wirklichkeit zurückkehrte. Sie streckte ihre Hand aus, wie um mich zu beschützen.

Hausgemeinschaft

Gab es eine Vorschrift, wie viele Menschen den Keller des Hauses aufsuchen durften? Ich weiß es nicht. In den vier Etagen des um 1900 gebauten Eckhauses lebten an die fünfundzwanzig Mieter. Der Luftschutzwart, Herr Lehmann, würde eine Liste haben mit unseren Namen, die mit den Namen im Mietbuch des Hausbesitzers Herrn Kaczmarek übereinstimmten. Ergänzt wurde die Liste durch die Namen der Urlauber, und die Anwesenheit unserer Familie aus der Nachbarschaft registrierte Herr Lehmann bei unserm Eintritt in den Keller. Man kannte sich, und mein Onkel Gustav und Herr Lehmann gaben sich die Hand. Alfredo und mein Vater wurden ihm vorgestellt, und Herr Lehmann begrüßte sie mit dem Deutschen Gruß, das heißt, er streckte den rechten Arm aus und schmetterte sein Heil Hitler! Hitlerjunge Dieter tat es ihm nach, wobei er mich ansah. Ich hatte Lust, ihm einen Vogel zu zeigen, und hoffte, mein Onkel Alfredo würde mit einem Witz antworten. Aber es war in diesen ersten Minuten wie vor dem Beginn einer Theateraufführung oder einer ähnlichen Veranstaltung. Auf der Suche nach den besten Plätzen drängte und schob jeder seinen Vordermann ein Stück weiter. Im Halbdunkel der einen Glühbirne stolperten wir über die Gepäckstücke, die im Notfall der ganze Besitz sein würden und je nach Größe und Anzahl von der Angst ihrer Besitzer sprachen, ausgebombt zu werden. Das meiste Gepäck hatten wie immer die Frauen der Familie Hanke aus dem zweiten Stock. Oma Mimi und Tochter Elfriede waren uns in den ersten Tagen nach unserem Einzug aufgefallen in ihrem Eifer, das Waschhaus für Tage zu besetzen, um dann eine Fülle bunter Wäsche und weißer Bettlaken aufzuhängen, die Wäscheleinen straff gespannt und von Stützen gehalten. Meine Großmutter, die während des Spanischen Bürgerkriegs mit meinem Großvater in Bayern gelebt hatte, hielt sie für Bayern, doch kamen sie aus dem Vogtland, einer vergleichbaren, wenn auch weniger gebirgigen Landschaft, in der sich archaische

Sitten länger hielten als die Gewohnheiten in einer sächsischen Industriestadt. Die Jüngste war Hannah, eine Schulfreundin Conchas. Auch sie in jenem Jahr meine stille Liebe, und wann immer ich Gelegenheit hatte, verglich ich beide Mädchen, Conchas großäugige Schönheit mit Hannahs blauäugiger Einfalt. Hier wurde ihr aufgetragen, das Gepäck zu stapeln und im Auge zu behalten. Was würde in den Taschen und Rucksäcken sein? Vermutlich die Dirndlkleider und bunten Blusen und die gebügelten Tischtücher und weißen Laken, die man am Tage der Kapitulation aus dem Fenster hängen würde.

Ganz ohne Gepäck und ziemlich als letzte kamen Frau Schulz und Herr Manfred in den Keller. Manfred hatte einen Klapphocker mitgebracht, den er in aller Ruhe aufbaute, mit einem Ende seines langen Schals von unsichtbarem Staub befreite und Frau Schulz anbot.

Alfredo kümmerte sich um unsere Großmutter, die mit kleinen Schritten einem ausgedienten Sessel zustrebte, der für sie reserviert war. Schließlich war sie die Älteste in dieser Hausgemeinschaft, die wie aus einem Geisterreich zusammengerufen war. Lore in ihrer vorbildlichen Luftschutztracht glich der Zeremonienmeisterin einer Aufführung, für die wir uns in Eile kostümiert hatten, ohne unsere Rolle genau zu kennen.

Herr Lehmann zählte zum wiederholten Mal, seine Liste in der Hand, die Häupter seiner Schutzbefohlenen. Da fiel noch einmal der Lichtspalt einer Taschenlampe durch die geöffnete Kellertür. Es waren Sarah, die eigentlich Inge hieß, und ihr hinkender, vom Kriegsdienst befreiter Liebhaber, dessen Namen keiner kannte: Im Gefolge Sarahs Kinder Herbert und Hans, verängstigt, müde und nach uns Kindern Ausschau haltend.

Eine Art Luftzug strich durch den Keller, dem für Sekunden eine Erstarrung folgte. Warum waren wir hier? Aus Angst vor den Bomben. Wer hatte den Krieg begonnen? Sarahs Familie, das Weltjudentum.

Herr Lehmann nickte ihnen zu. Schließlich hing es von ihm ab, ob die *Halbjüdin* Sarah den Luftschutzkeller aufsuchen durfte. Dennoch drängte er sie mit einer Handbewegung in den von keiner

Glühbirne erleuchteten Hintergrund des Kellers. Unsere Blicke folgten ihnen, und als die Dunkelheit sie aufnahm, lächelten einige der Volksgenossen bei der Vorstellung, wie Sarah und ihr Liebhaber an der Wand lehnen würden, sich bei den Händen haltend und ihre Liebkosungen fortsetzend, die am Tage die Gemüter der Nachbarn in Wallung brachten.

Alfredo, der so tat, als verstünde er nicht, was hier gespielt wurde, ging ihnen nach, reichte beiden die Hand und stellte sich vor. Womöglich schob er dem Mann eine Packung Zigaretten zu und gab den Kindern ein Bonbon aus den unendlichen Vorräten in den Taschen seines Sakkos. Später, da wir mehr über das verborgene Leben Alfredos wußten, rekonstruierten wir die Szene im Keller. Denkbar wäre es, sagten wir uns, daß er dem Liebhaber Sarahs keine Zigaretten zugesteckt habe, und wenn doch, dann mit einem Kassiber, einer Nachricht von Sarahs Bruder Daniel, der im Warschauer Ghetto überlebt hatte. Wie aber kam Alfredo zu diesem Zettel? Als angeblicher Korrespondent verschiedener Zeitungen konnte er, sage ich, ungehindert durch ganz Europa reisen. Wie Malaparte, sagt Clara, um mir eine Freude zu machen und meine Mutmaßungen ins Reich der Literatur zu verbannen. Kein schlechter Vergleich, sage ich.

Zurückgekehrt, zischte Hitlerjunge Dieter Alfredo zu: Vorsicht, das sind Juden!

Ach, gab Alfredo zurück, dann paß mal gut auf, daß sie dir nichts tun ...

Nach und nach fanden die Mieter ihre Plätze; denn zu jeder Mietpartei gehörte ein eigener Kellerraum, den eine Lattentür schützte, an der ein schweres Schloß hing. Außer Briketts und Kartoffeln gab es kaum etwas zu sichern, weder Kunstgegenstände noch Vorräte für ein Überleben, würde das Haus über uns zusammenstürzen und uns lebendig begraben. Einmal im eigenen Kellerraum, entstand die Solidarität einer Gefängnisanstalt, allerdings bei offener Zellentür. Gespräche gingen hin und her, nachdem die Angst uns nicht mehr lähmte und über uns diese Frostnacht im Februar still war wie der Beginn der Heiligen Nacht.

Lore betrat trotz aller Warnungen noch einmal unsere Wohnung, um die letzten Meldungen zur Luftlage über der Stadt zu hören.

Zurückgekehrt, brauchte sie uns nichts zu sagen, denn mit einemmal zerbarst die Stille, die Flak schoß ihre Garben in den Himmel, daß die Sterne splitterten und in langen Lamettafäden zur Erde fielen, um die feindliche Radarkontrolle zu verwirren. Dann kamen vom Himmel hoch die sog. Christbäume, von den Flugzeugen abgeworfen, um das Zielgebiet zu erleuchten. Vermutlich ein Restposten aus amerikanischen Warenhäusern, von einem verschmitzten weißbärtigen Santa Claus ins Flugzeug geschmuggelt.

Diesmal hätten wir Kinder uns gern von Dieter kommandieren lassen, der Klaus und mich aufforderte, ihn zur Kellertür zu begleiten, um die erleuchtete Nacht über den Schrebergärten hinter unserem Haus zu sehen. Mein Vater zog mich zurück, Klaus überhörte die Mahnungen seiner Mutter – wie ein Held, dachte ich, die Gefahr in den Wind schlagend, zog er Hannahs und Conchas Blicke auf sich.

Umsonst versuchte ich meinem Vater klar zu machen, daß ich Gallands feuersichere Pilotenjacke trug, oder besser: sie trug mich und umgab mich wie ein Reifrock, der mich am Sitzen hinderte und vor dem Umfallen bewahrte.

Herr Lehmann, der Luftschutzwart, waltete seines Amtes: er scheuchte die Helden zurück in den Keller und verschloß die Tür. Sorgen machte er sich um seine kleine Fabrik in einem der Gartengrundstücke hinter dem Haus. Dort stellte er nach eigenen Rezepten einen Gemüsesalat her, auf der Grundlage einer mehligen Tunke, die als Ersatzmayonnaise gelten konnte. Zuweilen geriet ein Streifen Jagdwurst aus Fleischer Winklers Restbeständen in die Mischung aus Karotten und Rüben. Wir vermuteten, Herr Lehmann habe in seinem Keller einen kleinen Posten Gemüsesalat, der im Notfall die Rücklage für einen schwunghaften Handel auf dem künftigen Schwarzen Markt sein konnte.

Mein Vater, wie die anderen Soldaten auf Urlaub, konnte seine Nervosität nicht verstecken. Sie alle hatten das Gefühl, in eine Falle geraten zu sein, bestenfalls in einem Schützengraben zu hocken, der von allen Seiten vom Feind umgeben war. Was tun? Ruhe bewahren oder sich freischießen?

Mein Onkel Gustav, noch ohne Fronterfahrung, blieb ruhig. Er wechselte mit seinen Nachbarn den einen und anderen Witz. Thaler drückte, die Lippen unhörbar bewegend, die Perlen des Rosenkranzes in seiner Hosentasche. Das lustige, in ihrer rundlichen Erscheinung austauschbare Ehepaar Gerstner, das den Ausschank in der »Morgenröte« besorgte, verteilte die eine und andere kleine Flasche Malzbier, alkoholfrei und nahrhaft für Kinder und Wöchnerinnen. Wenn morgen der ganze Spuk hier vorbei ist und genügend Schnee fällt, würden sie mir den eisernen Schlitten geben und sich bei meinem Anblick einmal mehr und unter Tränen an die Kinderzeit ihres vermißten Sohnes erinnern.

Alfredo zog Grimassen, um sich abzulenken: Rauchen war verboten, und so spielte er die Pantomime eines Rauchers, der sich die Finger verbrennt, was wir im Halbdunkel des Kellers nicht ganz erkennen konnten. Auch er hatte das Gefühl, in einer Falle zu sitzen. Was er von den alliierten Zielen dieser Big Week wußte, konnte ihn nicht beruhigen. Eintausend viermotorige US-Bomber waren im Anflug. Ihr Ziel die Flugzeugwerke der Vorstadt, wenige Kilometer von hier, wo die Me-109 und die Me-110 gebaut wurden. Doch er wußte auch, daß das eine und andere Werk mit amerikanischem Kapital arbeitete, das immer kostbarer wurde, je mehr sich der Krieg seinem Ende näherte. Also würden die Piloten die Angriffe mehr dem Zufall überlassen und ihre überflüssigen Bomben über Auenwald und Schrebergärten ausklinken, immer bedacht, die Villenkolonie am Rande des Waldes nicht zu beschädigen. Schöne Häuser, die im nächsten Jahr die Offiziere der 69. Amerikanischen Infanterie-Division aufnehmen würden.

Hättest du nicht, sagte mein Onkel Gustav zu meinem Vater, hättest du nicht deinen Bruder in Amerika fragen können, wie lange der Zauber da oben noch dauern wird ...?

Herr Lehmann spitzte die Ohren. Ein Bruder bei den Plutokraten?

Mein Vater verzog die Mundwinkel, zeigte seinem Schwager einen Vogel und lachte verlegen.

Gemeint war sein Bruder Wilhelm, der sich in Amerika William oder Bill nannte und der vor dem Kriege, vor dem Eintritt Amerikas in den Zweiten Weltkrieg, für die amerikanische Luftwaffe gearbeitet hatte. Ein gut bezahlter Job, der ihn aus dem eisigen New York ins sonnige Californien brachte, in Nähe, wie ich später mit Clara phantasieren würde, zur deutschen Emigration in Los Angeles. Wobei kaum anzunehmen ist, daß er andere als zufällige

Kontakte zu den Herren Thomas und Heinrich Mann oder zu Lion Feuchtwanger in seiner Villa »Aurora« haben würde. Bill/William blieb am Boden, er ölte das Fahrgestell der Maschinen, kontrollierte die technische Überprüfung, machte seinen Pilotenschein für einmotorige Maschinen, die auch als Lufttaxen für kurze Strecken eingesetzt wurden, so daß Thomas Mann sich das teure Vergnügen hätte leisten können, von Santa Monica nach Hollywood geflogen zu werden, ohne Gefahr zu laufen, Brecht und seiner vorlauten Familie auf der Straße begegnen zu müssen. *Mind your step*, würde der Luftschiffer Bill beim Ein- und Aussteigen gesagt haben, und ehe der deutsche Akzent die Herren verriet, gaben sie auf deutsch zu, aus der alten Heimat zu kommen. Bill gab sich unpolitisch auf die Frage, was nach dem Untergang Hitlers mit Deutschland geschehen würde.

Mein Vater konnte in einem Punkt beruhigt sein: als Pilot der Fliegenden Festungen über unserem Haus kam sein Bruder nicht in Frage. Doch als amerikanischer Staatsbürger stand er auf der feindlichen Seite, und als Handlanger der Air Force saß er indirekt in der Pilotenkanzel, den Finger am Abzug der Bombenschächte. Und so war Gustavs Frage gar nicht so flapsig, wie sie klang. Merkwürdig, wie jeder Krieg, auf den Punkt gebracht, ein Bruderkrieg war.

Die Erwartung, der ungewisse Ausgang der Nacht, die Erlösung von der Angst, da die Sirenen auf den Dächern ringsum ihren langgezogenen Ton der Entwarnung ausschicken würden – dies alles erzeugte eine Nervosität, die sich nicht entladen konnte. Ein Monument der Ruhe aber war der alte Herr Kaczmarek, der Hausbesitzer. Er saß auf einem Gartenstuhl aus den besseren Tagen in seinem Hausgärtlein, im Sommer ungerührt vom Lärm im Waschhaus, vom Gestank der stets überfüllten Aschengrube, dem besessenen Eifer der Mieter, ihre Teppiche über die Klopfstange zu ziehen und zu walken; dem Fall der Blätter zusehend und die prallen Äpfel zählend, die er an uns Kinder verteilte, wenn wir ihm im Auftrag unserer Mütter die Miete am Ersten eines jeden Monats brachten. Woher nahm er seine stoische Ruhe? Den Mietern war er suspekt.

Der Name? Sicher polnisch. Dieses Barett auf dem Greisenhaupt? Kein Deutscher trug so etwas. Sollte er Jude sein? Kaum denkbar, bei unserer deutschen Gründlichkeit im Erfassen rassisch fremder Elemente. Die Ruhe und Gelassenheit waren das Ergebnis seiner Jahre. Er hatte weder etwas zu erwarten noch zu verlieren. Einen Krieg erlebte er nun ein zweites Mal in seinem Leben; diesmal als Zuschauer. Wie das Stück ausgehen würde, ahnte er. Auf eine Fortsetzung war er nicht neugierig. War ihm das Schicksal gnädig, trat er mit den Protagonisten dieser Aufführung ab. Die Hausgemeinschaft rieb sich sozusagen mit bösen Blicken an ihm. Dieser nächtliche und wiederholte Rückfall in eine archaische, von unbestimmten Mächten bedrohte Gemeinschaft verlangte nach Beschwörung, nach einer rettenden Gottheit und nach einem Opfer. Der nicht endende Klatsch der einen Mieter über die anderen Mieter glich der Einkreisung eines Opfers. Doch wer sollte es am Ende sein? Kaczmarek wurde beschützt durch seine aggressive Haushälterin, deren spitze Zunge wie die Krallen einer Tigerin war. Der bucklige Manfred hatte seine Frau Schulz, mit der nicht gut Kirschen essen war. Unsere Großmutter, die durch ihr Schweigen, ihre Fremdheit und Sprachlosigkeit auffiel, hatte den Familienclan wie einen Schutzwall um sich.

Übrig blieben Sarah und ihre Kinder. Doch standen die unter dem Schutz von Herrn Lehmann, und der war ein korrekter Mann, der seine Verordnungen kannte – und auszulegen wußte. Gern hätte er sich mit Alfredo über den mutmaßlichen Ausgang des Krieges unterhalten. Immerhin, ein Ausländer, der aus einem befreundeten, doch neutralen Land kam, der war unvoreingenommen und hatte den rechten Durchblick. Aber der Luftschutzwart traute sich nicht zu fragen. Jedes freie Gespräch mit einem Fremden, war er nun Reichsdeutscher oder Ausländer, barg das Risiko, den Fuß auf eine Tretmine zu setzen. So machte sich auch Herr Lehmann lieber seine eigenen Gedanken, wenn er seinen Gemüsesalat zusammenstellte. Denn angenommen, Herr Zitrin, Sarahs Vater, käme aus dem Konzentrationslager zurück, käme er unterm Schutz der Siegermächte. Was hast du mit meiner Tochter gemacht, würde er fragen, und die Siegermächte würden die Frage in ihren Sprachen wiederholen –

where is, you son of a bitch, Mr. Zitrin's daughter? Hier, würde Herr Lehmann sagen, hier ist sie, gesund und munter, und den Glanz in den Kirschenaugen hat sie von ihrer Liebe, und ich habe sie beschützt vor dem bösen Blick der Nachbarn, sie und ihre Liebe. Und zum Dank würde Herr Zitrin ein wunderbares Etikett für seine Salate entwerfen, und der Russe würde ihm tonnenweise Kohl und Kartoffeln liefern, und der Ami Tomaten, Sellerie und lastwagenweise Konserven mit Wurst, der Franzose die Kräuter der Provence, der Engländer jede Menge Worcestersauce.

An diesem Punkt des Tagtraums von seiner künftigen Prosperität begab sich Herr Lehmann in seinen Kellerverschlag, nahm zwei Klappstühle und trug sie in den lichtlosen Winkel des hinteren Kellers. Er stellte sie wortlos vor Sarah und ihrem Hinkebein hin. Vermutlich, sagten wir später, errötete er, aus Verlegenheit oder weil ihn das Tragen der Stühle angestrengt hatte. Doch bleibt auch dieser Augenblick im Dunkeln, wie so vieles, in das unsere Erinnerung ihr spärliches Licht trägt.

Der Krater

In den Sekunden vor dem Ausklinken der Sprengbombe und dem folgenden Sirren und zunehmendem Pfeifgeräusch entstand unter uns eine seltsame Ruhe. Ein Ein- und Ausatmen wie vor dem Einschlafen, eine Ergebenheit und jene Art von Kapitulation, in die der Schläfer einwilligt, der die Aufgaben des Tages nicht gelöst hat. Doch da schrie meine Cousine Concha auf – sie hatte immer wieder auf die Glühbirne gestarrt; jetzt begann das matte Licht zu flakkern. Sie wußte, es war das Zeichen drohender Gefahr. Auf ihren Angstschrei erwachten alle, Lore hielt uns Kindern feuchte Tücher vor die Nase, Herr Lehmann gab Anweisungen, die im Gurgeln und Orgeln der fallenden Bombe untergingen. Meine Mutter drückte mich an sich, soweit es Gallands steife Fliegerjacke erlaubte, und nur meine Großmutter und Herr Kaczmarek rührten sich nicht von der Stelle und beobachteten die Hausgemeinschaft, die sich wie Statisten auf einer Bühne benahm, die ihren Platz suchen in der Sekunde, bevor der Vorhang fällt.

Meine Mutter schloß die Augen, so daß sie nicht sah, wie mein Vater zu uns trat, die Arme hebend, als wolle er uns halten und Schutz geben. Jeder Vater, würde nach dem Krieg der Katechet der katholischen Gemeinde am Langen Felde uns erzählen, in Vorbereitung auf die erste heilige Kommunion, ist von Gottvater beauftragt, sich um seine Kinder zu kümmern. Ich würde mich in der Schar jüngerer und älterer Umsiedlerkinder umschauen, meist vaterlose Schafe wie ich auch. Mein Freund Charlie Ferge, der Älteste unter uns, hatte eine Blasphemie auf der Zunge. Unsere Väter, wo waren sie geblieben? Erfroren im Moskauer Winter, ertrunken beim Rückzug über die Weichsel, in Gefangenschaft gebracht in Bad Kreuznach, an der Ruhr gestorben oder verschwunden in sibirischen Wäldern und Kohlengruben. So blieb uns der Übervater und sein Stellvertreter, Katechet Kulas aus Breslau.

☆

Hier aber, in der Sekunde vor dem Einschlagen der Sprengbombe, erstarrte das Bild von uns dreien zur zeitlosen Ikone – meine Mutter, die mich hielt, mein Vater, der seine Arme um uns legte, mit seinem Körper eine unfaßbare Bedrohung abwehrend. Schau ich mir das Bild heute an, kommt mir der Verdacht, daß meine Mutter diesen Schutz ihres Mannes nicht wollte. Sie liebte ihn nicht mehr, ohne darüber nachgedacht zu haben. Jetzt und in späterer Zeit wich sie der Angst, den Schmerzen, auch den Schmerzen der Seele, mit einer Todesbereitschaft aus, gegen die ich mich zu wehren hatte; denn alleine wollte sie mich nicht zurücklassen. Nach dem Tode meines Vaters im Juni 1944 mußte ich seine Rolle übernehmen, und das hieß, ich las noch einmal seine Briefe an mich und befolgte seine Anweisungen, und ich mußte in seiner Abwesenheit für meine Mutter sorgen, und sei es mit ständig neuen Wünschen und Aufgaben, die sie auf mich konzentrierten und ihr jeden Übertritt ins Reich der Toten vorerst unmöglich machten.

Was mag mein Vater in jener Sekunde empfunden haben? Was würde ich in seiner Situation empfunden haben, ein Mann noch nicht vierzig, der seinen Beruf für ein Soldatenleben aufgegeben, das Land seiner Wahl verlassen hatte und der sich seiner Frau und seines Sohnes versichern mußte, wollte er in sein altes Leben zurückkehren. Er wird, denke ich, in jener Sekunde mit geschlossenen Augen einen jener Sonntagnachmittage gesehen haben, mit uns am Strand von Algorta oder Neguri, der Sand glüht, das Meer schäumt, und man schmeckt das Salz, das der Wind einatmet und an Land bringt. Meine Mutter packt das mitgebrachte Essen aus, das Kind ist zufrieden, wenn es aus Sand seine Kuchen backen kann und es in einem Schiff aus Sand sitzt, das sein Vater gebaut hat.

Tage später stritten wir, Klaus, Dieter und ich, darüber, ob die zweite ausgeklinkte Sprengbombe aus derselben Maschine kam, die unser Haus, vom Mond hell beleuchtet, zum Ziel hatte. Und warum nur zwei Bomben, wo ein Knopfdruck genügte, einen Bombenhagel auszulösen, der vom Mond aus gesehen wie ein sanfter Konfettiregen über uns niederging. Die zweite Bombe, zweifellos zuerst ausgeklinkt, war ein Blindgänger. Ausschußware, sagte Dieter, jüdischer Schrott. Die Amis hatten nach ihrem Angriff auf die Leutzscher Flugzeugwerke nur diese beiden Bomben an Bord, die sie loswerden wollten, ehe sie abdrehten, *way home* übern Ärmelkanal nach England. Der Blindgänger – wir einigten uns nicht über sein Gewicht in Tonnen, durchschlug drei Häuser weit von unserem Haus das Dach und landete im dritten Stock in der guten Stube und blieb neben dem lauwarmen grünen Kachelofen liegen. Ein ungebetener Gast, eine surreale Erscheinung, sagten wir später, etwas Unheimliches wie Kafkas Gregor Samsa als Riesenkäfer, ein tückisch blinzelnder Kobold, eine Manifestation kleinbürgerlicher Ängste wie auf Zeichnungen von Topor. Die aus dem Keller kommenden Mieter konnten ihre Angst nicht an Literatur und Kunst delegieren; sie eilten zurück in den Keller, wo der zuständige Luftschutzwart schon dabei war, die Evakuierung des Hauses und der Nachbarhäuser anzuordnen. Dagegen war unsere Bombe ein anderes Kaliber.

Mit Clara würden wir später im Gespräch versuchen, ein Psychogramm dieser Piloten zu erstellen, dieser Supermänner in ihren fliegenden Festungen. Waren sie denn Ritter ohne Furcht und Tadel, Cowboys mit einem kitzligen Ehrgefühl? Wußten sie, was sie anrichten konnten, auch wenn ihnen die Sicht genommen war, sie weder unter die Dächer und in die Keller schauen konnten wie jener hinkende Teufel der Literatur? Wollt ihr den totalen Krieg? Auch sie wollten den totalen Krieg, und die Reue kam auch ihnen, als es zu spät war. Soweit so schlecht, und es ist einfach, ihnen die Rechnung zu präsentieren, die aus Deutschland den Schuldigen macht.

Die Rechnung für die Toten an jenem Markttag in Guernica, sagt Clara, wurde in Dresden –, nein, nicht: beglichen, ich weiß nicht. Wie heißt es in der Bibel, wer Wind sät, wird Sturm ernten.

Man stelle sich vor, sage ich, daß jeder dieser Piloten, war er nun polnischer, jüdischer, deutscher Herkunft als ein Kind von Emigranten, Verwandter der im europäischen Krieg ausgerotteten Völker –, also in der bunten Mischung des *melting pot America*, seine ganz private Rechnung hatte. Sie wollten die deutsche Kapitulation herbeiführen.

Aber wir waren doch Kinder, sagen Clara und Concha, und Dieter, der ein halbes Jahrhundert später sich zu den Zeugen Jehovas bekennt, sagt: Jahve Gott hat es so gewollt. Sein Zorn trifft seine abtrünnigen Kinder.

Nein, danke, sagen wir. *Deus le vult* – der Ruf der Kreuzritter. Die Kreuzritter von heute sind dabei, diesen Ruf in ihre Sprachen zu übertragen.

Wir kehren zurück, zu jener Sekunde im Keller. Die Todesangst braucht keine Rechtfertigung, sagen wir, sie entzieht sich jeder Argumentation von Recht und Unrecht.

Die Sprengbombe fiel und verfehlte das Haus; sie war ein Fallbeil, das, ungenau eingestellt, an uns vorbei am Boden aufschlug, sich mit pfeifendem Geräusch ankündigte und explodierte. Der Luftdruck prallte als tödliche Welle gegen die Rückseite des Hauses, vorbei an Schrebergärten und Herrn Kaczmareks Apfelbäumen. Das Licht im Keller erlosch, Kalk und Salpeter rieselten von den Wänden und reizten unsere Schleimhäute. Dann splitterte Glas, platzten die Wasserrohre, die durch die Wände des Hauses liefen wie Adern und Arterien in einem Körper. Die Kellertür wurde aufgestoßen, und wir fürchteten (in unserer späteren Nacherzählung der Ereignisse), daß der ungeheure Sog der Druckwelle uns hinaustragen würde. Herr Lehmann, der Luftschutzwart, zündete eine Kerze an, und Lore tat es ihm nach. Wir nahmen die feuchten Tücher vom Mund und sahen uns an. Mein Onkel Gustav und Herr Lehmann wechselten Blicke: Wenn die Rückseite des Hauses, brüchig, wie ihr Mauerwerk war, Risse bekommen hatte, konnte man mit dem Einsturz des Hauses in wenigen Minuten rechnen. Wäre es da nicht ratsam, die Flucht ins Nachbarhaus zu wagen, durch das Mäuseloch der Trennwand zu steigen?

Gleich darauf ertönte der lang gezogene Ruf der Entwarnungssirene, ein frivoles Pfeifen, das uns zurückholen sollte in den vorübergehend unterbrochenen Alltag, und ehe ihre Mütter es verhindern konnten, verließen Dieter und Klaus den Keller, um sogleich zurückzukehren und ihre Rolle als Melder zu erfüllen: das Treppenhaus sei unpassierbar, zerbrochenes Glas und Schutt auf jeder Stufe.

Ach Gott, sagte Frau Hanke, die schönen Fenster. Sie meinte die Bleiglasfenster des Treppenhauses mit ihren Paradiesvögeln und

Palmen. Ein Blick durch die grün blau gelb glühenden Scheiben auf die Schrebergärten und auf Herrn Lehmanns Gemüsesalatfabrik verwandelte die Gärten in Oasen und die Fabrik in die Sommerresidenz eines Haroun-al-Raschid.

Die Sechsundachtziger, meine Cousinen, das Ehepaar Gustav und Teresa wickelten sich in ihre Mäntel, Schals, Kapuzen, um den Rückzug anzutreten in ihre nahe, vermutlich unversehrte Wohnung. Sie luden uns ein, ihnen zu folgen. Meine Mutter lehnte ab. Lore organisierte unseren Aufstieg in unsere Wohnung, Alfredo, Thaler und mein Vater als Vorhut, in Begleitung von Manfred und Frau Schulz, die mit ihrer Taschenlampe jede Treppenstufe ausleuchtete. Du hast wieder einmal schlecht gefegt, Manfred, sagte Frau Schulz, und es sollte ein Witz sein. Unsere Schritte zertraten das bunte Glas, und es knirschte, als liefen wir über Schnee.

In unserer Wohnung waren die Fenster zum Hof und zu Kaczmareks Garten eingedrückt, zersplittert. Das Glas hatte sich mit dem Wasser aus den in Bad und Küche geplatzten Rohren vermählt, und die eisigen Temperaturen hatten den Segen dazu gegeben. Wir liefen über einen knirschenden glitzernden Teppich. Lore stellte eine Kerze auf den Tisch im Wohnzimmer. Auch hier waren die Fensterscheiben aus den Rahmen gefallen, und die Kälte hatte die letzte Wärme der Kachelöfen geschluckt.

Mein Vater suchte nach den Resten in den Cognacflaschen des vorigen Abends, und die Herren ließen die Flaschen von Hand zu Hand gehen.

Wir sind, sagte Alfredo zu mir, nach einem Fehltritt auf einer Eisscholle gelandet. Du kennst doch Jules Verne? Ich nickte, konnte mich aber an keine Geschichte erinnern, die einen glücklichen Ausgang versprochen hätte.

Frau Schulz bot an, unsere Großmutter und mich in ihrer Wohnung unterzubringen, die bis auf ein paar Risse in den Fenstern zur Straße keinen Schaden aufwies. Ich weigerte mich mitzugehen. Die Verwandlung der Wohnung in eine vom Schein einer Weihnachtskerze erleuchteten Höhle machte aus uns, aus den Männern der Familie, zu denen ich mich hinzuzählte, Abenteurer oder Forscher. Wir waren Archäologen von einem anderen Stern, mit der Aufgabe betraut, Leben und Wohnen um die Mitte des zwanzigsten Jahrhunderts zu erforschen.

Meine Mutter schüttelte die Bettdecken aus, um die Glassplitter zu entfernen. Dann hüllte sie mich in die große spanische Mantille, die sie getragen und die ihre Wärme aufgenommen hatte. Ich weigerte mich, ins Bett gepackt zu werden. Durch die zerstörten Fenster auf der Schrebergartenseite glomm ein fahles Frühlicht. Für eine Weile würde die große Freiheit der schulfreien Zeit anbrechen.

Herr Lehmann klopfte an jede Tür des Hauses, mit der Mitteilung, die Toiletten nicht zu benutzen, da auch die Kanalisationsrohre geplatzt seien. Lore stellte einen Scheuereimer ins Bad und benutzte ihn als erste. Alfredo erinnerte an die Luftschutzverfügung, vor jedem Gang in den Luftschutzkeller die Blase zu entleeren. Wir Männer, sagte mein Vater zu mir, können für die kleine Notdurft in Herrn Kaczmareks Apfelgarten gehen und gelbe Muster in den Schnee pinkeln. Ein Vorschlag, der mir Gelegenheit geben würde, das Haus zu verlassen und den Bombentrichter zu sehen, der von Klaus und Dieter und den anderen Kindern längst besichtigt worden war.

Ich vertauschte die Mantille mit meinem Wintermantel, ließ mir von Thaler den Pasamontañas über die Ohren ziehen – auf die Gefahr hin, von den anderen Kindern der Verkleidung wegen ausgelacht zu werden, und an der Hand meines Vater verließ ich die Wohnung. Im Treppenhaus, im Schein einer Taschenlampe, kehrte Manfred die Scherben zusammen. Er versprach mir, eine besonders schöne bunte Fensterscherbe aufzuheben und ihre Ränder mit einer Fassung zu versehen, wie ein Diamant.

Kannste später, sagte er, deiner Liebsten schenken.

Nach heutiger Berechnung, sage ich mir, war meine Liebste in jenem Jahr noch nicht geboren worden.

Im verschneiten Wegkreuz zwischen den Gärten, keine zwanzig Meter von unserem Haus entfernt, gähnte der Schlund, zeigte sich der Krater. Die Bombe hatte das gewaltige Rohr der Kanalisation getroffen, so daß der Krater einem Pfuhl glich, darin sich die Exkremente der Vorstadt zu einer braunen stinkenden Brühe ausbreiteten. Wir starrten hinein, erstaunt darüber, daß schon immer unter uns, unter unseren Füßen, diese Unterwelt gleich einem Verkehrsnetz vorhanden war.

Mir dagegen öffnete sich hier die Unterwelt meiner deutschen Heldensagen, des Riesen Grendels und seiner schlimmen Mutter hexisches Reich im Schlund eines Sees, den greuliche Nixen bewachen. die uns zu sich hinabzogen oder mit ihren Küssen vergiften wollten.

Nur einer konnte Rettung bringen, als Nacht für Nacht die Untertanen König Rothers von den Krallenfingern Grendels gepackt und vermutlich gefressen wurden – Beowulf, des Egdio Sohn und Vetter des Königs Hugleich von Gotland … Ich sah mich um. Beowulf war nicht zu sehen. Welche Uniform, käme er, würde er tragen?

Indes wir standen und starrten, hörten wir Kommandorufe und sahen drei junge Soldaten, das Gewehr um die Schulter, anrücken und unseren Freunden, den holländischen und polnischen Zwangsarbeitern aus den Baracken am nahen Prießnitzbad, Befehle erteilen. Als erstes reparierten sie die Zäune am Schrebergarten von Familie Hanke. Mimi und Tochter sowie Enkeltochter Hannah kamen und brachten heißen Kaffee und später am Tag einen Kessel Suppe. Die Polen und Holländer trauten sich nicht, diese unerwartete Stärkung anzunehmen, und die Soldaten schauten weg und hatten nichts gesehen. Uns fragten sie nach dem Vorhandensein etwaiger jüngerer Schwestern, und wenn ja, sollten wir diese vorbeischicken. Mir fiel Lore ein, die ich für meine Schwester ausgeben konnte. Aber sie war auf dem Weg zu ihrer Rüstungsfabrik, an einem Tag wie heute eine Pflicht und ein Bekenntnis, sich den Terrorangriffen nicht zu beugen. Wie hatte der Propagandaminister in der Hauptstadt verkündet? Unsere Städte könnt ihr brechen, unsere Herzen nicht.

Manfred trat zu uns, seinen weißen Schal auffällig geschlungen und verknotet.

Am Ende ist alles Scheiße, sagte er mit einem Blick in die Tiefe zu meinem Vater. Aber daß es uns nicht getroffen hat, was, Chico? Offenbar haben die Götter noch viel vor mit uns – oder mit dir? Oder mit uns, sagte mein Vater und sah sich nach Alfredo um.

Die Amerikaner kommen

... mit den Sherman-Panzern des letzten Krieges.

Lawrence Ferlinghetti

American Patrol

Der April zog mit seinen grünen Bändern durch unser Klassenzimmer, in Lehrer Grasemanns Musikstunde, und er zog durch die Leutzscher Auenwälder bis hinauf zu den Höhen des Bienitz, wo ihm die 2. und die 69. Amerikanische Infanteriedivision in den Weg trat. In den Niederungen der Vorstadt hatten wir die Fenster mit weißen Tüchern verhangen, denn vom Eise befreit, wie Lore sagte, waren wir noch lange nicht. Einmal mehr flüchteten wir in den Keller, als die ersten Schüsse fielen, trockene Detonationen in kurzen Abständen, die unterschiedlicher Herkunft sein konnten. Waren es die Zwangsarbeiter, die ihre versteckten Waffen hervorgeholt hatten und sich befreiten – von Stund an Waffenbrüder der siegreichen Alliierten? Oder doch die Amerikaner, die, wie Hitlerjunge und Luftschutzmelder Dieter herausgefunden hatte, von der Zschocherschen Straße, in Höhe Felsenkeller, in Richtung Plagwitzer Brücke schossen? Wir wußten es nicht, und unsere Soldaten, die sich im Kriegsspiel auskannten, hatten die Stadt verlassen. Alfredo vermutlich zurück nach Spanien, Gustav an die Meißner Heimatfront, wo er in amerikanische Gefangenschaft geriet. Thaler war nicht bis nach Moskau gekommen, sondern hinter der polnischen Grenze von Partisanen gefangengenommen worden. Unter den Partisanen waren die Nachkommen spanischer Emigranten, die ihn entweder sofort an die Wand stellen wollten oder es vorzogen, gemeinsame Erinnerungen an ihre gemeinsame Kinderzeit in Spanien mit ihm auszutauschen. Thaler, im Schutz seiner Heiligen, die Hand auf den Perlen des Rosenkranzes, fand eine gleichsam magische Sprache aus dem Wortschatz der Sprichwörter. Und so kam man zusammen, und die Spanier reichten ihn weiter an die Rote Armee, die ihn mit dem Vermerk, tauglich zur Umschulung, in ein Arbeitslager am Ural steckte. Schließlich mein Vater, der in Assisi im Juli 1944 an seinen Verwundungen gestorben war. Wie in seinem Traum, den ich Clara und Concha im Vorjahr erzählt hatte, trug er in der Stunde seines Todes die weiße Stirnbinde, die Aureole seiner Verwundung, die er nach einer Prügelei mit seinem Bruder Wilhelm getragen hatte, der sich nun William nannte und den wir mit der einrückenden amerikanischen Armee erwarteten. Luftschutzwart Lehmann war in letzter Stunde zum Volkssturm abkommandiert worden. Im Schnellverfahren hatte er den Umgang mit der Panzerfaust gelernt. Er gab seine Kenntnisse an Dieter weiter, und beide, der Alte und der Junge, lauerten in einem Versteck am Felsenkeller den ersten amerikanischen Panzern auf. Die Tage im Keller waren für uns Kinder ein merkwürdiger Ausflug in ein Zwischenreich. Wie bei jedem Ausflug warteten wir auf das Auspacken der mitgebrachten Leckereien. Meine Mutter hatte alles in den Keller getragen, was sie an Vorräten, schon in Erwartung des kommenden Weihnachtsfestes, versteckt hielt. Jetzt aber machten wir uns über die eingemachten Gänsebrüste, die in Flaschen konservierten grünen Bohnen her und knackten die vom letzten Fest übriggebliebenen Granatsplitter. Lore versorgte uns, treppauf treppab, mit den letzten Meldungen des Reichssenders Leipzig. Der Führer schickte uns seine Durchhalteparolen. Am Völkerschlachtdenkmal hatten sich unsere Truppenteile verschanzt und kämpften bis zum letzten Mann. Am Morgen des 18. April weckte uns die schrille Stimme der Haushälterin Herrn Kacmareks: Die Amerikaner kommen!

Vergeblich versuchte meine Mutter, mich zurückzuhalten. Herr Kacmarek nickte mir zu, als hätte ich ihm ein letztes Mal die Monatsmiete auf seinen Tisch gelegt. Diesmal würden ganz andere Schulden zu begleichen sein, und er würde über seine Mieter Zeugnis ablegen müssen – ein alter Mann mit weißen Haaren, sagte ich später zu meiner Cousine Clara, der wie Gottvater in diesem alles andere als himmlischen Haus alles gesehen und alles gewußt hatte.

Wir stürmten die Kellertreppe, Klaus und ich, zögerlich gefolgt von Hannah, auch sie die mütterlichen Warnungen überhörend, man wußte doch, daß die anrückenden Negersoldaten sich auf jede Frau stürzten. Lore lief mit uns, gefolgt von Hans und Herbert, an der Hand ihrer Mutter Sarah, und mit ihnen der heute mehr denn je humpelnde Liebhaber. Woher hatte sie diesen vielfarbigen Strauß Lupinen, den sie den Befreiern überreichen wollte? Frau Schulz in Manfreds Begleitung folgte uns. Auf der Straße liefen immer mehr Menschen zusammen, winkten, wedelten mit ihren Taschentüchern, der Frühjahrswind bauschte die Laken und Handtücher an den Fenstern, daß es aussah, als winkten auch die dahinter versteckten Bewohner. Kein Nürnberger Parteitag in der Regie eines Speer, untermalt von Wagnermusik, hätte vollkommener sein können als dieses Bühnenbild zur Ankündigung des ersten Aktes, erster Aufzug der Neuen Zeit. Im Kontrast zu den Fahnen der Kapitulation wirkten die schwarzen GIs, manche mit einer Blume zwischen den verlegen verzogenen Lippen, noch schwärzer, als sie unsere Phantasie ausgemalt hatte. Auf ihren Panzern stehend, als Fahrer am Steuer dieser merkwürdigen Flitzer, JEEPS genannt, nahmen sie die Huldigungen entgegen einer zur Stunde merkwürdig heruntergekommenen Herrenrasse, unrasiert und hohläugig, im Gegensatz zur mit Gillette rasierten und die blendenden Zähne mit Colgate geputzten, aufgebügelten, in knitterfreien Khakiuniformen steckenden Soldaten. Wir unterschieden uns nicht von den holländischen und polnischen Zwangsarbeitern, die sich vordrängten und ihre englisch formulierte Begrüßung anzubringen suchten, möglichst ins Ohr der weißen Amerikaner, die natürlich die Söhne und Enkel holländischer und polnischer Einwanderer sein würden. Sie fanden kein Gehör. Sarah wurde von einem Offizier, der sich aus seinem Jeep lehnte, herangewunken. Sie überreichte ihre Blumen und enthüllte, zur Verlegenheit ihrer Nachbarn, den gelben Stern unterm Revers ihres schwarzen Mantels. Ihre eingeschüchterten Kinder schob sie den Amerikanern zu. Der Liebhaber zögerte, ihnen zu folgen. Er geriet sozusagen zwischen die Fronten, als die Nachbarn, aus welchen Gründen auch immer, zurückdrängten und einen Halbkreis um Sarah und ihre Kinder bildeten. Der Captain, dem sie den Lupinenstrauß überreicht hatte, mit seinen blau und rosa Dolden, die noch nicht aufgeblüht waren, überlegte nicht lange. Er griff in die Taschen seiner Uniform und drückte Herbert und Hans in ihre verlegen ausgestreckten Hände, was wir wenig später als Wrigleys Chewing Gum und Hersheys Milchschokolade erkennen würden und was in diesem Augenblick an

zauberhafte Dinge erinnerte, die ein Magier aus dem Hut zog, und
die sich in Kaninchen, Tauben oder Luftballons verwandeln würden. Ende der Vorstellung. Der Captain in seinem Jeep gab das
Zeichen, die GIs auf den Panzern bewegten die Arme und scheuch-
ten uns zurück auf den Bürgersteig, dann rasselten die Panzerketten, die Shermankolosse drehten ab und hinterließen auf dem
Asphalt ein Muster, das wie eine unbekannte Schrift war, die wir
ein halbes Jahrhundert später noch zu lesen versuchen, wenn wir
The American Way of Life und die amerikanische Politik deuten
wollen.

Welcher Panzer mit Balthasar in der Kanzel und dem dicken
Schwarzen, der aus der Luke schaute und den ich Fats Waller nannte (ohne mich zu trauen, ihm den Namen zuzurufen) – welcher
Panzer als erster am Felsenkeller anrollte, wir wußten es nicht.
Doch hörten wir eine Detonation, noch immer auf der Straße stehend, wo Herbert und Hans ihre Schätze mit Klaus und mir teilen
wollten, ehe Harry und die ganze Bande aus Lindenau ihnen die
grünen und roten Päckchen aus der Hand schlugen. Manfred nickte und teilte beiläufig mit: Eine Panzerfaust. Es war die Panzerfaust,
mit der PG Lehmann zum Endsieg beitragen sollte und die der
Hitlerjunge Dieter für ihn abschoß, als der Luftschutzwart a. D. sich
aus dem Staub machte. Das Geschoß durchbohrte die Flanke des
Panzers, der in einer Feuergarbe verschwand und explodierte. Aus
dem Feuer und Rauch fielen die toten Amerikaner auf das Pflaster.
Dieter entkam. Die anderen zwei oder drei Hitlerjungen, die eine
nahe Straßenkreuzung verteidigen sollten, wurden von den Amerikanern abgeführt.

Jump, I give you liberty! Die Goebbelsschnauze verkündete das Ende
des Dritten Reiches. In Berlin wehte die rote Fahne über dem zerlöcherten Reichstag. Der Führer war gefallen, in letzter Minute, für
ein Volk, das ihn enttäuscht hatte. In Torgau an der Elbe tanzten
Amerikaner und Russen zur Musik von Glenn Miller. Wir überließen es unseren Müttern, sich um die Zukunft Sorgen zu machen,
und folgten der amerikanischen Armee in die Leutzscher Villen-

kolonie und in ihre Headquarters im Hermann-Göring-Heim. Harry hatte die amerikanischen Vorratslager erkundet und plante einen Beutezug. Falk schloß sich uns an und registrierte diese merkwürdigen unbekannten Klänge, die nur entfernt an die deutsche Tanzmusik des untergegangenen Reiches erinnerten und die Leutzscher Villen in die Vororte von New York oder Chicago abdriften ließen. Der ältere Junge aus der Nachbarschaft des aus dem Schuldienst entlassenen Lehrerpaars Wittber tauschte mit Falk seine Ansichten über die neuen Klänge aus. Falk nannte ihn Melle, und ich versuchte alles, um in ihren Kreis aufgenommen zu werden. Noch war es eine Stimmungsmusik, die aus den Grammophonen zu uns herüberwehte. Eine Musik, die dem Augenblick voraus war, indem sie alle Gegensätze verwischte. Melle prophezeite die kommenden Brüche, die verminderten Quinten, wie er sich ausdrückte, und er imitierte in einem explosiven Gesang (zu dem wir später die Nachrichten vom Untergang Hiroshimas und Nagasakis assoziierten) mit einer Folge von Buchstaben, der *Voice of America*, auf Kurzwelle um Mitternacht abgehört. Be-bop ist da und wird bleiben, sagte Melle. Rätselhafte Worte, die ihn zum Guru in unserer Runde machten. Nur stillten sie nicht unseren Hunger.

Unsere Mütter tischten uns ein in Salzlake konserviertes Gemüse auf, angereichert mit dem Spülwasser aus Fleischer Winklers Wurstkesseln, an manchen Tagen Mehlsuppe, die nach Rauch schmeckte, zum Nachmittag dünne Brotscheiben, mit Wasser getränkt und mit Zucker bestreut. Sie hörten auf die Gerüchte, die im Umlauf waren und von Frau Schulz bestätigt wurden, daß in einem von den Nazis angelegten Vorratslager Speck und Schmalz zu holen sei, solange die Amis den Zugang nicht sperrten. Ein doppelter Irrtum. Alles, was es zu holen gab, waren gelbe Vitaminkapseln ungewisser Herkunft. Meine Mutter, die Stehlen ebenso verabscheute wie Unhöflichkeit, stopfte die Kapseln in ihre Manteltasche, nickte ihrer Schwester Teresa zu, die sich nicht entschließen konnte, zuzugreifen, solange der Vorrat reichte. Später stellten wir uns diese enttäuschten, aufgebrachten Frauen vor, die keine Kraft mehr hatten, sich gegen die Amerikaner zu wehren – und hätten sie sich gewehrt, sagten wir uns, es wäre eine Szene geworden, die nur ein Zola hätte beschreiben können. Die Amerikaner stellten sich den Frauen in den Weg, schwangen (meine Mutter hat es wiederholt bestätigt) lange Peitschen und jagten die Frauen auf die Straße. Als Lore nach Hause kam, müde und schmutzig von den Aufräumungsarbeiten bei Meyer & Weichelt, fand sie unsere Großmutter am Bett Consuelos, meiner Mutter, die ein feuchtes Taschentuch auf der Stirn zur Linderung ihrer Kopfschmerzen und der fiebrigen Temperatur trug. Lore verordnete kalte Wadenwickel und ließ sich, die Vitaminkapseln prüfend, erzählen, war geschehen war. Ich denke, das Fieber meiner Mutter kam weniger von der Erschöpfung, der Angst, von den peitschenden Amerikanern getroffen zu werden, es kam aus der Ohnmacht, nichts mitgebracht zu haben, um die Ernährung einer alten Frau und eines Kindes zu sichern. Lore packte ihre aufgesparte Brotration aus sowie eine Dose Agga-Paste, einen Ersatzbrotaufstrich, den die Firma Agfa-Wolfen in Bitterfeld für die hungernden Volksgenossen in weiser Voraussicht entwickelt hatte. Frau Schulz kam und brachte echten Bohnenkaffee in einer geblümten Kanne.

Sie war zu Hause geblieben, um ihre Schwarzmarktgeschäfte zu organisieren.

Unsere Beutezüge waren erfolgreicher. Eine abseits stehende Villa am Rande des Leutzscher Auenwaldes war im letzten Kriegsjahr von einer Bombe getroffen worden, und niemand bewachte die Ruine und den verwilderten Garten. Harry, ein Sitzenbleiber von fünfzehn Jahren, der seine Begabung im Aufspüren und Organisieren zeigte, führte uns an – seinen jüngeren scheuen Bruder Horschte, die kleine Schwester Pippi, die frech und aufsässig war wie eine zweite Pippi Langstrumpf. Melle und Falk blieben im Hintergrund; vermutlich waren ihnen unsere Aktionen zu riskant oder zu *imbezil*. Falks Eltern wachten über ihren Sohn, zu dritt eingesperrt in einer Zweizimmerwohnung in der Weinbergstraße. Falk konte sich nur befreien, wenn er in Abwesenheit seines Vaters mit beiden Ohren in die Wellenlängen tauchte, die der Philipps-Empfänger unter Rauschen und Knattern heranbrachte, auf Kurzwelle Willis Conover, This Is Jazz, über Voice of America, deutlicher sprach *The Voice of Education And Information, American Forces Network*, aus *Munic* oder Berlin West. Über die Nachrichten aus London, *Hier ist England, hier ist England*, tauschte Falk sich mit Melle aus, der schon damals, nach Vorgabe der Kommentare von Elf Sossidi oder Gregor von Rezzori, gern politisierte. Ich dagegen mußte mich noch immer mit der Goebbelsschnauze, dem Volksempfänger, begnügen, und von dieser geistigen Unterernährung frustriert, suchte ich den Anschluß an Harrys Bande, zu der sich der Stotterer Klaus gesellte, der später unser Verbindungsmann wurde zu den Schwarzmarktgeschäften von Frau Schulz und den kriminellen Plänen Dieters, der aus dem Untergrund operierte, bis ihn im kommenden Jahr die Rote Arme faßte und zu 25 Jahren Zuchthaus verurteilte.

Die zerbombte Villa interessierte uns wenig. Verkohlte Möbel, angesengte Bücher und Bilder – alles ohne Wert. Den Garten nannten wir unser OG – unser Obstgeheimnis, und mit Hilfe eines Lexikons bestimmte ich die Namen der Obstbäume, die in Blüte standen und Äpfel, Pflaumen und Birnen versprachen. Wir entdeckten die Vogelnester, nahmen die winzigen zartgrünen und rosa gesprenkelten Eier in unsere schmutzigen Hände und legten sie zurück in die kunstvoll geflochtenen, mit Gras und Federn gepolsterten Nester.

Dann folgten wir Harry, der in seiner Mimik mal einen Ganoven, mal einen Clown imitierte, aus einem imaginären Revolver auf uns schoß oder den Clown machte, wenn er, ein Bein auf dem Bürgersteig und eins auf der Straße, vor uns her humpelte. Die Amerikaner hatten ihr Vorratslager hinter einer Mauer in einem der Stallgebäude einer Villa. Harry fand heraus, daß sie ihre Ware im Hof vor dem Gebäude stapelten. Ein Taschenmesser würde genügen, die Kartons und Kisten zu öffnen. Ein Posten lehnte kaugummikauend gelangweilt an der Mauer. Wir brachten ihm ein wenig Abwechslung. Er war ein Schwarzer, und nach unserer Erfahrung waren schwarze GIs entweder besonders gutmütig –

Nachfahren aus Onkel Toms Hütte, oder unnahbare Gesetzeshüter, die das Gebot der Army, kein Fraternisieren mit dem besiegten Feind, übertrieben genau befolgten. Wir schickten Pippi vor, indes Harry im Hintergrund blieb und Horschte auf die Anweisungen seines Bruders wartete. Pippi strahlte den Schwarzen aus ihren Mäusezähnen an und hatte Erfolg. Onkel Tom beugte sich zu ihr, legte seine Pranke auf ihr strähniges Blondhaar und sprach das Zauberwort: Hunger? Pippi nickte und Onkel Tom nickte und sagte: Oh my God, wait a minute. Dann machte er sich auf seinen Kreppsohlen lautlos davon, Harry gab seinem Bruder einen Klaps auf die Schulter, und Horschte erklomm flink wie ein Eichhörnchen die Mauer und warf uns zu, was er in den Kartons, die vor dem Stall oder Waschhaus lagerten, fand. Harry verstaute alles in den mitgebrachten Schulranzen, Büchsen mit Spam, Milch- und Eipulver, Kaffee, Hot Dogs, Kaugummi und Zigaretten und andere uns unbekannte, magisch verpackte Dinge.

Dann machten wir uns aus dem Staub. Der Posten kam zurück und legte ein schwammiges Weißbrot mit Spam und Marmelade (einen seltsamen Geschmack hatten diese Amerikaner) auf Pippis ausgestreckte Hand. Horschte aber überhörte das warnende Pfeifen Harrys, das dem Ruf einer Amsel glich, die eine Katze erspäht hat, und sprang von der Mauer auf die Straße. Pippi biß unbeeindruckt in ihr Brot, Onkel Tom pfiff eine verminderte Quinte (wie von Charlie Parker), lehnte seine Flinte an die Mauer, um die Hände frei zu haben, packte Horschte mit der linken Hand am Kragen, hob ihn in die Höhe, griff mit der Rechten in seine Hosentaschen und warf die erbeuteten weißen und grünen Kaugummipäckchen auf die Straße. Pippi schaute zu und versuchte, ihr Brot zu bewältigen, ehe sie in diese Geschichte hineingezogen würde. Horschte schloß die Augen und schwieg. Onkel Tom holte mit der Rechten aus und trommelte wie ein zweiter Gene Krupa ein Schlagzeugsolo auf Horschtes mageren Hintern. Dann stellte er ihn behutsam auf die Füße, Horschte stand aufrecht wie ein Zinnsoldat, Onkel Tom griente und zog ihn sanft am Ohr, sanfter als Lehrer Thomas in unserer Schule, und sagte: *Jump, I give you liberty!* Den Kaugummi schob er mit dem Fuß Pippi zu, die nun wieder eine freie Hand hatte, sich bückte, daß man ihren zerlöcherten Schlüpfer sehen konnte, und nicht wußte, wohin sie die Schätze verstauen sollte.

Fast hätte sie alles Horschte gegeben; doch der trabte davon, vom lauten Gelächter Onkel Toms verfolgt.

Einen Teil der Beute schickten wir durch Klaus Frau Schulz, im Tausch gegen Brot, Mehl und Zuckerrüben. So wurde auch ich, neben Lore, eine Zeitlang der Ernährer der Familie.

In den nächsten Tagen fanden wir eine weniger riskante Möglichkeit, mit den Amis ins Geschäft zu kommen. Im Leutzscher Wald, unter grünenden Eichen und honigsüß duftenden Akazien, fanden wir die abgelegten, weggeworfenen Insignien des Dritten Reichs, für Tapferkeit und Treue für Führer und Reich verliehene Orden und Medaillen, Ehrenspangen und Eichenlaub aus versilbertem Blech, die flügelspreizenden Adler der Luftwaffe, die dicken Broschen der NS-Frauenschaft. Eine Müllhalde unter Bäumen oder ein Jungbrunnen, aus dem man, ohne naß zu werden, geläutert und entnazifiziert ins Freie stieg.

Lungerten wir, nach frischer Beute Ausschau haltend, am Eingang zum Hermann-Göring-Heim, das die Amerikaner zu ihrem Headquarter gemacht hatten, kamen wir mühelos mit den Posten ins Gespräch. Pippis Anwesenheit, der Anblick ihrer streichholzmageren Beine, rührte die Amis. Und als wären ihre Taschen unerschöpfliche Vorratslager, kamen Schokoladenriegel und Kaugummipäckchen zum Vorschein, und Pippi brauchte nur die Hand aufzuhalten. Harry führte zwei gespreizte Finger an den Mund und blies einen imaginären Rauch aus: *Cigarett?* Der Posten schüttelte den Kopf, winkte Harry zu sich, zeigte auf ein Abzeichen auf seiner Uniformjacke und sagte: *Nazi condecorations, maybe a Nazi dagger …*
Harry sah mich an. Abzeichen, übersetzte ich, Nazikram, einen Dolch will er haben.
Mensch, sagte Harry, haben wir.
We come back, sagte ich, *we got that stuff, see you later.* Wie man sieht, Frau Wittbers Englischunterricht zahlte sich aus.

Und so befreiten wir den Auenwald von seiner Last, stopften, was wir fanden, in einen Kartoffelsack, Koppelschlösser mit der Aufschrift GOTT MIT UNS, abgetrennte Winkel einer Gefreitenuniform, Nahkampfspangen. Ein Eisernes Kreuz suchten wir vergebens, einen Dolch fanden wir nach langem Suchen, und wir zögerten, ihn mitzunehmen. Bei einer Razzia wären wir verdächtigt worden, Werwölfe zu sein, die noch immer an Wunderwaffen und Endsieg glaubten und unsere Befreier aus dem Hinterhalt angriffen. Hitlerjunge Dieter hatte aus seinem Versteck Verbindung mit uns aufgenommen und angeboten, sich seiner Gruppe anzuschließen. Harry lehnte ab. Die neue Zeit, das amerikanische Jahrhundert, sagte er, fordere den gesunden Menschenverstand, und gesund war, wer Geld hatte. *Make money* hieß der neue Gruß, und Heil Hitler hatte verloren.

Klar, daß wir unsere Geschäfte nicht auf der Straße machen konnten. Wir luden den Posten *after hours* in den nahegelegenen Jägerhof. Wir spendierten ihm ein Malzbier und ließen ihn einen Blick in unseren Sack werfen. Er kalkulierte den Gegenwert und Vertrauen gegen Vertrauen – anderntags trafen wir ihn wieder, und der Inhalt unseres Kartoffelsacks hatte sich wie im Märchen verwandelt. Aus den Hakenkreuzen und fliegenden Adlern entstanden Spam, Milchpulver, Kaffee, Hot Dogs, Schokolade und die eine und andere gut gemischte K-Ration ...

Dann fanden wir nichts mehr. Wir wühlten den Boden auf, als suchten wir den Nibelungenschatz in den Tiefen des Rheins. Götterdämmerung absolut, sagte Harry, der das Wort vermutlich von seinem Onkel kannte, einem passionierten, inzwischen senil gewordenen Opernbesucher. Nach dem Krieg reihte er sich ein in die wunderlich gewordenen Bewohner der Vorstadt, wenn er im Schutz eines Regenschirms promenierte und den Hut lüftete, traf er auf den Grimassen schneidenden Onkel Bohne auf seinem Kinderrad oder auf Tante Gretchen in ihrem Rüschenkleid, einen Henkelkorb am Arm und einen Sonnenschirm zum Schutz ihrer leuchtend blauen Augen.

Der Auenwald blühte und grünte und bot den Liebespaaren Schutz, die wir aufspürten und beobachteten, ohne daß sie sich in ihrem Tun stören ließen. Was taten sie? Harry wußte Bescheid, griente und schwieg. Fast hätte er rhythmisch in die Hände geklatscht, um dem Auf und Ab der Leiber Ausdauer zu geben. Die Liebe als gymnastische Übung, bei heruntergelassener Hose und verschobenem Rock, kannten weder Horschte noch ich, von Pippi ganz zu schweigen. Seltsam war der abwesende Blick der Liebenden, die uns sahen und nicht wahrnahmen. Warum gingen sie in den Wald, diese Heimkehrer in ihren Uniformen ohne Rangabzeichen, diese von ihren heimkehrenden Männern überraschten Mütter und Bräute? Warum legten sie sich nicht in die für lange Kriegsjahre einseitig gewärmten Ehebetten? Kommt, sagte Harry und scheuchte uns weiter. Ich möchte hier niemand treffen, den ich vielleicht kenne.

Harry verfügte über die Aufteilung unserer amerikanischen Beute. Darunter waren merkwürdige Päckchen, die Horschte und ich auspackten und für Luftballons hielten. Horschte blies in den durchsichtigen Gummifinger, der sich nicht zum Ballon runden wollte, sondern ein Finger blieb, der länger und länger wurde und zu platzen drohte. Harry nahm uns die Gummifinger weg, feixte und sagte: Das ist nischt für euch Erstengrutscher – als besuchten wir noch die erste Klasse. Frau Schulz fragte jedes Mal, wenn Klaus ihr unsere Beute zum Tausch anbot, nach diesen Gummis, die sie Pariser oder Präservative nannte und die sie an die Wochenendtänzer in Schäfers Ballhaus verkaufte. Harry hatte freien Eintritt, und wir blieben am Zaun und winkten Manfred zu, der mit seinem gelben Schal um den kurzen Hals die neue Mode anführte, die den weißen Schal der Kapitulation abgelegt hatte.

Einmal beobachteten wir Harry, der seine Tänzerin zur Erholung an die frische Luft führte. Im Halbdunkel zwischen den erleuchteten Fenstern des Ballhauses und des Zauns, an dem wir standen, sahen wir, wie er sein Mädchen an die Wand drückte und dabei jene Gymnastik ausführte, die wir bei den Liebespaaren im Auenwald beobachtet hatten. Uns ging ein Licht auf. Erstengrutscher, hatte Harry uns genannt. Das würden wir ihm heimzahlen und ihm bei nächster Gelegenheit seine Tänzerin ausspannen beim Schwof in »Schäfers Ballhaus«. Wer in der Nachkriegszeit überleben und vorankommen wollte, mußte in kürzester Zeit seine Lektion lernen. Swing und Ficken, wie Harry sagte, gehören zusammen. Und so verlor ich fürs erste meine Gefühle für meine Cousine Concha und mein Interesse an der blonden Hannah.

Nationale Front

Die Spielkarten der Geschichte mische ich hier nach eigenem Gutdünken, die Karte mit dem Joker behalte ich im Ärmel. Anfang Juni verdichteten sich die Gerüchte: die Amerikaner gehen, die Russen kommen. Dies im Abstand von sechzig Jahren zu behaupten, fällt mir schwer. Das amerikanische Jahrhundert, das sich uns als Defizit in der Speisekammer zeigte und als Illusion in unseren Köpfen, THE AMERICAN WAY OF LIFE, dauerte noch lange. Es verschwand nicht, auch nicht, als die Panjepferdchen der Roten Armee Anfang Juli die kriegsgebeutelten müden Soldaten auf ihren Wägelchen über die Wurzener Straße in die Breite Straße zogen. Es muß ein Regentag gewesen sein, die Schlaglöcher der Straßen füllten sich mit Wasser, die Luft war schwül, wir liefen barfuß durch die Pfützen. Niemand winkte den Russen zu, die Laken und Handtücher der Kapitulation wurden wie eh und je benutzt; die Fallschirmseide, die Soldat Schulz seiner Frau mitgebracht hatte, war auf dem Schwarzen Markt von Frau Schulz verhökert worden, und zu Blusen verarbeitet schmückte sie die Tänzerinnen in Schäfers Ballhaus. Der Abzug der Amerikaner vollzog sich in aller Stille. Sie rollten ihre im April ausgelegten Kabel und Telefon-Freileitungen ein, kappten so unsere Verbindungen nach Washington, zur Stimme Amerikas, und zu ihren Militärsendern in *Munic* oder *Nuremberg*; nun würde AFN Berlin dazukommen und aus jenem Sektor der Stadt senden, den die Amerikaner im Tausch mit Leipzig und Umgebung bekommen hatten. Uns blieb in Zukunft *Frolic At Five*, mit dem Auftakt von Count Basie und der Stimme von Joe Hudak. Die Lastwagen mit dem weißen Stern, die Sherman Panzer, rollten Richtung Westen. Niemand winkte. Kein Onkel Tom kaute am Stengel einer Blume, die wir ihm am Tag der Befreiung zugeworfen hatten. Was aber nahmen sie mit? Ein wenig Beute, wie die spätere Geschichtsforschung herausgefunden hat, in Zusammenarbeit mit den Museen, die auf Rückgabe bestimmter Gemälde klagen. Die frühen Filme der DEFA klärten uns beizeiten auf, wenn sie uns gummikauende Schauspieler in der Rolle von Captain Smith oder Miller vorführten, die mit Kreide ihr OK auf die Rückseite eines Gemäldes von Cranach oder Klinger malten. Und sie sammelten ein, wer einen überdurchschnittlichen IQ hatte, ob nun Nazi oder nicht. Wernher von Braun war ihnen sicher, nun kamen die Erfinder und Tüftler von IG-Farben, von Siemens, Zeiss und Agfa an die Reihe. Jump, I give you liberty.

Und gefragt wurde Baruch Zitrin, unser aus dem KZ heimgekehrter Nachbar, ein Grafiker von Haus aus. Überlebt hatte er, weil er auf wunderbare Weise Banknoten fälschen konnte. Welche Regierung mochte auf ein solches Talent verzichten? *Mr. Zitrin, we need you!* Zitrin antwortete in seinem sächsisch gedehnten Englisch: *Ai sieh it die adder way, piepel nied mih hier, you know?* Die Amerikaner schüttelten den Kopf. Captain Rosenzweig versuchte es mit Yiddish. Zitrin hielt eine Hand ans große Altmännerohr. Nicht einmal sein Großvater, Gott hab ihn selig, hatte sich dieser Sprache bedienen wollen mit ihren Anklängen an Gedichte jenes Walther von der Vogelweide, den Frau Wittber uns verständlich zu machen suchte – all weit mag vergehn, ich hab min lehn. Wer aber war Lehn? Womöglich seine Freundin, auf neudeutsch Lene oder Lenchen.

Die Tür ging auf in Zitrins alter Wohnung, Sarah, die darauf verzichten wollte, wieder Inge zu heißen – Sarah, das war das Brandzeichen, das sie nicht auslöschen und vergessen wollte, war die eintätowierte Nummer auf dem Arm ihrer Schwestern, die nicht überlebt hatten. Wie lang würde die Erinnerung an die Toten überleben?

Die Amerikaner, Captain Rosenzweig, Private Capone, erhoben sich von ihren Plätzen. Ihre steif gebügelten Hosen hielten wie zwei Säulen, was von ihrer Person in die Höhe schoß. Sarah reichte ihnen die zarte Hand, über die sie, europäische Sitte, die Köpfe mit dem perfekten Crew Cut ihres Haarschnitts beugten. Sarah war gekommen, um ihren Vater umzustimmen.

Die Russen kommen, sagte sie, willst du vielleicht nach Moskau? Zitrin schien nachzudenken. Wäre er beizeiten nach Moskau emigriert, sie hätten ihn nicht ins KZ stecken können. Schuldig hatte er sich gemacht mit seinen Banknoten. Den Krieg zu verlängern, hatte er geholfen. Dem Tod hatte er gedient, um nicht sterben zu müssen. Aus Moskau kam die Gruppe Ulbricht, ein Flugzeug bringt sie nach Berlin, und in Bruchmühle vor den Toren der Stadt nehmen sie Quartier und beraten, wie die Zukunft Deutschlands aussehen sollte. Ulbricht würde sich an ihn erinnern. Was also sollte er in New York? Sarah lächelte die Amerikaner an. Gemeinsam würden sie den Alten umstimmen. *Under what conditions*, fragte sie, *can we come with you, gentlemen?* Die Amerikaner beeilten sich, die Konditionen schmackhaft zu machen wie Hersheys Milchschokolade. Eine Wohnung, übersetzte Sarah für ihren Vater, freies Wohnen, Anzahlung auf die künftige Arbeitsleistung ... Welche Arbeit denn? fragte Zitrin. Für den Anfang Auskunft über deine Jahre im Lager, dann, eine beratende Funktion, Einschätzung der finanziellen Situation der USA, die dabei sind, sich ökonomisch auf dem ehemaligen europäischen – europäischen was? – europäischen *battle field*, Kampffeld, zu engagieren. Zitrin in seinem tiefen Sessel, die Füße in Pantoffeln, sogenannten Niedertretern, kicherte. Bin ich Kuczynski, hätte er sagen können, wenn ihm der Name des späteren Vorzeigeökonomen der DDR (zur Zeit noch in England lebend) geläufig gewesen wäre. *Who?* fragten die Amerikaner. *You mean Morgenthau?* Wir müssen gemeinsam mit Ihnen, Mr. Zitrin, vermeiden, daß Reb Morgenthau Germany zerstückelt und in die Steinzeit, *back to the roots*, schickt. Steinzeit, sagte Zitrin, hatten wir gerade. Da kann ich Ihnen paar Zeichnungen zeigen, weil Sie nach meinen Jahren im Lager fragten ...

Bis zum XX. Parteitag der KPdSU und der Rede Chrustschows über Stalins Verbrechen blieb Baruch Zitrin in Leipzig. Dann folgte er seiner Tochter Sarah und den Enkeln Herbert und Hans nach New York.

☆

Zitrin in seiner Leipziger Zeit nach dem Krieg organisierte die Zusammenkünfte, Gesprächsabende, Versammlungen im »Schwarzen Jäger«. Vor Anbruch des Tausendjährigen Reiches hatte hier Maestro Licht seine Arbeiterchöre dirigiert. Was war aus ihm geworden? Er hätte nach dem Abbruch des Tausendjährigen Reiches Wagners Götterdämmerung auf dem Programm gehabt. Statt dessen begannen die Versammlungen der Nationalen Front auf Zitrins Wunsch mit einem Absingen, mehr ein zustimmendes Murmeln der Marseillaise, Wacht auf Verdammte dieser Erde, am Klavier angeführt von Zitrins Haushälterin Hilde, die sich hier der Öffentlichkeit zeigte, eine Blondine unbestimmten Alters, der sich Zitrin nicht zu schämen brauchte. Lieber wäre ihm gewesen, Genosse Ulbricht hätte ihn nach Berlin geholt, in den Rat der Götter, wie er sagte. Aber Freund Walter hatte ihm mitteilen lassen, er solle lieber auf seine, Ulbrichts Sachsen, aufpassen, indes er in Berlin den Preußen zeigen würde, wo Gott wohnt.

Und so suchte sich auch Zitrin seine Bundesgenossen. Herr Manfred war einer der ersten, der sich ihm anschloß, und es bedurfte keines langen Gesprächs, in Augenhöhe geführt, da Zitrin den Buckligen kaum überragte. Manfred, das wußte jeder, war von Tisch und Bett bei Frau Schulz vertrieben worden an dem Tag, da Soldat Schulz vom Nordkap zurückkehrte. Admiral Dönitz hatte auch ihn vom Soldateneid entbunden, und Soldat Schulz besann sich nun wieder auf seine Rechte eines deutschen Ehemannes. Frau Schulz taxierte, was er in seinen Koffern mitbrachte, und ließ ihn herein. Wieso war er nicht in Gefangenschaft geraten? Er würde sich von Mal zu Mal freigekauft haben mit dem Inhalt eines seiner Koffer, Fallschirmseide oder Räucherlachs, unter der Hand angeboten und mit seinem Hamburger Charme gewürzt. Und es kam Herr Lehmann, Luftschutzwart a. D. Ein wenig Gefolgschaft tut dem Menschen gut, und außerdem, seine Gemüsesalatfabrik stand still. Die Amerikaner hatten ihm die Lizenz für sein Unternehmen verweigert. Die Russen, die selber nichts zu fressen hatten, würden sich überzeugen lassen. Dafür mußte er in keine Partei eintreten. Zitrin nahm jeden in seine Nationale Front, der willig war, verschuldetes Unrecht wiedergutzumachen. Wenn im Schwarzen Jäger wie im Parlament (in der Volkskammer) Manfred den linken Flügel anführte, so hätte der rechte Flügel gut von meinem Onkel Gustav besetzt sein können. Doch der war noch immer in amerikanischer Gefangenschaft auf den Wiesen von Bad Kreuznach.

Und käme er noch im Juni zurück, hätte er die verlorenen Pfunde und Kalorien so schnell nicht wiedergewonnen, da er, als eingetragenes Mitglied der NSDAP, kein Recht auf eine »Nährstange« hatte, auf diesen Schokoladenriegel ungewisser Zusammensetzung. Blieb die Mitte, das Zentrum. Zitrin erinnerte sich an seinen alten Malerfreund Wittber, ein armes Malerschwein an der Seite seiner resoluten Gattin Margarete. Wenn er in seiner kurzäugigen Tapsigkeit den Nazis nachlief, dann weil er seiner Frau hörig war. Wittber folgte der Einladung Zitrins. Saß linkisch vor dem Gastgeber, die dicke Brille mit schweißnassen Fingern unbrauchbar machend, das viel zu lange Haar aus dem zu engen Hemdkragen fischend. Die mitgebrachte Mappe mit den neuen Zeichnungen neben sich auf dem Kanapee. Zitrins Hilde kam mit Kaffee, echtem Bohnenkaffee. Zitrin rieb sich die Patschhände und sprach da weiter, wo man Anno 39 das Gespräch unter Kollegen hatte unterbrechen müssen.

Du hattest damals, sagte Zitrin, so Leute wie Klee, Kandinsky, du weißt schon, die ganze Mischpoche ausm Bauhaus abgelehnt, weil zu abstrakt. Da waren dir die Expressionisten näher. Worauf ich hinauswill: kann Kunst darstellen, was wir inzwischen erlebt haben? Wittber schließt die Augen und hat die Vorstellung von einer Maus im Tretrad. Sie kann die Richtung ändern. Aber sie kommt aus dem Kreislauf des Tretrads nicht heraus.

Wie sonst, sagt Wittber schließlich und öffnet die Augen, wie sonst sollten wir das uns auferlegte Leid bewältigen?

Also Kunst zur Rechtfertigung unserer Schwäche?

Zitrins Frage klingt wie eine Zurechtweisung.

Nun, nun, beschwichtigt Zitrin und verläßt seinen Sessel. Ich zeig dir was. Wozu reden, wenn wir für eine neue Sache nich' die richt'gen Worte kennen.

Hilde scheint auf dieses Stichwort gewartet zu haben. Sie bringt aus dem Nebenzimmer eine Mappe, die der von Wittber zum Verwechseln ähnlich sieht und die sie benutzten in den gemeinsamen Lehrjahren an der Kunsthochschule.

Zitrin zieht Blatt für Blatt aus der Mappe. Kohlezeichnungen, Skizzen mit Bleistift, Tinte, Tusche, in Eile festgehalten. Schneller arbeitet das Gedächtnis, es zieht am Tage seine Vorhänge, läßt das Geschehene, Unvorstellbare im Schatten. Dafür blenden in der Nacht die Scheinwerfer auf den Appellplatz. Aus der Nacht kriechen die Ungeheuer, der Schlaf der Vernunft gebiert die grinsende Meute der Totschläger. Im Block, von unsichtbaren Fesseln gehalten, stehen die Häftlinge, in gestreiften Jacken, hohläugig, auch sie zu Ungeheuern mutiert, diese Masse Mensch, die überleben will, überleben bis zum morgigen Tag. Wittber schaut und schaut, putzt ab und zu seine Brillengläser, nur um Gelegenheit zu haben, sich den Schweiß von der Stirn zu wischen. Er greift, da er die Worte nicht findet, zu seiner Mappe. Kohle und Tusche. Auch bei ihm die Masse Mensch, eingepfercht im Luftschutzkeller, Frauen, Kinder, den Blick nach oben gerichtet, lieber Gott, laß uns leben, diese Nacht und den nächsten Tag. Wer hört ihre Bitte, ihre Klagen? Etwa dieser geschundene Christus am Kreuz? Wer macht sich zum Sachwalter menschlicher Not? Wittber hat sie alle aufgezeichnet, die Propheten, die Engel, die Taube mit dem Ölzweig im Schnabel. Bester Expressionismus, sagt Zitrin. Macht er sich lustig oder meint er es ernst? Dein Prophet Nolde wäre stolz darauf gewesen. Wittber nickt und nimmt noch einmal das eine und andere Blatt aus Zitrins Mappe zur Hand. Barlach, sagt er, seine russischen Menschen. Aber so hoffnungslos. Schon im nächsten Augenblick – hier (er zeigt auf ein Blatt) zu Asche verbrannt.

Zitrin lacht. Manchmal war es komisch, sagt er, wenn sie an der Tür zur Gaskammer einander den Vortritt ließen: Herr Doktor, bitte nach Ihnen! Es ist mir nicht gelungen, diese Komik auszudrücken. Das Grauen, man kann es weglachen.

Wittber zweifelt. Das Grauen, soll es einen nicht auffressen, kann nur im Vertrauen zu Gott bezwungen werden.

Gut, sagt Zitrin, wir überlassen euch unseren Gott, vielleicht ist er euch gnädiger als uns.

Nur mit Gott, sagt Wittber unerschrocken (ein bekennender Christ fürchtet sich nicht), können wir sühnen, was euch angetan wurde…

Zitrin schlug vor, die Blätter im Schwarzen Jäger auszustellen, und für eine Weile nahm Wittber an den Versammlungen teil, parteilos, aber quasi ein Vertreter des Zentrums. Für eine Weile hatten wir im Interregnum zwischen amerikanischer und sowjetischer Besatzung in Leutzsch eine gute Regierung. Sie kümmerte sich um die Eröffnung der Schule, die Versorgung der Kleinkinder mit Milch, sie schickte ihre Leute aufs Land, wo die Bauern von den Angeboten des Schwarzen Marktes fett geworden waren. Zitrins Leute boten Schuldscheine an und kamen mit Milch, Eiern, Brot und Mehl zurück. Aus Berlin West oder Frankfurt/Main schickte Captain Rosenzweig seine CARE-Pakete. Was Worte nicht vermocht hatten, Zitrin zur Reise nach Amerika zu bewegen, das würden die verheißungsvollen Konserven, die vakuumverschlossenen Kaffeebüchsen, der exotische Duft von Camel und Chesterfield erreichen. Denn auch Captain Rosenzweig hatte in seiner Jugend die Philosophen gelesen und wußte, daß jede Idee in Ohnmacht fällt, sobald die Realität sie im Griff hat. Oder mit den Worten Dizzy Gillespies, von Melle weitergesagt: Be-bop ist da und wird bleiben.

Inseln im Strom

Im Schwarzen Jäger wurden wir Kinder der Vorstadt um Weihnachten beschert. Es war das erste Weihnachten im Kalender der Neuen Zeit. Mir gefiel das alles nicht. Weihnachten in der Öffentlichkeit? Wo war da das Geheimnis, das vor der Bescherung abgedunkelte Zimmer, aus dem ein Knistern von Seidenpapier drang, der Duft nach Kerzen und Tannengrün. Es waren die Weihnachtsengel, die durch das Zimmer schwebten und ihre Flügel zusammenklappten wie Buchseiten, davon kam dieses Rauschen und Knistern, und dann und wann ein Geräusch, als fiele etwas zu Boden, wenn sie mit ihren knöchellangen Gewändern über den Gabentisch flogen, ehe sie im Rankenwerk der Tapete verschwanden wie in einem Wald.

Dagegen nun diese Bescherung im Schwarzen Jäger, dieses Durcheinander verschiedener Altersstufen. Mit einem Mal war mir klar, die Zeit der Weihnachtsengel, der Wichtel- und Weihnachtsmänner war vorbei. Der hier den Weihnachtsmann spielte und in geübter Manier die Rute schwang, war unser aus dem Schuldienst entlassener Lehrer Wittber. Seine Frau hatte man nicht eingeladen. Niemand würde hier, wie einst im Café Carola, aus Peter Rosegger oder Theodor Storm vorlesen. Wittber hatte seine frommen Zeichnungen ausgestellt, das Kindlein in der Krippe, Ochs und Schaf schauen zu, und Josef und Maria lächeln verklärt. Besser gefiel mir der Esel, der immer mehr ein Markenzeichen des Malers wurde, eine Art Christus im Tierreich, mit der Leidensmiene des Malers versehen, ein Dulder und Sünder zugleich, geprügelt und getreten, störrisch und ausdauernd, und ein Zwischenwesen dazu, zum Pferd hat es nicht gereicht, und vor einem Dasein als Maulesel hat ihn der Schöpfer bewahrt.

Ich winkte meinen Cousinen Concha und Clara zu. In die erste Reihe, von Zitrin im Auge behalten, drängten Harry und seine Geschwister Horschte und Pippi. Nachdem unsere Schwarzmarktgeschäfte brachlagen und der Zugang zu unserem geheimen Garten von einem Zaun der neuen Besitzer erschwert wurde, waren auch wir auf andere Zuwendungen angewiesen. Mir hatte der römische Papst Pius XII. alias Signor Pacelli für den treuen Besuch der Katechetenstunde am Langen Felde eine Büchse gesüßten, in milchiger Tunke schwimmenden Mais geschenkt. Nun konnte man gespannt sein, was die Nationale Front sich für uns ausgedacht hatte. Zuerst wurde gesungen. Auf das christlich-neutrale *O Tannenbaum* folgte *Stille Nacht, heilige Nacht*, von Hilde am Klavier mit viel Pedal begleitet. Harry sang besonders laut sein *O Tantenbaum*, wobei er Zitrin anstarrte. Äpfel und Nüsse holte Wittber aus seinem Weihnachtsmannsack, und er versprach demjenigen, der ein Gedicht aufsagen konnte, ein ganz eigenes Geschenk. Clara und Concha sahen mich herausfordernd an, als ginge es um die Ehre der Familie. Ich faßte mir ein Herz und leierte coram publico das Gedicht vom Wirte wundermild herunter, das uns Lehrer Thomas im Takt seines Rohrstocks eingebläut hatte. Harrys Fraktion applaudierte wie wild. Literatur, sagte ich mir, ist die Brücke, auf der die alte Zeit die neue Zeit trifft. Sie flüstern einander ein paar Stichwörter zu, heimlich verschworen, wie sie sind, tauschen sie vielleicht Hut und Anzug. Denn immer hat die alte Zeit einen nicht abgegoltenen Rest in der Tasche, und die neue Zeit braucht ein paar übergreifende Ideen zum Ausschmücken der Tagesparolen. Ich hatte Glück, ich bekam Mark Twains Tom Sawyer. Noch am Abend, im Bett, begann ich zu lesen. Am Tag darauf hatte ich ein Ziel. Ich mußte meinen Fluß finden, meinen Strom Mississippi, ich brauchte ein Floß, eine Insel, eine Hütte, ein wenig Proviant, einen Freund wie Huckleberry Finn, eine aus einem Maiskolben gefertigte Tabakspfeife, eine Angel … Nun konnten in meiner Nähe weder Luppe noch Elster sich mit dem Old Man River oder einem seiner Nebenarme vergleichen. Aber es gab den breiten, träge fließenden Elster-Flut-Kanal, in dessen braunem Wasser sich Inseln gebildet hatten, Nistplätze für Vögel und Refugium für Ausgebombte, Vertriebene, die hier ihre Hütten gebaut hatten, Tabak und Tomaten anpflanzten. War das nicht die freie Republik der Desperados, die (wie ich) auf Liebe verzichteten; die (wie ich) zu keiner der Parteien in der Nationalen Front Zugang hatten, sei es aus Desinteresse oder weil (wie bei mir) wir das Wahlalter von achtzehn Jahren noch nicht erreicht hatten? Es blieb bei der Vorstellung. Von der Brücke schaute ich hinunter auf die Inseln im Strom, auf diese angeschwemmten Erdklumpen im morastigen trägen Wasser des Kanals. Ein Einsiedler, dachte ich, wird man erst dann, wenn man genug für ein Leben gesehen, erfahren, gelitten hat. Dann ist man auch in der Einsamkeit nie allein. Man schließt die Augen, und der Film läuft, Landschaften entrollen sich vor dem inneren Auge, Städte, auf das Stichwort ihres Namens herbeigerufen, türmen ihre Wolkenkratzer auf, zeigen ihre weiß getünchten Villen, ihre mauergeschützten Parkanlagen, ihre Brükken mit den Heiligen, die den Reisenden mit segnender Hand begleiten. Der hungrige Einsiedler setzt sich an die Tische seiner Vergangenheit, Straßencafés und Restaurants, Kneipen und Kellerlokale. Er nennt dem Kellner seinen bevorzugten Wein, es fallen ihm alle Marken ein, die er zeit seines Lebens gesammelt hat wie andere Leute seltene Briefmarken, Château-neuf-du-Pape – ein Hotel in Karlovy Vary (und das Bild einer Frau, welche?); Merlot – ein Restaurant im Tessin; Tavel – ein Lokal in Aix-en-Provence; Chacoli – eine Bar in San Sebastián. Der Einsiedler berauscht sich an seinen Phantasien. Falls ihn im Alter die Dämonen des Gottes Priapus in Ruhe lassen, kann er mit Gelassenheit seine erotischen Filme betrachten und darüber staunen, mit welcher Dummheit (falls die Hoffnung auf Dauer, auf die Dauer der Liebe wie des Sexus mit Dummheit zu tun hat) er diesen Teil seines Lebens wie selbstverständlich und nur ihm geschuldet hingenommen hatte. *Once I lived the life of a millionaire* – der gute alte Song, im Alter erinnert, genügt, daß der Einsiedler in ein Gelächter ausbricht, bei dem seine Nachbarn den Finger an die Stirn legen und sagen: Der müßte auch längst in Dösen sein, nämlich im Irrenhaus.

Die Flucht

Die Fragen meiner Großmutter nach ihrem Sohn Alfredo konnten wir nicht beantworten. Wo war er in den letzten Tagen des Krieges gesehen worden, und trug er Zivil oder Uniform? Lore, die Schwarzseherin der Familie, malte uns, sobald sich die Großmutter mit ihrer Tasse Pfefferminztee in ihr Zimmer zurückgezogen hatte, Alfredos Zustand in den dunkelsten Farben aus. Teresa wußte es besser, als sie, einen Brief in der Hand, an unserer Tür Sturm klingelte, aufgeregter, als es sonst ihre Art war, in ihrem Gefolge meine Cousinen Clara und Concha, mit vor Neugier glänzenden Augen. Was stand in dem Brief, der aus Madrid kam, von der Hand jener Tía Paquita, an die wir nicht dachten und die unseren Krieg nicht erlebt hatte, in ihrer von Franco beherrschten und gesicherten Stadt. Was stand in dem Brief? Wir Kinder erfuhren so gut wie nichts, da Teresa die in großer luftiger Schrift beschriebenen Seiten wortlos an ihre Schwestern weiterreichte.

Qué pasa, fragte meine Großmutter, was habt ihr?

Gute Nachrichten, sagten die Schwestern, und ihre ernsten Gesichter straften ihre Worte Lügen, gute Nachrichten, Alfredo geht es gut, er ist in Madrid, Paquita hilft ihm, er wird bald nach Argentinien gehen. Wir Kinder nickten uns zu. Argentinien, Mar del Plata, Hauptstadt des Tangos – wo war eigentlich jene Platte? –, im Krieg neutral, wenn auch ein Lieferant für die Alliierten, tonnenweise Getreide und T-Bone-Steaks von den Rinderherden der Pampa. *Mi Buenos Aires querido*. Tío Salus und Tante Löffelchen. Die wohlhabende baskische Kolonie. Alles Nachfahren der Entdecker und Walfischjäger. Bekamen wir nicht jeden Monat ein Paket aus Argentinien, im Auftrag von Tío Salus – *obsequio familiar* stand auf den Kartons, und wir packten Fleisch- und Fettkonserven auf den Küchentisch und fette Sahne in schmalen Büchsen. Wer es bis Argentinien schaffte, war fast so gut dran wie Wernher von Braun und seine Mannen, die, ihre V-2 Raketen reitend, die USA erreichten und das amerikanische Jahrhundert auf den Mond bringen würden.

Mir genügten die Stichworte, die Andeutungen und die Zuhörer in Gestalt meiner Cousinen, um Alfredos Geschichte erzählen zu können. Alfredo, in wechselnder Verkleidung, entkam wie Groucho Marx in »Die Marx-Brüder im Krieg« dem Krieg an sich sowie den Deutschen, den Amerikanern, Engländern und Russen, den Zwangsarbeitern aus Holland und Polen, die mit den Siegern um ein Stück Deutschland würfelten, das sie in eigene Verwaltung übernehmen wollten. Churchill gab den Polen im Einvernehmen mit Uncle Joe Wissarionowitsch ein Stück Land hinter den Flüssen Oder und Neiße; den Holländern zeigte er seine Zigarre und dann einen Vogel, in Erinnerung an die in Holland von den deutschen Okkupanten errichteten Startrampen für die V-2. Alfredo tauchte in Madrid auf, klingelte in der Calle Goya an der Wohnung seiner Schwester, beschwichtigte ihre Verlegenheit und wußte selbst nicht, wem er sich anvertrauen konnte. Weder Malraux noch Hemingway saßen wie einst an der Bar des Hotels Florida. Und er hatte Grund, sich vor den Alliierten zu hüten, auch wenn er für ihren Sieg gearbeitet hatte. Und er hatte Grund, Franco zu mißtrauen, der sich mit einem Opfer die Gunst der Amerikaner erkaufen würde. Ein Spion in deutschen Diensten, beim Nürnberger Prozeß eine Fußnote für die Presse. Alfredos Presseausweis, sage ich den Cousinen, die, Fritz und Franz auf den Knien, mir zuhören, Alfredos Presseausweis, ein Witz des Zufalls, lief mit dem Tag der Kapitulation am 8. Mai aus. Paquita versprach, in ihrer Kirche eine Kerze zu stiften für die Errettung ihrer Mutter, ihrer Schwestern aus dem Bombenterror der Alliierten. Ach, sie wußte, was Todesangst war, in jenen Tagen des NO PASARÁN in Madrid, und dann kamen sie doch, hoch zu Roß der gernegroße Generalissimus, im Gefolge seine maurische Garde, ein glückliches Ende wie in den Märchen aus 1001 Nacht. Paquita ging auch zur Beichte, ihre aschblonden Haare unterm schwarzen Tuch, und sie bat den schläfrig zuhörenden Priester, Gott ihren Dank auszurichten für die Errettung der Familie und nicht zuletzt für die Heimkehr ihres Bruders Alfredo. Der Priester, eine Hand am Ohr, erwachte aus seiner Lethargie. Fragen durfte er nicht.

Er segnete Paquita mit müder Hand und gab ihr auf, einen Rosenkranz vor dem Einschlafen und nach dem Aufwachen zu beten. Die Calle Goya erreichend, fiel ihr die schwarze Limousine am Hauseingang auf. Im Halbdunkel der Treppe traten ihr drei Männer in den Weg, zwei von ihnen eskortierten Alfredo, der bei ihrem Anblick eine seiner Grimassen schnitt, während er die in Handschellen gebundenen Hände hob.

Qué pasa, fragte Paquita, und die Herren im korrekten Zweireiher lüfteten den Hut und sagten, *Con su permiso, Señora,* und schoben ihren Gefangenen zum Ausgang.

Die *portera* in ihrer Loge nickte den Herren zu und starrte ihnen nach mit einem Ausdruck wie: Es mußte ja so kommen. Paquita eilte in ihre Wohnung, wo das Dienstmädchen in der Küche saß und die Berichte vom letzten Stierkampf am Sonntag studierte. Ihr Bruder wollte Torero werden und sich El Cordobés nennen, und also war es gut, den Kleinen vor den Gefahren zu warnen. Am Sonntag war einer der Matadoren in einer zu kühnen *faena* von den Hörnern des fünften Stiers aufgespießt worden und verblutet. Wie im Triumph hatte ihn das Tier durch die Arena getragen, im Geschrei der Zuschauer, dieser anderen Bestie, die wie aus einem Munde schrie und vermutlich Lust hatte, dem großen schwarzen Stier aus der Zucht Señor Miuras zu applaudieren. Der Stier, mit der *muleta* zu Tode gebracht und von einem Gespann Maultiere aus der Arena geschleift, wurde zerstückelt, das Fleisch billig den Armen Madrids überlassen. Wer die Hoden bekam, schätzte sich glücklich. Haben Sie das gesehen, Señora? Paquita winkte ab. Hat dir mein Bruder noch etwas für mich gesagt? Das Mädchen schüttelte den Kopf. Don Alfredo? Ist er nicht in seinem Zimmer? Nein, sagte Paquita. Und hat es denn nicht geklingelt? Sie verließ die Wohnung. Die *portera* schaute nicht auf. Eine Wolke exquisiten Parfüms teilte ihr mit, wer da in auffälliger Eile hinauswollte. Diese Señora hatte keinen guten Ruf. Jeder im Haus wußte, daß sie ihren Gatten betrog, diesen *buenazo*, der ständig auf Reisen war. Meine Cousinen spitzten die Ohren. Endlich werden sie etwas mehr über diesen vom Rest der Familie geheimgehaltenen Liebhaber erfahren. Wie er hieß? Keine Ahnung. Nennen wir ihn den Liebhaber, *el amante*. Inzwischen war er zum Teilhaber von Madrids größtem

Juwelierladen aufgestiegen und hatte somit Umgang mit den besten Kreisen der Hauptstadt. Paquita winkte ein Taxi herbei und ließ sich zur Cervezería Alemana an der Plaza Santa Ana fahren. Der Fahrer sah sie von der Seite an. Nicht unbedingt eine Adresse für eine Dame. Angekommen, rief sie ihren *amante* an und bat ihn, ins bekannte Lokal zu kommen. Dringend. Liebe ist immer dringend. Auf dem Platz draußen saßen die alten Leute auf den Bänken und fütterten die Tauben. Später würden die Touristen kommen und sich den Platz zeigen lassen, der in der Cervezería für Hemingway reserviert war, wenn er hier (wann konnte das gewesen sein oder wann wieder?) seinen Cazalla trank.

Darauf haben wir gewartet, sagt Clara, daß du uns, wann immer es sich anbietet, deine Dichter unterjubelst. Bekanntlich kehrte Papa Hemingway erst in den letzten Jahren der Diktatur ins Land seiner Sehnsucht zurück, um einen unverfälschten Stierkampf zu sehen und nach ein paar alten Freunden zu suchen, falls sie noch am Leben waren.

Nun zur Sache, sage ich, der ich diese, dem modernen Roman abgeguckten Interpolationen nicht mag. Zugegeben, daß schon Cervantes damit angefangen hatte.

Paquitas Geliebter kam. Der Kellner tat so, als sähe er diesen graumelierten, schnurrbärtigen Caballero zum ersten Mal. Paquita verschwand in einer Wolke rosaroter Gefühle, ihr gepudertes Gesicht erglühte. Die verjüngende Kraft der Liebe machte, sage ich, daß sie errötete wie ein Schulmädchen. Der Geliebte lockerte seinen Händedruck. Was er nicht sein wollte, *a prisoner of love*.

Mein Bruder ist verhaftet worden, sagte endlich Paquita. Was können wir tun?

Der Kellner wartete die Bestellung nicht ab, sondern servierte wie üblich einen Sherry, ein Tellerchen mit Oliven, gespickt mit einem Kranz Zahnstocher, ein paar Tapas.

Der Geliebte entnahm einer silbernen Zigarettendose eine honigduftende Gold Flake. Der Kellner beeilte sich, dem vornehmen Gast Feuer zu geben.

Was können wir tun, wiederholte Paquita ihre Frage.

Der Geliebte kannte ganz Madrid, wie sie wußte, und das heißt, er kannte das halbe Madrid der Oberklasse. Militärs, Anwälte, Prälaten im Ornat und im diskreten Zivil des Opus Dei, Agenten und Spione im Dienst des Innenministers oder der alliierten Botschafter, Unternehmer und Hochstapler, nicht zu vergessen ihre Frauen und Mätressen mit ihrem unstillbaren Hunger auf Diamanten; und *der amante* hatte sie alle an der goldenen Kette des Geschmeides, geblendet von den Topassen und Saphiren, verfolgt vom kalten Feuer der Rubine. Die Frage war, ob man Alfredo an diese Kette legen konnte und ob sich jemand fände, der eine Verwendung für den Mann hätte. Ich denke darüber nach, sagte der Geliebte, spießte eine Olive auf und ertränkte sie mit einem Schluck Sherry.

Was kann er, dein Bruder?

So genau wußte es Paquita nicht.

Er hat nichts gelernt. Du weißt, unser Vater ... Dabei ist er begabt. Schauspieler oder Maler hätte er werden können. Statt dessen ist er ein Parodist all der Berufe, die ihm nicht gelangen. Am Ende war es die Legion Condor und ein paar Zeitungsartikel, ich glaube für deutsche Zeitungen. Im Krieg hat er ständig die Fronten gewechselt, ich meine, er reiste hin und her.

Lesen und schreiben also kann er.

Paquita ließ nichts auf ihren Bruder kommen. Er ist ein attraktiver Mann, sagte sie. Ein Don Juan Tenorio, wenn es drauf ankommt.

Also retten wir ihn aus den Fängen des Komturs. Man könnte ihn als Türsteher beschäftigen oder zwischen zwei Vitrinen als Blickfang aufstellen. Aber zunächst müssen wir ihn aus seinen Handschellen befreien.

Der Geliebte zog den Erzbischof von Madrid ins Vertrauen. Bekanntlich wird ein Erzbischof von Gott zu Milde und Nachsicht ermahnt, und er muß sich gleichzeitig mit den irdischen Gewalten arrangieren und ein offenes Ohr haben, wenn der Generalissimus und seine Vasallen zur Beichte kommen. Ein Gnadenerlaß anstelle der üblichen Buße. Dazu hat ein Kirchenmann Sinn für Theatralik und Dramaturgie. Die Messe Ersatz für Oper und Theater. Da wir alle Sünder sind, kann dem Häftling ein wenig Einkehr nicht schaden, sagen wir ein, zwei Wochen Haft, nicht unbedingt in Carabanchel, wo die verstockten Sünder auf ihre Hinrichtung warten. Einzelhaft. Keine Besuche, keine Auskunft. Schweigen wie in einem Trappistenkloster. Eine Bibel zur Erbauung. Jede umgewendete Seite erzeugt in der Stille einen Windstoß, bei dem die Seele ein Zittern und Zagen befällt.

Und dann der große Tag. Der Gefangene wird in Handschellen in ein Auto mit blinden Scheiben geschoben. Wo endet die Fahrt? Am Galgen, vor dem Hinrichtungspeloton, auf dem Stuhl, hinter dem der Henker die Schrauben der Garrote überprüft?

Der Erzbischof in seiner schwarzen Limousine fährt vor, späht durch die Scheiben, winkt mit seiner weißbehandschuhten Rechten, die weiße Taube steigt auf. Alfredos Handschellen sind verschwunden, eine Frau umarmt ihn, es ist seine Schwester Paquita. Anderntags bekommt er seine Anstellung im Juwelierladen an der Gran Vía zu Madrid.

Die Wahrheit liegt auch hier zwischen den Zeilen, erkläre ich den Cousinen.

Das ist Rabulistik, sagt die kluge Clara.

Es ist Dialektik, sage ich.

Sobald Alfredo im Lichte der Vitrinen und Juwelen Zeit zum Nachdenken hatte, setzte sich ihm die Dialektik wie eine Eule auf die Schulter und schnäbelte ihm den einen und anderen Vergleich ins Ohr.

Denn auf was hatte er sich denn hier eingelassen, im Juwelierladen des Liebhabers seiner Schwester (dem der Kram auch nicht gehörte)? Ein besserer Portier war er geworden, ein Türhüter, der den Damen der Gesellschaft mit Verbeugung und Lachen entgegentrat und der sich ein Augenzwinkern verkneifen mußte, wenn er in den pelzverbrämten, von Seide umflossenen Schönen die Bar- und Animiermädchen aus dem Hotel Florida erkannte, um gut zehn Jahre gealtert, aber gut konserviert, aufgefrischt, blondiert, onduliert. Und wenn ihnen ihr Witz nicht abhanden gekommen war in den ernsten Jahren der Diktatur, würden sie ihm unter der Tür mit spitzer Zunge und kleinem Kußmund zuflüstern: Jünger bist du auch nicht geworden, Alfredito. Diese kleinen Szenen des Wiedersehens, Wiedererkennens würzten den Tag. Andere Abenteuer waren nicht zu erwarten. Kein Kamelreiten in die unendliche Wüste wie in den Tagen der Legion an der Seite von Kassim-el-Matschid, dem Verbindungsmann zum spanischen Militär. Keine Abende im Casino, wo sich die absurden Zumutungen des Dienstes und der patriotischen Reden der Vorgesetzten (als Vorspiel zu einer Hinrichtung) in noch absurderen Orgien entluden. Wer dem anderen mehr Salz in die Suppe schüttete, hatte gewonnen. Am Ende mußten die Ordonnanzen alle Teller wegtragen, so daß man hungrig das nächste Bordell stürmte, um zunächst einmal ein Essen zu bekommen, das die Mädchen, verschleiert und kichernd, im Bistro über der Straße bestellten.

Und die Jahre in Spanien und in Deutschland, flüsterte ihm die Eule zu, und mit einem Mal die Erkenntnis, dies sei ein janusköpfiger Krieg, und wer Blut und Boden sagte, meinte Erdöl, und wer Demokratie verkündete, hoffte auf eine bessere Technik in Vorbereitung kommender Kriege. Für welche Seite also sollte man seine Haut zum Markte tragen?

Caballero, a sus órdenes. Was einmal war, kommt nicht wieder. Doch. Es kam die Vergangenheit in den Laden. In Gestalt von Adolf Galland. Der seine lädierte Nase und seine verbrannte Gesichtshälfte (sichtbare Marken historischer Luftsiege) mit einem weißen Schal kaschierte. Abwechselnd zog er das eine und das andere Bein nach in Erinnerung an die amerikanische P-51, die ihn wenige Wochen vor Kriegsende erwischt hatte. An seiner Seite die blonde baskische Bardame Nerea. Aus dem Hotel Carlton in Bilbao. *Wir hatten uns ja so gerne.*

Galland nickte und steckte ihm einen Zettel zu.

O ja, man kannte ihn in Madrid, diesen Träger des Spanienkreuzes mit Schwertern in Gold und Brillanten. Wollte er es etwa anbieten, in Kommission geben? No señor, er ließ sich einen Sternenhimmel flimmernder Diamanten auf nachtblauem Samtkissen zeigen. Nerea nickte, und das hieß: kaufen! Galland bat um Bedenkzeit. Mañana, sagte Paquitas Geliebter. Nein, nein, widersprach Galland. Er bitte, ihm den Schatz noch heute zur wiederholten Ansicht ins Hotel Ritz zu schicken, und sollte er gerade aushäusig sein, es im Safe des Hotels zu deponieren. Und hier, sagte der Kunde und zeigte in der hohlen Hand verborgen sein Ritterkreuz des Eisernen Kreuzes mit Eichenlaub, Schwertern und Brillanten. Nehmen Sie's, zur Garantie.

O, just a moment, Sir, sagte der Geliebte und verschwand hinter einem Vorhang.

Alfredo versuchte umsonst, sich bemerkbar zu machen. Galland übersah ihn. Auf dem Zettel stand: Du findest mich Hotel Ritz unter dem Namen Ilja Glusgal.

Nun kommen wir hier, erkläre ich den Cousinen, mit der Chronologie der Ereignisse, den Jahreszahlen und Namen, ins Gedränge. Ilja Glusgal, nach England emigriert, taucht in meinem Archiv erst am 21. Mai 1948 auf.

Da ist er Sänger und Schlagzeuger bei einer Plattenaufnahme an der Seite von Coco Schumann Gitarre, Teddy Lenz Baß, Fritz Schulz-Reichel Piano ... Und unser Held zur Luft, Galland, sitzt seine zweijährige Haft, von den Amerikanern überstellt, in England ab. Kannten die Herren sich und tauschten brüderlich Name und Paß? Major Galland, nach seinem 40. Abschuß der Schrecken der Royal Airforce und doch ein Gentleman-Kanaljäger, setzte auf den sportiven Geist der Engländer. Gefangengenommene Jagdflieger waren einst Gäste auf seinem Stützpunkt St. Omer gewesen. Die Briten revanchierten sich, die Legende von Gallands Differenzen mit Hitler und Göring entlastete ihn. Und war er nicht ein Fachmann fürs kommende Zeitalter der Düsenflugzeuge? Und würde nicht auch in Zukunft derjenige siegen, der die bessere Technik besaß? Die Amerikaner bereuten, ihn den englischen Vettern abgetreten zu haben. Ilja Glusgal, sage ich, brachte Freund und Feind zusammen, trommelte seine Soli, daß keiner aus der Reihe tanzen konnte, sang mit belegter Stimme seinen Song von der Kellnerin – *the waitress from the Pizzeria – if she'll be-a my caro-mia.* Oder kennt ihr das:

Mein roter Bruder wohnt in Arizona
Und morgen reit ich zu ihm hin
Denn er hat dort
oh
denn er hat dort
ei
eine Tochter
die nennt er Ramona …
Na schön, sagt Clara. Dann doch lieber ein Schlagzeugsolo. Aber nun führ uns ins Ritz und zeig uns Alfredo, der nach *Señor Glusgal* fragt.

Alfredo also begab sich ins Ritz. Es war Sonnabendmittag, bis morgen abend ist er ein freier Mann. Er trägt seinen Nadelstreifenanzug, mit dem Vorschuß des Ladens gekauft, seine weichen marokkanischen Schuhe, über den Krieg gepflegt und gerettet. Dennoch schaut der Empfangschef, den die Zimmerschlüssel am Bord umgeben wie lauter Glockenspiel am Hut eines Schamanen, durch ihn hindurch. Das Röntgenbild zeigt ihm einen armen Mann, der, fällt er eine Stufe tiefer, ein Bettler sein wird. Das Ritz ist nicht zuständig für *pordioseros und miserables*. Alfredo verzieht die Mundwinkel, entnimmt einem Etui mit gespielter Langsamkeit eine von den Gold Flakes, die ihm der Liebhaber seiner Schwester spendiert hat, und schaut den Empfangschef herausfordernd an. Der reagiert automatisch, ehe er sich kontrollieren kann, und zückt sein Feuerzeug. Caballero? Alfredo inhaliert den parfümierten Rauch, nebelt sich ausatmend ein und sagt: Señor Glusgal, he is waiting for me in the Lobby. Der Empfangschef windet sich. Ein Spanier, der sich mit seinem schlechten Englisch maskieren will, verdächtig. Aber Señor Glusgal ist Ehrengast, und jeder im Ritz weiß, zumindest der Empfangschef weiß es, daß hier ein anderer gemeint ist, einer, der in der Legion Condor für den Generalissimus kämpfte. Ein Held. Und der Empfangschef, der sein zweites Gehalt vom spanischen Geheimdienst empfängt, wird diesen Besucher ins Netz der Mutmaßungen knüpfen. Mit diesem Netz wird man die Juden, Freimaurer und Atheisten fangen,

und die Glocken aller spanischen Kirchen werden läuten und auf-
rufen zum Kreuzzug gegen den Kommunismus. Und so verläßt der Empfangschef für einen Augenblick die schüt-
zende Bastion seiner Empfangsloge, um Alfredo den Weg ins Vesti-
bül zu zeigen. Aus einem der tiefen Sessel steigt die Spirale grauen
Zigarrenrauchs. Galland ist seinem Laster treu geblieben seit jenen
Tagen, da er in seiner BF-109 einen Zigarrenhalter montiert hatte,
um die glimmende Zigarre beim Aufsetzen der Sauerstoffmaske
verwahren zu können. Noblesse oblige.

Surprise, surprise, sagte Galland, erhob sich, die Zigarre von sich
haltend, und umarmte Alfredo.
Señor Glusgal, wie ich vermute, sagte Alfredo.
Ganz der Alte, wieherte Galland, wie immer zu Späßen aufgelegt.
Setz dich, es kommt noch lustiger. Er klatschte in die Hände und
beauftragte den herbeieilenden Kellner, zwei Whisky mit Soda zu
bringen. English manners, sagte er, Scotch a-day, keeps the doctor
away. Übrigens, ein Beauftragter aus deinem Laden war schon da,
mich zu fragen, ob ich die Klunker haben will. Ich will nicht, und er
hat alles wieder mitgenommen. Da nun rauschte in langer Robe
Nerea heran, nach Blumen und Zimt duftend, und auf der matten
Haut ihres gewagten Dekolletés schimmerte ein Diadem feinster
Juwelen, das Alfredo bekannt vorkam.
Trink aus, sagte Galland und ließ Nerea von seinem Glas nippen,
wir laden dich zu einem Ausflug ein. Es geht nichts über ein Week-
end mit guten Freunden. Wie ich höre, hattest du gewisse Schwierigkeiten beim Zusammenbruch des Tausendjährigen Reichs? Du
wirst es mir erzählen. In der Regel sollte man sich aller zwölf Jahre
regenerieren. Zu weit nach oben, und die Luft wird dünn. Das Leben ist eine Parabel. Vámonos! Auf ein Händeklatschen des Türste-
hers fuhr ein schimmernder, schwarz lackierter Hispano Suiza vor.
Galland reichte ein Trinkgeld, bat Alfredo, an seiner Seite Platz zu
nehmen. Nerea ordnete ihr langes Kleid auf dem Rücksitz. Galland,
die erloschene Zigarre mit den Zähnen haltend, setzte sich ans
Steuer, und der Wagen flog davon.
Wir haben ein paar Kleinigkeiten für dich eingekauft, sagte er. Du
wirst sie brauchen auf unserer Passage übern Atlantik. Sofern du

einverstanden bist, Europens blasse Strände eine Weile mit denen am La Plata zu vertauschen.

Paquita, dachte Alfredo, sie wird nach ihm suchen lassen.

Heute nacht, sagte Galland und warf die kalte Zigarre aus dem Fenster, sind wir in deinem geliebten Baskenland. Muß i' denn, muß i' denn zum Städtele hinaus, und du mein Schatz (Fingerzeig nach hinten) bleibst hier ...

So also griff das Schicksal nach ihm, dachte Alfredo, griff ihn aus der Menge heraus wie eine Kostbarkeit, schützte ihn vor dem Prokrustesbett von Schuld und Sühne, verschonte ihn vor den historischen Konstellationen, die in eine Sackgasse führten, und das verspielte Tausendjährige Reich hatte für ihn gerade erst begonnen. Nerea reichte belegte Brote und Chacoli in einem Pappbecher. Der Wagen brauste in die Nacht, immer wieder verfolgt von der Guardia Civil, bis sie erkannte, daß der Hispano diplomatische Kennzeichen trug und der Dienstwagen des argentinischen Konsuls war.

An dieser Stelle fragen die aufmerksamen Cousinen, ob es denn nicht einfacher gewesen wäre, wenn man die Herren mit argentinischen Pässen ausgestattet hätte sowie mit Schiffskarten für eine kommode Passage via Bilbao oder Bordeaux nach Buenos Aires?

Es gab andere Verabredungen, sage ich, auch diplomatische Rücksichten, die für die Benutzung eines Leihwagens nicht verletzt wurden. Und vergeßt nicht, es setzte zu der Zeit ein Exodus verfolgter Nazigrößen nach Argentinien ein, Eichmann und Konsorten, da mußten die Argentinier ein Auge zudrücken und *hacer la vista gorda*, aber sie konnten sich auf die Hilfe der katholischen Kirche verlassen, diesen dem Galgen (vorerst) entkommenen Sünder auf die Sprünge zu helfen. War denn Wernher von Braun weniger schuldig im Sinne der Anklage als Eichmann? Sein Glück, er war der umworbene Fachmann und somit Bewohner des Tausendjährigen Reichs; der andere war nur ein Buchhalter des zwölf Jahre regierenden Todes. Und, sage ich, Galland vermißte in diesen schlaffen Jahren des Nachkriegs das Abenteuer. Seine Kungelei mit den Basken öffnete ihm, nachdem er die Auslöschung von Gernika, an der er nicht beteiligt gewesen war, für einen taktischen Fehler der Luftwaffe erklärt hatte, die Tür für eine spätere Rückkehr nach Europa.

Sie fuhren durch das schlafende Bilbao, ohne Alfredo Gelegenheit zu geben, auszusteigen und Frau und Kinder zu umarmen. Bei Sonnenaufgang hatten sie das wilde baskische Meer zu Füßen. Frühstück, café con leche, das Weißbrot dick eingebrockt und mit viel Zucker verrührt.

Nerea hatte im Laufe der Nacht ihre Madrider Robe abgelegt, von den Scheinwerfern überholender Fahrzeuge gestreift, daß ihre Satinunterwäsche für Sekunden im Rückspiegel aufblitzte und die Herren sich die Müdigkeit aus den Augen rieben. Nerea verwandelte sich in eine baskische *sardinera,* nur der Korb mit den Sardinen fehlte. Die Zipfel des Kopftuchs zeigten energisch nach links und nach rechts. Die kurze enge Bluse faßte die Taille ein, und vom Nabel abwärts entfaltete sich ein glockenförmig schwingender Rock aus grober Leinwand. Wie zu erwarten, trällerte sie unter den bewundernden Blicken Gallands und Alfredos das zum Kostüm passende Liedchen:

Aunque pobre sardinera
Sin gorro ni papalina,
no me doy por la primera
que presuma de ser fina ...

Beifall. Galland zeigte auf ihre Schuhe, hochhackig und rot. Nerea zog sie aus, warf sie in den Hispano, auf dessen Lack sich die Morgensonne spiegelte. Baquio also, dessen baskische Schreibweise, Bakio, Franco verboten hatte. 16, 78 Quadratmeter groß, 29 Kilometer von Bilbao entfernt. Ein Fischerdorf.
Landwirtschaft. Im Rathaus geheime Pläne für die Zukunft, um Touristen anzulocken. Eine Woche der Musik, ein internationales Folklore-Festival. Eine Foto-Ausstellung. Nicht zu vergessen ein Pelota-Spiel und das Volksfest am Tag der Andra Mari. Vorerst verboten. Die Aufsässigkeit seiner baskischen Untertanen war dem Caudillo ein Dorn im Fleisch, eine Narbe im spanischen Staatskörper. Ein Reich, eine Sprache, ein Landesvater war die Devise der Sieger. Der Blutzoll der Basken im Bürgerkrieg war der größte. Christus, Gottes Krieger, kämpfte an ihrer Seite. Als die Republik unterging und mit ihr die Sonderrechte der baskischen Minderheit, die einst die spanischen Monarchen unter der Eiche von Gernika

mit erhobener Schwurhand bestätigten, zog Gottes Sohn mit den Basken in den Untergrund. *Euskadi Ta Askatatsuna*, Baskenland und Freiheit für alle baskischen Provinzen diesseits und jenseits der Pyrenäen. Ein Volk ohne Sinn für geschichtliche Zusammenhänge. Galland reicht ihnen den Bestellzettel. Is gebongt, sagt der eine. Machen wir, der andere. Alfredo horcht auf. Aus der Sprache der Bärtigen weht der Wind von der Alster Hummel, hummel, mors. Nun deck mal die Karten auf, sagen die ungeduldigen Cousinen. Was ist denn nun Sache in diesem Polit-Thriller. Ein Geschäft, sage ich, ein Deal, und von politischer Moral kann nicht die Rede sein. Im tiefen Wasser vor Bakio versteckt sich ein deutsches U-Boot. Vermeidet den Funkkontakt, damit es nicht geortet werden kann. Noch immer ist es ein Posten auf der englischen Strichliste. Kein Geheimcode schützt es vor Albions List und Rache. Denn wie viele Frachtschiffe hat es im Kanal und auf dem Atlantik torpediert? Jetzt macht es sich dünn, vermeidet es, sein Periskop auszufahren. Die Besatzung hungert und nährt sich von Gerüchten. Der Krieg an Land ging verloren, der Krieg zur See ist ein ewiges Katz-und-Maus-Spiel. Ein neutrales Land wie Spanien könnte Asyl gewähren – aber weiß man, ob man am Ende nicht an die Tommies verraten wird? Und so steigt jene baskische Connection wie ein rosa Abendlicht am Horizont auf und verkündet, der neue Tag wird schön. Vergessen sind Gernika und die Sabotageakte der Separatisten. Wer spinnt die Fäden, die zum festen Tau werden von hier bis nach Madrid? Ist es Nerea, die Wandelbare, unbezahlbar, solange sie das echte Perlencollier am Busen versteckt, und die Fälschung blieb im Safe des Hotels Ritz? Der U-Bootkommandant schickt zwei seiner Leute, im Schutz der Nacht, an Land, in ihrem Ruderboot für Sekunden erfaßt von der Zunge eines Leuchtturms, die über die Wellen leckt. Nun ist der Verrat auch im Jahrhundert unserer Väter, erkläre ich den Cousinen, der Drehpunkt auf dem Karussell privater wie nationaler Interessen. Gallands auf den Namen Glusgal ausgestellter englischer Paß, wird er nicht mit dem Hinweis überreicht, in Spanien ein deutsches U-Boot zu orten und nach London zu melden? Und so gerät Galland, zusammen mit Alfredo (der mehr über deutsche U-Boote in spanischen Gewässern weiß, als er zugibt) in diese baskische *Olla podrida*, in diesen deftigen Eintopf aus Kichererbsen und Blutwurst. Das Geschäft entwikkelt sich zur gegenseitigen Zufriedenheit. Deutsche Waffen gegen baskisches Gemüse, Fleisch und Brot und etliche Flaschen Chacoli, wie er in den Bergen rings um Bakio gekeltert wird. Als Gegenleistung nimmt das U-Boot zwei Passagiere an Bord, die von Nutzen sein können, ist man erst einmal am Rio de la Plata jenseits des Atlantik sicher vor der Rache der Alliierten. Schließlich hat der Held der Lüfte ein Empfehlungsschreiben der argentinischen Botschaft: Empfohlen wird er als Berater der künftigen Luftwaffe des Generals Perón. Und Alfredo? An Bord des U-Boots umarmt ihn der Kommandant wie einen verlorenen Bruder. Nerea bleibt zurück, das Collier ruht in der Brusttasche von Gallands maßgeschneidertem Sakko aus der Saville Row. Dann das Kommando zum Fluten, alle Kraft voraus. *Muß i'denn, muß i'denn zum Städtele hinaus und du mein Schatz bleibst hier.*

In der Tiefe des Meeres, einen lästigen Druck in den Ohren, ist den beiden Passagieren mulmig zumute. Alfredo versucht sich an die Abenteuergeschichten seiner Kindheit zu erinnern, an Jules Vernes Kapitän Nemo und seine Tiefseereisen. »La Maison de Vapeur«, halb Lokomotive und halb Unterseeboot, gezogen von einem Elefanten. Galland sehnt sich nach dem unendlichen Reich der Lüfte, wo man im blauen Äther Gott am nächsten ist. Dagegen fahren sie hier lahmarschig langsam durch ewige Finsternis, begleitet von den Seelen ertrunkener Matrosen seit den Tagen der Wikinger. Verfolgt von den Mißgeburten der Tiefe, diesen glotzenden, schleimigen, in ständiger Metamorphose von Flora zu Fauna sich befindenden lichtscheuen Existenzen, die aus den unbekannten Vulkanen der Tiefe auftauchen wie aus dem Schlund der Hölle. Galland, der den ersten Überschall-Jäger der Luftwaffe (Me-262), Hitler ins Wort fallend, für den Einsatz gegen die 8. Luftflotte der USAAF durchsetzte, lenkt sich ab im Gespräch mit dem Kommandanten. Zukunftsmusik. Die Kabinen das Bootes gleichen engen, nach Maschinenöl und Schweiß stinkenden Käfigen. Das matt streuende Licht flackert.

Die Schallmauer unter Wasser durchbrechen, sagt Galland. Das wär's. U-Boote mit Überschallgeschwindigkeit. Während die

Schallgeschwindigkeit an Land bei etwa 330 Meter pro Sekunde liegt, beträgt sie im Meer das Viereinhalbfache – Galland notiert die Zahlen auf einen Zettel: also rund 1500 Meter pro Sekunde. In einer Stunde wären wir am La Plata! Der Kommandant geht auf das Spiel ein. Er erklärt den Landratten ein paar physikalische Gesetze. Überschallgeschwindigkeit im Ozean, kein Problem. Der sogenannte Superkavitations-Effekt bringt es mit sich, daß der Strömungswiderstand eines Tauchkörpers drastisch vermindert wird. Ein Torpedo, beispielsweise, könne teuflisch schnell sein Opfer erreichen, da es durch die Kavitation von lauter kleinen Bläschen umgeben ist, die sich zu einer einzigen großen Blase verbinden ließe, so daß …

Galland zieht an seiner kalten Zigarre, Rauchen verboten. Alfredo zählt seinen Vorrat an Zigaretten. Die Landratten haben nur ungenau zugehört. Es ist eh nur alles platonisch, was der Kommandant fabuliert, und wie die erbeuteten Pin-up-Girls in den Schlafkojen der Mannschaft von der wahren Liebe in Fleisch und Blut meilenweit entfernt. Fürs erste haben sie andere Sorgen. Der Dieselmotor braucht Nahrung. Die Azoren bieten sich an, und man kann davon ausgehen, daß der portugiesische Inselgouverneur, in der ewigen *Saudade* der Portugiesen, entführt von der schläfrigen Melancholie des Fado nichts vom Ende des Krieges erfahren hat. Man wird auftauchen, die Lage peilen und für den Treibstoff mit einem Scheck bezahlen, der in Berlin das Papier nicht wert ist, auf dem er gedruckt ist. Es funktioniert, und fragt mich nicht nach Einzelheiten, sage ich den Cousinen. Alfredo und Galland schauen zu, atmen die linde Luft der Azoren tief ein und fühlen sich wie Columbus, der auf den nahen kanarischen Inseln Station machte, bevor er sich entschloß, Amerika zu entdecken. Sie bleiben an Bord, während der Zahlmeister den Scheck im Hafenamt unterschreibt und ein paar Gallonen Trinkwasser und ein paar Kisten Tomaten (gut gegen Skorbut) auf die Rechnung setzen läßt. Des Fados ganze Seele, Amalia, weht zum Abschied über den Hafen. *Ni a las paredes confeso … Obrigado, Amalia.*

☆

Doch da, an diesem sechsten August, legt sich die nasale Stimme eines Nachrichtensprechers, verzerrt vom Verstärker eines Lautsprechers, über Amalias Klage von Liebe, Leid und Leidenschaft. Für Minuten erstarrt jede Bewegung. Der Hafenmeister vergißt seine Zahlen, die Schläfer auf der Mole halten den Atem an, die Angler lassen ihren Fisch an der Leine zappeln, den Schönen in der Hafenkneipe erstarrt die Hand, die den Zahlmeister zu einem Drink überreden wollte. Eine Nachricht, eine Mitteilung der amerikanischen Regierung. Über Hiroshima hat eine amerikanische B-29 gestern um acht Uhr fünfzehn Ortszeit eine Bombe abgeworfen, wie es sie noch nie gab. Sie hat auf einen Schlag hunderttausend Menschen ausgelöscht, nein, unauffindbar eingeschmolzen, ihren Schattenriß in den Stein gedrückt, indes sie in den blauen Sommerhimmel der Stadt einen atemberaubend schönen weißen Pilz gesetzt hat, aus dessen Lamellen Gift tropfte, das am Boden zur Droge des Vergessens wurde für alle, die für Tage oder Wochen überlebt hatten. Präsident Truman, verkündet die Radiostimme, habe beim Abendbrot die Nachricht vom Start des Bomberkommandos empfangen und den Abwurf der Bombe, die zwei Milliarden Dollar gekostet hat, verfügt. Zum Mittag des nächsten Tages habe er, gerade mit dem Mittagessen beschäftigt, vom erfolgreichen Abwurf erfahren und vollmundig verkündet: Es ist das größte Ereignis der Geschichte. Dann habe er die Gabel zum Mund geführt und sein Stück Chicken zerkaut. Man erzählt ihm, der Bomberpilot habe die Maschine nach seiner Mutter genannt. Enola Gay. Seltsam. Und eine Angelegenheit für den Psychoanalytiker. Die Mutter, stellvertretend für ihn, klinkt die Bombe aus. Ein delegiertes schlechtes Gewissen? Amerika, ein Land, in dem die Frauen herrschen?

Galland läßt sich von Alfredo wiederholen, was er gehört, aber nicht glauben kann. Doch, die Amerikaner haben das Rennen gemacht. Hitlers Geheimwaffe, nun in der Hand der Plutokraten. Amerika, du hast es besser. Stalin zieht vergebens an seiner erloschenen Pfeife. In Jalta und Potsdam, indes Winston Churchills Zigarre qualmt und qualmt. Die Würfel sind gefallen.

Japan wird kapitulieren, sagt Alfredo.

Eine Million amerikanische Muschkoten, sagt Galland, brauchen nun nicht mehr ihren Arsch hinzuhalten.

Im Tausch mit hunderttausend Japanern, sagt Alfredo. Eine beeindruckende Gewinnquote. Und wir auf der Seite der Sieger. Argentinien ist auch nur ein Teil Amerikas. Der Arsch Amerikas, fürchte ich, sagt Galland. Und zum Kommandanten: Käpt'n, volle Kraft voraus! Und so nehmen sie Kurs auf Argentinien. Galland streichelt die Perlen des Colliers wie einen Talisman. Alfredo weiß nichts von diesen Perlen, deren gefälschtes Duplikat in der Vitrine zu Madrid funkelt. Wenn er könnte, würde er einen Funkspruch an Paquita senden. Die wird ihn suchen lassen, den Erzbischof mit Fragen bestürmen. Der weiß inzwischen, daß Alfredo zuletzt im Hotel Ritz gesehen wurde und mit einem Hispano Suiza gen Norden gefahren ist. Der Wagen gehört der argentinischen Botschaft, und so flüstert der Erzbischof nach langem Zögern ins wohlgeformte Ohr Paquitas: Es geht ihm gut, falls er bis nach Argentinien kommt.
Kein Zweifel. Das U-Boot taucht nach langer Zick-Zack-Fahrt, vorbei an der von Muscheln verkrusteten, von Algen in den Schlaf gewiegten»Titanic« am Strand von La Plata auf. Perón schickt nicht unbedingt eine Kapelle an den Strand, die das Deutschlandlied zur Begrüßung bläst und dann mit Tangos und Milongas – *Mi Buenos Aires querido* – die neue Heimat verführerisch vorstellt. Die bärtigen Männer gehen von Bord, ihr Boot wird von schweigenden Zivilisten übernommen. Galland und Alfredo müssen sich ausweisen. Eine Formsache. Ein Chevrolet fährt vor, ein schweigender Fahrer, der jeden Blickkontakt vermeidet, öffnet den Schlag. Die argentinische Kapitale entzieht sich hinter einem Regenvorhang, der den argentinischen Winter ankündigt.

Be-bop ist da und wird bleiben

Mit dem Neubeginn der Schule zerfällt der Tag für Chico in zwei Hälften: der Vormittag eine Pflichtübung. Der Nachmittag, nach flüchtiger Erledigung der Schularbeiten, das gemischte Programm der Wünsche und Neigungen. Die Schule hat ihre alten Lehrpläne reformiert, untragbare Lehrer wie das Ehepaar Wittber und Herrn Thomas entlassen, Neulehrer, die noch vorgestern Soldaten und gestern Kriegsgefangne waren, die einen pädagogischen Schnellkurs absolviert haben, in die Klassen geschickt. Junge energische Leute, die Gesichter von Hunger und wenig Schlaf gezeichnet. Wie unser Herr Braune, den Schuldirektor Scheibe vorstellt, und den unsere Umsiedler, an Jahren älter und an Erfahrung uns weit voraus, höhnisch betrachten. Herr Braune zerbricht die Kreide, als er seinen Namen an die Tafel schreiben will. Direktor Scheibe schaut geduldig zu, er ist ein älterer Mann, aus dem Nichts aufgetaucht, ein Lehrer vielleicht aus der Vorkriegszeit, zwölf Jahre vom Schuldienst suspendiert, mit Pestalozzi und den Sozis vertraut. Seine optimistische Güte beflügelt den neuen Geist einer gewaltlosen Erziehung. Kein Rohrstock mehr, und niemand wird mehr am Ohr aus der Bank gezogen und vor die Tür geschickt. Wie aber mit diesen älteren Schülern aus Breslau und Stettin verfahren, wie Schuster und Ferge, die neulich Altlehrer Richter buchstäblich in den Arm fielen und den alten Mann verprügeln wollten, weil er sie aufforderte, an der Tafel eine Bruchrechnung vorzuführen? Richter floh aus der Klasse und kehrte im Schutz des Direktors zurück. Scheibe führte die Untersuchung. Also, was war denn nun? Keiner gab Antwort, keiner hatte etwas gesehen. Mit den Umsiedlern mußte man sich gut stellen, wußten wir. Wir ließen sie von uns abschreiben und wurden von ihnen mit Zigaretten bezahlt und mit den Geschichten ihrer Flucht aus dem Osten unterhalten.

Lehrer Braune gab Deutsch und Erdkunde. Der deutsche Satz, eingeteilt in Subjekt, Prädikat und Objekt, wurde zur sportlichen Auf-

gabe: Wer konnte als erster die einzelnen Satzglieder bestimmen und
verkünden? Falk glänzte auch hier, ohne seine blasierte Miene auf
ein Lob Braunes zu ändern. Dagegen war Erdkunde ein Ereignis.
Braune kam mit sperrigen Rollbildern in die Klasse, die entrollt und
aufgehangen werden mußten und zuweilen zu Boden krachten, als
habe ein Erdbeben das afrikanische Festland oder die Schärenküste
Norwegens verschluckt. Die Karten waren koloriert und erleichterten
so die Bestimmung, ob Wüste oder Urwald. Ein Vergleich zwischen
Afrika und Südamerika, so Braune, sprach von tektonischen Ver-
schiebungen, da ja die Ausbuchtung der afrikanischen Westküste so
genau in den Teil südlich von Brasilien hineinpasse. Wie die Faust
aufs Auge, sagte Chicos Banknachbar Ferge. Wie der Schwanz in die
Fotze, so Schuster, und Braune tat so, als habe er nichts gehört. Mittags, so hatten wir gesehen, wurde Braune am Schultor von einem
Mädchen abgeholt, das Sandalen mit dicker klobiger Sohle trug und
sich bei ihm einhing, als könne sie ihn nicht schnell genug abschlep-
pen. Zu Hause angekommen, machte sich Chico über das Mittagessen her. Auf die süßen Nudeln der Schulspeisung wollte er verzichten. Bei Tisch quälte er seine Mutter mit Kritik und Nörgeleien am
Essen, mit Vorschlägen aus den Rezepten im Mundo Argentino,
den seine Großmutter aus Buenos Aires bekam. Ein saftiges Steak,
sagte Chico, anstelle von Salzgemüse in Fettbrühe aus Fleischer
Winklers Wurstkessel, das möchte ich haben. Chicos Mutter versprach, wenn er aufäße, eine Überraschung, und sie wartete, schlechte Pädagogin, die sie war, den leeren Teller nicht ab, sondern öffnete
die Tür zum Nebenzimmer, wo die Bescherung lockte. Ein ameri-
kanisches Paket, *courtesey Uncle William*, ein knallbunte Mischung
aus Spam, Schokolade, Hot Dogs, Bleistiften mit einem Radiergummi
am stumpfen Ende, kopfkissengroße Ausgaben der Comic Weekley
mit neuen Folgen der Katzenjammer Kids, der drei Neffen von
Donald Duck, von Little King, und endlich die gewünschte LP mit
Dave Brubecks Jazz Goes To College – sofern das Erscheinungsjahr
der Platte (1954) in die hier zusammengerafften Nachkriegsjahre
paßt und der dazugehörige Plattenspieler das Trichtergrammophon
abgelöst hat, auf der die Soli von Nat Gonella (Tiger Rag) oder Rex
Stewart (Air Lift Stomp) und Schulz – Reichel (Erste Komposition
im Be-bop Stil) vom Kratzen der Nadel begleitet wurden. Musik als

Droge, den Anforderungen des Lebens zu begegnen, so man die Lehrer als Vorläufer künftiger Vorarbeiter, Chefs, Angeber und Funktionäre als fatale Inkarnationen kommenden Lebens zu sehen gewillt ist. Anders die Musiker. Rex Stewart mit seiner Trompete, bei Kerzenlicht (da Stromsperre) 1948 im Berliner »Delphi«. Sein »growl« Stil weckt die Tiger und Elefanten, die Nashörner und Zebras, Flamingos und Krokodile im nahen Zoologischen Garten. Berlin ein Aufschrei von Mensch und Tier, im Rhythmus der ein- und ausfliegenden Rosinenbomber der Luftbrücke. Oder nehmen Sie die ironischen Arpeggios eines Coco Schumann (er hat das Dritte Reich überlebt) auf der Gitarre, die sein Freund Paulchen Kuhn am Klavier auf die Spitze treibt. Chico entzweit mit seinen Platten, mit der Musik von AFN in den wenigen Minuten vor Schulbeginn (Dizzie Gillespie) die Familie. Blue Tango, den Schlager der Saison und die Schnulzen eines Bully Buhlan im Duett mit Rita Paul (Baby it's cold outside – wie schön deine Bluse sitzt), von Lore verbreitet, da hört auch die Großmutter zu. Aber Dob's Boogie-Woogie, zum Mittagessen aufgelegt, das ist das Fanal zum Gegenangriff. Onkel Gustav wird herbeigerufen, dem Jungen ins Gewissen zu reden. Der zuckt die Schultern. Er weiß sich mit seinen Freunden Falk und Melle auf der Seite der Sieger. Wer hat denn den Krieg verloren? Sie doch nicht. Und da hier schon mal Klartext gesprochen wird in Sachen Kunst und Kultur, blättert Onkel Gustav die Seiten eines Magazins auf, darin die junge DDR die amerikanische Unkultur grosso modo anprangert. *Anna!* rufen Lore und Gustav wie aus einem Munde und zeigen auf die Abbildung einer Plastik, die an einen übergroßen Fuß erinnert, den ein Hühnerauge ziert. Chico grient. Merkt denn keiner, daß der Bildhauer sich hier auf das Wesentliche beschränkt? Clara und Concha, die Cousinen, ergreifen seine Partei, auch wenn sie Chico das Wort überlassen. Das ist kein Fuß, sagt Chico, es ist der Torso eines Frauenkörpers, und der hintergründige Witz besteht darin, daß er diesem Körper nur ein Merkmal, ich meine (das richtige Wort will nicht heraus) …

… eine Zitze verpaßt hat, sagt Onkel Gustav in der direkten Sprache eines ehemaligen Landsers. Die Frauen schweigen, und Gustav ergänzt: Da haben wir's doch, diese moderne Kunst ist nichts als Schweinerei.

Jüdisch-bolschewistisch, ergänzt Chico, und erst jetzt fällt ihm auf, wie sich die Bilder, nein die Argumente gleichen. An der ideologischen Front hat der Führer gesiegt und seinen Wortschutt über Pankow nach Moskau exportiert. Wolke in Hosen, denkt Chico und nimmt sich vor, Majakowski zu lesen, über den Goebbels und dieser Herausgeber von Amerika heute, wie heißt er doch gleich, gesiegt haben. Wolke in Hosen, eine gute Umschreibung für ein Solo von Charlie Parker, wenn er seine Hosenträger als Sicherheitsgurte benutzt, um der Musik und seinen Fans nicht in den Äther zu entschweben. Now is the time? Noch lange nicht. Nimm wenigstens Rücksicht auf deine kranke Großmutter, mahnt Consuelo ihren Sohn.

Chico trägt die amerikanischen Klamotten, verwandelt sich mit rehfarbener Cordsamtjacke, Kamelhaarmantel, pelzgefütterter Winterjacke, Ringelsocken, Kreppsohlenschuhe in einen der Collegeboys, die Brubeck zujubeln. So erscheint er in Melles Untermieterzimmer und wird mit großem Hallo empfangen. Gucke mal, sagt Melle, ä Biepo ... So das neueste Schimpfwort in der Vorstadt. Bebop ist da und wird bleiben? Die Leipziger Volkszeitung im Verein mit ihren Lesern tut alles, diese verwirrte, verführte Jugend zurückzugewinnen. Wie weit, zurück? Melle, im vierten oder fünften Semester Zahnmedizin, kann sich in diesen Streitfragen auf seinen Vater verlassen. Der versammelt zum Wochenende seine Kollegen Mediziner zum Hauskonzert. Klavier, Cello, Geige, ein wenig Bach, Brahms, Schubert. Da wird deutlich, daß Qualität das einzige Kriterium für Kunst ist, denn was heißt hier E- und was U-Musik, Ernst und Unterhaltung, wenn das Modern Jazz Quartet den Bach'schen Kontrapunkt mit dem Blues verkuppelt und Dave Brubeck den Brandenburgischen Konzerten huldigt mit seinem Brandenbourg Gate – gewiß ein Politikum, wenn das Brandenburger Tor die Grenze zwischen zwei Welten markiert. Noch ist es durchlässig, das Tor. Melle hat Rex Stewart im Delphi erlebt. Das nächste Mal fahren wir zusammen, sagt Melle. Sie kommen alle, die Jazzer. Alles, was du brauchst, ist eine gute Ausrede, wenn die Polizei im Zug dich fragt, was du in Berlin zu suchen hast.

Melle schaltet am Radio, das er von seinem Stipendium gekauft hat. Peter von Zahn gibt einen Kommentar zur Lage. Melle wickelt seinen blauweißen Schal fester um den Hals, er ist ein Hypochonder, stets auf der Hut vor eingebildeten und echten Krankheiten. Chico beneidet ihn um seine Ticks, die ihn in die Nähe dieser verqueren Jazzer rücken in ihren Stimmungsausbrüchen, die wie der Blues ständig von Dur zu Moll wechseln. Melle führt sein Tonbandgerät vor, die beiden Spulen drehen sich mit magischer Langsamkeit, im Kontrast zu den rasanten Soli von Lionel Hampton im Berliner Sportpalast. Die Gespenster des totalen Kriegs flattern entsetzt davon auf der Suche nach anderen Ländern. Melles Untermieterzimmer mit Blick auf den Leutzscher Wasserturm dreht sich vor den Augen Chicos immer schneller. Im Nebenzimmer sitzt der Obermieter mit seiner Frau beim Abendbrot. Die Messer und Gabeln beginnen einen Viervierteltakt auf die Teller zu schlagen, daß den Wirtsleuten Kauen und Schlucken vergeht. Aber sie nehmen es hin. Melle ist kein schlechter Untermieter, immer bereit, mit seinem Wirt einen Skat zu dreschen. Und sein Vater hat stets ein Ohr für ihre Zahnschmerzen.

Auf dem Tisch hat Melle ein Fläschchen Imidin gegen Schnupfen und ein Röllchen Gelonida gegen Kopfschmerzen. Und gelegentlich ein Fläschchen aus dem Hause Oerneclou gegen Magenschmerzen, die bekanntlich seelische Ursachen haben.

Was soll's. De Schuhgend, sagt die Wirtin, laß doch der Schuhgend ihren Lauf. Mir warn auch mal jung, nie' wahr, Vater?

Sein Bruder, sagt der Wirt und meint Melles jüngeren Bruder Wolfgang, ist da ganz anders. Gesetzter, will ich mal sagen.

Kunststück, sagt die Wirtin. Der hat ja ooch keen Ohr für diese Nechermusik. Und so fein, wie der immer angezogen geht. Wär'n prima Schwiechersohn.

Leider haben die Wirtsleute keine Tochter zu vergeben.

An manchen Nachmittagen sitzen sie zu dritt in Melles Zimmer. Falk braucht Zuhörer für seine neuesten Theorien zur ideologisch-ästhetischen Entwicklung der Menschheit.

Menschheit, sagt Melle und wischt sich die Tränen seiner Pollenallergie aus den Augen. Ist mir zu abstrakt. Der einzelne Mensch, auf den kommt es an. Sieh uns an!

Falk hat es schriftlich ausgearbeitet. Eine Art vergleichender Statistik, mit den Epochen Klassik, Romantik, Neuzeit. Hat man erst

einmal das Prinzip gefunden, ergeben sich die Parallelen von selber.
Um euch nicht zu überfordern, sagt er, bleiben wir beim Be-bop der Neuzeit. Denn was ist er denn als eine Reaktion auf die kommerzialisierte Unterhaltungsmusik des Swing. Immer stößt sich das Neue vom Alten ab, nach Art eines physikalischen Überlaufs (was immer das ist), ist der alte Topf voll, braucht es einen neuen, so reguliert sich in der Politik, in der Kunst und Philosophie alles von selber, wenn auch nach streng berechenbaren Parametern, die am Ende aussehen wie die Eintragungen auf der Richterskala bei Erdbeben.
Melle windet sich und schneidet Grimassen.
Auf die Simplizität folgt für eine Weile die experimentelle Artistik. Auf die Menschheitsduselei der Klassik die Romantik, die den Menschen seziert und dabei Krankheit, Wahn, unkorrigierbare Selbstsucht entdeckt. Melle schüttelt den Kopf. Er hat Leichen sezieren müssen, er weiß Bescheid, was sich da im Innern versteckt. Fett und Wasser. Chico ist wie immer bereit, Falks Theoreme zu akzeptieren.
Denn was macht der Be-bop? Er setzt auf die dritte blue note: die flatted fifth, also den Tritonus, der als Intervall an verschiedenen Stellen auftaucht. Sax und Trompete spielen unisono, abgerissene Melodien, verminderte Septakkorde, jeder Ton des Akkords kann erniedrigt und erhöht werden.
Wissen wir alles, sagt Melle. Und wie ist die Reaktion, deiner Meinung nach, auf den Be-bop?
Cool Jazz, sagt Falk ohne zu zögern, oder die totale Auflösung. Free Jazz. Darauf einen Dujardin, sagt Melle. Und da für den Abend seine Eltern die Wohnung im Parterre des Hauses verlassen haben, kann er seine Freunde einladen zu einem Klavierspiel in imitatio des von ihnen verehrten Bud Powell, und diesmal schwankt das Eckhaus in der Hans-Driesch-Straße von unten bis oben, so daß nach dem dritten oder vierten Chorus die Etagen ihre Reihenfolge verlassen und sich in neuer Ordnung finden.
Ganz unten entflieht das Pneuma Hagion von Margarete Wittber, indes ihr Mann, vor seiner Staffelei sitzend, erleben muß, wie die Engel ihn ins Blau tragen, wobei sie ihre Gewänder heben und ihr

Geschlecht offenbaren – welches?, und der zuschauende Esel zu
ralen anfängt und eine Erektion ungeahnten Ausmaßes bekommt.
Be-bop ist da und wird bleiben.

Der Onkel aus Amerika

Die amerikanische Luftbrücke, die in Berlin die von russischer Umarmung bedrohten Einwohner erreichte, sie mit Kohlen, Spam und Schokolade am Leben hielt, beschäftigte uns in Leutzsch nur wenig. Wir hatten unsere familieneigene Luftbrücke, die Onkel William in New York und Palo Alto in Californien organisierte. Meine Mutter öffnete das Fenster und hielt Ausschau. Die amerikanischen Liebesgaben, per Luft- oder Schiffsfracht aufgegeben, erreichten die Leutzscher Post, wurden in das gelbe Postauto verstaut, das sein Kommen mit dem Knattern seines vorsintflutlichen Kettenantriebs ankündigte. Kam ich aus der Schule, erkannte ich am Duft, der durch die Wohnung waberte, daß mich eine Bescherung erwartete. Dieser exotische Duft, gemischt aus unbekannter Drukkerschwärze und Zimt, aus Kaffee und Hot Dogs in pikanter Soße, wir würden ihm Jahrzehnte später erneut verfallen in den Devisenläden des Intershops. Teresa meinte, es sei jener Geruch der Vorkriegszeit im Kaufhaus Woolworth. Meine Cousinen sagten, diese amerikanischen Sachen riechen wie die gelben Bagellitentchen, mit denen sie als Kinder in der Badewanne spielten.

Meine Mutter vergaß ihre Überzeugung, die Amerikaner hätten in Italien meinen Vater umgebracht –, ihre Augen glänzten, sobald sie mich sah. Ihre Freude, mit jemandem teilen zu können, gehörte zu den Eigenschaften ihres über die Jahre konservierten mädchenhaften Charakters. Während ich die Bleistifte mit dem Radiergummiende prüfte, die rote Scotch Tape Rolle für unsere Schulzeitung beiseite legte (jetzt würden wir die Seiten binden und kleben können – und der Kontrast zwischen Inhalt und Form, abgeschriebener Kritik am American Way of Life und neuer Technik der Präsentation würde ins Auge springen), während ich die übergroßen Seiten der Comic Weekley nach einer neuen Folge der Katzenjammer Kids durchsuchte, hatte meine Mutter die neuesten Fotos des Onkels aus Amerika, der ihr Schwager war, in der Hand. Für eine Weile würde sie gleichsam in den Fotos verschwinden, sich anstelle der Frau in Onkel Williams Chevrolet sehen, auf dem Weg über die Apalachen, via Arizona, Texas und New Mexico – Route 66! – *going west* nach San Francisco. Der Bruder meines Vaters, der sein Deutsch auf komische Art verlernt hatte (»diese Brücke ist gemacht bei Arbeiter«), er mußte ein eitler Mensch sein. In den Fotos sah man ihn in wie einstudierten Posen: ein angewinkeltes Bein auf der schmalen Gangway eines Sportflugzeugs, die Krawatte weht im Wind; dann in steifer Pose vor der Freiheitsstatue. Sie hebt den Arm mit der Fackel, Onkel William verschränkt die Arme. Meine Mutter reichte mir ein Foto, das er wohl für mich hatte aufnehmen lassen: Hand in Hand mit einem federgeschmückten Indianer, sicher aus dem Stamm der Sioux, der sich, wie mein Onkel auf der Rückseite des Fotos vermerkte, für 50 Cents mit den Touristen ablichten ließ und mit ihnen die Friedenspfeife rauchte. Doch wer war die Frau, aufgenommen durch die Frontscheibe des Autos? Seine Frau Helen ist das nicht, sagte meine Mutter. Die kennen wir doch aus dem Foto von der Siegesfeier in New York, wo sie mit meinem Onkel, der einen schief aufgesetzten Stahlhelm trägt, das Glas hebt an diesem *Victory Day*.

Meine Mutter erging sich in Vermutungen, die mich nicht interessierten. Williams Ehefrau Helen Stone gehörte wohl zu seiner New Yorker Vergangenheit in der 96. Straße der East Side. Sie würde ihm Jahr für Jahr im Winter die Wollsocken und die gefütterten Arbeitsklamotten zurechtgelegt haben, die ihn vor den Blizzards und Eisstürmen des New Yorker Winters schützten, wenn er mit der Ölkanne in der Hand die Fahrgestelle der Flugzeuge auf dem La Guardia Airport wartete. Im Sommer dann die Sonntage im Central Park, Hot Dogs und ein Eis. Kinder keine. Gespräche über den Holocaust und das Verschwinden der deutschen Verwandtschaft von Helen Stone, geborene Helene Stein, wurden vorsätzlich nicht geführt. Die deutsche Sprache, die sie in den späten dreißiger Jahren im Tanzlokal Old Heidelberg zusammengeführt hatte, blieb rudimentär im Unterbewußtsein. Wie schuldig war Williams deutscher Bruder Jonas am Tod der Steins in Auschwitz? Die Frage kam nicht auf, sie blieb beiden im Halse stecken, sage ich, und blockierte das Gespräch zwischen den Eheleuten. Beide lauerten einander auf, um den anderen bei einem Fehler in der amerikanischen Sprache zu ertappen, und sie stellten sich Fragen nach der Bedeutung einzelner Worte bei der Lektüre der pfundschweren Wochenendzeitung. Helen hatte Webster's Dictionnary angeschafft, das beide heimlich konsultierten. An manchen Tagen hätte mein Onkel ein Wörterbuch Yiddish-English haben wollen, für eine Sprache, die Helen ein Deutsch in Kinderschuhen nannte. William kramte in seinem Kopf nach dem Schwäbisch seiner Kindheit. Und so endete der übliche verbale Ehekrieg zwar in lauter Mißverständnissen, die jedoch mit einem gemeinsamen Gelächter vertrieben wurden, wenn im Radio Groucho Marx seine Quizzsendung The Secret Word Is Groucho zum besten gab.

Doch die unbekannte Frau im Auto? Vielleicht seine Schwägerin, vermutete meine Mutter. Ach was, sagte ich. Seine einzige Schwägerin bist du.

Meine Mutter überhörte meine Bemerkung und beschäftigte sich einmal mehr mit den Briefen ihres Schwagers. Die Fehler in seinem Deutsch störten sie nicht, sie selber vertauschte Präfixe und Suffixe oder verzichtete ganz darauf, wenn die spanische Entsprechung, die sie im Kopf hatte, ohne die deutsche Umständlichkeit, ein Verb zu teilen, auskam. Hantierte Lore in der Küche, rief ihr meine Mutter zu: Setz bitte Wasser. Und Lore und ich ergänzten im Chor: *auf!*

Meine Mutter las nicht mit dem Kopf (Verstand), sie las mit dem Herzen (Gefühl). Und so nahm sie Williams Briefe wie Liebesbriefe auf, wenn der gewitzte amerikanische Schwabe die letzten Fotos, die sie ihm geschickt hatte, damit er sähe, daß sie die Blusen und Kleider aus seinen Paketen auch trage, blumenreich lobte, als werbe er um die Gunst einer *Señorita* aus El Paso. Ein Foto von El Paso befand sich in meiner Sammlung, dazu der aus einer Zeitung ausgeschnittene Hinweis»All you need … «

Überhaupt verwies er in Wort und Bild gern auf das spanische Ambiente in Texas, Arizona, New Mexico oder Californien. Spanische Klöster und Kirchen, spanisch klingende Ortsnamen, spanisches wenn auch mexikanisch aufgeheiztes Essen wie Chili con carne – unser an die Amerikaner verlorenes Territorium, wie ich sagte, es rächt sich an den Gringos, indem es sie kultiviert. Aber auch auf der amerikanischen Seite stifteten die Briefe und Fotos, die meine

Mutter schickte, einige Verwirrung. Einmal kam ein Foto, Postkartengröße, darauf fanden wir uns zu dritt wieder: Uncle William in der Mitte, heller Anzug, Krawatte, zweifarbige Schuhe, flankiert links und rechts von den hinzukopierten Fotos meiner Mutter mit ihrem Gesicht zwischen Lachen und Weinen, und von mir, einem Schulkind, das mehr weiß, als es preisgibt.

Meine Mutter errötete, als sie die Collage sah. Waren wir denn eine Familie? Und William, der sich wie selbstverständlich an die Stelle rückt, die meinem Vater gebührt hätte? Hätte ich damals schon auf Lores Empfehlung »Hamlet« im Leipziger Schauspielhaus gesehen, mit Martin Flörchinger in der Hauptrolle, hätte ich ein groteskes Bild zu dieser Entsprechung entworfen, schon um mich in der zeitlosen Rolle als Hamlet sehen zu können und Uncle William in der mit Gewalt eroberten Rolle des Königsmörders, der seinen Bruder vom Thron stößt und seine Frau bekommt.

Ich weiß, ich greife zu weit. Das Leben imitiert die Kunst, aber auf unzulängliche Art. Meine Mutter bewegte sich zu gern in jenem Wahnreich, das uns etwa der Film vorgaukelt, nur daß hier alles viel näher schien und zum Mitspielen ohne Eintrittskarte einlud.

Und so schrieb meine Mutter einen Brief nach dem anderen. Dankesbriefe, weil uns der amerikanische Onkel das Leben erleichterte, wie ein Vater für uns sorgte, so daß wir die Pakete des argentinischen Onkels und Bruders meiner Großmutter gering achteten. Diese waren nach dem Katalog einer Firma lieblos zusammengestellt, enthielten zwei Konserven mit Fett und eine Büchse Kaffee oder zwei Büchsen Kaffee und eine Büchse Fett, für den Zoll deklariert als Familiengeschenk. Lore kümmerte sich um gerechte Verteilung, verwandelte die Küche in einen Laden, wo sie mit der Küchenwaage den Kaffee und das Schmalz auf das Gramm genau abwog und ausgab an die Familienmitglieder in der »90« und in der »86«. Und vergiß nicht, würde meine Großmutter gesagt haben, Frau Schulz eine Portion Kaffee zu geben, erinnere dich, wie sie uns geholfen hat, und man muß dankbar sein ... Denn seitdem die Russen die neuen Gesetze diktierten, florierte der Schwarze Markt nicht mehr. Zitrins Nationale Front versuchte, dem freien Unternehmertum, also Frau Schulz' Organisationstalent, neue Wege zu öffnen, aber die Geschäfte stagnierten. Und so hätte sie uns gern

den Kaffee und die Zigaretten aus den amerikanischen Paketen ab-
gekauft, eingetauscht gegen Zuckerrüben und Mehl. Aber neuerdings geizten auch die Bauern mit ihren Naturalien oder verließen
über Nacht ihre Äcker und Ställe aus Gründen, die weder aus der
Zeitung noch im Schulunterricht zu erfahren waren. Melle, stets
ein eifriger Radiohörer, würde es gewußt haben. Doch wir begnügten uns mit der Metawelt aus AFN und Jazz, den Ausflügen nach
Berlin West, mit Falks Theorien und den erreichbaren Büchern in
der Deutschen Bücherei. Das amerikanische Jahrhundert machte
uns zu freien Bürgern im Geiste, *Stars And Stripes For Ever*.
Uncle William verbot sich jeden Besuch in die russische Zone, trotz
unserer wiederholten Einladung. Hatte er etwa Geheimnisse zu bewahren aus seiner Zeit bei der Air Force? Und Angst, die Russen
würden sie ihm mittels Folter herauslocken? Würden wir denn zu
ihm ziehen wollen? Meine Mutter in ihren Briefen erkundigte sich
mit ironischen Bemerkungen, kleinsten Nadelstichen, nach der
Frau im Auto – und nach einer Frau an seiner Seite. William ließ
allen Vermutungen freien Lauf. Sicher eine Schauspielerin aus
Hollywood, behauptete ich und klebte mir die langbeinigen Stars
in ihren Badeanzügen ins amerikanische Album, Rita Hayworth
oder Kim Novak. Meine Mutter widersprach: So sieht sie nicht aus,
und dem Luftpostbrief nach Santa Monica, Calif. gab sie ihr letztes
Foto mit, das ihre grauen Haare nicht verheimlichte, aber ihre
jettschwarzen Augen um so vorteilhafter betonte. Dann kam sensa-
tionelle Post aus Buenos Aires und bot Stoff genug für meine Fortsetzung der Alfredo- und Galland-Story.

Der Vater im Himmel

Ob nun auch die katholische Kirche zur fünften Kolonne des US-amerikanischen Imperialismus gehörte oder eher die Zeugen Jehovas und ohne Zweifel die Junge Gemeinde, es kümmerte uns nicht. Falk und ich traten der Freien Deutschen Jugend bei, Melle blieb auch nach dem Studium eingetragenes Mitglied der Deutsch-Sowjetischen Freundschaft, denn von der Sowjetunion lernen, heißt siegen lernen.

Wieder einmal, mahnt Clara, eilst du in diesen Papieren der Zeit voraus. Mitnichten, sage ich. Das amerikanische Jahrhundert schlängelt sich wie ein Lavastrom durch die Verwerfungen des sowjetischen Imperiums. Und für wen arbeitete die Kirche in Polen? Zu welchem Gott betete Papst Wojtila? Und vor wem fiel Nixon in die Knie, um Segen bittend vor einem Einsatz seiner Bomberpiloten in Vietnam?

Geschichte erledigt sich nicht an einem Tag. Selbst Gott brauchte sieben Tage, um das Licht von der Finsternis zu scheiden und um vor Einbruch der Sintflut etwas Übersicht zu finden in Flora und Fauna. Seine Stellvertreter auf Erden, sage ich, sind die Deuter und Nachrechner seiner Schöpfung. Da kann es zu unterschiedlicher Meinung kommen. Doch was ist am Ende Literatur, wenn nicht eine Deutung des Vorhandenen, und sind nicht die Dichter selber Götter, die in ihrer eigenen Schöpfung walten wie Köche am Suppentopf?

Bleibe du bei deiner Familie, sagt Clara, und pfusche nicht dem lieben Gott ins Handwerk.

Der Vater im Himmel, sage ich, und wer hätte nicht mit seinem Vater offene Rechnungen zu begleichen?

Doch wir sind noch immer Anno 1949 oder 1950 in Leipzig, und auf dem Weg in die katholische Kirche von Plagwitz. Chico, seine Mutter Consuelo, seine Großmutter Doña Amparo. Chico, glaube ich mich zu erinnern, trägt die Kommunionskerze. Seine Mutter hat

Sorge, ob sie den zu großen Anzug aus Amerika einigermaßen geändert hat, die Ärmel und Hosen nach innen eingeschlagen, die Nähte kann man trennen, so daß Ärmel und Hosen mit dem Jungen mitwachsen. Doña Amparo vergleicht diesen Gang, vorbei an den befremdet glotzenden Nachbarn, mit einer Wallfahrt nach Begoña, sie bringt der Familie mehr als ihrem Gott ein Opfer, da sie ihr Bett verlassen und die Krankheiten für einen Tag abgeschüttelt hat. Denn mit Gott hat sie lange nicht gesprochen. Chico hofft, unterwegs auf einige seiner Schulfreunde zu stoßen, auf Charlie Ferge aus Breslau oder Manfred Schuster aus Danzig, den Katholen in seiner Klasse, die mit ihm, in Konkurrenz zuweilen mit den FDJ-Nachmittagen in der Leibnizschule am Nordplatz, in der Katechetenstunde von Pater Kulas am Langen Felde saßen und sich ins Mysterium der Ersten Heiligen Kommunion einführen ließen. Zur Genüge haben sie in den letzten Wochen Gewissenserforschung betrieben. Hattest du unzüchtige Gedanken? Stand auf dem Zettel. Warst du hochmütig und hast deine Eltern belogen? Charlie Ferge spielt an den Wochenenden Saxophon in der Tanzkapelle »Die Raben«. Sollte er nicht unzüchtige Gedanken gehabt haben beim Anblick der Tänzerinnen mit ihren aufgelösten Frisuren und schmachtenden, von Alkohol und Zigarettenrauch getrübten Augen? Eigentlich ist er zu alt für eine erste Kommunion. Aber auf der Flucht aus Breslau war keine Gelegenheit, sich Gott zu offenbaren und mit Ihm einen Bund einzugehen. Außerdem glaubte seine Mutter, eine Krankenschwester, nicht an Gott. Wo war Er in diesem Krieg? Er hatte es ihr, der Krankenschwester, überlassen, die zerfetzten Leiber von Soldaten und Zivilisten zu verbinden und zusammenzunähen, wenn kein Arzt und kein Sanitäter zu finden waren. Aber konnte sie etwa Tote zum Leben erwecken?

Charlie Ferge sitzt schon in der Kirche und grient, als er Chico mit seiner Familie kommen sieht. Er hat sich eine flotte Krawatte umgebunden, die ihn noch mehr von den Hänflingen in der Schar der Kommunionskinder entfernt. Neben ihm Stanislaw Engel, der die Finger zum V-Zeichen spreizt, und seine gewaltigen abstehenden Ohren scheinen zu flattern, als grüßten sie die Taube des Heiligen Geistes.

Komm her, Spunt, ruft er Chico zu, setz dich zu uns. Chico hört nicht und tunkt, gefolgt von seiner Mutter und Großmutter, den Finger ins geweihte Wasser. Der feuchte Finger schlägt das Kreuz. Dominus vobiscum. Die Orgel mahnt und droht, ein Blitzstrahl, der die Kirche spaltet. Atemlose Stille. Dann folgen Worte Worte Worte. Doña Amparo schüttelt den Kopf. Chico muß ihr nichts übersetzen. Es braucht keinen Dolmetscher, um mit Gott zu reden. Eigentlich braucht es auch keine Kirche. Es sei denn, wir beten den falschen Gott an. Die falschen Götter legen Wert auf verbale Ergebenheit. Und der Teufel spricht in allen Sprachen.

Die Oblate auf der Zunge, diese Metapher des Leibes Jesu Christi, verharrt Chico auf den Knien, Herr, ich bin nicht würdig, aber sprich nur ein einziges Wort … Gibt es einen Gott, und wie seine Existenz beweisen? Die Chinesen, sagt Falk, wenn sie Buddhisten sind, glauben an das große stille wortlose Nichts, das Tao. Chico entscheidet sich, die Schöpfung zu deuten, vielleicht in einem Gedicht, später in einem Roman. Womöglich ein sündhaftes Unterfangen. Ungewollt wird man selber zum Schöpfer und erzeugt einen Rattenschwanz von Kommentatoren, sog. Kritikern, die ihre Konzile gründen und verteidigen, und der Krieg im Reich der Ästhetik ist so gnadenlos wie jeder andere Krieg.

Zu Hause hat Lore den Tisch gedeckt. Nach der Einkehr der Seele und der mehr geistigen Speise einer geschmacklosen Oblate freut sich der Gaumen auf die Erdbeeren mit amerikanischer *whip cream*, und zum Abendbrot die russischen Kamschatka Krebse aus der Dose zu hausgemachter Mayonnaise. Falk und Melle kommen dazu, und eine Weile schweigen die Geister, solange die Sinne schlemmen. Ein Glas traubensüßer Málaga zum Abschluß versöhnt die unterschiedlichen Konfessionen am Tisch. Clara und Concha gehören auf die evangelische Seite und müssen warten, bis sie in paar Jahren konfirmiert werden. Unsere Großmutter hat stets diese Entscheidung ihres Schwiegersohnes, die Mädchen evangelisch taufen zu lassen, kritisiert. Lutero, die Freimaurer und ähnliche Teufel, in Spanien hat man sie mit Feuer und Schwert vertrieben. Nun nisten sie im engsten Familienkreise. War etwa unsere Großmutter so militant und eine Eiferin im Glauben? Durchaus nicht.

Aber jede Konfession, erkläre ich den Cousinen, wird zur Gewohn-
heitssache in ihren Urteilen und Vorurteilen. Ich selber, sage ich,
bin Jahrzehnte später aus der Kirche ausgetreten und noch immer
ein Verfechter der katholisch inspirierten Kunst und Kultur. Soll
ich euch ein Seminar über Pascal halten? Um Gottes willen, sagen
Clara und Concha wie aus einem Munde. Nicht jetzt.

Air Lift Stomp (1)

Rettung aus der Luft, da wußten wir nicht, ob wir auf irdische oder himmlische Mächte setzen sollten. Die klassische Zerrissenheit des Menschen, erkläre ich den Cousinen (und verschweige, daß ich mich auf Pascal berufe): Stets wird er von Extremen hin und her geworfen, Glaube oder Vernunft, aber heißt an etwas glauben nicht auch vernünftig sein, und sei es aus dem bekannten Egoismus einer Überlebensstrategie?

Die neue Ordnung nach dem Krieg stellte uns einmal mehr vor einen Kreuzweg: West oder Ost, *freedom & democracy* oder Sozialismus, Truman oder Stalin, Marshall-Plan oder Planwirtschaft. Unser heiliger Vater in Rom schickte uns via Kaplan Kulas gezuckerten, milchig eingedickten Mais in Büchsen. Die atheistische Schulordnung ließ sich auf diese Konkurrenz ein und organisierte für Katholiken wie Protestanten in unserer Klasse die Schulspeisung. Klassenlehrer Scheibe verteilte in der ersten Pause mit der schwungvollen Bewegung eines Sämanns die zähen, mit mehr Roggen als Weizen gebackenen Semmeln, die wir lange zerkauten, um die Pause auszudehnen. Nach Schulschluß konnte, wer wollte, einen Klacks gezuckerter warm-glitschiger Nudeln bekommen, und das Bild mag ungenau sein, aber es legt sich heute über andere Bilder aus Kino und Fernsehen: der Kalfaktor, der den Gefangenen eine Kelle voll in den Blechnapf klatscht, die Muschkoten vor der Gulaschkanone, die einen Löffel aus dem Stiefelschaft ziehen ... Das Dritte Reich, erinnert sich Lore und vermeidet jede Wehmut in ihrer Stimme (doch hören wir genau hin), machte nicht nur mit klingendem Spiel in Bilbao auf sich aufmerksam, für Schüler und Lehrer des *Colegio Alemán* ließ es eine Gulaschkanone auffahren. Nun, für die den Gaumenfreuden zugetanen Basken unter uns war es eine Abwechslung. Unsere Großmutter ließ sich das Rezept sagen, unser Großvater (der in diesen Papieren zu kurz wegkommt) verweigerte diesen Schlag aus der Nazikelle, obschon er als Mitbegründer der

Deutschen Schule zu einem gewissen Entgegenkommen verpflichtet war. Statt dessen lud er die Lehrerinnen und Lehrer um Weihnachten in den Deutschen Club ein und zeigte ihnen ein anderes Deutschland im Angebot von Leipziger Allerlei und Eisbein mit Sauerkraut und Erbspüree. Die Politik, wie stets, ging durch den Magen.

Der Hunger half unseren Phantasien auf die Sprünge. Chicos frühe Lektüre, Daniel Defoe, Karl May, Gerstäcker, Hans Dominik bescherte eine Speisekarte, die in nächtlichen Träumen jenes Tischlein-deck-dich aus dem Märchen brachte. Robinson Crusoes Ziegen nährten mit ihrer Milch den gestrandeten Matrosen und lehrten ihn die Käsezubereitung. Karl Mays Bärenjäger machten aus den Tatzen der Grizzlys wunderbaren Schinken, und auch Winnetou wird vermutlich die Zubereitung von Maisfladen und Chili con carne beherrscht haben, und ob bei Dominik jene Pillen erfunden werden, die den Hungrigen 24 Stunden lang am Leben halten und in Zukunft die Menschheit vor dem Untergang bewahren, weiß ich nicht. Man müßte einmal nachsehen. Jedenfalls blühen und grünen bei ihm die Felder, da es eine Kleinigkeit ist, die Wolken mit einer Brom-Silber-Mischung zu stimulieren, daß sie ihr Wasser lassen. Übrigens, sage ich den Cousinen, Dominiks Romane sind erstaunlich optimistisch, was die Zukunft betrifft im Vergleich zu unseren Science-fiction-Schreibern, deren Zukunftsvisionen sich mit den Bildern der Tagesschau in Übereinstimmung finden.

Weder die aus Wasser und Mehl ohne Ei noch Milch gebackenen Eierkuchen meiner Mutter noch die Sonntagszugaben amerikanischer Pakete konnten verhindern, daß die Gewichtskontrollen der Schulärzte an mir vorübergingen. Denn die Schulordnung schickte uns ihre Ärzte, die unser Gehör, unsere Augen, unsere Größe und unser Gewicht prüften, als diente es einer militärischen Musterung. Wir waren die Zukunft der Nation, aber das hieß doch, wir waren ihre künftigen Arbeiter und Soldaten. Vorsorglich wurden wir geimpft, und mit den Jahren bekommt auch dieses Bild in meiner Erinnerung gespenstische Konturen. Von Krankenschwestern gehalten, halfen keine Flucht, keine Tränen, der beauftragte Arzt, in seinem weißen Kittel übergroß, sticht mit der groben Nadel aus der

Kriegszeit seine ätzende Chemikalie in die Blutbahn. Ein nach Äther und Chloroform, Schweiß und Angst riechender Brodem betäubt unsere Sinne.

Flucht, schreien unsere Instinkte.

Du übertreibst, sagt Clara. Schließlich muß sie nach einem halben Jahrhundert ihre medizinische Zunft in Schutz nehmen, die immer nur das Beste wollte und von Fall zu Fall mit Erfolgen auftrumpfen kann: Tbc kann man fast vergessen. Venerische Krankheit auch. Kinderlähmung besiegt. Aids im Vormarsch, sage ich, der gern das letzte Wort hat.

Was verdankte ich der Medizin? Ich wurde zusammen mit den Hänflingen, Unterernährten, Schmalgesichtigen aus den anderen Klassen aufs Land verschickt, weit weg in ein Dorf im Vogtland. Meine Mutter brachte mich zur Bahn. Unser beider Jammer war groß. Es ist zwischen uns, sagte meine Mutter, ein Band geknüpft, von Herz zu Herz. Geht der eine fort, dehnt sich das Band und reißt am Herzen, daß es weh tut.

Der Schmerz in meiner Brust ließ nach in dieser so anderen Welt, die aus der Vergangenheit von Liedern und Gedichten scheinbar nicht aufgetaucht war. Überleben und Nutzen ziehen aus einer ehrgeizig geführten Landwirtschaft, schuf einen eher verschlossenen Typ, von dem ich mich zu unterscheiden suchte, in der Furcht des Kindes vor den schweigenden Erwachsenen mit ihren wachsamen Blicken und verkniffenen Lippen. Sie lachten untereinander im Austausch von Schlagworten in einer mir unverständlichen Sprache. Einfacher war der Umgang mit den Tieren, den melancholisch glotzenden Kühen mit ihren Mädchennamen – Rosi, Fanny, Tscheki, den flaumgelben jungen Enten, die ich mit einer Mischung von Hafer und Grünzeug fütterte, dem Wurf blindgeborener junger Katzen, die ich vor dem Tod durch Ertränken nicht bewahren konnte, den Tauben, denen der Hals umgedreht wurde, als drehte man eine Wurzel aus der Erde, und deren Fleisch so gut schmeckte. Bauer werden, dachte ich, Landmann, man würde getragen vom Rhythmus der Jahreszeiten und der Ordnung einer sich täglich wiederholenden Arbeit. Man konnte seine Uhr gegen Sonne und Mond eintauschen. Mit der Natur im Einklang leben, hieß das nicht mit Gott in Frieden leben?

Air Lift Stomp (2)

Was in Europa seit der Aufklärung zu Vernunft und Common sense verpflichtete, verkam in Amerika, diesem Zerrspiegel europäischer Verhältnisse, zu einer phantastischen Sinnestäuschung. Die kriminelle Energie der Einwanderer konnte die totale Auflösung in der Irrealität hundertjähriger Einsamkeit gerade noch verhindern, verfiel aber der anderen Illusion, alles sei machbar. Lucky Luciano und Frank Sinatra, Revolver und Schmerz, zwei Seiten einer Medaille, zwei Figuren auf einer Spielkarte in den Händen der Mafia.

Worauf willst du hinaus, fragen Clara und Concha.

Ich erinnere sie an jene, über die Jahre ungenau tradierte Geschichte, deren genaue Daten unsere Großmutter gewußt hätte, vor einem halben Jahrhundert. Auf ihrem Totenbett hatte sie uns zugeflüstert: Wir gehen alle nach Amerika … Ich war davon schon immer überzeugt. Wann endlich organisierte mein Onkel William für meine Mutter und mich die Einwanderung. Genügte seine Bürgschaft, und warum adoptierte er mich nicht und heiratete meine Mutter, wenn es sein mußte?

Doña Amparos Töchter verstanden die letzten Worte ihrer Mutter in einem anderen Sinn. Über Paquitas Andeutungen in ihren Briefen, die Grüße von Alfredo in Argentinien enthielten, hatten sie erfahren, daß in Buenos Aires, vermutlich nach Angaben und Berechnungen Gallands, ein Plan ausgeheckt wurde, uns alle mittels eines Flugzeugs aus der russischen Zone herauszuholen. Du meinst, sagen die Cousinen, in den ersten Jahren der DDR, vor der Mauer.

Ein wenig, sage ich, müssen wir in diesen Papieren die Zeiten verschieben, doch wird es keine ein Erdbeben auslösende Kontinentalverschiebung geben. Das amerikanische Jahrhundert, wie ich diesen Teil unserer Saga nenne, reichte bis zum November 89 und begann von da an aufs neue.

Wie dem auch sei, sagt die skeptische Clara, an deine Legende einer Flucht durch die Luft kann ich mich nicht erinnern.

Mir ist das alles gegenwärtig, sage ich, der ich täglich an Flucht (wohin?) denke. In Buenos Aires tagte der Krisenstab. Ein argentinischer Militär aus dem Umkreis Peróns besprach sich mit Galland und Alfredo. Es würde ein Husarenstreich nach Gallands Geschmack werden. Alles, was man brauchte, war ein beherzter Pilot, der ein Kleinflugzeug ohne Kennzeichen entweder von London aus, besser von Gatow in Berlin West fliegen würde im Dunkel einer mondlosen Nacht, in der Hoffnung, der sowjetischen Radarkontrolle zu entkommen. Ein chiffriertes Telegramm würde uns erreichen, das mein Onkel Gustav dechiffrieren würde und das Ort und Stunde bekanntgab, da wir uns in Mantel und Schal, ein Handgepäck tragend, als gelte es die erprobte Flucht in den Bombenkeller, auf offener Wiese nächtlich einfinden würden, zu acht an der Zahl. Eine Parole würde die Zuverlässigkeit des Piloten und unsere Identität bestätigen. Vermutlich würde sie lauten *Mi Buenos Aires querido*. Wo hätte die Maschine landen können? Wie viele Meter brauchte sie, um sicher ausrollen zu können?

Wieweit Onkel Gustav eingeweiht war, weiß ich nicht. Er oder Alfredo entschieden sich für den nahen Fußballplatz, an den sich eine Aschenbahn anschloß. Wir Kinder kannten die Bahn und den Platz, das Fußballspiel zwischen Leutzsch und Lindenau konnten wir von unserem Balkon aus beobachten, und an den ab- und aufbrandenden Wogen des Geschreis die Anzahl der Tore mitzählen. Hier hatten wir den ersten Boxkampf gesehen und angesichts zerquetschter Ohrmuscheln, blutender Nasen beschlossen, nie wieder hinzugehen, auch wenn Herr Manfred uns die Regeln des Kampfes erklärte und die amerikanische Herkunft dieses Spiels zur Selbstverteidigung.

Der Platz war gut gewählt. Weit umstellt von der Häuserzeile und vom Leutzscher Wald, und man konnte sicher sein, daß um Mitternacht der Bademeister des Schrebergartenbads im Bett lag und die Kantine des Fußballplatzes geschlossen war, auch wenn wir vermutlich gern ein letztes Malzbier, von Herrn Gerster gezapft, vor dem Aufstieg getrunken hätten.

Gesetzt den Fall, sage ich, das Ganze war kein Hirngespinst, keine Don Quijoteske-Fata Morgana, die sich mit der Vision einer rettenden Entführung begnügte und somit draufgängerischen Ehrgeiz und ritterliche Ehre bestätigte –, gesetzt den Fall also, wir wären im Kopf benommen, aber mit glänzenden Augen in Hamburg oder London gelandet und von da auf einem Schiff nach Buenos Aires gekommen –, gesetzt den Fall, was wäre aus uns geworden?

Vermutlich ist das der längste Satz in deiner Familiensaga, behauptet Clara und putzt ihre Brillengläser, als wollte sie unser Leben auf der anderen Seite des Ozeans erkennen. Zunächst einmal, sage ich, am Hafen von La Plata der große Empfang. Galland, Alfredo und jener argentinische Militär, auf dessen Name ich nicht komme, sind zur Stelle. Denn unsere Ausweise, Personalausweise einer Deutschen Demokratischen Republik, sind keinen Schuß Pulver wert. Die drei Herren bürgen für uns, mehr noch, Onkel Salus und Tante Löffelchen sind zur Stelle, sie warten seit Stunden in diesem naßkalten argentinischen Winter. Sie trinken einen Mate nach dem anderen, sie machen sich Vorwürfe, nicht warme Sachen für uns mitgebracht zu haben, eine Toquilla für unsere Großmutter, einen Poncho für uns Kinder, die wir Hals über Kopf aus dem Sommer in der Russischen Zone kommen (wo dem Gefühl nach stets sibirische Temperaturen angezeigt wären), dafür bieten sie uns ihre warmen Hände und langen Umarmungen an und Küsse ohne Ende. Tränen auf beiden Seiten. *Pero che, vos no sois argentino*, sagt Teresa scherzhaft zu ihrem Bruder Alfredo, um zu zeigen, daß sie argentinische Romane gelesen und sich deren altmodisches Spanisch angeeignet hat. Überhaupt umgibt uns ein babylonisches Sprachengewirr. Mit uns verlassen das Schiff sizilianische Einwanderer, zugestiegen in Lissabon, die lauthals von ihren am La Plata längst seßhaft gewordenen Familien begrüßt werden, jeder Satz schlingt sich um den Ankömmling wie eine Umarmung. Sensibel sind wir für russische Laute, die sich in ein holperndes Deutsch verkehren, mit dem die Emigranten der dreißiger und vierziger Jahre ihre Mischpoche begrüßen.

Und wir überhören nicht die wenigen, aber kernigen preußischen Laute, drohend wie Hundegebell, mit denen der späte Anhang aus der Familie der Eichmanns, Bormanns, Mengeles etc. empfangen wird, bevor er von den schwarz gekleideten Herren (Opus Dei oder einfacher katholischer Klerus, oder vielmehr Angehörige der Deutschen Botschaft, die auf Rheinländisch grüßen?) in die am Pier wartenden Chevrolets und Chryslers geleitet wird.

Im Kopf des greisen Tío Salus hatte sich festgesetzt, daß diese Verwandtschaft aus der Russischen Zone ewig hungrig war und versorgt werden mußte. Deshalb wartete er nicht lange mit einem Vorschlag: Zuerst gehen wir erst mal essen, gleich hier am Hafen …

Gleich hier am Hafen gab es ein baskisches Restaurant mit allen entbehrten Köstlichkeiten der baskischen Küche. Bacalao al pil-pil, angulas, merluza a la vasca, Huhn mit Paprika, und für uns Kinder jede Menge Flan und Vanillecrem. Dabei hatten wir auf dem Schiff zu Mittag gegessen, aufgewärmte Spaghetti und Gulasch, für die dritte Klasse lieblos gekochtes Ramschessen. Und so verdarben wir uns bei den Basken, die Tío Salus wie ihren *lenderkari* begrüßten, den Magen und gingen mit Bauchschmerzen in unsere erste argentinische Nacht. Doch hätten wir widerstehen können?

Concha und Clara fangen an, sich zu erinnern. Die Erinnerung sitzt unter der Zunge und in der Nase. Der salzige Brodem des Hafens, der Karamelgeschmack des Flan, diese feine braune Zuckerkruste auf der milchweißen Puddingmasse, da stimmen sie meinen Worten zu. Doch meine Fortsetzung der Geschichte lehnen sie ab. Denn auf der Tasche wollten wir der Verwandtschaft nicht liegen. Tante Löffelchen und Onkel Salus würden abwechselnd ihre Schwester, unsere Großmutter, ins Haus nehmen. Onkel Gustav bekam einen Verwaltungsposten in Tío Salus' Fleischextraktfirma, die von seinen Söhnen geleitet wurde. Also waren Teresa und die Cousinen versorgt. Blieben Lore, meine Mutter und ich übrig. Und da wird es verrückt, sage ich, denn Lore bekam auf Gallands Vermittlung eine Anstellung als Sekretärin in La Angostura. Sie mußte die Memoiren eines seltsamen Paars stenographieren und auf einer Continental übertragen.

Welche Memoiren? Sie mußte schwören, darüber Stillschweigen zu bewahren, und die Memoiren begannen mit der Flucht einer gewissen Eva Braun und sieben ihrer Begleiter, die einander ähnlich waren wie ein Ei dem andern, und zu raten wäre gewesen, wer von ihnen einen echten Schnurrbart trug. Nach Argentinien waren sie in einem U-Boot gekommen, das im Sommer 1945 in der kleinen Bucht Caleta de los Loros, in der südlichen Provinz Rio Negro, gelandet war. Im Gefolge zwei weitere U-Boote als Geleitschutz. Alle drei wurden nach der Anlandung versenkt, wo man sie noch heute in 30 Metern Tiefe finden kann. Von den sieben Schnurrbärten blieb einer übrig, der von Tag zu Tag immer mehr dem Gröfaz aller Zeiten, unserem Führer, glich. Die Memoiren ruhen heute in einem amerikanischen Tresor und warten, nach der Pleite mit den HitlerTagebüchern im »Stern«, ihr erinnert euch zumindest an den wundervollen Film »Schtonck«, auf eine neue Konjunktur.

Meine Mutter, von Alfredo unterstützt, eröffnete eine Pension mit deutscher Küche in Belgrano. Mich schickten sie in die Schule. Ich wurde ein *aficionado* der lokalen Fußballmannschaft Boca Juniors und versuchte mich als Sportreporter. Vor dem Terror Peróns und seiner Nachfolger entkam ich nach Paris, wo ich für die UNESCO als Übersetzer arbeitete und 1963 meinen ersten Roman veröffentlichte.

Wie aber kommt es, sagen die Cousinen, daß wir noch immer in Leipzig sitzen, wiedervereint mit den Lebenden und Toten unserer Familie?

Das Leben ist voller Rätsel, warum können wir nicht die Doppelgänger jener nach Argentinien ausgewanderten Familie sein?

LIBERTY. Ein Zwischenruf

Ein Foto in meinem Archiv zeigt das Fracht- und Passagierschiff Liberty. Es gehört ab 1944 zur Victory-Klasse der amerikanischen Seestreitkräfte. Im Krieg gingen 196 Liberty-Schiffe durch Feindeinwirkung verloren. (Man beachte den neutralen Ausdruck *Feindeinwirkung*, bei dem man keine nassen Füße kriegt). Die Liberty-Schiffe, schnell montiert und vom Stapel gelassen, konnten 440 leichte Panzer oder 2840 Jeeps transportieren. Drei Schornsteine, wenn ich richtig zähle, Geschwindigkeiten elf Knoten. Kein Vergleich mit der untergegangenen Titanic, und ein häßliches Entlein verglichen mit der Queen Mary. Nach dem Kriege buchte Uncle William eine Überfahrt New York Le Havre, als er das erste Mal Europa besuchte. Bekam er eine Passagierkabine, fuhr er als blinder Passagier oder verdingte sich für die Dauer der Überfahrt als Schmierer, Steward oder Funker? Auch dieser Kahn war ein von vielen Fahrten abgenutztes Schiff, sage ich den Cousinen, Europas Emigranten hätten es benutzen können, in letzter Stunde, sich festklammernd am Geländer der Reling, als weigerten sie sich, es zu verlassen, ein Floß der Medusa, abgewiesen in Havanna, im Visier deutscher Torpedoboote, die Angst der Passagiere glotzt aus den Bullaugen, in der Bar schenkt der Barkeeper, gestern noch im Hotel Adlon, einen Doppelten aus, augenzwinkernd, die Rechnung geht »on the house«. Das Wort ein Zitat aus dem Film Der Untergang der Titanic. Wir hätten, sage ich den Cousinen, womöglich mit so einem Schiff reisen können, und der Seewind hätte uns die verlorenen Seiten der Geschichte aufgeblättert und die Möwen uns die vom Seewasser ausgelöschten Buchstaben in ihrer Sprache wiederholt, gewitzte, aber spöttische Vögel, die vom Untergang alles wissen. Es geht alles vorüber, aber nur weil der Sinn verlorengeht. Denn der Herr ist der Geist, wo aber der Geist des Herrn ist, da ist Freiheit.
Ich sehe, sagt Clara (während wir im Park ihrer Klinik spazierengehen), es verlangt dich nach einer Nachhilfestunde in Sachen Frei-

heit. Hing nicht in der Messe deiner »Liberty« ein goldgerahmtes Programm: LIBERTÉ, EGALITÉ, FRATERNITÉ? Vermutlich, sage ich, aber erst als eine französische Gesellschaft die Aktienmehrheit über das Schiff besaß. Überhaupt, ein Jahrhundert der Sprüche. Schaut euch um, und ich frage, wem diese Losung in deinem Park gilt, den Patienten oder den Ärzten?

Ist mir noch gar nicht aufgefallen, sagt Clara und bewegt ihre alte Kinderbrille auf der kurzen Nase: VON DER SOWJETUNION LERNEN HEISST SIEGEN LERNEN.

Freedom oder liberty, selbst Webster's New Encyclopedic Dictionnary kommt da ins Schwimmen. Freiheit, sagt es, ist die Abwesenheit einer Notwendigkeit. Ziemlich konträr zu dem, was wir in der Schule gelernt haben. Engels, ihr erinnert euch: Freiheit ist die *Einsicht* in die Notwendigkeit.

Die Websterleute, sage ich, stehen auf den Schultern der alten Griechen: *Freedom is choice of action*, eine ziemlich existentialistische Volte, und ganz im Sinne von Lincoln: *liberation from slavery*. Dagegen sollte *liberty*, ein lateinisch und französisch angehauchtes Wort, ein Bestandteil der Gesetze sein, ein mit Leben erfüllter Paragraph eines Grundgesetzes, vom Parlament geschützt und vom Tode bewahrt, laut Webster *the condition of beeing free and independent*, und noch allgemeiner *the power to do what one pleases*.

Freiheit, die ich meine, sagt Clara. Nun deute uns noch den deutschen Begriff, ehe die Mittagspause vorbei ist und ich zu meinen Kranken muß. Die Gebrüder Grimm haben's gedeutet, sage ich: der älteste und schönste Ausdruck für diesen Begriff, sagen sie, war der sinnliche Freihals – *collum liberum*, ein Hals, der kein Joch auf sich trägt. Althochdeutsch: *fri hals*, daraus wird verknappt *fries*.

Ein Ochse, der das Joch abgeschüttelt hat, sagt Clara und eilt lachend davon.

Air Lift Stomp (3)

Vorzustellen wäre, sage ich, der Wind der Freiheit hätte uns nicht lange ins Land der Träume getragen. Unsere Maschine, kaum aufgestiegen über den Leutzscher Auenwald, unter uns der Auensee, der Wilde Mann, die Wald- und Wiesenwege nach Gohlis und Böhlitz-Ehrenberg, die sumpfigen Wiesen, irgendwo das buntscheckige Villenviertel in geheimnisvoller Dunkelheit –, unsere Maschine also geriet ins Radarnetz der Roten Armee und wurde mit ein wenig Feuerwerk zur Landung gezwungen, sagen wir auf einer baumfreien Wiese am Bienitz. Großer Empfang durch eine Militärabteilung, die Kalaschnikow im Anschlag, das martialische Bild etwas gemildert durch die glimmenden Papirossi an den Lippen der Iwans, die bei unserem Anblick ihre zerkauten Sonnenblumenkerne ausspucken. Unser Pilot als erster, und er verrät seine militärische Herkunft, indem er nicht lange zögert, die Arme zu heben.

Papiere? Nix Papiere. Wir andern, zitternd und zögernd, zeigen unsere Personalausweise. Immerhin, wir sind keine ein- oder abfliegenden Agenten des Klassenfeindes. Die Russen klopfen den Cousinen begütigend auf die schmalen Schultern; mein Gesicht heben sie ins Licht einer Taschenlampe. Bartlos, wie ich bin, die Schirmmütze mit Ohrenklappen tief in die Stirn gezogen, die Mappe mit meinen Zeitchroniken an mich drückend, in meinen amerikanischen, schokoladenbraun eingefärbten Kamelhaarmantel, werde ich zu den Kindern geschoben. Die Frauen auf der einen Seite, Onkel Gustav auf der anderen. Was wird mit uns? Die Russen beraten sich. Den Piloten verfrachten sie in das einzige Zivilfahrzeug, einen Wanderer aus der Vorkriegsproduktion, der dem Kommandanten dieser Aktion zusteht. Der Kommandant ist erkennbar an seiner Schirmmütze. Zwei Jeeps sind noch da, Kübelwagen, dem deutschen und amerikanischen Modell nachgebaut. So kommen wir in die Kommandantur und werden in der Nacht einzeln verhört. Da sich für unsere Großmutter kein spanisch sprechender

Dolmetscher auftreiben läßt, darf Lore sie begleiten, was den Russen gefällt. Die Cousinen und ich bekommen einen Becher Tee zugeschoben, der Dampf beschlägt Claras Brille, so daß sie die mahnenden Blicke ihres Vaters übersehen kann, der vor diesem Bestechungsversuch der russischen Untermenschen warnt.

Mir wird meine Mappe mit den Zeitungsausschnitten und Fotos zum Verhängnis. Spionagematerial, das ich den Amerikanern überbringen wollte? Mein in der Grundschule schlecht gelerntes Russisch reicht nicht aus, auf die harmlosen Quellen meiner Sammlungen hinzuweisen. Ein Artikel aus dem Mundo Argentino über den Auftritt des Pianisten Friedrich Gulda bei einer Jam Session in Buenos Aires. Das sollte dem FBI entgangen sein? Lächerlich. Und die Daten über die Zerstörung deutscher Städte im Krieg, eine in London und Washington unbekannte Statistik? Komplizierter die Berichte über die Gruppe Ulbricht in Berlin, Sommer 45. Zugegeben, die Fakten aus der Volkszeitung konnten in kürzester Zeit eine Mimikry erleben, bei der wie in der Commedia dell' arte Namen und Kostüme wechselten. Man konnte sich auf das schlechte Gedächtnis der Leser verlassen.

Daß wir minderjährig waren, meine Cousinen und ich, schützte uns vor dem sowjetischen Einheitsstrafmaß 25 Jahre Zuchthaus. Haftunfähig war unsere Großmutter Doña Amparo. Frau Schulz holte sie ab, brachte sie in ihre Wohnung und pflegte sie bis zu ihrem nahen Tode. Onkel Gustav, der das amerikanische Lager in Bad Kreuznach überlebt hatte, lernte ein Lager am Donez kennen und die Arbeit unter Tage. Da er die aufgegebene Norm erfüllte, wurde er nach sieben Jahren entlassen. Die DDR schickte ihn nach Bad Berka, damit er seine kaputte Lunge kuriere.

Die Cousinen sehen mich bekümmert an. Es stimmt, daß ihr Vater ein Kettenraucher war.

Unsere Mütter, sage ich mit der Gnadenlosigkeit des Phantasten, wurden nach kurzer Zeit der Gerichtsbarkeit der DDR überstellt. Sie kamen nach Bautzen, ins gelbe Elend. Teresa verwaltete die Gefängnisbibliothek und begleitete den Chor am Klavier (im Wechsel mit einem Häftling namens Kempowski).

So lebte sie einmal mehr in ihrer eigenen Welt. Meine Mutter brachte den Frauen das Häkeln und Stricken bei, Arbeiten, die bis zu ihrer Vollendung nicht geduldet wurden. Wie leicht hätte aus dem Garn eine Strickleiter werden können. So mußten die Frauen die angefangenen Topflappen, Gardinen, Bettumrandungen vor ihrer Vollendung auftrennen und zurückspulen, ehe sie wieder anfangen durften und ihre Nadeln aus dem Versteck holten. Beide Frauen wurden nach sieben Jahren entlassen. Ihr Haar war schlohweiß geworden, ihre Erinnerung getrübt. Sie fanden sich lange nicht zurecht und trösteten sich mit Geschichten über die elenden Jahre. Es entstand eine Korrespondenz mit den noch einsitzenden Frauen. So gerieten sie ins Visier der Staatssicherheit und wurden zur Sicherheit der DDR kurzerhand in den Westen abgeschoben. Uns, sage ich den Cousinen, die ihre Tränen nicht zurückhalten können, sahen sie nicht wieder.

Wie das? fragt Clara und betupft ihre feuchte Nase.

Uns brachte man nach Moskau, in ein Kinderheim. Hier trafen wir einen alten Bekannten, Thaler aus Bilbao, ihr erinnert euch. Wir besuchten die zweisprachige Karl-Liebknecht-Schule und studierten an der Lomonossow-Universität.

Da hätte ich mich geweigert, unterbricht Clara.

Warum? sage ich. Du durftest Medizin studieren, Concha Physik und ich die Geschichte der KPdSU (in Klammern B). Nach dem Examen waren wir Gäste der DDR-Botschaft. Mit den nötigen Papieren versehen, kamen wir nach Leipzig, um am Aufbau des Sozialismus zu helfen. Im Herbst 89 bekamen wir am 40. Jahrestag der DDR den Nationalpreis, was uns kein Jahr später zum Verhängnis wurde. Aus unseren Berufen verdrängt, evaluiert, in der Presse mit Dreck beworfen, sind wir heute arbeitslos und also vogelfrei. *Life is so peculiar.*

Eingesponnen

Die Cousinen reiben sich die neue Welt aus den Augen. Den Tango vom La Plata möchten sie für eine Weile nicht hören. Das Wetter begünstigt eine Übergangsstimmung, Mai und doch nicht Sommer. Meine Mutter schaut in den Himmel über den Leutzscher Auenwald. Noch fliegt keine einzige Schwalbe, und käme die erste, ersehnte, die macht bekanntlich noch keinen Sommer. Wir sehen unsere Großmutter auf dem Balkon sitzen, die Mantille über die gebeugten Schultern, ein Plaid über die Knie gezogen, auf dem Kopf den Turban aus Kriegs- und Nachkriegstagen. Wenn ich mit dem Fahrrad aus dem Wald auftauche, vorbei an Schrebergärten, die Schule im Rücken, im Kopf Dobs' Boogie-Woogie, sehe ich ihren schwarz umhüllten Kopf in einer Reihe mit den roten Blüten der Geranien in den Blumenkästen. Vermutlich liest sie zum wiederholten Mal in einer abgegriffenen verjährten Ausgabe des Mundo Argentino. Ein paar Fotos fehlen, die habe ich mir ausgeschnitten und in mein Archiv gelegt. Nein, keine Belege zur argentinischen Wirtschaft und Politik. Es sind Fotos, die für Bademoden werben, knapp geschnittene Verhüllungen weiblicher Rundungen, Fotos posierender Hollywood-Schönheiten. Ich lege sie zur heimlichen Sammlung meiner Aktfotos, die ich im Tausch gegen Zigaretten oder amerikanische Bleistifte in der Schule erworben habe, heimliche Liebschaften vor dem Schlafengehen und Selbstunterricht in Sachen sexueller Aufklärung. Denn in der Schule waren wir nicht über die Befruchtung des Kaninchens hinausgekommen, anhand eines holpernden Schmalfilms, den wir im Biologieunterricht zu sehen bekamen – die Mädchen für sich und wir nach ihnen. In den Alltag zurückgekehrt von unseren argentinischen Phantasien, bin ich derjenige, der das Prinzip Hoffnung wie eine etwas beschmutzte Fahne entrollt. Unsere Großmutter betrachtet diese glänzenden Küchen auf den Werbeseiten ihrer Zeitschrift, diese Arbeitsstätten strahlender Hausfrauen, halb Operationssaal, halb Autosalon. Dabei führt sie ein Gespräch mit meiner Mutter, die in unserer Küche hantiert, die im Winter einem Kohlenkeller gleicht und im Sommer einem Waschhaus. Meine Mutter stellt mir das Essen auf den Küchentisch. Ich sitze auf dem Schemel, den Lore mitbrachte in jenen Tagen ihrer Arbeit für die Rüstung der deutschen Wehrmacht. Den Schemel benutzte eine russische Zwangsarbeiterin, wenn sie ihre Suppe löffelte. Mit Hilfe eines Nagels hatte sie ihren Namen in das nachgiebige Kiefernholz geschlagen. NINA, in kyrillischen Buchstaben. Warum Lore den Schemel an sich nahm, bleibt ihr Geheimnis. Von NINA träume ich, wenn ich den nackten Mädchen meiner Sammlung einen Namen gebe. Lustlos aber stochere ich in dem Essen, das meine Mutter mir hingestellt hat. Es gelingt mir nicht, das in einer Pfütze aus Fleischer Winklers Wurstbrühe schwimmende Salzgemüse in Karl Mays Bärentatzenschinken zu verwandeln oder in die argentinischen Steaks, die meine Großmutter im Mundo Argentino betrachtet. Ich beeile mich, in mein Zimmer zu kommen, doch hält mich meine Mutter auf. Denn am Nachmittag hängt sie sozusagen am Faden eines Strickmodeladens am Lindenauer Markt. Sie verdient das Geld für den Haushalt als Heimarbeiterin mit dem Recht auf eine besser bestückte Lebensmittelkarte; das Geld würde nicht reichen, wenn nicht Lore als Sekretärin in einem Rechtsanwaltbüro arbeitete. Meine Großmutter und ich sind die Nutznießer dieser Frauenarbeit, und meine Mutter spannt und spinnt ihr Garn quer durch die ganze Wohnung. Sie fesselt meine Hände mit Hilfe eines Lassos (in meiner Vorstellung) aus fasriger Angorawolle, eine Schleife, die sie zum Knäul wickelt. Ich bewege die Arme wie ein Ziehharmonikaspieler, und immer schneller läuft der Faden und reizt unsere Schleimhäute. Dann zieht meine Mutter die passenden Stricknadeln aus einem Beutel, der ein Sammelsurium von Wollresten, mit der Häkelnadel entworfene Muster enthält (zu Weihnachten bekommen sie meine Cousinen als Topflappen für ihre Puppenstuben), und aus der Garnrolle wachsen die rosa und blauen Strickkleider, welche die Russenfrauen bestellt haben. Meine Großmutter schaut zu, wie der Faden über den steif erhobenen kleinen Finger der linken Hand zur Nadel läuft, bis die zweite Nadel die Herausforderung annimmt und ein Zweikampf entsteht. Meine

Großmutter schaut da nicht lange zu, sie greift zu ihren Nadeln und zu einem Knäul weiß schimmernder Perkalwolle, und im Handumdrehen entstehen taschentuchgroße Gebilde, die an Schneeflokken erinnern, vielmehr an schneebedeckte Blumen, von klassischer Schlichtheit. Kommt Teresa dazu, auf einen Kaffee und einen Plausch mit ihrer Mutter und ihrer Schwester, kann auch sie nicht lange untätig zusehen. Sie bekommt Wolle und Nadeln und improvisiert ihre Muster, die *punto bobo* oder *punto arroz* heißen, also auf eine einfältige Weise gestrickt oder so, daß das Ergebnis an Reiskörner auf einem Teller erinnert. Wie zu erwarten, führen die Ariadnefaden der drei Frauen zu jenen Spinnennetzen, mit denen die Eintagsfliegen und die Schmetterlinge der Vergangenheit eingefangen werden. In meiner Kammer lege ich die Amiga-Schellackplatten auf den grünen Filzteller des Grammophons, Dobs Boogie-Woogie oder Nat Gonellas Tiger Rag, und überhöre die Ermahnungen, nicht so laut zu spielen. Den Ton kann ich nicht regulieren. Ich liege auf dem Bett und denke nicht an die für morgen fälligen Schularbeiten. Mitgebracht habe ich eine Zeitschrift, ein englisches Magazin, das ein Leben als Genuß und Freude zeigt, einen Cocktail aus Filmstars, Sportautos, Schlagersängern und schönen Frauen. Über zwei Seiten ein Foto, schwedische Najaden beim Nacktbaden, lachende Gesichter, vom Wasser glänzende Leiber, runde große Brüste, die wie seltsame, aus der Tiefe geholte Meerestiere an den kräftigen Leibern der Schwedinnen haften. Najaden? Keine Ahnung, ich werde im Fremdwörterbuch nachschlagen.

Wozu erzähle ich euch das, frage ich die Cousinen. Unsere Mütter, sage ich, sie spannten ihre Fäden quer durch jene Jahre, wie Halteseile am Ufer eines sturmgepeitschten Sees. Sie gaben uns Sicherheit, und sie sperrten sich selbst und uns von einer Außenwelt ab, der sie mit Mißtrauen begegneten.
Eine ziemlich metaphysische Deutung, sagt die schlaue Clara. Schließlich entkamen wir ja an jedem Schultag in eine Außenwelt.

An Wochentagen beendete Lore, wenn sie nach siebzehn Uhr aus ihrem Büro kam, diese Ariadnesitzungen. Sie kappte den Faden, schaltete das Radio an, RIAS – Schlager der Woche. Sie hatte

Karten fürs Theater besorgt, vielleicht Flörchinger als Hamlet, wir würden uns nach der Vorstellung die gängigen Zitate wie einen Geheimcode mitteilen. *Sein oder Nicht Sein*, es war noch immer die Frage unserer Jahre.

Stromsperre

Wenn mein Onkel Gustav aus seinem Büro kam – und es war noch immer sein altes Büro in der ehemaligen Rüstungsfabrik –, gingen die Lichter aus. Stromsperre. Den Weg kannte er auch mit geschlossenen Augen, die leicht abschüssige Prießnitz-Straße nehmend, zur Rechten Auto-Kühler, eine Werkstatt für die aus dem Krieg übriggebliebenen DKWs und Adler; an der Ecke der Lindenhof, der seinen wenigen Gästen Stearinkerzen auf den Tisch stellte. Der einbeinige Wirt kann nicht länger seine Frau bewachen, die im Schatten verschwindet und den Stehgeiger umarmt. Dann überquerte mein Onkel die Straße, streifte mit einem Blick unser Haus – in den Fenstern das flackernde Licht einer einsamen Kerze, übriggeblieben vom Weihnachtsfest, dann war er schon zu Hause, in diesem Haus, das er seit seinen Kindertagen bewohnt hatte. Meine Tante Teresa schien wie immer von seinem Kommen überrascht; seine Töchter spielten Gespenster in der dunklen Wohnung, und er verbat sich den Quatsch. Ein müder Mann am Abend, der den Geisterstimmen seiner Familie begegnet und der einen gedeckten Tisch erwartet hat. Warum habt ihr kein Licht, fragt mein Onkel, und die Mädchen jubeln: Stromsperre! Diese Stunden im Dunkeln, im Beisein ihrer Mutter, sind ihnen die liebsten des Tages. Das Zeitgefühl ist wie abgeschaltet, niemand kontrolliert im Dunkeln ihre Schularbeiten und schickt sie anschließend ins Bett. In Erinnerung an frühere Spiele aus der Kriegszeit, die ich eingeführt hatte, spielen sie »Dunkler Wald«, damals eine gruslige Märchenstunde, da man sich im Dunkeln verläuft, Hänsel und Gretel, die Hexe lauert schon, die Jäger blasen Holldriho, und der Bär klopft an die Tür von Schneeweißchen und Rosenrot. Nun aber waren wir älter, und die tiefe Wahrheit der Märchen würde uns erst Jahre später aufgehen, wenn wir unsere Erfahrungen und Erlebnisse in Ordnung zu bringen suchten, mit Hilfe übergreifender Erkenntnisse. Dann erst würden die Gebrüder Grimm und Sigmund Freud sich die Hand reichen.

In jenen Jahren aber gierten wir nach wahren Geschichten. Die ließen sich gut im Dunkeln erzählen, Familiengeschichten, wie sie nur Frauen erzählen konnten, solange sie unter sich waren. Mein Onkel aber jagte sie alle aus dem dunklen Wald mit seiner Frage, warum habt ihr kein Licht gemacht. Stromsperre, wiederholten Concha und Clara, und mein Onkel, Hut und Mantel ablegend, erwiderte: Das sehe ich!

Dann machte er sich an seine Erfindung, den Röhrenknochen eines Kaninchens, der in einer Stearinmasse steckte, anzuzünden. Ein Reflex von Steinzeit im 20. Jahrhundert. Der Knochen blakte, das Wachs stank, die Frauen verzogen sich in die Küche, um im Licht einer Taschenlampe Brot, Margarine und Mettwurst zu suchen und ins Wohnzimmer zu tragen. In der Küche pfiff der Wasserkessel und verlangte Erlösung. Dann kam die Kanne mit dem Pfefferminztee, und sein Aroma milderte den prähistorischen Gestank, den der brennende Röhrenknochen ausschickte.

So, sagte mein Onkel mit der Genugtuung jedes erfolgreichen Erfinders, und machte sich an die Wurstbrote. Die Frauen sahen ihm zu und behaupteten, keinen Hunger zu haben. Und wie war's bei dir, fragt meine Tante mit müder Stimme.

Mein Onkel nickt, was alles bedeuten kann. Er ist erfolgreich, auch unter der neuen Werksleitung anerkannt. Sein alter Leitspruch, Glück hat auf die Dauer nur der Tüchtige, hat sich bewährt. Er hängt noch immer überm Schreibtisch. Daneben eine etwas kahle Stelle, da hing früher das Führerbild. Es wird Zeit, die Wohnung zu renovieren und zu tapezieren.

Was geschah noch in diesen lichtlosen Stunden? Das Radio verstummte. Keine Stimme der freien Welt. Kein hohnlachender Bibliothekar aus London, der den Krimi der Woche ankündigt. Keine Wasserstandsmeldungen. Kein Estradenkonzert. *Music In The Air, courtesey AFN Berlin*, verschwunden. Die Welt, in Ost und West unterschiedlich kommentiert, stand sich schweigend gegenüber. Andere Geräte, die Strom brauchten, hatten wir nicht. Der Kühlschrank meiner Tante Teresa konservierte seinen mageren Inhalt dank der Eisblöcke, die am Nachmittag geliefert wurden, mit Hakenstangen vom Pferdewagen gezogen und geschultert. Die gewaltigen Kaltblütler steckten ihr Maul in den Futtersack und ließen Wasser, das in gewaltigen Strömen, als sei da ein Bierfaß angezapft worden, über die Straße floß. Die Straße war noch immer unsere bevorzugte Bühne. Die Ellbogen auf einem Kissen schauten wir aus dem Fenster, beschworen das Postauto, doch bitte vor unserer Tür zu halten; blickten in die Fenster des gegenüberliegenden Hauses, wo meine jüngste Liebe ein Zimmer bewohnte. In den Abendstunden der Stromsperre würde sie zu Bett gehen, sich ausziehen, ohne die Vorhänge zu schließen. Die blaue Stunde, *l'heure bleue* der Literatur, begünstigte auch unsere Phantasien. War sie auch die Stunde der Liebenden und der Verbrecher? Der Saboteure und Geheimagenten? Der Grenzgänger?

Liebe und kriminelle Energie, sage ich zu Clara, darüber sollten wir einmal ein Seminar halten.

Ach, sagt Clara. Die Sorgen habe ich nicht.

Ich suchte die sog. höhere Ebene jener über die Jahre verordneten Stromsperre, die den Bürgern des neuen Staates eine ungeheure Einsicht in die Notwendigkeit abverlangte. Auf uns gestellt, abgedrängt von den Fleischtöpfen des Marshall-Plans, auf den Resten der sowjetischen Demontage von vorn anfangend, mußte an allem gespart werden. Mein Onkel Gustav hatte sich für sein Büro den Slogan einrahmen lassen: SO WIE WIR HEUTE ARBEITEN, WERDEN WIR MORGEN LEBEN. Gut, sagt der Parteisekretär von VEB Eisen und Bleche. Wollen Sie nicht in die Partei eintreten?

Nein, sagt mein Onkel und sucht nach einer Zigarette, obschon er sich gerade eine Casino angezündet hatte. Nein. Noch einmal nicht.

Der Parteisekretär bietet ihm eine Zigarette aus einer auffällig großen Packung an. Hier, sagt er, probieren Sie eine echte Papirossi, Gerzegowina Flor, die Lieblingsmarke des Genossen Stalin.

Mein Onkel drückt die Casino in den Aschenbecher und greift nach Stalins Blume aus der Herzegowina. Das lange Pappmundstück wird flach gedrückt, der Tabak schmeckt süßlich.

In der Kantine ist meinem Onkel ein Flugblatt zugesteckt worden, darauf steht, mit absichtlich ungelenker Hand geschrieben: *So wie wir heute leben, werden wir morgen streiken.*

Es ist die Quadratur des Kreises, eine Münchhausiade, sich da am eigenen Zopf aus dem Sumpf zu ziehen.

Wie war's? fragte meine Tante Teresa an jedem Abend ihren Mann. Er wußte keine Antwort.

Lore und ich freuten uns über jene Stunden, die in den skurrilen Abkürzungen der Zeit als »Spibeze« angekündigt wurden, als Spitzenbelastungszeiten. Wir schulten unser Gedächtnis mit dem Rezitieren von Gedichtzeilen, geflügelten Worten aus Faust (Hab ich nun mit ...) oder der Jungfrau von Orleans (Die Wiesen, die ich wässerte), und meine Mutter half aus mit Chamisso und Campoamor. Kam das Licht zurück, schlossen wir die geblendeten Augen, löschten die Lichter und gingen zu Bett. Das Körting Radio drohte eine Weile mit seinem grünen Auge. Die Welt kehrte zurück und bedrohte unsere Zukunft.

Mein Onkel Gustav, spottete unsere Großmutter, war ein Beispiel für das alte spanische Sprichwort von dem Mann, dem Gott einen Sohn versagt und ihm einen Neffen gibt. Meine Erziehung wurde zu seiner Aufgabe. Viel zu sehr, dachte er, hing ich am Rockzipfel dieser Frauen, zu denen er auch meine Tante Teresa zählte und seine Töchter Concha und Clara. Spielte ich denn nicht lieber mit ihnen und ordnete die Möbel in ihren Puppenstuben und erzählte ihnen Geschichten von Fritz und Franz, anstatt, wie mein Onkel das nannte, durchs Unterholz zu kriechen wie ein waschechter Trapper, Fußball zu spielen und im Schreberbad vom Fünfmeterbrett zu springen. Meine größte Mutprobe in dieser Hinsicht war, im Sommer eine der beiden Luftschaukeln (die auf dem zugeschütteten Bombentrichter standen) so in Schwung zu bringen, daß der Horizont in die Senkrechte kippte. Als Nichtschwimmer überquerte ich im Paddelboot den Auensee, sehr zur Bewunderung meiner Mutter. Allerdings verbrachte ich die meiste Zeit unter den Trauerweiden am Ufer, im schaukelnden Boot vor mich hin träumend. Gut. Zum abgehärteten Champion würde mich mein Onkel nicht machen können. Aber doch abbringen von zu vielen Büchern und von diesem Niggerjazz? Er schenkte mir eine Dampfmaschine, deren Technik ich nicht begriff. Eine geglückte Erfindung des Perpetuum mobile hätte mich interessiert. Ich besprach die Sache mit meinem Freund Falk. Der lachte mich aus. Nach der Dampfmaschine kamen die Briefmarken, in sorgfältig vorbereiteten Alben, nach Ländern, Köpfen und nach Sondermarken geordnet. Mich interessierte höchstens die künstlerische Seite der verschiedenfarbigen Marken, nicht ihr Tauschwert oder jene Sammlerakribie, die einmal angefangene Reihe ordentlich fortzuführen.

Doch dann fand er einen Weg, den pädagogischen Eifer mit meiner angeblichen Sprachbegabung zu vereinen, und so hatte ich einmal die Woche anzurücken und die aus Langenscheidts Sprachheften gelernte Lektion vorzutragen. Englisch, aber keine amerikanische Aussprache. Französisch, aber die französische Literatur, Flaubert oder die Moralisten, blieben unerreichbar, bevor ich mich nicht durch das Gestrüpp der zweifachen Vergangenheit und des übertriebenen Konjunktivs gearbeitet hatte. Dieser *subjonctiv*, welcher der Sprache etwas Aristokratisches gibt oder mehr etwas Snobistisches. *Merde alors!* Von Langenscheidt zu Céline, ein weiter Weg. So stolperte ich von einer Stunde zur nächsten, spöttisch beobachtet von meinen Cousinen, und in der Hoffnung, meine Tante Teresa würde, sobald ihr Mann die Geduld mit mir verlor (ja doch, zuweilen war er ein Choleriker), mich mit einem aufmunternden *amante, no hagas caso!* trösten und mir etwas auf dem Klavier vorspielen.

Trauer

Die schüttere Reihe unserer Lehrer baute sich vor uns auf, in der Aula, zu Ehren des Geburtstags des Genossen Stalin, bester Freund des deutschen Volkes, zärtlich Josef Wissarionowitsch genannt, den Kindern ein gütiger, pfeiferauchender Großvater, den Dichtern ein vom Olymp auf die Erde gestiegener Gott, gnadenlos im Umgang mit seinen Feinden, lächelnder Sieger über den Faschismus, Tod und Teufel nicht fürchtend, solange die Tinte in seinem Füllfederhalter, ein Geschenk Roosevelts an Uncle Joe, ausreichte, die Todesurteile auf den vorgelegten Listen zu bestätigen. In den Filmen, die wir kannten, in strahlendes Weiß gekleidet; das Gesicht mit den Pockenarben würde später auftauchen, Maske eines auferstandenen Gespenstes, unsterblich wie Dracula, trotz der Knoblauchgaben des Bauern Chrustschow auf dem 20. Parteitag. An diesem Tag aber, im letzten Jahr seines unbefleckten Lebens, heben die Lehrer die Arme, soweit ihre Gicht, ihr Alter, ihre Arthritis es erlaubten, ballen die Fäuste, und auf ein Zeichen des Direktors, der den Takt mit einer zusammengerollten Leipziger Volkszeitung angibt, rufen sie unisono: Genosse Stalin, er lebe hoch hoch hoch! Unser Echo kommt schleppend, und mancher hängt noch ein viertes und fünftes Hoch an. Herr Zimmermann, unser Lehrer für Mathematik, hat mitgezählt. Nach der Feierstunde werden die übereifrigen Rufer von ihm zur Rede gestellt.

Ein Jahr später, um die Iden des März, stirbt dieser Cäsar im Bett, im Kreml, seine Chargen, gewohnt, nur auf Befehl zu handeln, schicken zu spät nach dem Arzt, der ihn vielleicht vergiftet hätte, so er zur Bande der enttarnten jüdischen Ärzte gehört. Um so pompöser fällt das Leichenbegängnis aus. Unsere Lehrer in der Aula heben noch einmal den Arm. Tragen sie eine schwarze Binde um den Ärmel, ein Trauerflor am Revers? Wir stehen regungslos und lauschen den Klängen aus dem Sender Leipzig, Chopins Trauermarsch und Unsterbliche Opfer. Einige Mädchen weinen. Für heute ist schulfrei.

Vor dem Stalindenkmal auf dem Karl-Marx-Platz wechseln sich die Ehrenwachen ab. In Moskau rückt Lenin in seinem Mausoleum ein wenig zur Seite. Sein Nachfolger Stalin beansprucht die andere Seite des Todesbetts. Lenins versiegelter Mund kann nicht reden. Brechen seine Wunden auf, im Dunstkreis des frisch einbalsamierten Diktators? Wohl eine Legende, im Stil der russischen Märchen. Erst als Jahre später der Diktator aus dem Mausoleum entfernt wird, in die Erde an der Kremlmauer gebettet, gleicht er dem Recken Katschej, der zum Leben erwacht, sobald er mütterlichen Boden gewinnt. Einige Dichter, weltweit, werden spätestens dann ihre verleugneten Gedichte auf den Genossen Stalin aus der Schublade holen.

Am nächsten Tag trug ich ein schwarzes Bändchen am Revers meiner amerikanischen Windjacke. Du? höhnte mein Nachbar Ferge, und Martina, die FDJ-Sekretärin in unserer Klasse betrachtete mich mit Wohlwollen. Ich lächelte zurück und konnte mein Geheimnis nicht lange für mich behalten. Doña Amparo, unsere Großmutter, war einen Tag nach Stalins Dahingehen gestorben. Das große Sterben vor den Augen der Welt und das kleine unauffällige Sterben in der Familie, ich mühte mich vergebens, einen Zusammenhang herzustellen. Wäre unsere Großmutter jene Passionaria des spanischen Krieges gewesen, der sie doch so ähnlich sah, in der herben Trauer beider Frauen um den Verlust ihrer Söhne, dann wäre ihr Tod Huldigung an den Generalissimus gewesen und Abschied von einer in den Paragraphen der Bürokratie erstickenden Revolution. Aber die Passionaria lebte und überlebte ihren Todfeind, den spanischen Diktator. Für den Nachlaß unserer Großmutter waren ihre Töchter zuständig, und ich in meiner selbsternannten Rolle als Chronist der Familie. Das Vermächtnis unserer Großmutter versickerte in den widersprüchlichen Erinnerungen ihrer Töchter. Später würde Lore die Erinnerungen ihrer Schwestern in Frage stellen, wenn es um Ratschläge ihrer Mutter, um Zeiten und Orte ginge, und ihre Version als die einzig gültige ausgeben. Darin glich unsere Familienpolitik der ständig korrigierenden Geschichtsschreibung durch die Nachfolger des Genossen Stalin. Was blieb uns sonst? Ein paar Bücher, eine Korbtruhe mit geflickter Kleidung, ein mottenzerfressener Pelzmantel, der ihr als Zudecke gedient und die schwindende Wärme ihres Körpers eine Weile bewahrt hatte. Der Arzt kam und kontrollierte den schwächer werdenden Puls. Er zog sich zurück, damit wir Abschied von ihr nehmen konnten. Wollte sie einen Geistlichen? Kopfschütteln. Ihre Hände hielten den Rosenkranz. Sie drückte Teresa ein Briefkuvert in die Hand: Für Paco, flüsterte sie und meinte unseren Großvater, der sie verlassen hatte. Vergab sie ihm? Zu mir sagte sie, und ich mußte mich zu ihr hinunterbeugen, in diesen vertrauten Dunstkreis aus Kölnischwasser, der von einem unbekannten Geruch zersetzt wurde, und ich strengte mich an, sie zu verstehen: Vamos a America, sagte sie, wir gehen nach Amerika. Ich nickte erfreut. Dies war ein Abschied am Vorabend einer gemeinsamen Reise. Fast wäre ich in mein Zimmer geeilt, um den Air Lift Stomp mit Rex Stewart aufzulegen.

Für den Tag der Beerdigung bat ich Klassenlehrer Rankoff um Befreiung vom Unterricht. Meine Großmutter sei gestorben. Rankoffs bulgarische Mentalität zeigte sich in seinem Verständnis. Eine Tote in der Familie. Sein Gesicht zeigte Trauer und Bestürzung. Dieser Tod war echt, er verdrängte den Theatertod des Diktators. Der Klassenlehrer gab mir die Hand und entließ mich für eine Reihe von Tagen.

Zu Hause, da alle gegangen waren und meine Mutter mir erlaubt hatte, nicht zur Beerdigung gehen zu müssen, legte ich meine Platten auf. Amerika, Land der ewigen Jagdgründe, das Licht am westlichen Himmel, es wurde dem Licht über dem Paradies täuschend ähnlich.

Die Grenze

Charlie Parker mit »Out of Nowhere« an einem Nachmittag im Norden, der Schneeregen wie eine graue Wand zwischen dem Penthouse und der Peripherie der Autobahnzubringer und Supermarktzentren, wie eine Wand, in die Miles Davis Löcher blies, aber dahinter war wieder eine Wand, sagte Charlie Parker, und dahinter wieder eine.

Jörg Fauser, Der Schneemann

Quartett

Für Rex Stewart, Delphi-Palast Oktober 48, Jam Session bei Kerzenlicht wegen Stromausfall in diesem Teil der Viersektorenstadt,
kamen sie zu spät. Jetzt war Oktober 50, für die Kontrollen im Zug
Leipzig-Berlin reichte der neue Personalausweis, der sie zu Bürgern
der Deutschen Demokratischen Republik erklärte. Zu Hause hatte
Melle ihnen ein paar Hinweise gegeben. Keine spitzen Antworten
auf die Fragen der Volkspolizisten, die zu zweit (wie Kafkas Wäch-
ter im Prozeß, sagte Chico später) ihre Pflicht taten. Schutzbehauptungen, wie man fahre zum Besuch des Theaters am Schiff-
bauerdamm, würden Eindruck machen. Auch sei man dabeigewesen,
zu Pfingsten, beim Deutschlandtreffen der Jugend. War gelogen.
Fast hätte Chico angefangen zu spinnen, gewiß doch, im Blauhemd
in der Frontstadt, und die Westpolizei habe sie gejagt und ihnen
das ganze Agitationsmaterial abgenommen. Falk sah nicht aus wie
einer der verpönten Bebop-Jünglinge. Seine Mutter hatte ihn genö-
tigt, den etwas eng gewordenen Konfirmandenanzug zu tragen,
und Chico trug die unverdächtig braun eingefärbte Cordsamtjacke.
Verdächtig waren die crewcut-ähnlichen Haarschnitte, für Einge-
weihte Kennzeichen der Avantgarde, indes die Rock-'n'-Roll-Jünger
diese am Hinterkopf angeklatschten, einem Entensterz ähnliche
Frisuren bevorzugten. Aber noch waren die Genossen im Einsatz
nicht psychologisch geschult wie später ihre Kollegen von der Abwehr.
Melle hatte ihnen eine Adresse gegeben, in Berlin Mitte, billige Über-
nachtung, und ansonsten Grenzkinos empfohlen, das KADEWE
und vor allem das Jazzlokal »Badewanne« in der Nürnberger
Straße.
Zu Hause hatten sie Falks Eltern täuschen müssen. Geld für eine
Fahrkarte? Unmöglich. Chico erfand eine kostenlose Fahrt mit einem von Holzkohle angefeuerten Lastwagen. Jener Herr Schulz
nämlich war auch nach der Gründung der DDR im Schwarzmarkt-

geschäft seiner Frau geblieben. Gelegentlich durfte der trotz seines Buckels unauffällige Manfred Botendienste leisten, und von anderen Diensten weiß die Fama nichts. Nun aber ergab es sich, daß Herr Schulz nach Berlin mußte und sie mitnehmen würde. Ins Schiebergeschäft bei der Gelegenheit einzusteigen, erwog Chico, der beim Ausfeilen der Lügengeschichte vergaß, daß alles geflunkert war. Wer aber gab das Geld? Chicos Tante Teresa, schon immer für romantische Abenteuer zu haben, kalkulierte ihr Wirtschaftsgeld für den Monat und gab reichlich. Immerhin stand in den drei Vierteln der aufgeteilten Stadt der Kurs zur Westmark bei eins zu neun.

Auf dem Potsdamer Platz angekommen, entfaltete Falk den Stadtplan aus den zwanziger Jahren, den sein Vater ihm mitgegeben hatte. Potsdamer Platz, hatte er gesagt, das ist in etwa die Mitte der Stadt, obschon die Gelehrten sich streiten, ob diese in ihre Dörfer zerfallende Stadt eine Mitte haben kann. Gewiß ruht sie sozusagen auf den Säulen des Brandenburger Tors, und die Pferde der Quadriga sind wie jene antiken Rösser des Sonnengottes ... Der Name fiel ihm nicht ein. Eine Weile überlegte er, ob er seinem Sohn von den genossenen Frivolitäten der zwanziger Jahre erzählen sollte. Er tat es nicht, im Beisein seiner Frau. Berlin, Berlin, sagte er, den Stadtplan überreichend, da lebt der Mensch gefährlich.

Über den leeren Platz fegte der Wind. Die umgebenden Häuser schienen im Horizont zu verschwinden. Falk orientierte sich am Verlauf der eingetragenen Straßen, Ku'damm, hatte Melle gesagt, fängt da an, da seid ihr mittendrin im Westen. Den Platz, kam man von der Leipziger Straße, säumten halb vermummte Gestalten, die Schiebermützen und Schlapphüte in die Stirn gezogen, die Hände gruben in den Taschen der abgetragenen Mäntel, die Militärmäntel gewesen waren, manche mit Einschußlöchern. *Ich hatt' einen Kameraden, einen beßren finst du nit ...* Die Münder raunten die Litanei des Tages: Ost gegen West, Ami Zigaretten, Mutter, der Mann mit dem Koks ist da. Geld regiert die Welt. Hier gab es nichts zu tauschen, keine Schwarzwälder Kuckucksuhren gegen Nylonstrümpfe, Spieluhren (Üb immer Treu und Redlichkeit) gegen einen Sack Kartoffeln. Knobelbecher gegen Straßenschuhe, echt Friedensware. (Die Länder öfter wechselnd als die Schuhe.) Amüsiert schauten die Wechselhändler auf die beiden mit ihrem Stadtplan. Von denen war nichts zu erwarten, nichts zu befürchten. Falk in seinem unschuldigen Hochmut sah an ihnen vorbei. Chico hörte zu, als der eine ihn französisch ansprach. Hielt er ihn für einen Landsmann? *Rien ne va plus*, sagte Chico, dem nichts anderes einfiel. In diesem Berliner Roulette hatte die französische Besatzung mehr historische denn aktuell politische Chips in der Hand. Die Hugenotten, das war einmal. Voltaire bei Friedrich dem Großen? Am Ende gab es Streit. Napoleon, hatte der nicht die Goldelse von ihrer Säule heruntergeholt, um sie sich in Paris als Konkubine ins Bett zu legen? In Indochina waren die Franzosen gerade dabei, den Krieg zu verlieren, und die Amerikaner wollten ihn nicht haben. In Berlin weihte General Clay die Freiheitsglocke ein, die das Schöneberger Rathaus zum Mittelpunkt der Freiheit machte. Ich verspreche, sagte die Glocke, jeden Angriff auf die Freie Welt … *Not our boys?* Die Glocke rief, als in Korea der 38. Breitengrad überschritten wurde und die kalte Grenze sich in die Feuerlinie für Koreaner, Chinesen und Amerikaner verwandelte. In Berlin dagegen, in diesen Oktobertagen, war es ungefährlich, beim Wechsel der Straßenseite seine Ansichten zu behalten oder zu ändern.

Falk drängte weiter. Hinein in die Schächte der Untergrundbahnen, hoch zu den Stadtbahnen, welche die zerrissene Stadt mit eiserner Klammer hielten. Nach dem lauernden Stillstand oben auf dem Platz tobte hier unten der Geist der Stadt mit Blitz und Donner. Er kuschte gleichsam unter den preußischen Kommandorufen ACH-TUNG BEI DER ABFAHRT DES ZUGES LETZTER BAHNHOF IM DEMOKRATISCHEN SEKTOR … Die beiden Leipziger dachten an die Geisterbahn ihrer zurückgelassenen Kleinmesse. Ähnlich war auch hier diese Erwartung in der Magengrube zwischen Angst und Glücksgefühl. Und wieso demokratischer Sektor? Als der Zug sich ins sonnige Oktoberlicht hob, öffnete sich der Vorhang und enthüllte die Kulissen einer paradiesischen Welt.

Vor die Ruine der Gedächtniskirche, den großräumigen Häusern aus Walter Benjamins Kindheit schoben sich die aus Las Vegas und vom Times Square hergezauberten Kulissen, THERE IS A FORD IN YOUR FUTURE und BECAUSE THIS PHILIP MORRIS HAS IT ins Deutsche gebracht, RAUCHE STAUNE GUTE LAUNE

DER DUFT DER WEITEN WELT, ein VW Käfer für jedermann, der vertraute Kübelwagen zum Maikäfer gewandelt, und hatten sie nicht gerade erst ein paar Stationen von hier die letzten Meldungen vom Kartoffelkäfer gelesen, den die Amis über die Felder bei Borna und Borsdorf abwarfen? Die Provinzler, der Kartoffelkäferaktion zu Hause entronnen, eroberten mit ihren Blicken den Kurfürstendamm. Sie liefen langsam, außerdem waren sie hungrig und durstig. Die anderen Passanten hatten es eilig. Der nächste Ausverkauf, Billigverkauf, Sommerschlußverkauf wartete an der nächsten Ecke. Der Ku'damm tönte von den eisenbeschlagenen Schuhen, welche die Kreppsohlenschuhe der Nachkriegsjahre ablösten. Auf leisen Sohlen stahl man sich leichter aus der Verantwortung, falls da Schuld noch nicht abgetragen war nach der Entnazifizierungskampagne der westlichen Alliierten. Welche Schuhe die Regierenden in Bonn und in Pankow trugen, ist nicht überliefert.

Chico und Falk hörten auf das Stakkato der Schuhe wie auf ein Schlagzeugsolo, obschon es mehr an den Freudentanz eines Fred Astaire erinnerte. Chico blieb vor den Schuhgeschäften stehen, Falk drängte weiter. Dann standen sie lange vor Marga Schoellers Buchhandlung. Ullsteins Taschenbücher waren am billigsten. Keine Romane, protestierte Falk. Können wir zu Hause in der DB (Deutsche Bücherei) lesen. Aber nicht Gottfried Benn, sagte Chico.

Später, viel später, wenn Clara, Concha und ich, auf der Rentnerbank sitzend, diese Seiten durchblättern, schütteln wir die Köpfe. Zwei tumbe Toren auf Weltfahrt, und sie kommen sich vor wie im Märchen, picken die Rosinen aus dem Hexenhäuschen und übersehen die Zeichen der Zeit.

Welche denn? fragt Clara. Betäubt vom Duft von Peer King Size, können sie sich nicht entscheiden. Ost oder West? Ulbricht oder Adenauer?

Ich habe da nie gezweifelt, sagt Clara im Einvernehmen mit ihrer Schwester. Aber du.

Ich führe euch die beiden hier vor, sage ich, als den typischen Durchschnitt unserer Generation. Wie sie da durch die Stadt laufen, von Ost nach West, von West nach Ost, Alexanderplatz, Bahnhof Zoo, Amerikahaus, Badewanne … sie sind stets im Visier. Zwei sächsische Hasen, umstellt von Füchsen, Schakalen, Bären und

Coyoten. Oder anders gesagt, die politischen Zuhälter stellen ihnen Fallen, damit sie sich zu ihren Gunsten prostituieren. Ich meine, sagt Clara, sie hätten es einfacher haben können. Einer kleinen Nutte in ihren Diensten hätte der noch jungfräuliche Chico nicht widerstehen können. Bei Falk hätten sie ihm schon andere Geschenke machen müssen, etwa eine Plastik von Henry Moore. Falk scheute die Frauen. Oder anders gesagt, er hielt sie sich vom Leibe mit Hilfe der Kunst, etwa die Badenden in den Bildern des Zigeuner-Müller und anderer Dresdner Brücke-Maler. Und manche Frauen bei Picasso, zum Fürchten, Megären mit zwei Gesichtern und zwischen den Beinen die Zacken einer Säge. Kunst, hatte Paul Klee gesagt, gibt nicht das Sichtbare wieder, sondern macht sichtbar. Was also wollte uns Picasso sagen? Einmal in der Stadtbahn konnte Chico nicht genug kriegen vom Anblick des Mädchens, das ihnen gegenübersaß. Aber das war noch ein Kind. Franziska (»Fränzi«), die laszive Kindsfrau auf einem Bild von Kirchner. Mit einem abwesenden Blick voll der Trauer, die nur ein Kind haben kann. Nichts half ihr der kesse Pferdeschwanz, nichts der Beutel mit den Ballettschuhen, sog. Schleppchen, die sie herzeigte wie den einzigen Daseinsgrund ihrer vermutlich neun oder zehn Jahre. Nach einer Weile gab sie den Blick zurück, vielleicht sagte sie, *wat kiekst'n so* ... und der Satz hätte gereicht, daß Chicos unklare Gefühle vom Jargon der Stadt erledigt wurden. Für die nächsten acht Jahre vergaß er ihr Bild. Falk würde ihn noch eine Weile aufziehen mit diesem *little girl* aus der S-Bahn, dieser Tanzmaus, die wie Kirchners Fränzi aussah.

Die erste Nacht hätten sie fast auf der Straße verbringen müssen, da sie den Zettel mit Melles Vermittlung für ein Quartier nicht fanden. Das Kellerlokal »Badewanne« in der Nürnberger Straße war ihnen wichtiger. Sie tauchten ein, gegen fünfzig Pfennig West, ins Halbdunkel, in diesen Nebel aus Zigaretten, der sanften Musik des Rediske-Quartetts, den Synkopen des Pianisten (Alex Spychalski), der den Klavierdeckel zuknallte, wenn für seine Ohren der Schlagzeuger mit seinen Besen auf der High-Hat-Maschine lispelte, anstatt einen gehörigen Paratittle zu liefern zum Ostinato des Bassisten, den Kapriolen des Klarinettisten und zu Rediskes fein gehäkeltem Guitarrespiel. Von den Wänden lächelten zustimmend die Ikonen des Jazz, unverkennbar Satchmo und Dizzy und all die andern, die vermutlich auf der pay-list des CIA standen, um in der Frontstadt den Kommunismus aufzuhalten und *after hours* in der »Badewanne« aufzutreten. An der Bar lümmelten die GIs und schlugen den Takt. Freundliche Jungs, die nach den Restriktionen der ersten Nachkriegsjahre wieder mit den Deutschen fraternisieren durften. Und saß da nicht mit ihnen der buddhagesichtige Bully Buhlan, Berlins Schlagerstimme der freien Welt, so populär wie die Stimme der Kritik, bitte Herr Luft? Eine Kellnerin wies ihnen den Weg zu den zwei freien Stühlen und stellte ihnen die Cola hin, die es kostenlos zur Eintrittskarte gab. Sie brauchte nicht lange in ihre Gesichter zu schauen, um zu fragen: Aus 'm Osten? Leipzig, sagte Chico, heute angekommen, und die Solidarität aller Sachsen auf dieser Welt war gewährleistet.

Kaum am Ziel ihrer Wünsche hatten sie schon eine Ariadne gefunden, die sie durch diese Unterwelt führen würde. Hunger? sagte sie, und ohne auf die Antwort zu warten, brachte sie zwei Bouletten. Dann Zigaretten, die schmeckten wie Kaugummi und Hustenbonbons. Falk verschluckte sich und drückte den Glimmstengel in den Aschenbecher. Dann hielt die Musik sie gefangen, der Pianist vor allem, der sie an Melle erinnerte, wenn der am Flügel in der Kongreßhalle (damals, als sie den Nachtwächter überlistet hatten) die Läufe eines Bud Powell oder George Shearing nachspielte.

Die Kellnerin schien an allen Tischen gleichzeitig aufzutauchen. Dann stand sie an der Bar, rauchte übertrieben schnell und ließ sich ein Glas spendieren. Schon war sie wieder bei ihnen und fragte: Habt ihr Quartier? Sie schüttelten den Kopf, wie ertappt. Die Kellnerin schrieb etwas auf die Rückseite eines Bierdeckels, den sie Chico ins Jackett steckte.

Speak English? fragte der Dicke, der von der Bar kam, in *fatigues*, der rötliche *crew cut* erinnerte an Borsten, und fast paßte auch der Name zu seiner Erscheinung: *Hogg*, stellte er sich vor, *call me Bill*. Hoggs Deutschkenntnisse halfen ihm, ihr Englisch zu deuten und sich selber zu erklären. Daß sie aus der Russischen Zone kamen, wußte er von der Kellnerin. Ob sie Lust hätten, ihn zu besuchen? Draußen in Zehlendorf, Argentinische Allee. Mittags im Amerikahaus, wo er beschäftigt sei, von da könne man zu ihm fahren. Übrigens sei seine Frau aus Puerto Rico, da könne er, Chico, spanisch mit ihr sprechen. Woher wußte er, daß Chico spanisch sprach? Falk hätte die Einladung lieber dankend abgelehnt, aber Chicos Neugier war größer.

Nach Mitternacht verließen sie das Lokal, winkten der Kellnerin zu wie einer alten Freundin. Mit Zigaretten der Marke Kool versehen, die Adresse einer Bleibe für die Nacht am Alex im Kopf, gingen sie los. Die kühle Nachtluft vertrieb den Mix aus Zigarettenqualm, süßherber Cola und sanftem Rediske-Sound. Die Straßen machten ihre eigene Musik, niemand schien je in dieser Stadt zu schlafen. Am Bahnhof Zoo umringten die Penner mit ihren Hunden einen Mann, der barfuß tanzte: er hatte seine Schuhe versetzt, im Spielcasino. Zu ihren Köpfen donnerte die Stadtbahn. Falk war dafür, den Weg zu Fuß zu machen, eine Stadt lernt man am besten mit den Füßen kennen. Eine Weile begleiteten sie die flackernden Lichtreklamen; dann verschluckten die Wasser des Landwehrkanals jedes Licht. Die Potsdamer Straße wäre endlos gewesen, wenn da nicht die Nachtclubs ihre Arme ausbreiteten, aus offenen Türen winkten, schwarze GIs den Blues improvisierten, *called for you yesterday, here you come to-day* ... Sie blieben stehen und lauschten. Der Schwarze mit der MP-Binde schüttelte den Kopf, *no entry, kids.* Wo ich nicht bin, da ist das Glück, sagte Chico und betäubte die Müdigkeit mit einer zweiten Zigarette.

Alexanderplatz, und wo genau? Aber das war doch im sowjetischen Sektor? Niemand hielt sie auf, als sie das Brandenburger Tor erreichten und in die andere Welt eintauchten.

FREIE DEUTSCHE JUGEND stand über dem Eingang. Wieso eigentlich? Ein verschlafener Mann öffnete einen Türspalt, sie nannten den Namen der Kellnerin, Dorothea, der Mann öffnete die Tür, geht in Ordnung, sagte er und gab ihnen den Zimmerschlüssel. Ihre Ausweise behielt er ein.

Marschmusik und Gesang (*Bau auf, bau auf, Freie Deutsche Jugend bau auf, für eine bessere Zukunft* ...) holte sie aus ihrer Benommenheit am frühen Morgen. Wieso waren sie hier? Von der Wand ge-

genüber blinzelte ihnen Väterchen Stalin zu, an der Pfeife saugend.
Hier können wir nicht bleiben, sagte Falk.

Ohne Frühstück gehe ich nicht, sagte Chico, den seine Mutter zu
Hause verwöhnt hatte, wenn sie ihm sonntags das Frühstück ans
Bett brachte. Heute war Montag.

Sie fanden, ihre Taschen an der Hand, das Frühstückszimmer. Und
es war, als kämen sie zu spät zum Unterricht. Wurden sie denn erwartet? Offenbar saßen hier mehr Schüler als Lehrer. Man nickte
ihnen zu, zeigte auf einen Tisch im Hintergrund, bedient euch,
Kaffee oder Tee, eine Pyramide grüner Äpfel, das gute Moskauer
Brot und ein Würfel gesalzner Butter. *Tschi i kascha, pischza nascha,*
sagte Chico, der einer unerwarteten Situation mit einem Zitat, einem Sprichwort die Bedrohung nahm.

Wes Brot ich eß, des Lied ich singe, konterte Falk.

Sie aßen und tranken, und jemand schlug eine Zeitung auf und in-
formierte über die Vorfälle des Tages, zu denen er einen Kommentar lieferte.

Neunundneunzig Prozent der Wähler im demokratischen Sektor
und in der Deutschen Demokratischen Republik hatten für Walter
Ulbrichts Nationale Front gestimmt. Auf Dauer würden die Bonner
Ultras sich dieser Bekundung nicht verschließen können, sagte der
Zeitungsleser, und ein sozialistisches Deutschland, schön wie nie,
erstrahlte am Horizont wie die aufgehende Sonne auf der Fahne
der FDJ.

Chico nickte, Falk kaute weiter, was seine Aufmerksamkeit er-
schwerte. Er und Chico, noch nicht im wahlfähigen Alter, hatten
die Wahl nicht zu verantworten. Und der Krieg in Korea? Der Zeitungsleser umging das Thema. Es genügte, daß der große Führer
aller Werktätigen, der Genosse Stalin, sich darüber den Kopf zer-
brach, wie er China und die USA aus seinem Hinterhof vertreiben
oder an die Kette legen konnte. Eine kleine Atombombe im Schließ-
fach des Kreml täte Wunder. Aber noch waren die notwendigen
Daten im amerikanischen Safe, der Code nicht geknackt, das
Gleichgewicht der Kräfte nicht erreicht.

Falk drängte zum Aufbruch.

Nicht so schnell, Jugendfreunde, sagte der Zeitungsleser mit der
Bestimmtheit eines Lehrers. Er kam an ihren Tisch und sagte: Wir

hätten da eine kleine Aufgabe für euch, welche Intelligenz und Subtilität erfordert. Subtil war Falks Lieblingswort. Dennoch erwiderte er: Unmöglich. Wir fahren heute zurück, nach Leipzig. Chicos Neugier stand ihm ins Gesicht geschrieben. Worum geht es denn? Um einen toten Briefkasten. Nein, war ein Witz. Wir geben euch eine Auswahl Aufklärungsbroschüren zur Politik der Nationalen Front. Auf die warten unsere Genossen in der Frontstadt. Ihr nehmt den Packen mit und legt ihn an der Gedächtniskirche, kennt ihr, in eine Mauernische links vom Eingang. Mehr nicht, und vorsehen müßt ihr euch nur vor der Frontstadtpolizei, aber mit der habt ihr leichtes Spiel. Falk sah Chico an; dem fielen sonst die besten Ausreden ein. Gut, sagte auch er, machen wir. Sie könnten den Packen, dachte er, mitnehmen und diesem Hogg im Amerikahaus überreichen. *With greetings from Uncle Joe.* Aber schon sähen sie aus wie Doppelagenten. Man konnte es drehen, wie man wollte. Am besten, sie kippten alles in die Spree und dampften ab. Zu Hause aber, in der Schule, würden sie alles erfahren. Der Zeitungsleser würde Mitteilung machen. Großes Verhör. Ein Schreiben des Schulleiters an die Eltern. Oder kein Schreiben, und schon waren sie erpreßbar.

Die Broschüren, eingeschlagen in eine Seite des »Tagesspiegel«, wurden immer schwerer. Falk weigerte sich, den Packen zu tragen. War deine Idee, sagte er zu Chico. Die Kirche, an einen von Karies befallenen Zahn erinnernd, winkte mit schiefem Lächeln. Falk fand die Lücke im Mauerwerk. Mach es unauffällig, sagte er zu Chico, schau dich nicht erst um, *big brother is watching you*, ich wasche meine Hände in Unschuld. Der Packen verschwand wie verschluckt. Der Tag gewann seine Konturen wieder. Auf und davon, zum Amerikahaus.
Es kam anders. Ein Mann stellte sich ihnen in den Weg, Trenchcoat, altmodische Kreppsohlenschuhe. Na, sagte er, warum denn so eilig? Und Berlin besichtigen, ohne einen Blick ins Innere der Gedächtniskirche zu werfen?

Ertappt, in der Falle, aus und vorbei. Die Beine in die Hand nehmen und verschwinden? Sie folgten dem Trenchcoat in die Kirche. Dort hatte ein zweiter Trenchcoat auf sie gewartet, fröhlich winkend, die ausgepackten Broschüren neben sich auf der Bank. Offenbar amüsierte ihn der Inhalt. So die Lücke in der Mauer ein toter Briefkasten war, dann waren die Männer die Postbeamten, die ihn leerten und beförderten.

Chico entwarf einen Sack Lügen. Doch wie, wenn die beiden jene Genossen waren, für die die Aufklärung bestimmt war? Für wen war denn euer Geschenk bestimmt? fragte der eine Trenchcoat. Übrigens ein verdammt praktisches Kleidungsstück, dachte Chico, halb Zivil, halb *military look*, Achselklappen und die große Schlaufe um die Taille, der großzügig geschnittene Kragen bot Schutz und Versteck zugleich.

Das wissen wir nicht, sagte Falk.

Jetzt mußte ihnen die große Lüge einfallen, die lebensrettende Ausrede. Merkwürdig, wie in unseren Zeiten der Großen Staats- und Gesellschaftslügen aus dem Munde der Mächtigen die Ohnmächtigen sich nicht ihrerseits mit der Wahrheit behelfen wollen, mit der sie ihre Lage korrigierend darstellen könnten. Nein, sie retten sich aus dem Sumpf der Verhältnisse mit noch größeren Lügen, wie weiland Münchhausen ziehen sie am eigenen Zopf.

Keine Ahnung, sagte nun auch Chico. Als wir aus dem Bahnhof Zoo auf die Straße traten, sahen wir einen alten Mann, schlimmer, einen Blinden mit schwarzer Brille und Stock. Dem hing eine Tasche schwer am Hals, die andere drückte ihn schier zu Boden – *schier*, sagte Chico, es klang wie aus einem Märchen der Gebrüder Grimm. Schier zu Boden, so daß er noch mehr einknickte und zu fallen drohte.

Falk nickte aufmunternd.

Und da wir, sagte Chico, aus einer Gesellschaftsordnung kommen, die zur Solidarität mit den Mühseligen und Beladenen erzieht (eine sehr diplomatische, weil literarische Wendung, dachte Falk), fragten wir den Blinden, ob wir helfen könnten. Ja, krächzte der Mann, nehmt mir dieses Paket ab und bringt es zur Gedächtniskirche. Wartet dort auf mich.

Aber er kam nicht, sagte Falk, und so legten wir es in die Lücke an der Mauer.

Die Trenchcoatmänner nickten. Sie notierten anhand der Ausweise ihre Personalien.

In Ordnung, sagten sie. Und wohin wollt ihr jetzt?

Amerikahaus, sagte Chico mit seinem gewinnenden Lächeln. Wir werden erwartet, ein amerikanischer Captain will uns einladen. Fast war das schon zuviel gesagt. Der eine Trenchcoat verschwand, vermutlich ging er ans Telefon.

Geht in Ordnung, sagte er, und das nächste Mal schaut genauer hin, nicht jeder Blinde ist blind in dieser Stadt.

Kein Händeschütteln, kein »Auf Wiedersehen«. Amerika rief, zumindest seine Vertretung, Captain Hogg in seiner Rolle als Stellvertreter.

Das Haus nahm sie auf wie Abgesandte. Hogg zeigte ihnen die Zeitschriften, LIFE in voller Größe, die Bibliothek. Chico fragte nach einem Roman, The Crusaders, von einem gewissen Stefan Heym, in deutscher Übersetzung heißt es Bitterer Lorbeer oder Die Kreuzfahrer von heute, im in Ost und West unterschiedlich angebotenem Titel steckt eine Interpretation, eine Einvernahme des Autors …

Hogg erkundigte sich bei der Bibliothekarin. Fehlanzeige, entweder war der Roman beim Buchbinder oder nicht vorrätig. Zu Hause hatte Chico den Roman auf Empfehlung seiner Tante Teresa gelesen, diese Geschichte des Befreiers Bing in deutschen Federbetten, diese Studie der schizophrenen amerikanischen Armee … Ein Typ wie Hogg kam nicht vor, rotwangig, derb, aber herzlich, vermutlich Texaner und von Beruf Viehzüchter.

Hogg lud sie zum Mittagessen ein, am Tisch seiner puertorikanischen *ama de casa,* doch zuvor wollte er mit ihnen eine Runde durch den Ostsektor machen, in seinem Chevy, ein paar Kleinigkeiten mit ihrer Hilfe einkaufen.

Wie das? Ah, auf manche Waren, zumal auf Antiquitäten, hatten die Kommunisten die Hand drauf und gaben sie nur ab gegen Vorlage des Personalausweises der DDR.

Hogg hatte seine Auswahl getroffen, nun schickte er sie in die Läden, während er vom Auto aus zusah und bestenfalls nickte oder den Kopf schüttelte wie bei einer Auktion. Viel Kunst war nicht dabei, mehr Kunstgewerbe, Tischdecken und Bastuntersetzer, schöner die blauen und rotbraunen chinesischen Vasen ... Chico legte seinen Ausweis auf den Ladentisch, bezahlte mit der Ostmark, die Hogg günstig erworben hatte, und rechnete im stillen seine Provision in Westmark aus. Bücher, eine Schallplatte, vielleicht die rehbraunen italienischen Slipper im Schaufenster von Leiser. Falk schwieg zu alledem, und geriet so in die Rolle des Westeinkäufers, für den Chico den Ausweis zückte.

Hogg schien zufrieden, und Chico meinte, dies sei am Ende besser als Harrys Handel mit den Militaria des Dritten Reiches oder den Schwarzmarktgeschäften von Frau Schulz. Später würde Hogg seine Interessengebiete erweitern, immer im Maßstab einer sich in ihrer Qualität verbessernden ostdeutschen Industrie, und also würde Chico davon profitieren, auf dieser durchaus glatten Schmalspurbahn, die mit nichts zu vergleichen war mit dem Weg, den jene Berliner Gladow-Bande nahm bis zu ihrem Ende unterm Fallbeil. Clara ist dennoch heute erschrocken über den Anteil an krimineller Energie im Charakterbild ihres Cousins.

Raquel, wie Hoggs exotische Frau hieß, und die Töchterchen Maria und Marta, hatten den Tisch gedeckt und aus den Beständen des PX Chicken gekocht und *mushmellows* zum Nachtisch angehäuft und viel Cola gegen den Durst hingestellt. Hogg führte seine Familie vor, als gelte es eine gelungene Zucht von Milchkühen vorzuführen.
Raquel verströmte den hispanischen Charme vollendeter Gastfreundschaft, und also fühlte sich Chico zu Hause. *Ahorita les sirvo,* sagte sie und packte ihnen die Teller voll. Marta und Maria schauten mißmutig zu und schossen ein paar *mushmellows* in provozierender Absicht über den Tisch. Falk, mehr noch als Chico, der mit Lore wie mit einer Schwester aufgewachsen war, zeigte die klassische Aversion des Einzelkindes gegen andere Kinder. Später würden wir uns in dieser Situation in einem der großen Filme von

W. C. Fields wiederfinden, der Kinder nicht leiden kann, zumal wenn sie ihm die Taschenuhr in die Suppe tunken. Soweit kam es an diesem Tisch nicht, an dem die Alte und die Neue Welt sich trafen, während vor den Fenstern die märkischen Kiefern Wache standen. Falk in seiner Manier zog seine Taschenuhr hervor, als würde sie ihm in diesem Sektor der Stadt eine andere Zeit anzeigen, und Marta oder Maria rissen sie ihm aus der Hand. Vater Hogg schritt ein, Marta und Maria, *those brats*, sahen sie nicht aus wie aufgeblasene Gummipuppen, schrien auf und spuckten die Chickenbrocken zurück auf den Teller.

Die Einrichtung der Wohnung entsprach, man kannte das aus LIFE und Mundo Argentino, dem amerikanischen Standard. Geblümte Sessel und ein Barwagen. Die Matratzen aus Schaumgummi, das war den Reisenden neu; keine Federbetten, aber eine Zudecke, die einem Bärenfell glich. Ein Ventilator wirbelte die gleichen Düfte in alle Zimmer, diese von der Zentralheizung aufgewärmte Mischung aus Chesterfieldzigaretten und Luxseife. Marta und Maria schleppten Zeitungen und Magazine auf den Couchtisch und begannen sie zu zerreißen und zu zerlegen.

Chico hätte es zu gern verhindert, diese Vernichtung des amerikanischen Jahrhunderts, seiner Bilder und seiner Rezepte für *freedom and democracy*. Raquel sah ungerührt zu. Lateinamerika bereitete seine Kinder vor für den Guerrillakampf gegen die Gringos. *The next war to fight*, prophezeite Hogg, *will be in Vietnam*.

Gab hier der amerikanische Geheimdienst eine Information unter der Hand weiter, die sie zu Hause mitteilen sollten? Chico sah sich schon vor eine geheimdienstlich-diplomatische Aufgabe gestellt wie einst (oder noch immer?) sein Onkel Alfredo, zur Zeit in Geschäften in Argentinien.

Doch war die Geheiminformation nichts als Zeitungsspekulation, nachzulesen in einem Fetzen »New York Herald Tribune«, die Marta und Maria zu Konfetti schnipselten.

Dagegen hatte Hogg einen Auftrag. Eine Bibel mitzunehmen, deutschsprachig, aus der Presse der Bibelgesellschaft Watch Tower, waren das nicht die Zeugen Jehovas, in der DDR auf dem Index? – *exactly*, bestätigte Hogg. Ein Freund, der das Pech hat, in Bautzen einzusitzen, braucht ein wenig Aufrichtung. An die Adresse des Geistlichen im Zuchthaus geschickt, besser: persönlich ausgehändigt, und das könne ja auch in Leipzig erledigt werden, das Hogg gut kannte, *the famous Leipzig Fair*, also beim Bier in Auerbachs Keller, *a personal gift*, ein Buch, *the Holy Bible*, die sei ja nicht verboten. Und für die Spesen, ergänze Hogg im Vieraugengespräch mit Chico, lege er zu dem Buch ein paar *green bucks*.

Chico sah zum Fenster, ob da nicht Frau Wittbers Pneuma Hagion in Gestalt einer Taube saß und zustimmend gurrte. Nichts. Von den märkischen Kiefern kam das Gekrächz der Krähen, die ihre Schlafplätze einnahmen.

Zu Hause angekommen, führte Chico seine neuen zimtfarbenen italienischen Slipper vor. Melle bekam einen Bericht über den Stil des Rediske-Quartetts. Die Bibel und Malapartes Die Haut, dazu Benns frühe Prosa entgingen der Zugpolizei, die den vollen Zug durchkämmte.

Die Bibel übrigens – die Welt ist ein Dorf, nicht wahr – bekam im Zuchthaus Bautzen jener Hitlerjunge Dieter, der den amerikanischen Panzer geknackt hatte. Die Amerikaner hatten ihn, als sie abzogen, den Russen überstellt. Und die verurteilten ihn, unter dem Verdacht, ein »Wehrwolf« zu sein, zu 25 Jahren Zuchthaus. Nach Gründung der DDR wurde Dieters Strafmaß den neuen Gesetzen angepaßt, und nach siebeneinhalb Jahren wurde er entlassen. Um als ein bekennender Zeuge Jehovas nicht ein zweites Mal verhaftet zu werden, verließ er nach dem Tod seiner Mutter 1958 die DDR. Zeit genug, um für seinen Glauben zu werben unter seinen alten Nachbarn. Melle bot an, sein Untermieterzimmer zur Verfügung zu stellen, um endlich einmal eine andere Meinung zu hören als die Kommentare der vom NDR in den kalten Krieg geschickten Streiter Peter von Zahn, Gregor von Rezzori oder Elef Sossidi.

Jehovas Zeuge

Melles Untermieterzimmer, für Falk und Chico war es ein vertrautes Refugium. Der Blick ging über die Straße auf den Leutzscher Wasserturm. Eine brüchige Häuserzeile verstellte den Friedhof, und dieser bildete, topographisch betrachtet, das Vorfeld zu den Industrieanlagen aus dem vorigen Jahrhundert. Im Hintergrund blieben die beiden Grundschulen, die in den großen Pausen die Kinder auf die Höfe entließen. Das Geschrei erinnerte an Vogelgezwitscher, an wildernde Stare in den Sauerkirschbäumen der nahen Schrebergärten. Melle hatte sein Examen bestanden und kümmerte sich als Betriebszahnarzt um die Zahnschmerzen der Frauen in einer Plagwitzer Baumwollspinnerei. Er verdiente gutes Geld und gab es aus für das beste Radio, das zu haben war, und für ein Tonbandgerät, für Lavendelwasser, das er, allen Düften verfallen, bevorzugte, für Unicum, einen ungarischen Magenbitter. Musik lief bis in die späte Nacht. Die Wirtsleute gewöhnten sich mählich an Charlie Parker und an die der Nachtruhe besser angepaßten Musiker des Modern Jazz Quartetts. Angespannt blieb das Verhältnis zu seinem jüngeren Bruder Wolfgang, der sich für keine Fachrichtung entscheiden konnte, Physik oder Medizin, und Musik wäre nach seinem Herzen gewesen. Aber sollte er ein Geiger mehr, ein Cellist mehr im Leipziger Gewandhaus werden? Eine Passion für Mozart, die von Routine angekränkelt würde? Er sammelte Adornos Argumente gegen den Jazz, um uns zu ärgern. Wir bauten ihm keine Brücke zu einer Aussöhnung von E- und U-Musik, etwa auf der Grundlage des Kontrapunkts in den Innovationen des Modern Jazz Quartetts oder eines Lennie Tristano. Nun saßen wir zu viert in dem vollgestellten Zimmer. Melle hockte buddhagleich auf seinem Bett. Falk, der, wo immer er war, auf seine Yogaübungen nicht verzichten wollte, führte uns einen Kopfstand vor. Chico lehnte den Rücken gegen die Schranktür. Dieter bekam den Schreibtischstuhl und konnte somit auf uns herabsehen. Ausgemacht war, ihn nicht mit Fragen nach den Jahren in Bautzen zu quälen, noch ihm seine damalige verbissene Borniertheit vorzuwerfen, Adolf Hitler bis in den Tod zu dienen und die Panzerfaust wie die bis fünf vor zwölf versprochene Wunderwaffe abzufeuern. Sie hätte in dem Sherman Panzer einen Charlie Parker oder Dave Brubeck treffen können. Blieb also die Religion, und auch hier waren wir uns einig, das Thema à la Faust skeptisch, aber tolerant zu behandeln. Wir hätten ein paar Zitate aus Lessings Nathan der Weise gebrauchen können, hatten sie aber nicht zur Hand. Unabgesprochen aber ergab es sich, daß Melle, während die graue Fahne unserer gerauchten Derbyzigaretten aus dem offenen Fenster wehte, den Part des Nathan übernahm und alles bis zur Ankunft des Messias verschieben wollte; Falk den skeptischen Aufklärer spielte, und Chico sich in seiner kulturellen Identität angegriffen fühlen wollte – der amtierende Papst und sein Stellvertreter Kaplan Kulas am Langen Felde waren für ihn zwei Säulen der abendländischen Kultur. Glaubte er das wirklich? Wohl kaum, aber keine Philosophie, keine Ideologie kommt aus ohne eine *Setzung*. Erst dann kann man sie kritisieren.

Gegen das vom Jazz übernommene improvisatorische Spiel der Argumente unter uns war Dieters Haltung absolut, geläutert von den Jahren seines Trotzes und seiner Resignation. Die dickrandige Brille erdrückte sein abgemagertes Gesicht, der Anzug hing an ihm wie an einem Gardarobebügel.

Melle schlug die erste Diskussionsrunde vor: Glaube an ein Jenseits nach dem Tode, ja oder nein?

Nicht für alle, sagte Dieter. Es sind die Auserwählten, 144 000 an der Zahl, die Jahve Gott ausgesucht hat für die Unsterblichkeit.

Eine Zweiklassengesellschaft also auch nach dem Tode, sagte Melle.

Eine mickrige Zahl, sagte Falk, ohne seine Stellung zu verändern, angesichts der Milliarden Menschen seit Bestehen der Welt. Und wie wäre dann der Prozentsatz der Neandertaler?

So kann man das nicht sehen, sagte Dieter. Erlösung besteht erst, seit Jesus Christus wieder unter uns ist, nämlich seit 1917.

Wie das? sagte Melle und wäre gern aufgestanden, um im Hin- und Hergehen besser argumentieren zu können, nach Vorbild jener peripathetischen Philosophen aus der Antike in den Büchern, die sein Vater las.

Interessant, meldete sich nun Chico, wie um diese magische Zahl 1917 sich die Heilserwartungen verdichten.

Und haben sie uns nicht alle belogen und enttäuscht – nur die Bibel nicht, sagte der Zeuge Jehovas.

Bibelforscher, sagte Melle, mir gefällt das.

Die Bibel, sagte Falk, ein Kompendium an Widersprüchen, genehmigte und herausgefilterte Kapitel, vage Übersetzungen. Apfel oder Granatfrucht.

Die reinste MEGA-Ausgabe, sagte Melle und feixte.

Die Lesarten der Kirchen, sagte Dieter, sind nicht unsere.

Seien wir doch einmal ganz praktisch, sagte Melle: Wer von uns, Dieter einmal nicht mitgerechnet, hat denn Aussichten auf ewiges Leben?

An dieser Stelle klopfte es an die Tür. Melles Wirt schob sich aus dem Halbdunkel ins Licht, dickbäuchig, kahler Schädel, die schlaffen Wangen des Biertrinkers gaben seinem Gesicht eine infantile Gutmütigkeit.

Ach, sagte er, ich wollte nicht stören. Parteiversammlung, Herr Doktor?

Nein, nein, sagte Melle, nur ein Streitgespräch unter Freunden. Eine kleine Umfrage, jeder kann mitmachen: Glauben Sie an ein Leben nach dem Tod?

Fragen Sie mich, wenn ich tot bin, dann bin ich klüger, sagte der Wirt. Wollte Sie eigentlich nur zu einer Skatrunde einladen, Herr Doktor.

Heute nicht, sagte Melle.

Das mit dem Überleben, sagte der Wirt, sehen Sie, wenn man sich zu Lebzeiten gut gestellt hat mit den Mächtigen, kriegt man einen guten Nachruf. Der vererbt sich und reicht eine Weile. Das ewige Leben eine Frage der Erinnerung. Weshalb Tiere da nicht mithalten können. Bei denen vererben sich höchstens die Instinkte, guter Mensch, böser Mensch. Eine Futterfrage.

Sehr interessant, sagte Melle, Sie bereichern unsere Diskussion ungemein. Bleiben Sie doch noch.

Nein, nein, widersprach der Wirt. Bin froh, aus der Kirche ausgetreten zu sein. Schon wegen der Steuern.

Man wird Sie nicht in den Himmel lassen, entgegnete Melle, Sie haben nicht bezahlt.

Heine sagt, erinnerte sich Chico, wir wollen hier auf Erden schon ... Weiter kam er nicht. Für Zitate war Lore zuständig.

Es gibt ein Leben vor dem Tod, sagte Melle.

Dieter kramte im Zitatenschatz seiner Bibelstellen. Er hätte das Buch mitbringen sollen, das auf alle Fragen eine Antwort hat. Beglaubigt von den Brüdern und Zeugnis des Bundes zwischen Geschöpf und Schöpfer. Wie jeder Erleuchtete (oder Besessene einer Ideologie) glaubte auch er, mit einem Schlußwort den Sieg davontragen zu können.

Der große Tag Jehovas ist nahe, sagte er, sich erhebend. Auf der ganzen Erde wird die Botschaft vom Königreich Jehovas verkündet. Ohne die Bibel hätten wir nicht erfahren, wozu wir auf der Erde sind und wie die Zukunft wird. Und nichts wüßten wir von Jehovas großer Liebe zu uns, der seinen einzigen Sohn und Mitschöpfer für uns geopfert hat. Das Paradies kehrt zurück auf Erden.

Melles Gesicht zuckte, er schob die Brille zurecht. Denn hier hätte man das Gespräch endlich fortführen können. Hatte denn der Uralte, wer darf ihn nennen, seinen Sohn aus sich selbst gezeugt? War er gar, ketzerischer Gedanke, Mann und Weib in einem? Und sein Sohn hatte den Ton geknetet, aus dem Adam wuchs, und ihm die Rippe genommen, das Ur-Weib zu formen, Vorläuferin der Hure von Babylon, Maria Magdalenas und von Marilyn Monroe? Jene von Erde gekommene Ur-Mutter, das bestätigten inzwischen die Funde der Archäologen, sie kam aus Afrika und war schwarz wie Ella Fitzgerald oder Mahalia Jackson.

Jetzt wäre es richtig gewesen, aus dem Tonbandgerät jene Spirituals zu Gehör zu bringen, jene Alabama Singer, deren jubelnde Klage, klagende Freude zum Himmel stieg, in aufsässiger Demut und im Einklang mit der Musik kreisender Planeten.

Dieter aber gab jedem die Hand und verließ zusammen mit Melles Wirt das Zimmer. Die drei Freunde erhoben sich langsam von ihren Plätzen, als gäben sie eine gesicherte Position auf. Keiner wollte etwas sagen. Melle holte aus dem Nachttischschränkchen seine Oerneclou und Unicum-Flaschen, bescherte dazu das Abendprogramm des Norddeutschen Rundfunks. Erhöhung der Arbeits-

normen in der Zone? In welcher Zone? Das Erdenleben als
Verbannung, als Fluch, in der Zone der Einschränkungen und
Grenzziehungen zu leben.

Lionel Hampton würde demnächst im Berliner Sportpalast auftreten. Melle lud ein, die Übertragung am Radio zu hören.

Die pädagogische Provinz

Die Eisenmänner auf dem Hochhaus, sächsische Vettern ihrer venezianischen Vorbilder, schlugen mit ihren Hämmern die volle Mittagsstunde. Die Glockenschläge rollten wie Gewitterwellen über der Stadt und übertönten die im höchsten Diskant die Schienen schleifenden Straßenbahnen auf der Goethestraße. Über die Freitreppe zum Atrium der Karl-Marx-Universität liefen, ihr Alter kaschierend, den Hut lüftend, als grüßten sie Leibniz auf seinem Sockel, einander den Vortritt lassend, die Professoren Korff und Mayer, in ihren abgeschabten Aktentaschen die konträr formulierten Notizen zum Geist der Goethe-Zeit. Ins germanistische Nachmittagsseminar würden durch die geöffneten Fenster die Orgelklänge der Universitätskirche das Ohr der Studenten erreichen und die Thesen der Professoren überlagern. Oder kam die Unruhe von der makellosen Perfektion Bachscher Fugen im Vergleich zu den auf den I-Punkt gebrachten sensationellen Erkenntnissen Mayers und den erzkonservativen, den Stürmen der Zeit trotzenden Sätzen Korffs? An diesem 16. Juni machte sich eine ganz andere Unruhe in der Stadt breit. Unerklärbar, von Gerüchten getragen, und der Hammerschlag der Eisenmänner setzte zu jeder Viertelstunde neue Akzente. Später würden Legenden entstehen; so von den Eisenmännern, die sich am 17. Juni in die Eisenfräser der Leutzscher Eisengießerei verwandelt hätten, vom Dach des Hochhauses zum Aufstand rufend.

Auf Legenden waren wir angewiesen; denn wir hatten mit unserem Klassenlehrer, zur Erholung von den laufenden Abiturprüfungen, am 16. Juni einen Ausflug nach Weimar unternommen, für drei Tage. Zufall oder nicht, in Weimar trafen wir Falk, der die Helmholtzschule besuchte, auf die wir Leibnizianer, den schönen Künsten zugetaner als den Naturwissenschaften der Helmholtzer, herabsahen. Aber auch diese hatten, arrangiert von der Schulleiterin, einer Emigrantin, verlästert wie eine zweite Hilde Benjamin, einen

Ausflug ins Goethe- und Schillerhaus und in die Gärten von Tiefurt verordnet bekommen. Ich will vorausschicken, daß beide Lehrer nach den Vorfällen des 17. Juni, vor denen sie uns bewahrten, ein Parteiverfahren an den Hals bekamen.

Unsere gemischte zwölfte Klasse war beinahe vollständig erschienen. Mein Banknachbar Ferge fehlte, Stanislaw Engel ebenso, Schuster, Schliephacke, die tonangebende Riege der Umsiedler würde die freien Tage auf ihre Weise nutzen. Klassenfahrten hielten sie für eine Kinderei, an der Hand des Lehrers die Schönheiten der Natur bestaunen und die Baudenkmäler am Wege, um dann alles in einem Aufsatz wiederzukäuen, *no Sir*. So also waren die Mädchen in der Überzahl, herausgeputzt wie zur Tanzstunde und unter sich bleibend, indes wir umsonst Plätze reservierten und anboten. Mit einem Mal waren es ganz andere Mädchen als in der Schulstunde, wenn sie uns abschreiben ließen. Nicht anders die größere, unvertraute Nähe zu unserem Klassenlehrer Dorner. Junglehrer, Russischlehrer, von einem Tag zum andern der jüngste Schuldirektor der Stadt. Vor zehn Jahren eifernder, vom Endsieg überzeugter Leutnant der Wehrmacht. Russische Gefangenschaft und Teilnahme an den Lehrgängen des Komitees Freies Deutschland. Und was Dorner wollte, dachte, machte, geschah mit gleichbleibender preußischer Energie. Er glich an unserer Schule einem Trainer in einer hoffnungslos unbegabten Fußballmannschaft.

Nun aber gab er sich aufgeschlossen, nachsichtig, ein älterer Bruder, der mehr weiß, als er sagt. Der schnarrende Tonfall paßte sich unseren befangenen Fragen an. Die Weimarer Klassik, nun gut, es war nicht sein Lehrfach, und peinlicherweise hatten wir Deutsch bei Frau Dr. Noll gehabt; doch war sie vor einem halben Jahr »in den Westen« übergelaufen, zum Klassenfeind, uns im Stich lassend mit unserem halben Wissen über Sturm und Drang, Klassik und Romantik, Goethe und Schiller, der Faustsche Drang in uns, ein abendländisches Verhängnis, Sire, geben Sie Gedankenfreiheit: Schillers Vermächtnis an uns. Spenglers Untergang des Abendlandes, das lesen Sie mal, obschon oder gerade weil es verboten ist.

Besser kannte Dorner seinen Friedrich Engels: Freiheit als Einsicht in die Notwendigkeit. Einsicht kommt von Wissen. Was wußten wir? Die Mädchen schauten in unser Abteil. Dicke Luft, sagten sie, und meinten es wörtlich. Dorner teilte sein Zigarettenpäckchen mit uns. Beim Anblick der blühenden glühenden Mädchen anzüglich zu werden, verbot seine Disziplin und Pädagogik. Ich hielt Ausschau nach jener Helga, Umsiedlerkind aus Ostpreußen, das niemals lachte. Strenger blauer Blick, zum Zopf gedrehtes strohfarbenes Haar, um den Kopf gebunden wie eine Kolchosbäuerin auf den Bildern des sozialistischen Realismus. Sie weigerte sich, mich wahrzunehmen, so daß ich die Nähe zu ihrer Freundin Gisela suchte, vigilante Leipziger Arzttochter und äußerster Gegensatz zu Helgas Verschlossenheit. Es half nichts. Gisela durchschaute meine Taktik, vermittelte aber nicht, sondern amüsierte sich über meine Hilflosigkeit und über Helgas grußloses Davongehen, sobald ich zu ihnen trat. Der Zufall, als Bruder des Teufels, wollte es, daß am ersten Weimarer Abend, als die Leibnizianer und die Helmholtzer Gäste des Jugendclubs waren und unsere Lehrer diese gemischte Gesellschaft mit Wohlwollen betrachteten (und sich selber mit Mißtrauen), eine Tombola stattfand. Bücher und Platten, von den Schulen gestiftet, waren die Preise. Wir kritzelten unsere Namen auf kleine Zettelchen, die in einem Hut verschwanden, und nach irgendeinem System (Glücksspiele sind mir immer ein Rätsel geblieben) von uns gezogen wurden, und zu jedem Namen erfuhr man, ob man einen Preis gewonnen oder zu vergeben oder eine Niete gezogen hatte.

Helga hatte meinen Namen auf ihrem Zettel, und dazu den Preis: eine 78iger Schellackplatte mit Eartha Kitts *C'est si bon* … Hatte Gisela hier ihre Hand im Spiel gehabt? Unser beider Verlegenheit war gleich groß. Zum ersten Mal konnte Helga meine ausgestreckte Hand nicht übersehen. Das Licht im Club war zu schwach, um erkennen zu können, ob sie rot wurde oder aus Verlegenheit lächelte. Unsere Geschichte, die hier angefangen haben könnte, fand keine Fortsetzung. Denn im Jugendclub, den sonst die Studenten der Musik- und der Schauspielschule besuchten, entdeckte ich ein Mädchen, in ihrer blonden Zerbrechlichkeit war sie wie die verborgene Seite – *das platonische Ich*, schlägt Clara vor; einverstanden, sage ich, die unsichtbare Seite der ostpreußischen Helga. Christiane, Musikstudentin, Tochter eines Musikers im Orchester des Nationaltheaters, war von jener stillen sächsischen Frechheit, die auf ein Stichwort wartet, um die Fahne der Revolution zu entrollen; in der Zwischenzeit gibt sie sich höflich fast bis zur Hingabe, eine schwärmerische Unschuld in den veilchenblauen Augen. Es ist, als käme sie nie über den ersten Satz der Brahmsschen Vierten Sinfonie mit ihrem süßen Schmelz hinaus (die zur Familienmusik gehört hatte), indes sie hinter ihrem Rücken Mahlers Sechste versteckt, diese mit dem Paukenschlag, der wie ein Fallbeil das Ende der Liebe (oder des Lebens) ankündigt, drohende Sinfonie.

Wir ahnen, wie es weitergeht, sagen die erfahrenen Cousinen: Von nun an fuhrst du sooft du konntest nach Weimar.

Nein, sage ich. Ein Fahrplan und eine Zugreise, das ist zu banal für eine Liebe.

Aber du liebtest doch diese Helga, insistiert Clara.

Das war es doch. Um die eine unglückliche Liebe ganz auszukosten, brauchst du ihre Wiederholung mit Hilfe der Erfahrungen einer zweiten Liebe.

Hast du das so bei Pascal gelesen, fragt Clara.

Wenn ihr's nicht fühlt, sage ich, ihr werdet's nie begreifen.

Immerhin, sagt Clara, geschah dir das in Weimar. Goethes schlechter Einfluß, ausgerechnet eine Christiane – Christiane Vulpius, Goethes Betthase, und alles am Vorabend des Volksaufstands vom 17. Juni.

Von einem Volksaufstand, sage ich, haben wir nichts bemerkt. Während wir durch die Puppenstuben des Goethehauses am Frauenplan tappten, woher nahm der Mann in dieser häuslichen Enge nur die Weite und Vielfalt seiner Weltanschauung, während zwischen mir und Helga immer der Abstand eines Zimmers, einer Venus von Milo, eines Schrankes mit Gesteinsproben war, Dorner und seine Kollegin Wolfssohn von der Helmholtzschule ironische Bemerkungen mit respektvoller Stimme austauschten, Falk sich über das Sammelsurium an Kunst mokierte und wir von Zimmer zu Zimmer immer tiefer in Vergangenheit gerieten, von Italien zur Antike usw., hörten wir ein Geschrei, ein Marschieren von der Straße her, Dorner trieb uns weiter, hinaus zur Besichtigung des

Gärtleins. Was war da? Nichts. Eine Wiederkehr des neunzehnten Jahrhunderts. Napoleons Truppen in Weimar. Schiller ist zum Ehrenbürger der Französischen Republik ernannt worden, nun kommt der Kaiser Napoleon als Vollstrecker der Französischen Revolution, doch die Kanaille in halb Europa bläst zum Sturm. Goethe hält sich die Ohren zu, stellt Schiller zur Rede, stärkt seinem Herzog den Rücken. Das Experiment Weimarer Klassik droht zu kippen, jene pädagogische Provinz, eine Insel im Meer der Barbaren. Gewalt oder Räson. Diktatur oder aufgeklärte Monarchie. Was geschieht auf der Straße? Dorner und Frau Dr. Wolfssohn schauen durch die trüben Fensterscheiben. Nichts, sagen sie wie aus einem Munde, nichts, das Adlershofer Fernsehen dreht einen Film, könnte Lotte in Weimar sein. Man wird später einen Blick ins Hotel Elefant werfen, um sich zu vergewissern. Zuvor Besuch in der Fürstengruft und dann Schillerhaus und dann Nationaltheater.

Im Nationaltheater probt das Jugendorchester. Wiedersehen mit Christiane, die das Köpfchen über ihr Notenblatt hebt, mit dem Geigenbogen grüßend ein Wiedererkennen andeutet, dann wird sie unsichtbar. Mozarts Kleine Nachtmusik entführt sie. Zwei Wochen später bin ich wieder in Weimar. Das Jugendorchester hat einen ersten öffentlichen Auftritt. Christianes Vater dirigiert. Ich überreiche einen Blumenstrauß. Vater und Tochter wissen nicht, wohin mit diesem Verehrer. Meint er die Musik, oder empfiehlt er sich als künftiger Schwiegersohn? Zu Hause gibt der Vater einen Empfang für die erfolgreiche Geigerin. Er ist Witwer, ab und zu braucht er Leute um sich, gegen das Alleinsein und gegen die Abgründe der Musik. Ein Gast mehr, was kann er bieten. Er soll sich nichts einbilden, nur weil er neben der Tochter des Hauses sitzt, und die glüht noch immer in der von der Musik entfachten Leidenschaft, so daß man ihre Blicke und die zufälligen Berührungen ihrer Hände mit Liebe verwechseln könnte.

Der Gast, wäre er ein Verfolgter, Gesuchter in diesen Wochen nach dem 17. Juni, hier fände er Schutz. Doch er war nicht dabei, als in Berlin die Bauarbeiter streikten und die sowjetischen Panzer rollten, in Leipzig ein Zeitungskiosk auf dem Markt brannte, Leute mit Parteiabzeichen bedroht wurden und seine daheim gebliebenen

Klassenkameraden einen Lautsprecher erbeuteten und ihre Vorstellungen von einem Arbeiter-und-Bauern-Staat verkündeten. Wenn der Krieg sie hierher vertrieben hatte, wollten sie mitbestimmen können, wie sie arbeiten, denken und leben möchten. Achtgroschenjungen, vom Klassenfeind eingeschleust, vom RIAS dirigiert, das waren sie nicht.

Sie sind alle verhaftet worden, erzählt der Gast.

Auch wenn sie frei kommen, überlegt Christianes Vater, das Abitur werden sie so schnell nicht nachholen dürfen. Und Zulassung zum Studium? Unmöglich. Am Ende schiebt man sie in den Westen ab, und der Klassenfeind lacht sich ins Fäustchen.

Der Gast weiß noch mehr zu berichten. Die Schuldirektoren Dorner und Wolfssohn sind vom Schuldienst suspendiert worden. Ein Parteiverfahren wird folgen.

Warum?

Sie haben entgegen anderer Weisung aus Berlin ihre Klassen, genauer ausgewählte Schüler ihrer Klassen, absichtlich aus der Gefahrenzone genommen. Richtig wäre gewesen, diese Schüler als Agitatoren einzusetzen, damit sie sich bewähren im Kampf gegen die Kriegstreiber und zum Studium zugelassen werden können.

Wir bewältigten das Abitur und reichten unsere Bewerbungen zum Studium ein.

Ihre Lehrer, sagt Christianes Vater, eines Tages werden sie die Pestalozzi-Medaille für ihre weitsichtige Pädagogik bekommen. Junger Mann, sagt er, ein Sofa für die Nacht können wir Ihnen anbieten. Morgen ist Sonntag, da können wir Ihnen von der Stadt zeigen, was Sie nicht kennen. Und bevor Sie zurückfahren, erkundigen Sie sich bei Ihrer Familie, ob kein Polizist auf Sie wartet.

Gern, sage ich den Cousinen, würde ich euch nun erzählen, wie Christiane in der Nacht zu mir kam, um mir die Liebe beizubringen. Sie kam nicht. Wäre ich ein Verfolgter gewesen, der Held von Leipzig, der den Sturm auf das Rundfunkgebäude angeführt hat, um die Redakteure Bohm, Sandig und Selbmann zu vertreiben und freie Wahlen zu verkünden – Sire, geben Sie Gedankenfreiheit! –

hätte also die Aura des Revolutionärs mich umstrahlt, sie wäre gekommen. Die Musik und die Barrikade, was für ein Bündnis, und sei es für eine Nacht. Leidenschaft ist immer absolut, oder es ist keine.

Drei Könige aus dem Morgenland

Dank der politisch-pädagogischen Umsicht unserer Lehrer Frau Dr. Wolfssohn und Herrn Dorner wurden wir immatrikuliert. Falk begann sein Studium der Geophysik an der Freiberger Bergakademie; ich wurde Student der Anglistik an der Leipziger Karl-Marx-Universität, erstickte an den Urlauten des Beowulf-Lieds, entkam im fünften Semester zu den Romanisten in der Gletschersteinstraße – *liberté, égalité, fraternité*, und saß jede Woche in den brüchigen Hörsälen 11 und 40 der Universitätsruine, um zu begreifen, was die Welt im Innersten zusammenhält.

Und was hält sie zusammen? fragen Clara und Concha, die der praktischen Erfahrung mehr trauen als dem Geist der Goethezeit oder den Theorien zum Ursprung des Privateigentums bei Jean-Jacques Rousseau.

Was es ist? Philosophie und Literatur, diese Zwillingsschwestern des Gottes Apoll. Literatur als Geschichtsschreibung mag eher ein Stiefsohn des Gottes sein, aber ein begabter, der sein Wissen heimlich abgeschrieben hat bei den lichten Schwestern.

Drei Könige aus dem Morgenland, sage ich, sie zeigten uns den Stern, dem sie folgten und nach dessen Bild auch wir uns richten wollten. Wurden wir am Ende getäuscht, genarrt, in ein Morgenland geschickt, das nur so lange bestand, wie es sich mit Mauern und Stacheldraht umgab? Noch ist nicht aller Tage Abend: war das nicht die Auskunft des Philosophen Bloch?

Die Könige hatten die Zeit der Finsternis überlebt, in anderen Ländern Bloch und Mayer; im Zuchthaus Plötzensee der Romanist Krauss. Nun gab man ihnen für ihre pädagogische Provinz ein Staatsvolk, das waren wir Studenten; und man gab ihnen eine Reihe Vasallen und Satrapen, die sowohl uns im Visier hatten wie auch die Könige. Denn diese, nach Art von Monarchen, machten ihre eigenen Gesetze, das Morgenland vor Augen, das den andern eine Fata Morgana war, so daß ihnen ein Schrebergarten genügte, der

freilich ohne Anstrengung auch nicht zu haben war. Auch hier
würde ein Baum der Erkenntnis wachsen, dessen Früchte verboten
waren, und aß man trotzdem davon, rieb man sich die Augen und
erkannte, wie klein alles geraten war, ein Zwergenland mit kleinen
Autos aus Pappmaché, Wohnungen wie Schließfächer, und der
Faustsche Drang, in einer Weltliteratur Orient und Okzident zu
umarmen, zu einer Literatur der Gebrauchsanweisungen reduziert,
wie der Schrebergarten zu wässern und zu pflegen sei. Unkraut
wurde nicht geduldet.

Dagegen nun der große Wurf, die ausholende Geste des Philosophen, der Hoffnung säte, ewiges Futur, ein Gulliver, der die Rinn-
sale der Zeit wie mit Zehnmeilenstiefeln übersprang. In seiner
Kurzsichtigkeit eine Eule der Minerva, zum Flug ansetzend in der
Abenddämmerung.

Dagegen der Literaturprofessor. Ein Bündel Sprengstoff, wie er da
in knappgeschnittenen Maßanzügen, ein Zettelchen in der Hand
(die Bücher, aus denen er zitierte, trug ihm der Pedell nach), ans
Pult eilend, seinen Aphorismen im Stil von »Heinrich Heine war
ein europäisches Ereignis und ein deutscher Skandal« nachhörend –
kam ein Echo? Wir lauschten viel zu gespannt, um sofort Beifall zu
trommeln.

»Gebundensein und kräftig binden«, war ein anderes Zitat, das
Mayer jedem Semester aufs neue zu bedenken gab. Für die Germanisten eine Prüfungsfrage zur Bedeutung Hugo von Hofmanns-
thals und den Briefen seines erfundenen Lords Chandos. Das Wort
konnte von einer Vorlesung in die andere getragen werden, von
Mayer zu Bloch und zu Krauss. Was wollte der Dichter uns damit
sagen? Nun, eine geradezu existentialistische Fragestellung, welche
uns Romanisten zu Jean-Paul Sartre führte, den immer wieder ver-
dächtigten Philosophen und Schriftsteller aus Paris. Doch hatte der
seinen Teil in Deutschland gelernt, in einer Annektion der Weimarer Klassik wie Heideggers Philosophie. Mayer blieb im Lande,
sprang von Hofmannsthal zu Thomas Manns Dr. Faustus: eine
Kunst hat nur dann einen Daseinsgrund, bindend für den Künstler
wie für sein Publikum, wenn dieser engagiert ist, eingebunden in
einer Sache ... Ja, in welcher? Für Bloch war die Sache universal.
Für Mayer rückte sie näher in jenem Bild, das er in seiner Schweizer

Emigration gesehen haben mochte: ein demokratischer Sozialismus, darin die Freiheit immer auch die Freiheit des Andersdenkenden sein muß. Für Krauss, dem Tode entronnen, mußte der Boden unserer Freiheit immer aufs neue umgegraben werden, mit Hilfe einer Partei, welche unsere Zukunft in einer von Parteitag zu Parteitag neu zu steuernden Balance zwischen Theorie und Praxis plante.

Merkwürdig, wie diese unmittelbare Nähe zum Alltag ein Benehmen verfinstern konnte. Blochs Heiterkeit des Stoikers, Mayers raffinierte Ironie, die zugleich Selbstverteidigung war, bei Krauss, von Krankheiten als Folge der Haft bedroht, war Ungeduld sein Stigma. Er bezwang sich selber, indem er wie Sisyphos den Stein der Wissenschaften um- und umwälzte, das französische achtzehnte Jahrhundert neu sichtete und mit der deutschen Aufklärung zur Überraschung der Germanisten verglich, dabei die Moderne zur nächtlichen Erholung aufnehmend, Kafka bis Grass, um am Morgen im Seminar zur spanischen Nüchternheit zurückzukehren, dieser anderen Seite des Don Quijotesken Wahnsinns. Und hier, beim Wahnsinn zerrütteter Wahrnehmung, glaubten wir ihn erkennen zu können. Denn Mayer, für ein Semester die Literatur des antifaschistischen Widerstands behandelnd, entdeckte uns den skurrilen Roman PLN, den Krauss im Zuchthaus geschrieben hatte, die Lebensgeschichte eines Ritters von Schnipfmeier, der in einer Diktatur der Staatsmacht dient, indem er die Postleitnummer erfindet. Die surrealistischen Tableaus des Romans evozierten die Geschichte der Malerei von Bosch bis Dalí.

Da hatten wir ihn, den achtlos mit sich selbst umgehenden Junggesellen, dem die schizophrenen Züge, im Zuchthaus eine Methode, dem Henker zu entkommen, in der Freiheit zur Mimikry gegen die zudringliche Dummheit der Verwaltungsbeamten wurden. Legenden entstanden, zusammengestrickt aus vagen Geschichten seiner Assistenten und den Auslegungen der wenigen Leser von PLN. Literatur als die eigentliche Geschichtsschreibung, so die Krauss-Schüler. Ließe sich diese These dann nicht auch für eine aus der Literatur entschlüsselbare Biografie nutzen? Jene unglückliche Liebe Schnipfmeiers etwa? Der Professor erwähnte in seinen Vorlesungen und Seminaren seinen Roman mit keiner Silbe. Ich ist ein

Anderer, hatte Rimbaud gesagt. Romane sind Traumnotate, surreale Protokolle. Die Wissenschaft aber ist Sache des Tages, also der Aufklärung. Sein Romanisches Institut bildete den Seitenflügel einer geräumigen Etage, die er bewohnte und die seine Haushälterin verwaltete, sein Foxterrier Knax bewachte, und ein Porträt Stalins in der Diele gab Auskunft über die Gesinnung des Mieters. Im Umgang mit seinen Assistenten und Studenten war Krauss für Gleichberechtigung. Das heißt, er mühte sich, etwa im Examen, die Entfernung zwischen Lehrer und Schüler abzubauen. Der Schüler sollte eigene Überlegungen einbringen, so unreif sie auch wären; der Lehrer würde die Stirn in Falten legen, sich mit der Hand durchs widerspenstige Haar fahren, eine Reihe von Ticks demonstrieren, die sein Ritter Schnipfmeier als ur-menschlich beschrieben hatte. Die Prüfung wurde zum Gespräch unter Kollegen. Hatte man bestanden, folgte die Einladung ins »spanische Zimmer« der Wohnung, zum Tee, der von der Haushälterin, mißtrauisch von Knax beobachtet, auf einer Karawane von Teewagen herangefahren wurde. Saßen die Assistenten auf den Bauernstühlen, verließ das Gespräch bald die Umgebung des Romanischen Instituts, um Ulbrichts Politik kritisch zu betrachten, sehr zum Erstaunen der zuhörenden Studenten. Krauss hatte das westdeutsche Marburg nicht mit dem ostdeutschen Leipzig vertauscht, um sich schweigend der Parteidisziplin unterzuordnen. Sein Vorbild genügte, daß der eine und andere seiner Assistenten, mit Garaudys Buch Realismus ohne Ufer in der Tasche, sich nach anderen Gesprächspartnern umsah. Aus Polen, aus Ungarn kam das Modell der unzensierten Diskussionen, an der Philosophen, Schriftsteller, Politiker teilnahmen. Die Partei, auf ihr Monopol bedacht, ließ sie alle ins Messer laufen. Krauss setzte sich für seinen verhafteten Assistenten ein. Die Partei zeigte auch ihm die Instrumente. Er kündigte der Universität und zog nach Berlin, an die Akademie der Wissenschaften.
Unsere drei Könige aus dem Morgenland gingen zurück in ihr Kastalien. Mayer ließ sich vertreiben. Bloch regierte von nun an in Tübingen, von wo er versuchte, der aufsässigen 68er Generation das Prinzip Hoffnung zu erklären. Gab es ein Ergebnis? Der Konsum-Kapitalismus hatte den längeren Arm. Er erledigte den Anarchismus der RAF-Leute und verhalf den andern zu einem guten Ge-

wissen, ließ ihre Namen auf der *pay list* der CIA eintragen und schickte sie in die Verlage und Redaktionen. Da niemand sich an der Freiheit des Wortes störte, wurde die Freiheit des Wortes zu ihrer Ideologie, die wie eine Meeresbrise in unser vom Klassenfeind bedrohtes eingemauertes Land hinüberwehte.

Die Liebe meiner Cousinen

Woher den Schlüssel nehmen, der Ihnen die Herzen meiner Cousinen Clara und Concha aufschlösse? Und woher die Frechheit des Phantasten nehmen, der wie ein strebsamer Schüler dem Leser keine leeren Seiten anbieten möchte und also Conchas gelegentlich schmachtende Blicke deutet oder Claras Geistesabwesenheit. Wem vertrauten sie sich an? Ihrer Mutter wohl kaum. Dies war schon eine andere Generation, unbewußt realistisch wußte sie vor allem, was sie nicht wollte, ohne deshalb die kommende Emanzipation ihres Geschlechts strategisch zu entwerfen, mit den gängigen Frauenzeitschriften als Generalstabskarte. Die Romane meiner Tante Teresa, ihrer Mutter, lehrten die Liebe als riskantes Abenteuer, als Brandmal, das zur Klassen- oder Kastenzugehörigkeit verdammte, Prostitution oder Ehe, die Gesellschaft zog ihre Grenzen und bestellte die Männer zu deren Bewachung. Dabei kühlten die Gefühle nicht ab, die Liebe, im Lied besungen als eine Himmelsmacht, zog sich den Schleier vors Gesicht und träumte vor sich hin. Je mehr in den Romanen meiner Tante gelitten wurde, desto schöner blühte der Baum der Hoffnung. *One day, my Prince will come ...* Clara und Concha lasen andere Bücher. Hatte ich darauf einen Einfluß? Sah ich denn ihre Zukunft mit Sorge, ich, der wenig Ältere, in der Rolle eines Bruders? Wohl kaum. Ich sah es mit Eifersucht. Vorbei war die Kinderzeit, da Concha meine erste Liebe gewesen war, wenn Sehnsucht und Herzklopfen zur ersten Liebe gehören und die unschuldige Berührung des andern das Gefühl eingibt, in einen dunklen Wald versetzt zu werden, aus dem man nicht mehr herausfindet.

Der Einbruch der Sexualität neutralisierte jedes individuelle Verlangen. Dafür schuf jede Diskussion, jede Fragestellung aus den Zwischenreichen von Literatur, Kunst, Philosophie oder Psychologie eine Erotik, die einen Partner im Geiste brauchte. Das waren die Jahre meiner großen Zuneigung zu Clara, die in ihrer illusionsfreien Art sich selber kontrollierte und einer drohenden Liebe mit ihren praktischen Forderungen in die Theorie entkam. Ein Ping-Pong-Spiel mit wechselnden Einsätzen.

Aber nun, in diesen fünfziger Jahren, waren wir alle drei an eine Grenze gekommen. Nicht länger in einem Reich zu Hause, würde ich zusehen müssen, wem sie Zutritt gewährten. Indes ich, ein Grenzwächter, Ausschau hielt nach den vermeintlichen Grenzverletzern. Bei Concha mußte ich nicht lange warten. Sie war eine Träumerin. Nannte ihr Vater sie nicht »das Wolkenschaf«? Seit jenen Ferientagen im Harz oder Thüringer Wald. Mein Onkel Gustav, für zwei Wochen befreit vom Plansoll und den Werbungen des Parteisekretärs, endlich Mitglied der Sozialistischen Einheitspartei zu werden, *wo Dein Platz, Genosse, ist* –, er wird seine Unruhe in langen Wanderungen abreagiert haben, hoch auf die Höhenzüge des Harzes und vorbei an den blühenden Wiesen Thüringens. Clara wird ihn begleitet haben, in ihrer Neugier auf Flora und Fauna, aus der später die Beschäftigung mit der menschlichen Natur und ihren Krankheiten wurde.

Concha aber ließ über ihre Mutter ausrichten, sie habe ihre Tage und brauche Ruhe. Und dann lag sie im Liegestuhl der Pension und schaute den ziehenden Wolken nach. Schaumweiße Gebilde, die sich fanden und lösten und weiterzogen. Sie sehnte sich zurück nach Leipzig, denn zurückgelassen hatte sie diesen Latino, kam er nun aus Chile oder Peru, kein Tangoheld, aber in seiner kreolischen Verschlossenheit verbarg er die ganze Romantik, die es brauchte, um Concha zu begeistern. Wußte er das? Er war eine Zeitlang das Geheimnis von Concha und deren Freundin Susanna, und solange er keine Gelegenheit fand, sich zu entscheiden, konnten beide Mädchen ihre Liebe problemlos teilen.

Der Zufall bewahrte Concha davor, in jungen Jahren die Witwe eines Guerrilleros zu werden und die Mutter zweier Kinder mit martialischen Vornamen aus der indianischen Heldengeschichte Perus und dem Befreiungskampf in Asien und Afrika, also Atahualpa oder für sächsische Zungen geläufiger: Frantz, nach Frantz Fanon. Denn Susanna hatte von ihrem Vater, einem Rektor der Parteihochschule, gelernt, praktische Solidarität zu üben. Sie traf ihren Carlos in den Vorlesungen Hans Mayers und lud ihn ein, ihre Eltern kennenzulernen. Er kam und las ihnen seine Gedichte vor. Die Einladung verpflichtete Carlos zu mehr Aufmerksamkeit, und es kam selten vor in dieser sächsischen Metropole mit ihrer abwartenden politischen Meinung daß sich jemand wirklich und solidarisch für die Probleme der Dritten Welt interessierte. Drei Jahre später wurde der in den Guerillakrieg des Leuchtenden Pfads ziehende Ehemann gefangengenommen, mit Benzin übergossen und verbrannt. Ob Concha noch immer von der verkappten Romantik der in Leipzig studierenden, im Exil lebenden Chilenen, Venezolaner, Columbianer träumte, ich weiß es nicht. Im Todesjahr von Carlos heiratete sie einen angehenden sächsischen Handwerksmeister, einen Mann nach der Vorstellung ihres Vaters.

Nun aber rede nicht um die Hauptsache herum, sagt Clara. Denn Susanna, die ihre exotischen Kinder ernähren mußte und dazu das Andenken an ihren Mann, der zum Idol des lateinamerikanischen Kampfes wurde. Susanna unterrichtete an der Buchhändlerschule. So lerntest du in ihrer Wohnung eine ihrer Schülerinnen kennen ...

War das nicht, sage ich, in einem anderen Land, *and besides, the wench is dead*?

Reden wir doch lieber von dir, sage ich.

Gibt nichts zu erzählen, sagt Clara. Keine Geheimnisse.

Dagegen würden, vermute ich, die Geheimnisse deiner Schwester Concha, machte sie daraus ein Buch, alle diese zeitgenössischen Lebens- und Liebesbeichten in den Schatten stellen.

Clara schüttelt den Kopf. Schließlich ist sie auch ein paar Jahre älter als ich, sagt sie.

Und der sächsische Handwerksmeister kannte sich offenbar im Holzbau, oder war er Klempner, besser aus als in den Bedürfnissen seiner Frau. Und so trennten sie sich. Wer aber machte sich diesen unausgeschöpften Rest in Conchas Leben zunutze?

Frag sie doch, spottet Clara und schaut auf die Uhr. Die Mittagspause ist zu Ende, ihre Patienten warten. Und es wartet am anderen Ende der Stadt ihr Mann Richard, ein praktischer Arzt in einer Poliklinik, auf ihren Anruf. Einmal am Tage grüßen sie einander per Telefon mit dem Eifer und der Aufmerksamkeit junger Liebe und ohne die mißtrauische Empfindlichkeit junger Liebe. Und so gehen sie ins dreißigste Ehejahr. Philemon und Baucis. Ich sehe zu und staune. Insgeheim legen Concha und ich eine Liste möglicher Verführer an, im Umkreis der Eheleute. Richard, stets umgeben von flinken fleißigen Krankenschwestern, bedrängt von kranken Ehefrauen, denen alles fehlt außer Krankheit. Clara, von Kollegen umschwärmt, von Assistenzärzten befragt, von Patienten zum Frauentag mit Blumen und Pralinen überhäuft – und? Nichts. Den Gefühlshaushalt beider reguliert der regelmäßige Konzertbesuch. Masur am Pult als Seelenarzt. Kino und Fernsehen zeigen die Fallen, die das Leben stellen kann, und wie man sie umgehen könnte. Das untergegangene Land hatte eine hohe Rate an Ehescheidungen – unter Intellektuellen. Intelligenz und Illusionismus schließen einander nicht aus. Der aufs Praktische gerichtete Sinn *der Erbauer des Sozialismus* machte sich keine Illusionen, die neue Partnerin, der neue Partner könne vom Himmel gefallen sein. Und heute? frage ich Clara. Konsumsucht und Partnertausch sind die Sirenen auf den paradiesischen Inseln der neuen Welt.

Uns aber, sagt Clara, und meint sich und ihren graumelierten Richard, bekommst du in kein Schema.

Die Ausnahme, sage ich, könnte das Ideal von morgen sein.

Jacqueline

Wie aber steh ich nun da, ich meine, vor Clara und Concha. Von ihnen will ich alles wissen, ich aber schweige, den alten und dummen Spruch beherzigend, ein Gentleman genießt und schweigt. Erste Liebe? Eine Fiktion der Dichter. Ein Fehlstart, eine Infektion ohne Folgen, womöglich, sage ich zu Clara, eine verkappte verschleppte Tbc, die erst ausbricht, wenn sie den richtigen Nährboden wittert. Und brach bei dir nicht die Krankheit aus, während des Studiums, in jenem Semester, als du deinen Richard kennenlerntest?

Meine Infektionen schleppten sich so hin, von Concha zur ostpreußischen Helga, von dieser zur geigenden Christiane.

Und dann? fragen Clara und Concha, und in ihrer Frage wittere ich Schadenfreude über die nächste Infektion, die ein Gedicht, ein fremdes oder selbst fabriziertes, heilen würde.

Nicht ganz, sage ich. In jenem Frühjahr vor dem Abitur, März 1950, kam ich auf Anweisung des Schularztes in ein Erholungsheim am Fuße des Erzgebirges, ein Kaff namens Geising. Was sollten wir kurieren, Schüler, Lehrlinge, ein Jungarbeiter vom Untertagebau Wismut? Er war der einzige, der mit Geld um sich werfen konnte und auf dessen Rechnung wir die Mahlzeiten im Heim anreicherten mit Bockwürsten, Bier und Bonbons. Die Altersunterschiede zwischen uns, der sich anfangs fremd gebende Abiturient, der kein Bier vertrug, die mit Witzen und Kraftausdrücken imponierenden Lehrlinge, künftige Schweißer, Elektriker, Eisenbahner, wir erfanden die klassenlose Gesellschaft, indem wir uns um Jahre verjüngten und zum Ärger der Leute mit einem gestohlenen Handwagen über die abschüssigen Dorfstraßen karjohlten, die Deichsel als Lenker benutzend.

Diese Kindereien legten wir schnell ab, im Heim, bei den Mahlzeiten, sobald Jacqueline (*Schackliehn*) das Essen auftrug. Werner, der Jungmann von der Wismut, blieb unbeeindruckt. Er sah durch sie hindurch, oder wenn er sie wahrnahm, dann wie der Satte einen vollen Teller betrachtet – wer will davon essen? Jacqueline machte, daß wir kaum wagten, den Löffel zum Mund zu führen, um nichts von ihrem Auftritt zu verpassen. Sie versorgte diesen Kindergarten mit kalter Freundlichkeit, die im Widerspruch stand zu ihrer sich zu gern wegschenkenden Erscheinung. Eine Achtzehnjährige mit der voll aufgeblühten dunklen Schönheit italienischer Frauen. Hatten die Römer nicht über Jahrzehnte das Erzgebirge umgegraben auf der Suche nach Silberminen? Und alles, was sie erreicht hatten, ließ sich an *Schackliehn* beobachten, deren Augen die ganze Gestalt mit ihrer Glut versorgten.

Und du hast dir die Finger verbrannt, ja? fragen die Cousinen.

Nur zu gern, sage ich.

Denn ich lief ihr nach. Das war einfach, wenn an den Nachmittagen die Mitbewohner entweder schliefen oder über Wald und Flur die verordneten Spaziergänge erledigten. Jacqueline, die Haustochter, die Angestellte war für alles zuständig, in der Küche, im Heim, in der feuchtdunklen Badestube, einer Art angebauter Schuppen mit eingeteilten Kabinen. Also liefen wir uns über den Weg, und wenn ich sie abpaßte, war es bei ihr nicht anders. Ich war der Student aus der Stadt (die Cousinen lächeln nachsichtig), mehr noch, ich konnte mich, die Fotos meines Onkels William wie ein Kartenspiel vorzeigend, für einen Amerikaner ausgeben. Das weckte ihre Neugier. Ich zeigte das Empire State Building, als hätte ich dort gerade die Schöne vor dem Zugriff des Riesenaffen gerettet, und ich fuhr über die Golden Gate Bridge, mit genauen Angaben zu Wetter und Durchschnittstemperatur in San Francisco. Und dann Hollywood.

Kenn ich, sagte Jacqueline, aber wie komm ich hin?

Der Weg in die Badestube war näher. Es war ihr freier Nachmittag. Kannst mitkommen, sagte sie. Ich bade nur mal schnell. Setz dich hier auf die Bank. Aber lunse nich' um die Ecke.

Ich schloß die Augen, und öffnete sie erst, als sie mir half, die amerikanischen Klamotten auszuziehen. Die Hitze, die von ihrem nackten Körper ausging, dieser Schale reifer Früchte, dieser Landschaft, die das Erzgebirge mit seinen Höhen und Tiefen nachbildete, löschten wir unter der Dusche … Gut, ich höre schon auf. Meine

Infektion hielt Tage an. Die Lektion, die ich mit dieser Lehrerin lernte, ein Nachhilfeunterricht, brachte die wie beim Schulaufsatz aufgebaute Disposition – Einleitung, Thema, Ausführung, Zusammenfassung, Schluß in neue Zusammenhänge.

Mein Versuch, dies und das besser zu begreifen durch Wiederholung, die laut einem russischen Sprichwort die Mutter der Wissenschaft ist, blieb erfolglos. *Ihre* Infektion, hervorgerufen durch meine aufgesparten Chesterfield und den so anderen amerikanischen Gebäuden (verglichen mit denen in Geising), war wohl nach einem Nachmittag geheilt. Es blieb ihr Lächeln, wenn wir uns sahen, ein nur meinem Ohr vernehmbares Knistern ihrer Wäsche. Mein Bild von ihr legte sich als Schnittmuster über alle späteren Anlässe zu neuen Infektionen.

Christiane, in Weimar, die, wenn ihr richtig gezählt habt, erst jetzt ihren Auftritt hat, entging dieser Schablone. Warum? Liebe ist, wenn einem jeder Vergleich fehlt und man nicht weiterweiß.

Die Agentur

Die Schwestern vermieden auch in den Jahren, die dem Erzähler von der unbarmherzigen Zeit diktiert werden, den Namen ihres Bruders Alfredo zu erwähnen. Jede für sich dachte an ihn, ob er da drüben in Buenos Aires noch lebe und wie und mit wem und warum er nichts von sich hören lasse. Tío Salus, der Patriarch der argentinischen Familie, war gestorben. Hätte er nicht seinem Neffen Alfredo einen Anteil am Erbe überschreiben können? Eine Handvoll Aktien in Sachen Fleischextrakt, zu handeln an den Börsen der Wall Street oder in Frankfurt, Main natürlich. Denn wir *in der Zone* hatten den enteigneten Kapitalisten dieses Glücksspiel mit Aktien und Wertpapieren ausgetrieben. Und aus der Misere der Nachkriegszeit, nach dem Kahlschlag sowjetischer Reparationen, Wagenladungen mit Telefonen, Werkzeugmaschinen, Drehbänken und Blüthnerflügel, die, am Ziel angekommen, die hinterlassenen Schrotthalden des Zweiten Weltkriegs in alpine Gebirgszüge verwandelten –, aus der Misere kamen wir in die neue Zeit. Immer mit der Produktion hinter den gesteckten Planzielen zurückbleibend. Der konkret existierende Sozialismus aber läutete die kommende Ära einer *virtual reality* ein, einer täuschend nachgemachten Realität, ob sie nun aus Fleisch oder Fisch bestand oder aus real existierendem Sozialismus und scheinheiliger Demokratie.

In Argentinien aber, sage ich, in den sechziger Jahren, vor und nach Evitas Tod, der das Land zu einer en suite gespielten Operette machte, steckte man noch in den kruden Verhältnissen eindeutiger Wirklichkeit. Was die Presse an Lügen unter die Leute brachte, wurde von den sieben Irren aus Roberto Arlts Romanen, von den Flammenwerfern seiner Anarchisten, in alle Winde gestreut. Schlug der Staat zurück, hatte man eine bessere Übersicht über das Spiel der Kräfte. Wie hätte da eine Agentur, wie sie mein Onkel Alfredo in Buenos Aires leitete, nicht erfolgreich sein können bei der Sondierung der Kräfte, zumindest auf dem lateinamerikanischen Kontinent, auf den Uncle Sam, von Cuba aus, seine Fernrohre und Pistolen gerichtet hatte. Möglich, daß Tío Salus' Fleischextrakt-Aktien, an der Wall Street mit hundert Prozent verkauft, der Agentur in der Calle Belgrano zum Überleben verhalfen.

Wie die Agentur funktionierte? Wie jede andere Presseagentur auch, Reuters oder Prensa Latina. Tag und Nacht kamen die druckfrischen Zeitungen aus aller Welt, wurden ausgewertet, das heißt, Alfredo unterstrich die Schlagzeilen und Meldungen mit dem Rotstift. Er selber, dank seiner Sprachkenntnisse, las die deutschen, französischen, englisch-amerikanischen und spanischsprachigen Zeitungen. Für die slawischen Sprachen, Russisch vor allem, hatte er seine Mitarbeiterin, Raissa Tschechowa, Tochter im spanischen Krieg eingesetzter Parteiarbeiter. Sie behauptete, ihre Mutter habe ihn aus dem Madrider Hotel Florida gekannt und er habe sie umworben. Umsonst. Genossin Tschechowa hatte Order, sich um Malraux und Hemingway zu kümmern. Ein Leichtgewicht wie Alfredo fiel nicht mehr auf als der Liftboy unter den Hotelangestellten.

Raissa, die Spanisch mit argentinischem Akzent sprach, mit ihren blitzgescheiten Augen die Besucher der Agentur fixierend, daß diese nicht wagten, mit Blicken Maß von ihrer ideal proportionierten Figur zu nehmen, Raissa, sage ich, hätte gern die Liebe, die ihre Mutter Alfredo verweigert hatte, wie eine Schuld abgestattet. Aber der *jefe* zeigte sich unnahbar. Ein Deutscher eben, sagte sich Raissa, auch wenn er mit seinem Schnurrbart und seinen auf Kette gerauchten Zigaretten wie ein Argentinier wirkte. Raissa empfing die Besucher, die ihre Karten abgaben und die behaupteten, im Auftrag ihrer Zeitungen zu kommen, in Columbien, Cuba oder in der Sowjetunion. Vermutlich kamen sie im Auftrag ihrer Botschaften, auch wenn sie vorgaben, Gabriel García Márquez zu heißen, Fidel Castro, Ernesto Guevara oder Ilja Ehrenburg. Es hätte sie nicht überrascht, Alfredo nicht vor einem Globus sitzend zu finden, sondern vor einer Glaskugel, wie eine Wahrsagerin. Denn Alfredos Agentur, je mehr sie die argentinische Presse mit letzten Meldungen aus der Weltpresse versorgte, geriet mehr und mehr in den Ruf, Politik machen oder befördern zu können.

228

Nicht unbeteiligt an diesem Ruf war Freund Galland, aufgestiegen in den Rang eines Militärberaters General Peróns, der in der argentinischen Operette eine Charge war, halb Mussolini, ein wenig Stalin und auf Verlangen ein wenig Truman oder Eisenhower. Besuchen Sie die Agentur meines Freundes Alfredo, riet Galland seinen Besuchern. Und wie jede Wahrsagerin würde Alfredo verkünden, so wie es ist, bleibt es nicht.

Der Krieg der internationalen Leitartikler, hie Times, da Prawda, bereitete auf den letzten großen Krieg vor, ein Armageddon, wenn eine Armee gestürzter Engel Satans Herrschaft auf Erden verteidigen würde gegen die Königskrieger im Namen Jesus Christus. Nur: das Reich des Bösen, wo lag es? Doch immer auf der anderen Seite, wie in jenem Witz aus der »Codorniz«, da ein Mann sich bei einem Passanten erkundigt: Wo ist die andere Straßenseite? Und drüben angekommen, fragt er den nächsten: Wo ist die andere Straßenseite? Und so weiter, geradezu ein Rausch im Niemandsland.

Alfredos Mißtrauen den Besuchern gegenüber, die sich die Klinke in die Hand gaben, war nicht zufällig. Ein Gringo, der sich als Vertreter der New Yorker Herald Tribune vorstellte und auswies, konnte ebenso gut ein Agent des FBI sein, der Möglichkeiten sondierte, ihn zu verhaften und vor Gericht zu stellen, wie vor wenigen Jahren in Madrid. Wer in Buenos Aires würde sich für einen Fall Alfredo, wie heißt er doch gleich, interessieren? Für Perón war er ein Staubkorn auf seiner Paradeuniform. Gut, würde er sagen, sollen sie uns die kleinen Nazis wie Läuse aus dem Pelz pflücken, um so besser hüten wir die großen Fische.

Welche Geheimnisse aus der Zeit des Zweiten Weltkriegs könnte Alfredo anbieten, um sich nach allen Seiten abzusichern? Er hatte nichts anzubieten. Also war er gefährdet. Den Spielregeln der Operette gemäß verwandelt sich die Agentur in eine Bühne der Intrigen. Etwa so: der amerikanische Besucher droht und verspricht Hilfe zugleich, wenn Alfredo ein wenig mehr in die Geheimnisse der russischen Seele eindringen könnte. Man ist da einer Atomspionage auf der Spur, die Spur führt von Los Alamos nach England, womöglich nach Berlin Ost … Oder: der sowjetische Mann von der Prawda überbringt eine Einladung nach Moskau. TASS ist eine großartige Agentur, ein Erfahrungsaustausch immer angebracht. Ein Urlaub auf der Krim, und Sie kommen wie neu geboren zurück, so gut erholt, Ihre eigene Mutter erkennt Sie nicht wieder. Ihre eigene Mutter: Mamuquis bei ihren Töchtern in Leipzig. Lebt sie noch? Die Variante Berlin erscheint verlockend.

Oder: der kubanische Vertreter, Zigarren der Marke Romeo & Julieta verteilend, auch Raissa nimmt eine, und der Kubaner fragt: *oiga che, pero vos no sois Argentino, eh?* Der Kubaner bietet die radikalste Verwandlung an: einen neuen Menschen, der aus dem revolutionären Kampf hervorgehen wird. Doch nicht in Cuba? Niemals werden die Yankees ihr kleines Bordell vor ihrer Haustür preisgeben. Und wer soll ihnen den Zucker für den Kaffee liefern und wer ihre Cola saufen? Die kubanische Option, sage ich den Cousinen, wir können es bedauern oder nicht, wird nicht erwogen. Alfredo als ein zweiter Cienfuegos in der Sierra Maestra, heute wäre er eine Legende in den Schulbüchern, das haben wir nicht zu bieten.

Galland, befragt, ob tatsächlich hier ein Bauernopfer geplant ist und wenn ja, wie man den Hals aus der Schlinge kriegt, Galland rät, mit den stärksten Batallionen zu marschieren. Und das sind in diesem amerikanischen Jahrhundert die Yankees. *Jump, I give you liberty.* Ein kleiner Urlaub in Europa. Raissa kann die Agentur eine Weile in eigene Regie übernehmen.

Fernweh

Als Falk die Stadt verließ, um in Freiberg an der Bergakademie zu studieren, war es das Ende unserer Schulzeitung. Falks Begabung, jedes Foto, jedes Bild zu kopieren, in jedem gewünschten Stil, hatte aus unserer Zeitung eine begehrte Publikation gemacht, die wir, in kleinster Auflage auf der Schreibmaschine kopiert, gegen eine Leihgebühr von 15 Pfennigen den Mitschülern überließen. Mit weniger Material ausgestattet als Alfredos Agentur in Buenos Aires, wurden wir dennoch zur Irritation für die Lehrer. Diese, dem Mundo Argentino abgeguckten, abgemalten Stromlinienzüge, diese neumodischen Motorräder aus Italien, Vespa genannt, diese amerikanischen Küchen, halb Labor und halb Zauberladen – war das nicht suspekt, und wir im Dienst der Fünften Kolonne, die ihren American Way of Life nach Leipzig schmuggelte, mit unserer Hilfe? Direktor Dorner schien darüber nachzudenken. Dann tat er, was die anderen Lehrer nachmachten, er blätterte flüchtig in diesen, von rotem Scotch Tape gehaltenen Seiten, verwies auf das groß aufgemachte Wahlergebnis der Nationalen Front, 97 Prozent (dumm waren wir nicht), um bei den Sportberichten zu verweilen, dann kam die Rubrik Schlager der Woche, das ließ er weg, denn wir notierten die RIAS-Hitparade vom vorigen Sonntag, RIAS, Rundfunk im amerikanischen Sold. Sehr begabt gemacht, sagte er, das Ganze, der Zeichner, großartig, aus der Helmholtzschule. Wie? Also brachten wir unser Blatt auch unter die Helmholtzer, ja? Man wird sich mit der Kollegin Wolfssohn verständigen müssen. Schwach sind die Kurzgeschichten des Chefredakteurs, was will er einmal werden? Journalist, sagte ich. Fraglich, ob unser Blatt eine Bewerbung zum Studium an der Fakultät für Journalistik unterstützen kann.

Meine Bewerbung wurde abgelehnt. Unser Mann für Sport studierte Ökonomie, der Fachmann für Politik und Schlager Altphilologie, Falk kehrte den Künsten den Rücken zu und zog in die Stadt des Silbers, Freiberg, wo der Geist Alexander von Humboldts mit dem

Geist des Freiherrn von Stein in den Lüften korrespondierte, so daß in manchen Nächten die Silbermann-Orgel im Dom mit ihren 45 klingenden Registern und 2674 Pfeifen von selber zu spielen anfing.

So kam es, daß die Gespräche über den Charakter des Be-bop, über den nach Falk von Freud verbreiteten Schwachsinn zu den Problemen der Sexualität, über die von Falk aufgestellte Theorie einer Wellenbewegung in Kunst und Wissenschaft ganz wegfielen. Melle und Chico trafen sich öfter, und sie kamen mit kurzen absurden Sentenzen aus, in denen Melle ein Meister war. Vasco da Gama reichte zur Begrüßung aus, und um die Lage zu erkennen, die Feststellung: Pflügt im Märzen der Bauer, wächst die Wut auf Adenauer.

Melles empfindliche, jedem Kälteeinbruch ausgesetzte Gesundheit nötigte ihn zu tagelangen Pausen in seiner Arbeit als Betriebszahnarzt – *Kasse machen*, das Wort, das alles enthielt.

So hatten wir Zeit, Melle mit Imidin und Gelonida, mit übergroßen Taschentüchern versorgt, durch die Stadt zu wandern.

Melles vom Schnupfen verkürzter Atem reichte nicht aus, die Geschichten, die ihm durch den Kopf gingen, in längere Sätze zu fassen. Ich selber hatte Mühe, an seiner Seite Schritt zu halten. Eine Weile tauschten wir, auf der leicht abschüssigen Straße, die von der Leutzscher Kirche zur Post, ins Villenviertel und durch den Wald zur Stadt führt, ein paar Namen aus. Ole, ein Berufskollege von Melle, hatte Kitty geheiratet. Kennst du, sagte Melle, sie ging gewissermaßen auf den Strich, wenn sie in der Mensa auftauchte, die nach Kalinin benannt ist, immer ein Rätsel, denn wer bitte war Kalinin.

Ich wußte es auch nicht.

Kitty im Kalinin streunte herum und bot den Mädchen ein wenig Kosmetik an, Augenbrauen auszupfen, und Ole bot sie eine Maniküre an, künftiger Zahnarzt, jetzt hat er seinen Stuhl in Borsdorf, könnten ihn besuchen, muß also immer einwandfreie Finger haben, wenn er anderen Leuten diese in den Mund steckt. Er konnte sich nicht gegen Kitty wehren, letztes Mal, als ich sie besuchte, keine Kinder, ein Kater, der nachts sein Geschäft im hingestellten Aschekasten des Kachelofens verrichtet, und früh kannst du sehen, wo er nachts hingelatscht ist, als Kitty mit ihren blonden Strähnen und solchen Augen in den Spiegel schaut und zu mir sagt: Ich seh aus wie die ehrbare Dirne. Guter Film, lief im Capitol.

Kenn ich, sage ich, Sartre, der seinen Existentialismus vermarktet, und dann muß ich eine Geschichte anbieten, auf der Höhe von Mädlers Villa, die von Gerüchten umgeben ist wie von Stacheldraht. Armee, Staatssicherheit, ein Forschungslabor? Waren Engel und Ferge nach dem 17. Juni hier verhört worden? Ehe man sie in den Westen abschob, oder verkaufte? Auf der anderen Straßenseite, wo die zerbombte Villa unser Obstgeheimnis versteckte, in den Tagen von Harry, Horschte und Pippi, klotzt der Bau einer Kaserne.

Ich bringe die Rede auf Falk, nur um in Gedanken nach Geising zu kommen. Vor einem Freund wie Melle hat man keine Geheimnisse.

Jacqueline, sage ich, habe ich dir von Jacqueline erzählt?

Melle ist ganz Ohr. Schließlich hat er im Sommer an der Ostsee ein Mädchen geschwängert, was ich noch nicht weiß. Seine häufigen Erkältungen seitdem, waren sie nicht Fluchtversuche? Auf jeden Fall gleichen unsere Wanderungen Versuchen, zu entkommen oder irgendwo im Unbekannten anzukommen. Jacqueline, sage ich, sofort mehr. Leider hat sie vor vier Wochen geheiratet, wie ich erfahre.

Melle bleibt stehen, holt tief Luft, flößt sich ein paar Tropfen Imidin auf die geschwollenen Nasenschleimhäute, fixiert mich durch seine randlose Brille und zeigt mir einen Vogel.

Sag bloß, es tut dir leid, daß sie nicht auf dich gewartet hat. Jacqueline aus Geising, mein lieber Mann, wovon wolltest du leben? Du hättest Milch im Konsum verkauft und sie die Semmeln.

Wieso, sage ich. Sie wäre nach Leipzig gezogen und hätte Kinokarten im Casino verkauft …

Und die Filme hätten am Ende ihren Charakter versaut. Sei froh. Eine Frau weniger ist eine Frau mehr. Aber zur Sache. Wie war sie im Bett?

Ein Bett brauchten wir nicht, sage ich, und belesen, wie ich bin, reime ich mir ein paar handfeste Szenen und das dazu nötige Vokabular aus Henry Miller, Sartre und dem Marquis de Sade zusammen. Worauf Melle seine Erfahrungen mit dem Analverkehr mitteilt. Doch da haben wir schon die Tauchnitzbrücke erreicht, betrachten das morastige Wasser, und als wir den Zoo und die Kongreßhalle zur Linken haben, an den Flügel denkend, der zur Stunde unerreichbar ist, Melle begnügt sich, ein wenig Bud Powell zu pfeifen, Tempus fugit, entschließen wir uns, über den Stadtring den Hauptbahnhof zu erreichen.

Für ein Glas Gin im Café Schmalfuß ist es zu früh. Andere Kaffeehäuser wie Der Kaffeebaum, das Central, kleinere Restaurationen im Schatten des Alten Rathauses, meiden wir. Zu viele Künstler und kuchenverzehrende Muttchen. Die Milchbar am Capitol? Die neuen Milchshakes, mit und ohne Alkohol, haben wir alle ausprobiert. Der Nachteil, wenn man auf dem Barhocker an der nach Honig und Ananas duftenden Theke sitzt, man trifft immer einen Mitschüler oder Kommilitonen, der einen von der Musterung einer genußvoll schleckenden weiblichen Kundschaft ablenkt. Im Capitol und im Casino am anderen Ende der Passage liefen die italienischen Filme des Neorealismus. Wir hatten sie alle gesehen, La Dolce Vita, Fahrraddiebe, de Sicas traurige Balladen. Aus dem Kino kommend, indes die Stadt im trüben Licht des frühen Abends versank, legte sich das kalte Licht italienischer Vorstädte mit ihren nüchternen Neubauten wie eine Folie über die eigene Stadt. Eine Weile verwirrten sich unsere Wahrnehmungen, und wir erkannten die Macht des Films, unseren real existierenden Sozialismus mit einer Patina von Sehnsucht, Schmerz, Lust und Ausweglosigkeit zu überziehen. Ein Problem für die Zensur, die immer mehr die seichte österreichische Importware bevorzugte, auf Kosten sowjetischer und eigener Filme. Und aus Italien schickten sie uns die busige Lollobrigida und immer seltener die finstere Anna Magnani.

Wir hätten in der Bodega in der Mädler-Passage einkehren können, eine Bloody Mary trinken und uns an den Gesprächen zwischen Kundschaft und Barkeeper beteiligen können, die unserem Stil der Andeutungen und verdrehten Sprichwörter entgegenkamen. Für heute aber wollten wir uns auf ein anderes Spiel einlassen: Im Hauptbahnhof in einen der wartenden Züge steigen, in Unkenntnis, wohin er fahren würde, Reisen als eine Art russisches Roulett, denn würden wir in Taucha oder in Wladiwostok ankommen? Melle hatte sein Monatsgehalt in der Tasche, um für uns beide beim Schaffner die erforderliche Fahrkarte einlösen zu können.

Der Bahnhof mit seiner West- und seiner Osthalle war eine Kathedrale der Stadt, eine andere Klimazone, imprägniert weniger von Gebeten und Jenseitshoffnungen der Gläubigen als von Abschiedsschmerz, Ankunftshoffnung der Reisenden. Magischer Ort des Übergangs. Die gewaltige Freitreppe brachte uns zu den Bahnsteigen. Reisende ohne Gepäck. Niemand hinderte uns daran, in den nächstbesten Zug zu steigen, den sonst niemand benutzte und von wo aus wir die Unruhe auf den anderen Bahnsteigen beobachten konnten, die langsam ein- und ausfahrenden Züge, ihr zischendes Bremsgeräusch, die weißen Dampfschwaden, Weihrauch des Industriezeitalters, der aufstieg zum Kuppeldach dieser Kathedrale. Wohin fuhren wir? Spekulationen waren wie immer Teil unserer Gespräche. Bis zur deutschen Grenze würden wir gelangen können, dann würden sie uns aus dem Zug holen und verhören. Aber für einen Interzonenzug war dieser Zug mit seinen Holzbänken zu schäbig. Ostsee? Thüringer Wald? Erzgebirge, hoffte ich. Eine Stunde später kamen wir, nach halbstündiger gemächlicher Fahrt durch Wald und Flur im Leutzscher Bahnhof an. Dann saßen wir wieder in Melles Zimmer und schauten auf den Wasserturm, der an den Pariser Eiffelturm erinnerte.

Der Agent

Die Gründe für Alfredos Abwesenheit von seiner Agentur in Buenos Aires erklärte Raissa den Besuchern. Der *jefe* sei in Brasilien, um mit den Rundfunkanstalten von Rio de Janeiro und wo noch Verträge abzuschließen. Ein Land wie Brasilien könne sich nicht auf Lesekundschaft verlassen, wer hätte im Grande Sertão je eine Zeitung geschweige denn ein Buch in Händen gehabt. Brasilien, Land der Verheißung, das wurde den Indios und den Eingewanderten stündlich zugerufen, Affen und Papageien schnatterten es nach, die Wasser des Amazonas gaben die Harmonien, der Urwald gab das Holz für die Trommelschläge, und auf den Wellen der Musik kamen die anderen Wellen der staatlichen und privaten Sender, deren Redakteure wissen mußten, was in der Welt geschah, damit sie weglassen konnten, was ihre Hörer beunruhigen würde.

Und so stellen wir uns unseren Onkel Alfredo im weißen Anzug mit Panamahut am Strand von Copacabana vor, im Schutz des segnenden Christus, vielleicht im Auftrag von Telefunken oder Körting Prospekte in den Favelhas verteilend und zum billigen Kauf auf Raten eines deutschen Radios animierend.

Es war alles ganz anders. Agenten leben ein Doppelleben, ihre eine Geschichte lenkt von der anderen Existenz ab, nur: in welcher sind sie wirklich bei sich, identisch mit Wille und Vorstellung?

Für Clara und Concha mache ich wieder einmal zu viele Umschweife. Wenn du weißt, wo er sich *wirklich* befindet, dann sage es uns. Nicht so schnell, sage ich. Der Geist der Erzählung muß mich erst erleuchten, schließlich bin ich nicht mehr als sein Medium. Etwas Musik könnte helfen. Und ich lege eine CD mit den Zigeunerliedern, den Circusliedern und Odessaer Tangos von Pjotr Konstantinowitsch Leschenko auf.

Wer ist das nun wieder, fragt Clara, doch Concha erinnert sich an eine Fernsehsendung neulich, ein Gespräch mit der Witwe dieses, sag den Namen noch mal, dieses Königs des russischen Tango, im

Juli 1954 in einem Straflager bei Bukarest gestorben, ein von Stalin Ausgestoßener, musikalische Konterrevolution, so ein Blödsinn (Concha hat bekanntlich ein Herz für sentimentale Musik), heute in Moskau und in Berlin ein Delirium, alte Männer weinen beim Anhören seiner Musik, die sie oder ihre Väter um 1935 im Charlottenburger russischen Restaurant Tari Bari gehört haben.

Clara sieht mich spöttisch von der Seite an. Nur zu, sagt sie, da sind wir neugierig, was für ein Märchen aus tausendundeiner Nacht du uns heute erzählen wirst.

Solange erzählt werden kann, bleibt jeder von uns am Leben, sage ich.

Und die letzten, das sind wir, sagt Clara, machen das Licht aus.

Nun also zu Alfredo. Wir sehen ihn in jenem Jahr in Bukarest. Rumänien, 1944 hat es Deutschland den Krieg erklärt, Stalin schickt seinen General Bulganin nach Rumänien; später fällt er in Ungnade. Bukarest windet sich in herzlicher sowjetischer Umarmung. Es macht vor, wie Rumänien und Rußland seit jeher ihre Tänze aufführen, der Ort dafür ist das Lokal Leschenko. Die Musiker intonieren die sowjetische Hymne, vom Land, wo der Mensch so frei atmet; dann aber tritt Leschenko auf, in Frack und Fliege, ein Vollblutmusiker, ein Teufelsgeiger, alle Instrumente gehorchen ihm, die Ziehharmonika stöhnt ihre Klage, die Hawaigitarren machen süchtig, und die Zigeunertangos fegen durch das zigarettenvernebelte schummrige Lokal. Auf jedem Tisch eine Kerze, falls der Strom abgeschaltet wird, auf Anweisung womöglich einer mißtrauischen Behörde. Die Konterrevolution, die im Leschenko mit jeder Note sich ausbreitet, Türen und Fenster aufstoßend, die Konterrevolution liebt das Zwielicht. Im Anschlag die Häscher, doch auch sie können wie der Teufel in jenem Märchen vom fiedelnden Soldaten nicht zugleich die Beine still halten und die Ohren offen für konspirative Gespräche.

Am Tisch nahe der Bühne der argentinische Journalist Alfredo Manteola, gewiß doch unser Alfredo, ist mit falschem Paß eingereist, ohne ansonsten sein Aussehen zu verändern. Mit seinem Schnurrbart, seinen nikotingelben Fingerspitzen, seinen hochglanzpolierten zweifarbigen Schuhen, gleicht er den Bukarester Nachtschwärmern. Domnule, sagen sie zu ihm, laden ihn zu einem Glas

Zuica ein und bieten ihm unterderhand eine Prise Kokain an, als sie erfahren, daß er Ausländer ist, wenn auch aus der weitläufigen Familie einstiger römischer Herkunft und Weltherrschaft. Tango, sagen die Bukarester und schnalzen mit der Zunge. Tango, das gehört zur Familie.

Alfredo hört sich diese Tangos an. Sie haben keine Ähnlichkeit mit den argentinischen *Gotans*. Sie lassen, diese Tangos aus Odessa, mehr Luft zum Atmen. Am Meer komponiert, ist in ihnen die grausame Disziplin der Schwarzmeerflotte, das unendliche Land im Hintergrund. *Mi Buenos Aires querido*, zum Vergleich, das kommt aus der Enge der Stadtviertel wie Sur oder Palermo, liebessüchtige Erkennungsmelodie von Zuhältern und Prostituierten, von Auswanderern geschrieben, die nicht zurückkehren werden. *Volver!* Und auch die argentinische Seele ruft *Volver!* und bleibt eingesperrt im Körper, der seine Jugend verloren hat.

Alfredo bittet um ein Interview mit Leschenko. Der Maestro ist mißtrauisch. Ein Interview, das ist die moderne Variante eines Verhörs. Ein Ausländer? In wessen Diensten? Er kommt Abend für Abend und applaudiert. Man wird ihm *on the house* einen Drink spendieren und ein paar Mädchen dazu. Die sollen ihn aushorchen.

Die Mädchen quirlen um seinen Tisch wie Quecksilber. Eine gleicht der anderen, und wer nach ihnen greift, greift in Luft, oi oi oi, die sich einen Tisch weiter zurückverwandelt in lockende Unruhe. Alfredo als Kavalier alter Schule bestellt für alle am Tisch Champagner, der in den Gläsern schäumt und ohne Wirkung bleibt. Leschenkos Mädchen beherrschen zwei Sprachen, ihr Vorstadtrumänisch und das Russisch, das sie in den Betten der sowjetischen Offiziere gelernt haben. Was also können sie von Alfredo in Erfahrung bringen, der keine der beiden Sprachen spricht. Und so schickt die sowjetische Abwehr ihren Agenten; der hat an der Moskauer Fremdsprachenschule ein Dutzend Sprachen gelernt. Doch spätestens hier kommt der Maestro höchstpersönlich an den Tisch, um zu retten, was zu retten ist, wedelt den Agenten mit einer Handbewegung wie eine lästige Fliege zurück auf seinen Platz. Alfredo erhebt sich, stellt sich vor. Wir können deutsch reden, sagt Leschenko und gießt die Gläser voll. Er steckt in seinem bekannten Frack, eine

Chrysantheme am Knopfloch, bartlos, so daß sein ständiges Lächeln das ganze blasse Gesicht überstrahlt, darin die Augen wie mit Wimperntusche gemalte unruhige Tiere sind.

Alfredo lobt überschwenglich die Musik und kommt so ohne Umschweife zu seiner Frage: Maestro, Buenos Aires läge Ihnen zu Füßen. Ich bin legitimiert, Sie einzuladen und an Ort und Stelle einen Vertrag mit Ihnen aufzusetzen. Im übrigen, woher wußten Sie, daß ich deutsch spreche?

Leschenko winkt ab und fragt: Wie mag es heute in Berlin aussehen? Charlottenburg?

Liegt im Westsektor der Stadt. Bekämen Sie ein Visum?

Nein, sagt Leschenko.

Vertrauen Sie meiner Organisation, sagt Alfredo, wir versorgen Sie mit allen Papieren. Sie leben gefährlich.

Und deshalb wählte ich die Freiheit, sagt Leschenko. Schlagzeile in allen Zeitungen … Zu spät, ohne Odessa, Odessa on my mind, wie die Engländer sagen, verdurstet meine Seele und stirbt meine Musik. Nun lassen Sie mich auf die Bühne, sonst verdurstet mein Publikum, das russische zuerst. Es braucht mich, es straft sich selber, indem es mich opfert. Wir Osteuropäer sind nicht nur melancholisch, auch masochistisch. Wie erklären Sie sich sonst die Liebe zu Stalin?

Alfredo bleibt noch eine Weile, raucht, trinkt und applaudiert. Wie weich und ans Gemüt gehend dieses Russisch klingt, anders als das anmaßend gewalttätige und gleichzeitig um Mitleid bettelnde Spanisch der Porteños. Dieser Teil seiner Mission kann als gescheitert angesehen werden.

War er denn mit anderen Aufgaben ausgeschickt worden?

Geübter Pokerspieler, der er war, hatte er noch eine andere Karte im Ärmel. Der Zufall half ihm, diese auszuspielen.

Ihr erinnert euch, sage ich den Cousinen, nachdem ich sie für den Rest ihres Lebens mit der Musik Leschenkos angesteckt habe, ihr erinnert euch an Thaler. Thaler aus Bilbao, in Lore verliebt, was ihn nicht davor schützte, in den Krieg geschickt zu werden, mit genagelten Stiefeln, einen *pasamontañas,* und mit wunderwirkenden Heiligenbildchen versehen, darunter ein Medaillon mit dem Abbild der Heiligen Jungfrau von Begoña. Das Medaillon durfte er behalten, als er von Partisanen gefangengenommen wurde. Die erkannten schnell seine Harmlosigkeit, ließen davon ab, ihn zu erschießen, zumal viele von ihnen spanisch sprachen und Thaler ihnen die Lage in Franco-Spanien erklären könnte. Da erkannten sie einmal mehr, daß er zu den Armen im Geiste gehörte. Das Himmelreich konnten sie, als gelernte Atheisten, ihm nicht versprechen. Wohl aber eine Schulung in Moskau, die seiner Ahnungslosigkeit den stützenden Rahmen aus einer komprimierten Mischung Marxismus-Leninismus geben würde. Heimlich bat er die Jungfrau von Begoña um Vergebung und versprach ihr Keuschheit, um von ihr nicht ganz als Sünder verdammt zu werden. Sie vergab um den Preis, die einzig Geliebte zu bleiben.

Eines Tages, versprachen ihm die Genossen, würde er nach Spanien zurückkehren können. In dieses Spanien? Vielleicht. Doch müsse er zuvor diese und jene Aufgabe erfüllen. Wie im Märchen, dachte Thaler. Die Partei ist die Prinzessin, schwer zufriedenzustellen. Thaler der Ritter, der mit immer neuen Aufgaben auf die Probe gestellt wird. Und weil er heimlich die Jungfrau von Begoña liebt, fehlt ihm der rechte Schwung, den Drachen zu besiegen. Er spricht gut russisch und spanisch und deutsch. Man gibt ihm die internationale Presse zu lesen und prüft seinen Bewußtseinsgrad anhand der Auswertungen, die er anfertigt. Reicht es für kompliziertere Aufgaben? Da kommt die Meldung, daß ein Agent, in wessen Auftrag auch immer, in Bukarest auftauchen wird, ein gewisser Alfredo Manteola aus Buenos Aires. Was hat der im Kopf, was im Gepäck? Und so schicken die Genossen ihren Thaler nach Bukarest zum ersten Auslandseinsatz.

Thaler, so stellen wir uns vor, hat seine rosige Gesichtsfarbe längst in den langen Moskauer Wintern verloren. Sein Gesicht, von einer Brille verfremdet, ist hager geworden, die ganze Gestalt wirkt nun straffer und größer. Als er sich im Bukarest zu Alfredo an den Tisch setzen will, bleibt er unerkannt. Doch dann kommt es zum Wiedererkennen, zu lauten Rufen von Alfredos Seite – *hombre, tú aquí, cómo es posible?* Thaler erklärt es mit dürren Worten, auf die Alfredo sich einen Reim macht. Fast möchte er ihn schonen, wenn er ihm das falsche Material übergibt, das Thaler als Briefträger seiner Genossen in Moskau weitergeben wird. Material zum Bau der Atombombe, das scheinbar die Zahlen und Angaben ergänzt, welche die Rosenbergs, Klaus Fuchs oder unsere Sonia im Dienste des globalen Gleichgewichts den Sowjets vermittelt haben. Die Russen werden darauf hereinfallen und eine Bombe bauen, die wie ein Feuerwerkskörper sprüht und verlischt. Stalin wird daraufhin seine Wissenschaftler an die Wand stellen. Die amerikanische Weltherrschaft schreitet ohne Konkurrenz voran.

Thalers Geschichte endet vorläufig wie im Märchen: der die schlechte Nachricht dem König überbringt, der Bote, wird als erster bestraft. Kaum erwies sich das Material als Humbug, als es der Physiker Sacharow überprüfte, wurde Thaler festgenommen und zur Bewährung in die Produktion jenseits des Polarkreises geschickt. Er hatte Glück, er konnte seinen *pasamontañas* behalten.

Alfredo, das Ticket Bukarest–Berlin in der Tasche, wurde auf dem Flughafen verhaftet. Im Lagerlazarett nahe Bukarest traf er den Häftling Leschenko, auf den Tod krank. In Buenos Aires setzte Raissa Himmel und Hölle in Bewegung, ihren Chef freizubekommen. Alfredo wie noch? Nie gehört. Who is it? Galland wollte eine Befreiung à la Mussolini inszenieren, damals die Sache mit dem Fieseler Storch, der senkrecht landen und starten konnte. Kann man heute viel besser mit einem der Hubschrauber, welche die Russen den Amis nachbauen.

Lassen wir nur etwas Gras über die Sache wachsen, liebe Raissa, sagt Galland. Kanzler Adenauer wird es schon richten, wenn es in Moskau um die deutschen Kriegsgefangenen geht.

Lores Grenzgang

Lore untersagte meiner Mutter, von ihrem Schwager, meinem Onkel Gustav, auch nur einen Pfennig für die Haushaltskasse anzunehmen. Meine Mutter nickte auf ihre freundliche Art. Am Ende tat sie doch, was sie wollte. Mein Onkel, als der einzige Mann in unserer weitläufigen Familie (nun, da wir keine Nachricht aus Argentinien bekamen; seit dem Tod unserer Großmutter schwieg Alfredo), fühlte sich verantwortlich. Er nahm, zu meinem Ärger, das eine und andere Buch aus der Bibliothek meines Vaters in Zahlung. Ich würde es ja später auslösen und also wiederbekommen können. Lores Gründe, ihrem Schwager die kalte Schulter zu zeigen, sind uns auch heute nicht klar; schweigend vermuten wir, Concha, Clara und ich, dies und das. Tempi passati, und Lores Tagebücher, falls es sie gibt, wird sie mit ins Grab nehmen.

Es konnte auf eine einfache Art mit Lores Stolz zu tun haben. Denn sie gab ja, was sie verdiente, solange ich noch studierte und mein Stipendium für Bücher, Schallplatten, bunte Hemden und Kosmetika ausgab, in die Haushaltskasse. Und sie arbeitete freiwillig Montag bis Samstagmittag für jenen merkwürdigen Prokuristen in der einstigen Rüstungsindustrie von Meyer & Weichelt, bei dem sie, vermittelt durch ihren Schwager, als Schreibkraft angefangen hatte. Ein Grandseigneur, der seinem Namen Bräutigam gerecht wurde, halb Willy Birgel (und also ein ewiger Herrenreiter für Deutschland), halb des Teufels General in der Verkörperung durch Curd Jürgens. Bräutigam war von den Amerikanern entnazifiziert worden. Er behielt seine Villa in Markkleeberg, in der er seine kleine Firma für Waren des täglichen Gebrauchs unterbrachte. Das heißt, er vertrieb Lockenwickler, Zigarettenspitzen, Apparaturen zum Drehen einer Zigarette, Büchsenöffner, Reibeisen, die aus dem Schrott angefertigt wurden, den der Krieg und die Reparaturleistungen übriggelassen hatte. Nun kontrollierten die Russen seine

Bücher. Tochter Gisela hatten sie zu 25 Jahren Bautzen verurteilt, ein paar in der Abiturklasse verteilter Flugblätter wegen. Die Justiz der DDR schraubte das Einheitsmaß herunter auf sieben Jahre und schob das Mädchen in den Westen ab. Aus Kassel oder Dortmund schrieb sie ihren Eltern nach Markkleeberg und beschrieb die Rheinlandschaft als attraktive Gegend, die unsere sächsische Landschaft um Pleiße und Blaue Elster in den Schatten stellte. *Ich weiß nicht, was soll es bedeuten* ... , sang Bräutigam und blickte dabei Lore an ihrer Olympia vielsagend an. Lore vermied es, ihm in die Augen zu schauen. Jeder wußte, außer Bräutigam, daß sie bis über beide Ohren in ihn verliebt war. Mir brachte sie die unverkäuflichen Zigarettendreher und Lockenwickler mit, nach Nähmaschinenöl stinkendes Spielzeug, das den Haushalt von Hund und Bär, Fritz und Franz, in ihrer Wohnkiste bereicherte. Die infantilen Bestandteile meines Charakters, erkläre ich den Cousinen, garantierte ihnen Zuwendung und Fürsorge auch in den Jahren meiner anhaltenden Vernunft. Clara schweigt und macht sich ihren Reim darauf.

Lore in ihrer verschlossenen Art begann sich für diese Liebe vorzubereiten wie für eine Prüfung. War sie denn die Frau, die ein Bräutigam sich erträumte? War er denn Verführer genug, um Don Juans Motto zu befolgen, die Häßlichen nicht auszulassen? Nun wollen wir Lore hier nicht herabsetzen. Welche Frau gewinnt nicht durch kleine Korrekturen und Ergänzungen an der stiefmütterlichen Natur. Und das Schönheitsideal ändert sich mit der Mode in den Jahrhunderten, wie ich an Cranachs mageren Frauen studieren konnte in den Büchern aus Bräutigams Bibliothek, die Lore mit anderen Dingen ins Haus bringen sollte. Diese aus dem Jungbrunnen steigenden Jungfrauen, schmalhüftig, mit kleinen spitzen Brüsten, spärlich sprießendem Schamhaar und einem Ausdruck, der jeden Sündenfall, den von gestern und den von morgen, mit starrem oder frömmelndem Augenaufschlag unterschlägt. Gott Amor, der ihnen ans Knie reicht und mit seinem Pfeil droht, gleicht eher einem Schoßhund, der bellt und nicht beißt. Die Cousinen sehen sich an; sie kennen meine Passion, die mich nach einem Mädchen aus Cranachs Galerie suchen ließ, bis ich sie fand.

Ich schweife ab. Denn Lores *spanish eyes*, wie von Elvis Presley besungen, kamen von weit her, im Vergleich zu Cranachs sächsischen und angelsächsischen Blondinen. Nun, sie machte etwas aus ihrer Erscheinung. Wuchs auf den Korksohlen ihrer Schuhe um etliche Zentimeter, benutzte Rouge und Lippenstift, zwängte den Busen in amerikanische BHs, durchforschte die Leipziger Kaufhäuser nach chinesischem Brokat und heimischen Wollstoffen, luchste meiner Mutter die nahtlosen Strümpfe ab aus den Paketen Onkel Williams, gab der Gesamterscheinung den Akzent einer Perlenkette um den jugendlich straffen Hals und eines dezenten Rings an ihren von Kriegsdienst und Schreibmaschine strapazierten Händen, und wartete ab. Bräutigam aber schien nichts zu bemerken, er sah durch sie hindurch in eine gefährdete Zukunft. Man werde ihn, so war er gewarnt worden, anklagen, Buntmetall verschoben zu haben. Besser, er und seine Frau folgten der verschlüsselten Aufforderung von Tochter Gisela, in den Westen zu kommen. Und so begann Lores große Zeit, da sie eine Hauptrolle in Herrn Bräutigams Leben spielen durfte.

Der Chef lud sie in seine Privaträume ein. Doch nicht sie allein. Er bat Lore, die Einladung an ihre Schwester und an ihren Neffen weiterzugeben. Eine kleine Familienrunde, für Kaffee und Kuchen würde seine Frau sorgen. Lore schloß die Augen, um uns überflüssige Teilnehmer an diesem Tête-à-tête auszublenden. Doch mein Bild verfolgte sie, diese renitente Erscheinung eines Halbstarken, ungeputzte Schuhe, ungepflegte Fingernägel, aber die Haare zum feinsten Crew-cut gekürzt, im amerikanischen Stil, ausgeführt vom ersten Friseur der Stadt in den Kolonnaden nahe der Mensa Kalinin. Und erzähl ihm nicht, sagte Lore, daß du zum Studium abgelehnt worden bist und dich als Verkäufer in der Russischen Buchhandlung am Markt beworben hast. Die Ablehnung, sagte ich, betrifft nur die Fakultät für Journalistik. Sie stellte mir die sauber gebürsteten italienischen Schuhe hin und verwarf, was ihre Schwester anziehen wollte. Das schwarze Kleid, entschied Lore, für eine Witwe das Richtige. Meine Mutter wollte die bestickte amerikanische Bluse anziehen, die ihr Schwager vermutlich bei Macey's in San Francisco gekauft hatte. Schließlich war mein Vater seit neun Jahren tot und begraben. Lore winkte ab. Sie würde ihr neues rotes

Kleid einweihen. Meine Mutter revanchierte sich mit der Bemerkung: Das? Es macht dich dick. Lore baute sich vor dem großen Spiegel auf, der meine Grimassen aufnahm und seit jener Bombennacht voller Kratzer war von den berstenden Scheiben in unserer Wohnung. Sie fand sich nicht zu dick.

Nehmen wir die Straßenbahn nach Markkleeberg? Umsteigen am Lindenauer Markt, eine Stunde Fahrzeit. Lore spendierte ein Taxi, das aussah wie Bräutigams Opel, den die Russen kassiert hatten. So fuhren wir vor, und Herr Bräutigam öffnete uns die Tür, mangels Dienstpersonal, und Lore befreite die Blumen aus ihrem häßlichen Papier und überreichte sie mit scheuem Lächeln der Hausfrau. Mir fiel auf, daß Frau Bräutigam so vergrämt aussah wie eine Mutter in Grimms Märchen, die im Einvernehmen mit ihrem Mann ihre Kinder Hänsel und Gretel in den Wald geschickt hat. Sie geleitete meine Mutter behutsam zum Ohrensessel vor dem Kamin, in dem ein schwaches Flämmchen glomm. Dann entschuldigte sie sich, sie sei ja alles in einer Person, Köchin und Mamsell zugleich, und ich ergänzte »Ehefrau und Geliebte« und versah meine Gedanken mit einem Fragezeichen. Auch Herr Bräutigam bat um ein Weilchen Geduld, er müsse mit seiner Sekretärin eine unaufschiebbare Angelegenheit besprechen, und er schob mir eine Packung Juno Zigaretten zu, als bekäme ich aus seiner Hand den Ritterschlag, der mich aus der Minderjährigkeit entließ. Aus gutem Grund ist Juno rund, sagte er. Meine Mutter tat so, als habe sie nichts bemerkt, und ich gab mir Feuer mit dem martialischen Feuerzeug auf dem Teetisch. Dann machte ich mich auf, die Bibliothek zu inspizieren, das Körting-Radio zu bewundern, den Blick durch die gardinengeschützten Fenster in den winterlichen Garten zu genießen, und ich schwor mir, aromatische Rauchwolken verbreitend, eines Tages ein solches Haus zu besitzen und somit die Mitte der Welt zu finden, ein Sammler zu werden, der Gottes Schöpfung imitiert, und indem er sich, *my home my castle*, beschützt fühlt, huldigt er der von den Göttern ererbten Phantasie und Schöpferkraft.

Mein Wunsch wurde unerwartet schnell, jedenfalls in einer Richtung, erfüllt. Die Diktatur des Proletariats, erkläre ich heute den Cousinen, das seine Schularbeiten in den Bildungsanstalten der

DDR absolviert hat, diese Diktatur fürchtet das Erbe der gestürzten Bourgeoisie, und ihr erinnert euch an die Streitigkeiten aus den siebziger Jahren, ob oder ob nicht die Tugenden des bürgerlichen Zeitalters, Bildung und Toleranz, Aufklärung etc. im Sozialismus zu übernehmen seien. Mit der Übernahme dieses Erbes aber kam die Sturzflut, die an der eisernen proletarischen Festung der Arbeiter-und-Bauern-Macht nagte. Als Lore wenige Tage nach unserem Besuch in Markkleeberg damit begann, begleitet von schweigenden Helfern, Herrn Bräutigams Bibliothek (Goethe, die Romantiker, chinesische Gespensterbücher, die Frau, die sich in eine Füchsin verwandelt – *a foxy lady*, Rosenbergs Mythos des 20. Jahrhunderts, Spenglers Untergang des Abendlandes neben den Perlen abendländischer Kultur in der Insel-Bücherei, dazu eine komplette Sammlung aller Atlantishefte, Kataloge von Kunstausstellungen zur entarteten Kunst!) in unsere Wohnung zu bringen, dazu das Körting-Radio mit dem aufmerksamen grünen Auge, die Olympia-Schreibmaschine, die ich heimlich benutzen würde; dazu einen für Gisela angefertigten Schreibtisch, blau-weißes Meißner Porzellan, den Teewagen samt Feuerzeug –, da packte ich meine Schulbücher, meine von Walther Victor herausgegebenen Lesebücher zu Goethe und Schiller, Gedichte von Majakowski, Kisch und Tucholsky, Merksätze von Feuerbach und Marx, Engels-Aufsatz zur Menschwerdung des Affen durch Arbeit, in die unterste Reihe meines Bücherregals. Bräutigam schickte sein Bücherregal, das zu groß für unsere Mietwohnung war. Einmal würden wir hier ausziehen und eine Villa in Leutzsch mieten oder kaufen. Vorerst waren wir zurückgekehrt in ein Ambiente, das auch meiner Mutter vertraut war und an das Haus ihres Vaters erinnerte. Herr Bräutigam, der seine Flucht in den Westen vorbereitete, ohne seinen Besitz (den er pro forma Lore überschrieb) aufgeben zu müssen (ein Bürger läßt sich nur durch seinen Besitz legitimieren), Herr Bräutigam rächte sich an der Deutschen Demokratischen Republik, indem er für mich die historischen Uhren zurückdrehte. Diese Schätze ließen sich weder vor Melle noch vor Falk verbergen. Melle blieb unbeeindruckt. Seines Vaters Bibliothek war nicht weniger »bürgerlich«, aber sie enthielt die Schriften von Sigmund Freud und die Weisheiten des Gotamo Buddha. Falk vertiefte sich in den Katalog zur entarteten

Kunst und las uns Sätze vor, die wir in letzter Zeit schon einmal in der Leipziger Volkszeitung gelesen hatten. Mit der Parole Dekadenz reihten sich die historischen Epochen über unseren Köpfen die Hände. Und so gerieten wir in die alten Streitgespräche, indes der Körting uns *Frolic At Five* aus dem AFN-Studio in Berlin West störfrei übertrug. Doch dann verschwanden diese Schätze wie in den Märchen von 1001 Nacht. Groß war mein Hunger auf Goethes Wilhelm Meister, den Gespenstergeschichten und Spenglers Untergang des Abendlandes. Denn Lore, in Geheimverhandlungen mit unbekannten Helfern, verpackte die Olympia-Schreibmaschine in wasserdichte Folie, versteckte den Körting in einer Wolldecke, so daß sein grünes Auge erlosch und die Geographie seiner Sender, ob nun Hilversum, Luxemburg oder Berlin, auf die eine Bahnstation umgeschrieben wurde: *Eisenach*, grenznah und postlagernd verschickt, samt einer Kiste Bücher und in Frau Bräutigams Unterwäsche versteckte Meißner Tassen und Teller. Lore würde von Eisenach aus die Grenzgänger anweisen und es sich nicht nehmen lassen, die zuverlässigen Pfade durch Wald und Flur als erste zu erkunden, als hätte sie den sechsten Sinn jener baskischen Schmuggler in den Pyrenäen geerbt. Einst hatte sie mit Thaler den Pagasarri vor den Toren Bilbaos erkundet, durchs Brombeergesträuch kriechend und sich auf Thalers Schüchternheit verlassend. Hier winkte anderer Lohn: Liebe, die aus Hochachtung und Dankbarkeit entsteht, sobald sie Herrn Bräutigam sein Eigentum zurückbrachte. Von Liebe ebenso blind wie unvorsichtig gemacht, betrat sie die Post, eine junge Frau auffällig in ihrem Tuchmantel, ihren geschminkten Lippen, und am richtigen Schalter (Paketausgabe) reichte sie dem Beamten die nötigen Papiere samt Personalausweis, um den Körting und die Olympia auszulösen, im Rücken die unauffälligen Helfer, die diese und die anderen Pakete ins wartende Auto tragen würden. Der Beamte las lange in den Papieren, als enthielten sie eine unterhaltsame Lektüre, er verglich, nicht ohne zweideutig zu blinzeln, Lores Foto im Ausweis mit dem ein wenig wie im Fieber erhitzten Gesicht der Bürgerin am Schalter. Dann bat er um etwas Geduld, erhob sich, schloß sein Fenster und verließ seinen Platz.

Es dauerte Minuten, während Lore den Blickkontakt mit ihren Helfern suchte. Doch die machten sich mit einemmal wie ungeduldige Kunden davon und überließen das Feld zwei dunkelblau uniformierten Volkspolizisten, die beim Anblick Lores ihre strengen Gesichter mit einem breiten Grienen entstellten. Nu, Frollein, sagten sie wie aus einem Munde, diesmal hats nich geklappt ... Schwarz über de grüne Grenze und mit soviel Gepäck, das können wir Ihrer zarten Person nich zumuten. Wissense was: de Pakete bleiben hier und Sie kommen mit uns mit zur Klärung eines Sachverhalts.

Derart von der Staatsmacht eskortiert, sah Lore auf der Straße den BMW mit den Helfern davonfahren, indes sie zu Fuß zur nächsten Polizeiwache beordert wurde. Hier lümmelten einige Zivilisten auf den harten Stühlen, Lores Erscheinen belebte sie, so daß sie aufsprangen und ihr aus dem Mantel halfen.

Sie boten ihr einen Kaffee an, ordneten die Papiere auf dem Tisch, nickten sich zu, klarer Fall, hatte was mit Republikflucht zu tun (falls es das Wort vor 1961 schon gab), denn noch war die grüne Grenze zwischen Deutschland Ost und Deutschland West nichts als eine wenn auch gut bewachte Markierung, zum Spazierengehen in grüner Waldesluft nicht empfohlen, das kleine Fräulein mit den Glutaugen, eine Angestellte des in den Westen gemachten Herrn Bräutigam, sie hatte sich wohl verführen lassen, ihm seinen Krempel nachzutragen, ohne eine Ausfuhrgenehmigung beantragt zu haben. Kurze strenge Ermahnung, der Körting und die Olympia werden in Volkseigentum übergeführt, was noch haben Sie vor, über die Grenze zu bringen? Bücher, sagte Lore kleinlaut, Bücher! echoten die Genossen, das wird 'n schöner Schruz sein, weg mit Schaden, unsere Bibliotheken sind sauber, Antrag genügt, dann ab nach Kassel. Dort ist die Tür. Guten Heimweg!

Und so verlor ich, was ich schon als Grundstock meiner Bibliothek sah, doch gelang mir, ehe Lore alles verpackte, die Inselausgabe der Märchen aus 1001 Nacht unter mein Bett zu stapeln, so daß Sindbad der Seefahrer, Ali Baba und Aladins Wunderlampe über meine Träume verfügten und mir das Schloß vorzauberten, das ich bewohnen würde, als Sammler und Bauherr zugleich.

Tatsächlich tauschten wir unsere Wohnung in der »Neunzig« im nächsten Jahr gegen die weitläufige untere Etage einer Villa in Leutzsch. Durchaus mit gemischten Gefühlen, wie meine Mutter sagte. Und da meine Wege mich nach Berlin führten, würden die beiden Frauen sich selbst überlassen bleiben.

Das Haus (1)

Der Umzug sollte ein Auszug aus der Vergangenheit sein. So als vertauschten wir einen zerlumpten Mantel gegen einen maßgefertigten, mit Pelz und Seide gefütterten Wintermantel. Schluß mit der elenden Heizerei, Briketts, die schlecht brannten, eine Aschengrube, die überquoll von Müll und Asche. Zentralheizung! riefen wir uns zu, heißes Wasser zu allen Tages- und Nachtzeiten! Und so weit weg von ihrer Schwester Teresa entfernten sich die beiden Frauen ja nicht, und die Cousinen Concha und Clara, wenn sie einmal Kinder hätten, konnten diese von der nahen Schule aus herüberwinken, damit sie ihre Schularbeiten, wie meine Mutter vorschlug, unter meiner Aufsicht machen. Die Mädchen zeigten mir einen Vogel. In Sichtweite das Postamt, davor das gelbe Postauto, das uns die amerikanischen Pakete gebracht hatte. Jetzt konnte der Postbote sie uns über den Zaun reichen. Im Frühjahr würden auch in unserem Garten, der ansonsten Sache des Obermieters und Hausbesitzers war, die Magnolien blühen, der Flieder, die Ziersträucher und Tulpen einer dem Müßiggang und den Musen ergebenen, wie ich es mir vorstellte, Klasse von Hauseigentümern. Noch war November und der Nebel der frühen Tagesstunden hüllte die nach einer willkürlichen, vom Geltungsdrang ihrer Bauherren mehr als vom Bauhaus inspirierten Villen in nasse Tücher.

Dennoch, wir hatten Mühe, die Vergangenheit im Bild der alten Wohnung abzulegen. Die Patina der Erlebnisse, der frohen wie der traurigen Stunden, der Malstrom der Angst in jener Bombennacht im Winter 1944, das ließ sich in den neuen, durch ihre Größe eher bedrohlichen Zimmern nicht auslöschen. Die Möbel aus dem Hause Bräutigam, die Lore wie eine Anzahlung auf Anerkennung und Zuneigung hütete, fanden hier die Umgebung, die sie gewohnt waren. Giselas Schreibtisch kam in mein Zimmer, Herrn Bräutigams Bücherregale ins Wohnzimmer, obschon ihre halb gefüllten Reihen uns angrinsten wie aus Zahnlücken. Ich ordnete meine spärliche

Bibliothek, Amados Herren des Strandes, Feuchtwangers Romane, Majakowskis Gedichte und Kischs Reportagen, und ein wenig versteckt die Märchen aus 1001 Nacht, und Lore, eine Sammlerin auch sie, stellte ihre Insel-Bücherei dazu, Rilkes Kornett und die Tempel von Paestum, und sie reihte die Postkarten auf, die Frau Bräutigam ihr geschenkt hatte, mit den von ihr gesammelten und aufgeklebten Gräsern und Blümchen des Schwarzwalds oder wohin auch immer Herr Bräutigam seine Ehefrau verbannt hatte, daß er ungestört seinen Geschäften nachgehen konnte. Für sich behielt sie die Kunstpostkarten einer von Frau Bräutigam entdeckten Romantikerin, Sulamit-Wülffing, großäugige Mädchenköpfe von unstillbarer Trauer und germanischer Trotzhaltung. *Min Geselle, min Geselle kummet nicht.*

Nach dem Novembernebel kam der Schnee, der Weihnachten ankündigte. Meine Mutter versteckte wie eh und je die Sonderangebote aus HO und Konsum in ihrem Schrank, von der Katze Bossie beobachtet. Sie war uns zugelaufen oder gehörte dem Obermieter, der selten zu Hause war, und sie fand uns zuverlässiger, da wir sie ins Haus ließen und unsere Mahlzeiten mit ihr teilten. Bossie (wie ich sie nannte) war eine von zu vielen Würfen und schlechter Ernährung verdorbene Schönheit. Ihr Bauch glich einem leeren Beutel, der hin- und herpendelte, wenn sie auf den Lockruf meiner Mutter in die Küche stürmte. Der Kopf steckte in einer stilvoll geschnittenen grauen Haube, die sich zur Mantille verlängerte und ihren Rücken bedeckte. Auf der Stirn, wie mit Wimperntusche gemalt, prunkte ein großes M, Kennzeichen aller Königskatzen seit den Zeiten der Pharaonen. Mit Vorliebe legte sie sich zum Schlafen zu Fritz und Franz in die Wohnkiste, die sich bei mir beschwerten.

Ich hatte andere Sorgen. Das Staatsexamen drohte im kommenden Jahr, und unbedingt wollte ich dann Falk nach Berlin folgen, der ein Zimmer zur Untermiete in Lichtenberg bewohnte, sein Examen schon in diesem Jahr absolviert hatte und mich mit den Freuden der Frontstadt, Stan Getz oder Miles Davis im Sportpalast, Cocteaus Orphée im grenznahen Kino, lockte. Pläne, die ich meiner Mutter verschwieg.

Meine Mutter, von ihrer Schwester Lore wenig beachtet, von meinen Launen oft verletzt, eingeschlossen von einem Kummer, der aus der Vergangenheit kam und zugleich kommende Krankheiten ankündigte, meine Mutter fand Trost, für Katze Bossie zu sorgen, die von Tag zu Tag an Gewicht zunahm und die ihr Fell putzte, bis es glänzte. Ein Gespräch zwischen Frau und Tier kam nicht zustande, Bossie spitzte die Ohren bei den Kosenamen, die meine Mutter ihr gab. Sie schnurrte und stimmte mit allem überein, was sie zu hören bekam. Doch dann fand meine Mutter eine andere Zuhörerin, die Fragen stellte und die Lebensgeschichten meiner Mutter komisch fand. Ihr Lachen war der unverlierbare Teil ihres Ausdrucks und saß mir im Ohr, noch ehe ich sie zu Gesicht bekam. Jäckie. Enkeltochter des Hausbesitzers, war acht Jahre alt, als wir sie kennenlernten. Erinnerte sie mich an jene Christiane aus Weimar (die Cousinen nicken), dann weil ihre sächsischen Eigenschaften, zwischen Döbeln und Meißen erworben, beunruhigender waren als bei der anderen, die im Geigenspiel sich offenbarte und doch versteckte. Die Art, wie sie ihre blonden Strähnen in die Stirn zog oder hinters Ohr zurechtlegte, dabei ihr Gegenüber mit den Augen streifend, die blau oder schwarz waren, je nach Lichteinwirkung, strafte ihre ausgesuchten Worte Lügen. Meine Mutter stellte mich ihr vor, und sie taxierte mich, als wollte sie herausfinden, wie weit ich ein Hindernis sein konnte zwischen ihr und ihrer Wohltäterin. Ob man das Vorgehen einer Achtjährigen, sagen die Cousinen, planvoll oder raffiniert nennen kann, ist fraglich. Das von Tanten und älteren Brüdern hin- und hergeschobene Waisenkind suchte eine Zuneigung auf Zeit, eine Bleibe, und ihr Gefühl sagte ihr, daß meine Mutter nach dem ersten Besuch (und überreichtem Blumenstrauß) erobert war, und ob das Kind in der Etage ihres Großvaters über uns ein Zimmer bezog oder doch lieber bei uns, das verhandelte meine Mutter, ohne Lore und mich zu fragen, mit dem Hausbesitzer. Und sie hatte Erfolg. Der Alte hielt sich seit dem Tod seiner Frau lieber in seiner Werkstatt auf und bastelte an den Autos, die den letzten Krieg überlebt hatten. Blieb die Anmeldung in der nahen 65. Grundschule, und so mußten Concha und Clara bemüht werden, die ein Gespräch mit ihrer ehemaligen Klassenlehrerin empfahlen. Frau Wittber? Nein, die galt ihrer Nazivergangenheit wegen als untragbar für die neue Schule und war im Vorjahr ihrem Mann in den Tod gefolgt. Ein wenig viel Familie, dachte Jäckie, verfügte mit einemmal über sie. Sie zog sich die Haare bis über die Augen, als wolle sie sich verstecken, machte sich in der Küche nützlich und lernte im Handumdrehen die spanischen Gerichte, die meine Mutter ihr erklärte. Paella, sagte meine Mutter, zum Schluß ein hartgekochtes Ei, zum Schmücken in Scheiben geschnitten … Tortilla, nicht zu viele Kartoffeln … Sopa de ajo … Was ist das, fragte Jäckie. Brotsuppe mit Knoblauch, sagte meine Mutter, sehr spanisch. Spanisch, sagte die Küchenhilfe, will ich auch lernen. Das hörte meine Mutter gern. El amor, esa palabra, sagte ich, um ein wenig zu provozieren. Meine Mutter scheuchte mich aus der Küche.

Die Kunst, einen Topflappen zu häkeln, war Thema einer späteren Unterrichtsstunde. Und wenn du etwas lesen willst, sagte meine Mutter, mein Sohn kann dir seine Bücher zeigen. Ich nickte und dachte an die saftigsten erotischen Passagen in den arabischen Märchen, die ich ihr wohl erklären müßte. Was ist ein guter Stich? Es kam nicht soweit. Jäckie überhörte die Empfehlung meiner Mutter und übersah meinen Eifer, ihr jedes gewünschte Buch zu geben.

Katze Bossie deutete die neue Konstellation in der Küche auf ihre Weise. Sie verbündete sich mit mir, und wir klauten gemeinsam, was meine Mutter für ihre Ziehtochter beiseite stellte. Ist ja noch ein Kind, sagte sie, muß noch wachsen. Die künftige Frau, die diesen kindlichen Körper verändern und modellieren würde, zeigte sich nicht einmal in Ansätzen. Noch war sie wie der Keimling im Reagenzglas, den Lore und ich in früheren Zeiten aus einer Bohne oder Kichererbse züchteten, ein Embryo aus dem Pflanzenreich, dabei Goethes Metamorphose der Pflanze ungenau zitierend. Katze Bossies Futterrationen machten das Tier dicker und schöner, und die aufmerksame Pflege meiner Mutter zeigte sich bei Jäckie im zarten Ansatz eines Busens, den ich mit Interesse betrachtete, wie ein Gärtner seinen Apfelbaum am Ende des Winters.

Die Cousinen schütteln die Köpfe und sagen, gut, daß dich dein Professor beizeiten an seine Berliner Akademie holte. Denn wie hoch war denn das Strafmaß für Pädophilie in der DDR?

Ich hielt es nicht lange zu Hause aus. An den Wochenenden saß ich mit Melle in seinem Untermieterzimmer, bewunderte sein neues Radio und das Tonbandgerät, das er sich von seinem Gehalt als

Zahnarzt gekauft hatte, und als der Frühling kam, lagen wir unter den Bäumen des Gartens, den sein Vater im Leutzscher Villenviertel gepachtet hatte, und während wir mit geschlossenen Augen unter der Sonne schwitzten, improvisierten wir absurde Gespräche, die in einen *scat-vocal* des modernen Jazz ausuferten. Falk hatte aus Berlin geschrieben, um uns mitzuteilen, wer demnächst im Sportpalast auftreten würde. Wollt ihr den totalen Jazz? Wir würden nach Berlin fahren, doch dann hielt uns die Trägheit zurück, und wir begnügten uns mit Melles Ausbeute aus dem Tonband. Damals setzten wir unsere Wanderungen fort, die durch die Leutzscher Wälder ins Zentrum der Stadt führten, wie schon einmal mit der Vorortbahn vom Leutzscher Bahnhof zum Hauptbahnhof.

So wie es ist, bleibt es nicht, sagte Melle, der im nächsten Jahr Vater werden würde. Das Romanische Institut in der Gletschersteinstraße bot in den Semesterferien einen Dolmetschereinsatz an. Dresden oder Rostock, eine Tanzpädagogin aus Chile oder ein Funktionär einer australischen Hafenarbeitergewerkschaft. So wie es ist, bleibt es nicht.

Da mußte ich nicht mit den Göttern würfeln, um mich zu entscheiden. Die Götter wandten sich ab und kicherten. Sie wußten, in welche Falle sie mich lockten.

Also die Liebe, einmal mehr, sagen die schlauen Cousinen.

Tauwetter

Der sibirische Winter reichte in manchen Jahren von Moskau bis nach Wladiwostok. Dann kam das Tauwetter, der Frühling meldete sich mit der Gewalt einer Sinfonie von Schostakowitsch, das Eis schmolz explosionsartig, doch über Nacht zog sich der Frühling, ein abgewiesener Liebhaber, zurück. Väterchen Frost, grimmiger Vater der umworbenen Braut, fletschte die Zähne und forderte immer neue Beweise untertänigster Liebe von seinen Untertanen. Doch eines Tages im März starb er, als er die Verkleidung als Generalissimus und Vater der Völker nicht rechtzeitig hatte ablegen können, um unerkannt am Polarkreis zu überwintern und ein ewiges Leben zu führen. Die Nachricht von seinem Tod erreichte auch Alfredo und Thaler, beide Häftlinge im Gulag, beide Tag für Tag dem Tod eine Nase drehend. Da jeder in diesen Lagern seinen wölfischen Instinkten folgte, um zu überleben, und sich jedes Verbrechens bezichtigte für einen Kanten Brot, war es um so erstaunlicher, daß die beiden Spanier, wie man sie im Lager nannte, nicht das Opfer von Bewachern und Häftlingen gleichermaßen wurden. Thalers Pasamontañas kam ihm in den ersten Tagen abhanden und wurde ihm zurückgebracht, weil geklaut wird hier nicht. In Wahrheit war es, wie die Papirossi, die Alfredo zugestreckt wurden, als Anzahlung gedacht für den Sprachunterricht, den die Spanier zu leisten hatten. Einmal, in Freiheit, würde man Sibirien verlassen und nach Süden auswandern, Spanien, wo lag das eigentlich, neben Italien und Brasilien? Thaler zeichnete mit der Stiefelspitze eine Landkarte in den Schnee. *Mi Buenos Aires querido,* trällerte Alfredo. Argentinien? Das lag auf der anderen Seite des Ozeans. Hier, so sieht Amerika aus, Nord und Süd …

Dann kam die Nachricht vom Tod des Generalissimus. An diesem Tag fiel die Arbeit im Wald für eine Stunde aus. Aber aus Moskau kamen keine Instruktionen. Die Wachen tranken einen Wodka zu Ehren des Verblichenen und trieben ihre Häftlinge an, das Tagessoll zu verdoppeln. Viele der Häftlinge, auch Thaler, trauerten; denn Väterchen Stalin hätte sie alle hier herausgeholt, wenn er es gewußt hätte. Nun wird man sie in Moskau vergessen.

☆

Und es dauerte, bis man sich in Moskau an sie erinnerte, wo in den Kreml-Mauern eine Art Blindekuh-Spiel veranstaltet wurde, bei dem ausschied, wer mit verbundenen Augen dem Schlag nicht ausweichen konnte, der ihn als Nachfolger des Generalissimus aus dem Rennen nahm. Der Bauer Chrustschow blieb im Hintergrund, redigierte sein Manuskript, das der Grusinier Berija zu gern in seinen Besitz gebracht hätte – statt dessen wurde er erschossen, und sein Blut befleckte das kostbare Parkett des Kreml. Chrustschow kam, las und siegte und beschäftigte sich mit den Eingaben, die ein gewisser Gulaghäftling Solschenyzin ihm schickte. Das Problem, Kriminelle und Verräter an der Oktoberevolution gleichermaßen zu eliminieren, hatte der Verblichene mit einem Federstrich gelöst. Ein Federstrich würde genügen, die irrtümlich Beschuldigten zu befreien; zu fürchten war, die Gefangenen hätten längst die Papiere vertauscht, diese zum Kauf angeboten oder gegen Brot und Machorka getauscht, so daß die Kriminellen, in Moskau angekommen, den Staatsstreich planen würden, beraten von den einstigen Genossen, die allen Grund hatten, falls sie überlebt hatten, sich an den Wendehälsen zu rächen.
Hilf dir selbst, so hilft dir Gott, erklärte Iwan der Schreckliche, wie der von allen respektierte Massenmörder im Lager genannt wurde, den beiden Spaniern. Einst hatte sich ein gewisser Bronstein, der sich nach seinem Bewacher Trotzki nennen würde, aus dem Lager im hohen Norden quer durch den Kontinent Richtung Westen durchgeschlagen. Leider entkam er in Mexiko nicht der Rache des Grusiniers und dem Eispickel des später in Moskau hochdekorierten Mörders Mercader. Ein Spanier wie ihr, sagte Iwan der Schreckliche und verteilte Sonnenblumenkerne. Kann man euch trauen?
Thaler nickte etwas zu heftig. Eine Flucht quer durch die Sowjetunion, diesem Fünftel der Erde, wo der Mensch so frei atmet. Tha-

ler kannte sich da aus, diesseits und jenseits des Urals. In den Tagen, da man ihn zum Kundschafter ausbildete, war er quer durchs Land geschickt worden, in offener und geheimer Mission. Mit ihm im Bunde würde man die Wälder und die Taiga bewältigen bis hin zur polnischen Grenze. Hier begännen ganz andere Schwierigkeiten, falls die Polen in ihnen den russischen Erbfeind witterten. Iwan der Schreckliche würde das Überleben sichern und abknallen, was ihnen an Nahrung vor die Flinte käme. Ansonsten war er aus Baku nicht herausgekommen, als er begann, ein guter Stalinist zu werden und seine Arbeitskollegen, Männer wie Frauen, auf seine private Weise zu eliminieren und mit lautlosem Würgegriff in die andere Welt zu schicken. Jedem Toten weihte er eine Kerze, denn wußte man, was die Geister im Jenseits gegen einen anzettelten, wenn sie im Dunkeln blieben?

Alfredo betrachtete seine geflickten, mit Zeitungspapier ausgestopften Schuhe. Das erste, was er sich wieder in Freiheit kaufen würde, wäre ein halbes Dutzend Schuhe, randgesteppt, mit stabiler Sohle aus argentinischem Rindsleder, auf Hochglanz poliert wie frisch vom Baum gefallene Kastanien, und wir haben diese Schuhe vor Augen, wenn wir in den verjährten Nummern des Mundo Argentino blättern und die Werbesprüche aufsagen, als wären sie Gedichte von Borges – *Lana Mamita, suave no pica …*

Den Toten im Lager zog man die Schuhe und Stiefel aus und tauschte sie, unter Aufsicht Iwans des Schrecklichen, gegen Speck, Brot oder andere Raritäten, die zuweilen von den Angehörigen in Moskau und Kiew kamen und die auf diese Weise die Zuverlässigkeit der neuen Bürokratie auf die Probe stellten. Alfredo weigerte sich, das Schuhwerk eines Toten zu tragen – Aberglaube oder Respekt? Doch wie sollte er in seinen kaputten Schuhen mit Thaler, Iwan dem Schrecklichen und wer sonst sich ihnen anschließen würde, Schritt halten? Zur Enttäuschung Thalers wollte er im Lager bleiben, im Vertrauen auf eine bevorstehende legale Entlassung. Und im Vertrauen auf Gallands Diplomatie im fernen Buenos Aires, wo man in der Botschaft der Sowjetunion Stalins Foto gegen das eines Unbekannten vertauscht hatte, der nicht lange zu besichtigen war und schließlich seinen Platz an der Wand dem Nächsten abtreten mußte. Alfredo wartete nicht vergebens.

In Buenos Aires hatte Raissa, Alfredos Sekretärin, in der unter ihrer Leitung weiter arbeitenden Agentur die politischen Veränderungen in der alten Heimat genauestens verfolgt. Auf Alfredos Schreibtisch hatte sie eine gerahmte vergrößerte Fotografie des abwesenden Chefs gestellt und dazu eine Blumenvase mit künstlichen Blumen, wie zur Erinnerung an einen Toten. Dann schickte sie ihre Eingaben an die neuen Herren der Sowjetischen Botschaft. Die warfen die Briefe in den Papierkorb. Offenbar eine verliebte Frau, die sich in die Politik mischte. Galland dagegen wurde ein ständiger Besucher in der US-amerikanischen Botschaft. Der sportliche Geist des Botschafters und seiner Vertreter äußerte sich in der anhaltenden Neugierde nach mehr Einzelheiten aus dem abenteuerlichen Heldenleben des Gentlemanpiloten. Ach ja, dieser *friend of yours*, Alfredo und wie noch, kein Unbekannter in den amerikanischen Akten, und noch immer in der Hand der Sowjets? Galland betonte, mit welchen in der Sowjetunion gesammelten Erfahrungen *this friend of mine* zurückkehren würde. An seiner Bereitschaft, und sei es aus Dankbarkeit, dienstbar zu sein, bestünde kein Zweifel. Washington wurde ins Bild gesetzt, Edgar Hoover, in jeder Stunde bereit, die Kommunisten zu erledigen, schaltete sich ein. Und die Diplomatie zeigte auf beiden Seiten ihr schönstes Lächeln. Der russische Bär umarmte den amerikanischen Grizzly, und Alfredo erreichte die polnische Grenze im Zug, noch ehe Thaler, Iwan der Schreckliche und die anderen, von Durchfällen und Frostbeulen geplagt, den Ural zu Fuß passierten.

Venceremos

Hinter Schönefeld öffnete sich der Vorhang zur Deutschen Demokratischen Republik. Berlin glich einer Drehbühne, auf der die Kulissen einer doppelten Stadt erschienen. Unklar blieb, von welcher Himmelsrichtung senkt sich das rosa Licht einer Fata Morgana auf die Reisenden des Frühzuges Leipzig–Berlin. Wer in Schönefeld aus dem Zug geholt wurde, den Uniformierten auffällig geworden durch zuviel Gepäck und ängstlich schweigende Kinder, er würde Mühe haben, die richtigen Eintrittskarten für das Berliner Theater vorzuzeigen. An die Ostsee wollen Sie, Urlaub machen? Saßnitz, Binz, wo sind denn die Urlaubsscheine?

Ungerührt von den Mühen ihrer deutschen Genossen, hatten die russischen Posten inzwischen die Abteile nach Landsleuten durchforscht, rätselhaft, wie sie die erkannten, so mit einem Blick, indes sie im Eilschritt mit ihren langen Militärmänteln durch die Gänge fegten – sowjetskie ... njet?

Njet, sagte ich, der ich die richtigen Papiere in der Tasche hatte, aus denen meine Verabredung mit dem Komitee zur kulturellen Verbindung mit dem Ausland am Thälmannplatz mit sozialistischem Gruß und verschmiertem Stempel beglaubigt war. Schon sah ich die Stadt wie einen Teil von mir, aus der überschaubaren Provinz kommend in eine Welt eintauchend, in der Vergangenheit und Gegenwart in ständiger Maskerade sich herausforderten und den Teilnehmern dieses Spiels die Qual der Wahl überließen, und das amerikanische Jahrhundert eine Insel verteidigte gegen den Wellenschlag der volksdemokratischen Länder. Die Stadt quittierte mit ihrem notorischen Witz, der den Ernst der Lage überspielte. Kämen am Ende die Russen und würden die andere Seite des Potsdamer Platzes besetzen?

Von Falk, der in Lichtenberg zur Untermiete wohnte, mit dem nächsten Auftritt von Stan Getz, Miles Davis oder Mahalia Jackson im Sportpalast versorgt, mit Empfehlungen versehen, Cocteaus

Film Orphée nicht zu verpassen, fuhr ich zum Thälmannplatz. Das Haus aus der Nazizeit, mit der Fassade seiner kleinen Fenster an ein Gefängnis erinnernd, schien mich zu verschlucken. Meine Papiere dem Genossen Pförtner überreichend, bekam ich einen Passierschein. Mein Einsatzleiter, ein Genosse Wolski, war im Bilde: der Dolmetscher und Begleiter für diese Chilenin, die Ehefrau des Generalsekretärs der Kommunistischen Partei Chiles. Was wissen Sie von Chile, Genosse?

Kein Genosse, sagte ich und fischte eine Navy Cut Zigarette aus der Packung. Der Matrose auf der Schachtel griente mich an und drückte wie Popeye ein Auge zu.

Kein Genosse, sagte der Einsatzleiter, was nicht ist, kann noch werden. Ewiger Optimismus des Sozialisten, dachte ich.

Genosse Wolski war ein Mann unbestimmten Alters. Mager wie ein Langstreckenläufer, jugendlich mit seinem militärisch kurzen Haarschnitt. Daß er seine Stunden hinter einem Schreibtisch verbringen mußte, würde ihm eine Qual sein. Hinter seinem Rücken leuchtete eine Weltkarte, die eine Reihe verschiedenfarbiger Fähnchen markierte.

Unsere Welt, sagte Wolski, ohne sich umzudrehen. In ständiger Veränderung. Da Sie unseren Gast auf einer Informationsreise durch unsere Republik begleiten werden, wäre es angebracht, daß Sie schon in Berlin die Unterschiede zwischen unserer Hauptstadt und der Frontstadt erläutern.

Mi madre, dachte ich. Da sie eine Musikerin und Tanzpädagogin ist, la compañera Sara de las Heras, wird sie ein Ohr für Count Basie haben, weniger für Fidelio F. Finke. Neruda wird ihr vertrauter sein als Johannes R. Becher.

Sie kommt aus Ungarn, sie bereist die Volksdemokratien, um in Chile die kommende Volksfront mit Informationen versorgen zu können. Sie treffen Sie heute nachmittag im Hotel Newa in der Invalidenstraße, wo ein Zimmer für Sie reserviert ist. Ich werde nicht kommen können, erwarte aber von Mal zu Mal einen schriftlichen Bericht über ihre Gespräche, Probleme, Fragen.

Eine so innige Umarmung beunruhigte mich. Sportpalast, Kino, Kurfürstendamm, eine Fata Morgana. Ich schulterte meinen Campingbeutel. Genosse Wolski notierte, um wieviel Uhr ich sein Büro verließ, der Pförtner verglich die Angaben auf dem Zettel mit der Zeit auf seiner Uhr: Noch einmal genoß ich den Sog, den die einfahrende U-Bahn erzeugte, und atmete den Duft der freien Welt ein, dieses Gemisch aus Virginiatabak, Desodorant und Palmolivseife.

Das Hotel Newa, ein Intourist-Unternehmen sowjetischer Herkunft, war die bevorzugte Herberge westeuropäischer Reisender, eine Insel im noch immer kriegszerrütteten Berlin. Eine alterslose Kellnerschar servierte devot und lautlos. Ich verschwand, nachdem ich mein Zimmer besichtigt hatte, in einem der tiefen Sessel im Foyer, mit mißtrauischen Blicken von den Kellnern beobachet. Einen Cognac würde ich mir doch leisten können, *on the house,* während ich auf meine chilenische Genossin wartete. Der Cognac kam, noch ehe ich ein Wort gesagt hatte, vom tiefen Lachen eines Mannes begleitet, der sich in seiner ganzen Größe vor mir aufbaute: Arni Finnbjörnson, den ich mit seinen Landsleuten auf der Leipziger Messe begleitet hatte. Inzwischen war er isländischer Konsul in Prag geworden. Sein Deutsch mit dem scharf gerollten R-Lauten erinnerte an das Deutsch der russischen Freunde. *Iceland is a verry small marrket …*

Fast erwartete ich, er würde wie in Leipzig ein Stück getrockneten Stockfisch aus der Tasche ziehen, ein Beutestück aus dem gewonnenen Kabeljaukrieg gegen die seefahrenden nordischen Länder. Ich fragte ihn nach dem Befinden des großen Halldor Kilian Laxness, der in Leipzig Gast der isländischen Vertretung in einem Büro im Hochhaus gewesen war. Sein Blick auf Leipzig, sagte ich mir, würde die Verhältnisse in der Stadt auf eine magische Weise verändert haben, und ich nahm mir vor, eines Tages Leipzig und Umgebung in die Fata Morgana der Dichtung zu entrücken. Finnbjörnsson versprach, mir die letzten Ausgaben seiner Bücher in englischer Übersetzung zu schicken. Wir tranken einen zweiten Cognac, als zwei junge Damen, wasserblaue Augen, blonde Locken, schüchterne Verlegenheit im Gesicht, zu uns traten. Meine Töchter, sagte Finnbjörnsson. Geben Sie dem Herrn … Schokolade. Dieser Auftrag machte sie noch verlegener, und sie reichten mir, ohne mich dabei anzusehen, eine Tafel holländischer Milchschokolade. Derart bestochen, begrüßte ich im nächsten Augenblick den Vertreter des

Genossen Wolski, der mir die chilenische *Compañera* zuschob. Ich erhob mich, Schokolade und Cognacglas in der Hand, und wechselte sozusagen die Fronten. Finnbjörnsson war Diplomat genug, um sich ohne weiteres zurückzuziehen.

Die Chilenin, wie zu erwarten, ließ sich die Gelegenheit nicht entgehen, mit anzüglichem und wie ich meine typisch iberoamerikanischem Spott die Szene zu kommentieren. *Ya veo,* sagte sie, *que vive en el paradiso socialista, con chocolate y coñac, y en compañía de rubias mujeres, las cuales, como canta Gardel, son peligrosas con sus locas tentaciones ...*

Also wechselte ich noch einmal die Fronten, indem ich mir das spanische Kostüm überzog, ohne den Genossen zu beachten, der ungeduldig darauf bestand, zu erfahren, was die Genossin denn gesagt habe ...

Ah, log ich, sie sagt, wie froh sie wäre, im Vaterland von Marx und Engels angekommen zu sein. Zum Glück blieb der Genosse nicht zum Mittagessen. Er händigte mir den Plan für morgen aus, gab mir die Eintrittskarten für ein Konzert in der Staatsoper, heute abend, die Compañera nickte, Schubert, sagte sie, Brahms, *y qué bueno*: Bartok! Meinen Arm nehmend, entführte sie mich in den Speisesaal. Ich hatte das Gefühl, an ihrer Seite zu schweben, und was sie von einer agilen Tänzerin, beschwingten Musikerin besaß, verbarg sich in einem korpulenten Körper, der seine Energie im Blick ihrer indianischen Augen verriet.

Unseren Consommé löffelnd, fragte sie mich, ob ich Ungarn kenne, und die Antwort nicht abwartend, erzählte sie, in Budapest habe sie die Liebe ihres Lebens erfahren. Ein Musiker namens Ferenc, den alle Bela nannten. Damit war das ungarische Thema angeschlagen, das uns am Abend dank Brahms und Bartok mit vehementer Leidenschaft aus der Ruhe bringen würde.

Vor zwei Jahren, im Oktober 1956, hatten wir, Falk und ich, in Melles Untermieterzimmer die Nachrichten aus Budapest verfolgt. Melles Wirt, noch immer angewiesen auf seinen Goebbelsschen Volksempfänger, der nur die Lokalsender zu empfangen bereit war, lauschte mit uns auf die Sondersendungen aus Melles Radio von BBC London und vom Norddeutschen Rundfunk. Die Ungarn hatten es gewagt, das Joch des Stalinismus abzuschütteln, gegen Mátyas Rákosi und seine Schauprozesse zu demonstrieren, die Schläger aus den Reihen der Staatssicherheit an die nächste Laterne zu hängen, Imre Nagys, des gewählten Ministerpräsidenten Bitte an die Westmächte um Unterstützung zu bejubeln – Melle wälzte den Brockhaus seines Vaters, diese Magyaren, sagte er, sind eh ein renitentes Volk, man hört es aus jeder Note ihrer Musik mit ihren blue notes wie im Jazz, auch wenn sie es von den Türken und Zigeunern übernommen haben, gegen die Habsburger haben sie, er las es uns vor, 1703 bis 1711 gemotzt im Kuruzenaufstand unter Fürst Rákóczi …

Diesmal geht's gegen die Russen, sagte der Wirt.

Die werden sich das nicht gefallen lassen, sagte Falk. So viele Russen wie in diesen Tagen in der Stadt patroullieren, habe ich lange nicht gesehen.

Von uns haben sie nichts zu befürchten, sagte Melle. Wir Sachsen lieben die Obrigkeit und die Ordnung. Wenigstens vorläufig.

Wetten, daß den Genossen vom Politbüro, sagte der Wirt, der Arsch auf Grundeis geht.

Lukács, sagte ich, ein Realismus ohne Ufer, von daher weht der Wind, die Literatur mobilisiert die Massen.

Melle schüttelte den Kopf. Der Traum der Vernunft – der Utopie, ergänzte Falk, gebiert die Ungeheuer. Ihr erinnert euch: *I found a wonderful princess*, und als er die Braut zum Traualtar führen will, haben sie ihm die Prinzessin gegen ein Monster ausgetauscht. Dizzie Gillespie dixit.

Als wir uns am nächsten Wochenende wieder trafen, verfolgten wir das Ende des Dramas. Die sowjetische Armee rückte zwischen dem 1. und 4. November mit fünf Divisionen in die Stadt. Ihre Panzer zerfetzten den Aufstand, Imre Nagy funkte SOS, der Philosoph Lukács floh nach Rumänien. Nagy wurde in einem Geheimprozess im Juni 1958 zum Tode verurteilt und gehängt. Janos Kadar übernahm die Regierung.

Klarer Fall, sagte der Wirt: Wären die ungarischen Juden noch am Leben, ihre Glaubensbrüder in den USA hätten sie nicht im Stich gelassen.

Melle sah ihn wortlos an. Dann lud er uns zu einem Glas Unicum ein.

Jahre später würde Melle nach Budapest reisen, das inzwischen mit seinem Glamour und seinen vollen Läden unser hinter der Mauer verschwundenes Berlin West ersetzte, und er brachte ein neues Wort mit: Gulaschkommunismus.

Warum aber weinte Sara de las Heras an jenem Abend in der Staatsoper beim Anhören der Ungarischen Rhapsodie von Brahms?

Untersagt war mir, einen ausländischen Gast nach Berlin West, in die Frontstadt, zu begleiten. Alleine konnte er fahren, bitte, da entzog er sich unserer Verantwortung. Innerhalb unserer Grenzen war ich zuständig für das Wohl und Wehe meines Ausländers. Die Rechnungen beglich ich per Unterschrift, nachdem die Kellner die Abmachung mit der Gesellschaft zur kulturellen Verbindung mit dem Ausland überprüft und bestätigt hatten. Sara, noch immer geistesabwesend nach jenen Tränen, die sie in der Staatsoper vergossen hatte, ließ sich von mir führen wie eine junge Freundin vom Lande, der ein Mann von Welt das Leben in der Großstadt zeigt. Mir ging das Leitmotiv von Schuberts sechster Sinfonie nicht aus dem Kopf, diese sich ständig wiederholende Aufforderung zum Weitermachen, ohne ein Ende abzusehen. Buchstäblich ein Wahnsinnsmotiv, das meine Chilenin kaltließ. Die deutsche Leidenschaft, sagte sie später auf meine Frage, Wahnsinn mit Methode. Dagegen Bela (Bartok), Brahms, alles unterdrückte Leidenschaft.

Wir aßen unseren Rindfleischsalat, eine Spezialität des Hauses, im Pressecafé an der Friedrichstraße. Hier hast du, sagte ich, das unsterbliche Deutschland in seinen Nachfahren aus den zwanziger Jahren.

Alles Künstler? fragte sie.

Echte und angehende. Der Aushilfskellner verteilt an bevorzugte Gäste Gedichte von Gottfried Benn, Aprèslude und andere.

Kenne ich nicht.

Den Blick aus den großen Fenstern auf die Friedrichstraße gerichtet, wissen sie nicht, welcher der Karawanen, die in den Jahrhunderten hier durchgezogen sind, aus der Mongolei kommend und aus Texas, sie folgen sollen. Einstweilen warten sie ab, nicht unbedingt auf einen Auftrag, ein Engagement, ob sie die paar Meter über die Straße gehen und in den Zug nach Berlin West steigen oder doch lieber die innere Emigration bevorzugen und in eines ihrer Ferienhäuser in Ahrenshoop ziehen.

Sara nickte zerstreut. Jahre später würde sie, aus Chile vertrieben, in Ahrenshoop untergebracht werden.

Dort drüben, sagte ich, die Blonde im schwarzen Hosenanzug, die aussieht wie Esther Ofarim, sich im Gehen, nach einem Autounfall, auf ein Stöckchen mit Silbergriff stützt, ist eine Westberliner Theateragentin, die hier ihre Autoren und Schauspieler zusammensucht. Mehr im Schatten die auffällig unauffälligen Herrn, denen die Mimikry nicht gelingt, wie unrasierte Künstler auszusehen. Den knallbunten Schal um den Hals geschwungen, beobachten sie die Dame bei ihren Versuchen, unsere verdienten Künstler des Volkes abzuwerben. Warte, bis wir nach Dresden kommen, da lernst du eine große Künstlerin kennen, Gret Palucca, die ihre zwanziger Jahre in unsere Gegenwart einbringt.

Wann fahren wir?

Wir fuhren mit dem Dienstwagen der Gesellschaft, ein altgedienter BMW ungewisser Herkunft. Möglich, daß der Fahrer, ein maulfauler grauer Mann im Rentenalter, ihn aus dem Feuer der letzten Kriegstage gerettet hatte, dank der Kurierfahrten zwischen der Reichskanzlei und dem westlichen Deutschland. Er scheute sich nicht, das Autoradio auf *RIAS Berlin eine freie Stimme der freien Welt* einzustellen. Wollte er meine Gesinnung prüfen? Ich meinerseits mußte wissen, ob er unserem spanisch geführten Gespräch folgen konnte. Sprach meine Chilenin ihn an, nickte er voreilig. Doch wohl nur aus Höflichkeit.

Auf dem Weg nach Leipzig bat ich den Fahrer, von der Autobahn auf die Landstraße abzubiegen, unser Gast wolle mehr von der

Landschaft sehen, und seien es die Kühe auf den Elbwiesen und die von einem frühen Herbst bräunlichgelb sich färbenden Bäume. Ein leichter Nebel lag über der Landschaft, eine Art Film rollte vor den Scheiben des Autos ab. Ich genoß diese Verwandlung, die mir eine Veränderung noch in den banalsten Bildern vorgaukelte, wenn ich die von ihrer Arbeit heimkehrenden Menschen sah, an Bahnhöfen, Bushaltestellen, auf ihren Fahrrädern, wenn sie über Brücken fuhren und in der untergehenden Sonne zu verschwinden drohten.

Unbeeindruckt von meinen Empfindungen (und Vergleichen mit Filmen von de Sica, Visconti und andren italienischen Neorealisten), variierte Sara de las Heras, im Fond an mich gedrückt, als mache die Fahrt sie seekrank, ihr Lieblingsthema: die Liebe zu Bela (Ferenc), die in jeder Weise eine gefährdete Liebe war. Denn Bela hatte sich in den Tagen des Aufstands kompromittiert, auch wenn er die Aufständischen nur mit seiner Klarinette und seinem Musikrepertoire begleitet hatte, und drangen Soldaten der Roten Armee in die Lokale und Konzerthäuser, um die hier Versammelten zu observieren, spielte Bela, dieser geniale Improvisator, eine Paraphrase auf Kalinka maja, auf Suliko oder das russische Volkslied vom Feld, mein kleines Feld, das auch Paul Robeson so gut zu singen verstand.

Du kennst es?

Ich verneinte, und Sara intonierte die erste Zeile. Der Fahrer schaltete das Radio aus. Ohnehin wurden die Wellen aus dem RIAS-Haus immer schwächer, je mehr wir uns Leipzig näherten.

Was war nun mit Bela-Ferenc? Er fürchtete, verhaftet zu werden. Er wollte emigrieren. Chile bot sich an, mit einer Bürgschaft der Ehefrau des Generalsekretärs der Kommunistischen Partei Chiles. Ferenc würde ein Visum bekommen, das ihm die Rückkehr nach Budapest erlaubte. Aber drohte seine Nähe nicht ihre Ehe ins Wanken zu bringen? Wollte sie das? Wie, wenn sich ein eifersüchtiger Ehemann dazu hinreißen läßt, den Ungarn anzuschwärzen, ob nun bei den eigenen Genossen oder, wirkungsvoller, bei den Rechten, die in allem eine Revolution der chilenischen Volksfront witterten?

Romeo y Julieta, sagte ich, die Liebe als Opfer politischer Intrige.

Solange die Revolution nicht siegreich ist, wird immer die Liebe geopfert.

Und die freie Liebe, fragte ich. Majakowski und Lilia Brick und ihr Mann, wie hieß er doch gleich? Einer bezahlte dafür – Majakowski, sagte sie. Soll nun Bela bezahlen, ich oder mein Generalsekretär? Wo wir Kommunisten die Moral neu definieren, um uns von der bourgeoisen Lüge und Libertinage zu unterscheiden? Gut, dachte ich, diese Sorgen hatte ich nicht. Warte, sagte Sara, als könne sie meine Gedanken lesen, warte, bis du dich in die Falsche verliebst.

☆

In Leipzig absolvierten wir unser Pflichtprogramm: Thomaskirche, Thomaner, Johann Sebastian Bach. Ein Cembalo in einem Winkel der Kirche zog uns an. Im Stehen schlug Sara einen Akkord an, der sich zu den ersten Takten des Italienischen Konzerts fügte. Schon kam der Kustos und fragte, was wir hier wollten. Sara lächelte ihn an und verbeugte sich, eine Hand am Herzen, als sei der Mann eine Inkarnation des Spiritus loci. Dann das Alte Rathaus, die intime Behaglichkeit des Marktes, Auerbachs Keller, das Atrium der Universitätsruine mit Leibniz auf dem Sockel, um den sich die studentische Jugend, neidisch von mir betrachtet, versammelte. Können wir mit ihnen reden, fragte die Chilenin. Wir könnten, sagte ich und sah auf die Uhr, aber wir haben die Zeit nicht.
Sara lachte. Eine typisch deutsche Ausrede, sagte sie.
Wir haben eine Verabredung mit den Thomanern, sagte ich.
Aber schon ging sie los, mischte sich unter das mißtrauisch aufblickende Jungvolk aus Germanisten, Anglisten, Kunsthistorikern. *Quién de ustedes habla español?*
Verlegenes Achselzucken, so daß ich vermitteln mußte. Ein Gast aus Chile, sagte ich. Wenn ihr Lust habt, treffen wir uns zu einem Gespräch in der Mensa.
Heute ist Dienstag, sagte einer, Nachmittagsvorlesung von Hans Mayer im Hörsaal 40.
Noch immer, sagte ich mit Kennermiene und überlegte, ob wir uns da anschließen könnten.
Qué pasa? fragte die Chilenin. Ich versuchte, es ihr zu erklären.

Verboten? fragte sie auf deutsch.

Ein wenig mehr von der Stadt solltest du sehen, sagte ich, und sie zeigte auf mich und sagte auf englisch: *He is my boss, no: mi carcelero, cómo se dice en alemán?* Mein Kerkermeister, sagte ich. Der Zufall wollte es, daß wir an dem kleinen Restaurant Erdner Treppchen vorbeikamen und ich meine Mutter und ihre Schwester Teresa am Tisch sitzen sah. Es war ihr Lieblingslokal geworden, wo sie für ein paar Stunden aus ihrer Gegenwart aussteigen konnten. Teresa entzog sich ihren häuslichen Pflichten, meine Mutter den Vorhaltungen Lores und den Sorgen um mein Wohlergehen. In einer Sprache, die nur sie verstanden, rätselten sie einmal mehr über die Schlagzeilen der Leipziger Volkszeitung, vermutlich war es in jenem Jahr die Aufforderung an die Leser: Rettet Manolis Glezos! Noch heute stelle ich mir vor, wie beide Frauen ihre Eingaben zur Rettung von Manolis Glezos an die griechische Regierung schicken oder an die spanische, um das Leben von Julián Grimau zu retten. Wie mußte ein Mensch oder sein Charakter beschaffen sein, um sich außerhalb seiner selbst zu engagieren? Eine große Frage, wie die nach dem Verhältnis von Liebe und Revolution.

Ich stellte ihnen meine Begleiterin vor und bemerkte ihre Verlegenheit: sie schoben die Teller etwas beiseite, als räumten sie die Zeugen ihres privaten Vergnügens aus unserem Blickwinkel. Diese Chilenin, die sie in ihrem anders klingenden Spanisch mit spontaner Herzlichkeit begrüßte, war ihnen unheimlich, so als wäre der gerettete Manolis Glezos an ihren Tisch getreten, um für ihre Solidarität zu danken. Diese Latinos, sie erinnerten sie an die Besuche der argentinischen Verwandtschaft in den späten zwanziger Jahren, genährt von halbgaren Steaks und getragen von robuster Gesundheit in einem Land, wo im Sommer winterliche Temperaturen herrschten und sommerliche Tropenhitze, wenn bei uns der Winter einzog, diese Latinos waren ihnen unheimlich wie aus der Art geschlagene Familienmitglieder. Und dazu ein Regierungsgast wie diese Chilenin, was konnte sie anderes sein als eine Kommunistin, deren Genossen, als sie in Spanien vorübergehend an die Macht kamen, die väterliche Bibliothek auf den Müll geworfen hatten.

Unmöglich für mich, ihnen auszureden, daß diese Barbarei eher zum Stil der Anarchisten oder der Franquisten gehörte, die beim Wort Kultur ihren Revolver entsicherten. Wir bestellten ein Essen, und Teresa und meine Mutter machten uns auf die Spezialitäten des Hauses aufmerksam. Um zumindest Teresa in ein besseres Licht zu stellen, brachte ich das Thema auf die große chilenische Literatur, Pablo Neruda war ihr bekannt, und meine Mutter glänzte mit ihrem guten Gedächtnis, als sie ihren geliebten Campoamor zitieren konnte, ohne die Chilenin mit einem spanischen Dichter beeindrucken zu können.

Fahrt durch die Nacht nach Dresden. Die erleuchteten Tankstellen wie künstliche Satelliten auf der Flugbahn durch den lichtlosen Weltenraum. Nach und nach verabschiedeten sich die Sender der deutsch-deutschen Rundfunkanstalten, signalisierten mit der jeweiligen Nationalhymne, Deutschland, Deutschland über alles und Auferstanden aus Ruinen, daß der morgige Tag die Politik des gestrigen Tages fortsetzen würde. Unser Fahrer trällerte ein wenig zu beiden Hymnen, bevor er über Langwelle einen polnischen Sender fand, der uns mit seinen Tangos aus der Warschauer Vorkriegszeit durch die Nacht begleitete.
Weißt du, fragte ich die Chilenin, warum unsere Hymne neuerdings ohne Text auskommen muß?
Sie verneinte, war aber nicht sehr neugierig, meine politische Lektion zu Fragen der deutschen Einheit entgegenzunehmen. So schwiegen wir, lauschten auf die Stimme von Slawa Pribylska und übersetzten uns ihr einschmeichelndes Polnisch in die Sprache unserer Erinnerungen oder Phantasien.
Eine merkwürdige Sehnsucht begleitete diese Fahrt durch das schlafende Land, so als entferne man sich von einer Liebe, die auf

einen wartet oder die man verlassen hat. Erfüllung, Verrat oder Erwartung, es machte keinen Unterschied. Das Gefühl der Leere gehörte zu diesem ziehenden Schmerz der Sehnsucht, der nach Betäubung verlangte.

Wenn wir, Clara, Concha und ich, uns Jahrzehnte später zum wiederholten Mal unsere Geschichten erzählen, sind wir längst in einem anderen Land angekommen, ohne unsere Bank im Leipziger Rosenthal oder ein Straßencafé in Berlin Kreuzberg verlassen zu haben. Die Perspektive, sagen wir uns, mag eine andere geworden sein; der Einsturz der Berliner Mauer 1989 brachte nur vorübergehend den freien Durchblick von einem Stadtteil zum anderen. Längst wird der Blick aufgehalten von den phantastischen Kreationen internationaler Architekten, die in Bilbao wie in Dubai ihre windschiefen, das Auge blendenden Bauten vorgestellt haben. Und da sie Platz brauchen, demontieren sie die biederen, dem Goldenen Schnitt angepaßten Bauten der Vergangenheit. Eine Demontage unserer Erinnerungen, sagen wir uns, ist zwar angesagt, aber unmöglich. Dennoch, alles ist eine Frage der Sinngebung. Auch wenn im Laufe der Jahrzehnte wir ständig dabei sind, die Akzente zu verschieben, mag am Ende unserer Tage der Augenblick kommen, da wir keinen Sinn mehr erkennen können, alles in einem absurden NADA verschwindet in Übereinstimmung mit einem Verfall vieltausendjähriger Schulweisheit, die einen Sinn bis ins Private stiftete, um von Schuld und Verfehlung, Irrtum und Dummheit abzulenken.
Große Worte, sagte Clara, um das Ende deiner ersten Ehe anzukündigen. Denn verschwiegen hast du uns, was dir damals an der Seite deiner Chilenin in Dresden geschah.
Ich habe darüber nachgedacht, ich bin zu keinem Schluß gekommen. Sie hieß tatsächlich Franziska, wie Kirchners Fränzi, und sie war das Mädchen, das Falk und ich in der S-Bahn gesehen hatten, die Ballettschuhe sichtbar im Beutel, das Gesicht angespannt durch das straff nach hinten gekämmte Haar, das im langen Pferdeschwanz den Akzent ihrer traurigen Schlagfertigkeit setzte. Wat glotzt'n so, hatte sie mich damals gefragt.

Nun saß sie im Trainingssaal der Palucca-Schule, ihr Bild im Spiegel, und sah sich mit den anderen Schülern an, was diese Chilenin zu bieten hatte. Sara de las Heras bot ein gemischtes Programm, am Klavier und im Tanz. Am Klavier kein Chopin und kein Bach, aber ein Potpourri Latino-Folklore, das die Schüler verwunderte. Und dann der Charleston, Sara schwang die Beine, daß Palucca in die Hände klatschte und ihre Eleven aufforderte, es ihr nachzumachen. Die Schüler staunten, denn lernten sie nicht, ihre Leidenschaft in eine Form zu bringen, die noch bei Strawinsky (Feuervogel) oder bei Bartok (Allegro barbaro) die Eleganz einer Katze (pas de chat) mit der Akkuratesse eines preußischen Stechschritts verband? Franziska rührte keine Hand. Es waren ihre letzten Tage an der Schule, Palucca hatte sie ausgemustert, in pädagogischer Fürsorge, daß dieses einst so begabte Kind, nun war sie sechzehn, unglücklich sein würde, wenn ihr Talent nur ausreichte, im Corps de Ballet in der letzten Reihe aufzutreten. Die Eltern wurden benachrichtigt und reagierten, als seien sie über die Jahre von ihrer Tochter wie von der Ballettschule belogen worden. Jetzt is' Schluß mit der brotlosen Kunst, riefen sie, Kind, jetzt wirst du einen ordentlichen Beruf erlernen. Steno und Schreibmaschine, eine Sekretärin wird immer gebraucht.

Und da, sagte Clara, kamst du und entwarfst ihr eine Perspektive in jenem 1963 eingemauerten Berlin, das ein Leben in den Farben aller je geträumten Zeiten erlauben würde.

Franziska schloß sich einer Laientanzgruppe an, die ein Programm aufführte aus dem spanischen Bürgerkrieg: NO PASARÁN, sie spielte eine schwangere Proletarierfrau. Und wir trafen uns in Falks Lichtenberger Untermieterzimmer, er liebte sie auf seine Art, nannte sie little girl, und little girl nahmen wir zum Jazz in die Deutschlandhalle mit, und in ihrem Blick war die Trauer in der Musik eines Miles Davis oder Eric Dolphi.

Von da an überließen wir uns jener schwer durchschaubaren Regie, die wir Leben nennen; Falk blieb little girls Verehrer, ich wurde ihr Ehemann. Das hatte Folgen, ich brauchte einen Beruf und das ungeborene Kind eine Bleibe. Mit dem Nachweis einer Arbeit bekam ich das Recht, in der Hauptstadt der DDR zu wohnen. Was erzähle ich euch diese alten Geschichten, sagte ich den Cousinen, sie nutzen sich in der Wiederholung ab, als seien sie alle nie geschehen oder zumindest erfunden. Mein Brot fand ich in der Akademie der Wissenschaften, als ein Handlanger der Wissenschaften, die Werner Krauss aus Leipzig nach Berlin mitbrachte. Ein Studienprogramm deutsch-französischer Aufklärung, das die Gegenwart in ihren abergläubischen Maximen unserem Spott auslieferte und den Versuch des 18. Jahrhunderts, unser Leben durch ein Plus an Vernunft zu ordnen, zum Thema utopischer Zukunft machte. Mir blieb genügend Zeit, aus dem Fenster auf den Potsdamer Platz zu schauen und auf die entstehende Philharmonie: da vereinte sich in den Wellen von Scharouns Architektur Parkers Mood mit Mozarts resignierendem Jeunehomme-Konzert, das in unserer Wohnung in Lichtenberg im Räderwerk und in den Warnsignalen der ein- und ausfahrenden S-Bahnzüge unterging. Franziska hatte den Wunsch ihrer Eltern erfüllt, Steno und Buchhaltung gelernt, nun arbeitete sie in der Werbeabteilung eines Verlages. Nach der Totgeburt des Kindes nahm sie ihren Schauspielunterricht wieder auf, ließ sich von der Laientanzgruppe der Roten Tänzer zu neuen Rollen überreden. Wann sahen wir uns? An jenem Sonntag im August, da wir uns unserer Liebe versicherten, aber meinten wir uns selbst? In der eingemauerten Stadt würden wir enger zusammenrücken, aus den Vorräten unserer Bücher und Plattensammlungen leben, die List der Eingesperrten entwickeln, die am Ende die Denkweise der Gefängniswärter übernehmen. Aber auch diese lernen dazu, nicht nur, wie wir uns gegen die Einvernahme des Klassenfeindes (und der Freunde in Moskau) zur Wehr setzen konnten. An der Akademie diskutierten wir einen deutschen Weg zum Sozialismus, bis man uns nach der Emeritierung von Krauss den Stuhl vor die Tür setzte.

Arbeitslos geworden, stand ich spät auf, aß lustlos, was mir Franziska hingestellt hatte, bevor sie das Haus verließ, um ihrer ungeliebten Büroarbeit nachzugehen. Mittags improvisierte ich etwas aus den Vorräten im Kühlschrank. An vielen Abenden saß ich allein vor dem Fernsehgerät und wartete auf Franziska, die ihr zweites und eigentliches Leben führte, wenn sie mit der Gruppe Roter Tänzer auftrat oder mit ihrer Schauspiellehrerin ihre Lieblingsrolle der Jungfrau von Orleans einstudierte. Ich selber entkam dank der bewegten Bilder in die ferne Welt der Stummfilme und der nahen Kriege, zum Voyeur des Schreckens gemacht und beruhigt von den beschwichtigenden Kommentaren der Politmagazine. Ich bewarb mich als Übersetzer bei einigen Verlagen und bekam den einen und andern Vertrag für die Übertragung altspanischer Ritterbücher und engagierter kubanischer Romane. Es blieb der Hunger auf schärfere Sachen. Hinter der Mauer prügelten sich Westberliner Studenten mit der Polizei. Dutschke agitierte die Wohlstandsbürger des Kurfürstendamms und wünschte sich ein neutrales Berlin West, das für das Ende des Krieges in Vietnam und für eine Ächtung der Atomwaffen eintrat. Auf die Fernsehscheibe reduziert, war auch dies ein uns (im Osten) unterhaltendes Schauspiel.

Und so meldete ich mich eines Tages beim Genossen Wolski in seiner Liga zur kulturellen Betreuung ausländischer Besucher.

Arbeit, bei uns, ein Dolmetschereinsatz wie damals mit der Chilenin?

Er lächelte sein Krokodilslächeln und schüttelte den Kopf. Nitschewo. Is' nicht drin.

Wolski hatte sich nicht verändert. War nicht dicker geworden, sein kahler Schädel leuchtete unter den Lampen, die seine Weltkarte rahmten.

Ein Angebot hätten wir schon, sagte er. Reisepaß und ein begrenzter Betrag an Reisespesen in West.

Ich bin immer noch kein Genosse, sagte ich.

Nicht nötig. Ihre Unterschrift unter ihre Verpflichtung sollte uns fürs erste genügen.

Worum geht es? fragte ich.

Eine undichte Stelle in der Frontstadt, sagte Wolski und bot mir eine seiner Zigaretten an. Sein Geschmack hatte sich offenbar gebessert, es war eine Pall Mall.

In hoc signo vinces, zitierte er den Slogan auf der roten Packung.

Zur Sache, sagte er. Da sitzt ein sogenannter Fluchthelfer, der Gelder verteilt, damit ausgesuchte Leute wie Maulwürfe die Stadt unterhöhlen, um die Unverbesserlichen in unserem Lande hindurchzuschleusen. Nehmen Sie Kontakt zu ihm auf, wir sagen Ihnen wie, und finden Sie heraus, wer die Geldgeber sind. Möglich, daß wir dann mehr Geld bieten, um die Maulwürfe zu kaufen und ihre Gänge für uns zu nutzen.

Hier hättest du, sagen Clara und Concha wie aus einem Munde, deinen Hut nehmen sollen und dich davonmachen müssen.

Die Rolle des romantischen Helden hat mir noch nie gefallen. Es lief, sage ich, auf ein Pokerspiel hinaus, je höher der Einsatz, desto höher der Gewinn.

Und wer hat am Ende gewonnen? fragt Clara, ohne eine Antwort zu erwarten.

Ich machte ein Pokerface, wie ich es von Buster Keaton kannte, und bat um Bedenkzeit. Und fuhr nach Leipzig, um ein paar Notizen für einen Roman einzusammeln, der mir eingefallen war und der mich, wie ich meinte, aus allen Kalamitäten befreien würde dank der Freiheiten, die ein Schriftsteller sich nehmen konnte.

Das Haus (2)

In den letzten Jahren gingen Briefe zwischen Berlin und Leipzig, zwischen mir und meiner Mutter hin und her. In unseren Briefen erschien unser getrennt verlaufendes Leben in jenem diffusen Licht, das eine schlecht entwickelte Schwarzweißfotografie auf dem Papier hinterläßt. Ach, es ging uns gut, Franziska und mir in unserer Wohnung in Lichtenberg, sehr beschäftigt, so daß die Schwiegertochter niemals Zeit fand für einen persönlichen Brief. Meine Mutter vergaß nicht, sie in ihren Briefen zu grüßen. Zum Geburtstag schickte sie mir einen selbstgebackenen Kuchen, und Franziska bekam einen handgestrickten Pullover, den meine Mutter lieber einem Enkelkind geschenkt hätte. Auch ihr ging es gut in dem Leutzscher Haus; Jäckies Großvater war gestorben und hatte ihr seine Rechte an Haus und Grundstück vermacht, und Du wirst sie nicht wiedererkennen, eine junge Frau ist sie geworden, die ihr Studium an der nahen Buchhändlerschule aufgenommen hat. Ich habe ihr erlaubt, Deine Bücher zu lesen. Lore spielt mit dem Gedanken, auszuziehen und eine Zweizimmerneubauwohnung am Johannisplatz zu mieten. In letzter Zeit ist sie etwas schwierig geworden, was soll man machen, *qué se va hacer,* schrieb meine Mutter, die in ihren Briefen von der einen in die andere Sprache wechselte, es mir überlassend, welche Worte ihr aus dem Kopf und welche ihr aus dem Herzen kamen. Hat sie denn Liebeskummer? Katze Bossie war munter und verfressen, sie wechselte von der oberen in die untere Etage, als gehörte ihr das Haus, und wählte ihre Schlafplätze nach Lust und Laune.

Und so fuhr ich einmal mehr nach Leipzig, ließ mich zum wievielten Mal beeindrucken von der Größe des Hauptbahnhofes, verglichen mit den Durchgangsstationen Berliner Bahnhöfe, eilte die

Freitreppe hinunter zum Bahnhofsvorplatz mit dem Gefühl, nach Hause zu kommen. Ich stellte mich, meinen Blumenstrauß in der Hand, in die Reihe der Wartenden, die ein Taxi bevorzugten, indes die Straßenbahnen verschiedener Linen mich schneller an mein Ziel gebracht haben würden. In meiner Eitelkeit sagte ich mir, der verlorene Sohn aus der Fremde müsse Wohlhabenheit vortäuschen, quasi als Erklärung und Alibi seiner langen Abwesenheit.

Ich bat den Fahrer, seinen Wolga, am Rosenthal vorbei, durch den Wald nach Leutzsch zu steuern – mein Weg vor Jahren, wenn ich mit dem Rad zur Leibnizschule am Nordplatz fuhr. Das Wasser unter der Kanalbrücke war schwarz und morastig wie immer, nur jene Inseln aus früherer Zeit fehlten, auf denen ich das Leben eines Einsiedlers führen wollte. Der Wind wirbelte Blätter auf die Straße, ein früher Herbst kam aus den Auenwäldern über die Stadt. In Lichtenberg hatte ich verlernt, auf den Wechsel der Jahreszeiten zu achten, die mit blühenden Kastanienbäumen am Rande der S-Bahnstationen versuchten, die Reisenden zum Verweilen einzuladen; und mit Schnee den Friedrichshain überzogen in jenem Jahr, da Franziska und ich Zeit fanden für einen Spaziergang und für ein Zwiegespräch mit den im Frost erstarrten Märchenfiguren.

Das Haus, von Bäumen halb verborgen, in seiner undefinierbaren Architektur sich von den Nachbarhäusern unterscheidend, schien voller Abwehr beim Anblick eines Fremden, der die Stille mit schrillem Klingeln an der Gartentür zerriß. Wie hinter den Bäumen oder dem Strauchwerk links und rechts der Gartentür hervortretend, stand ein Mädchen vor mir, eine Katze im Arm, die beunruhigt zu mir herüberspähte – Bossie, rief ich, ohne sie beeindrucken zu können.

Ich bin die Jäckie, sagte das Mädchen, ließ die Katze zu Boden gleiten, und gab mir die Hand.

Unverkennbar, sagte ich, nach der Beschreibung meiner Mutter habe ich dich sofort erkannt.

Kaum daß wir einen ersten Satz gewechselt haben, konnte ich auf eine Lüge nicht verzichten.

276

Tatsächlich hatte ich mir weder in Lichtenberg noch auf der Fahrt nach Leipzig die Mühe gemacht, mir vorzustellen wie der Schmetterling aussehen würde, den ich vor Jahren als Raupe getroffen hatte. Und hatte ich sie in den Jahren danach gesehen, hatte ich ihr Aussehen vergessen. Wie alt war sie inzwischen? Siebzehn, achtzehn?

Ich gab ihr die Blumen, in die sie ihr Gesicht versteckte.

Für mich?

Für den Schmetterling, sagte ich, der kein Kind mehr ist.

Genau das wollte ich nicht sagen. Noch immer stand ich an der Gartentür.

Darf ich reinkommen?

Du wohnst hier, sagte sie. Dann überlegte sie, ob sie mir jetzt schon mitteilen sollte, daß meine Mutter im Krankenhaus sei, seit zwei Tagen.

Was hat sie?

Weiß noch keiner so richtig. Deine Cousine Clara kümmert sich um sie.

Das wundert mich, Clara arbeitet in einem Krankenhaus für Lungenkranke. Und Lore ?

Deine Tante ist ausgezogen. Wußtest du das nicht?

Also gehört dir das Haus?

Nein, höchstens die obere Etage, die mein Großvater mir im Testament vermacht hat. Was juristisch noch nicht abgesichert ist. Solange ich noch nicht achtzehn bin.

Funktioniert das Telefon? Ich werde Clara anrufen.

Sie führte mich in die blitzblank aufgeräumte Küche, in der uns Bossie auf dem Tisch sitzend erwartete.

Willst du einen Kaffee?

Nein, sagte ich. Habt ihr Wein?

Málaga, sagte sie, eine andere Sorte habe ich im Konsum nicht gefunden, mit der ich dich hätte überraschen können.

Eins zu eins, dachte ich: Diesmal hatte sie gelogen.

Du wolltest mich überraschen?

Verlegen zog sie eine Goldsträhne über die Stirn, wie um sich zu verstecken.

Ich habe uns eine Paella gekocht, sagte sie, das Rezept habe ich von deiner Mutter.

Mußt du heute nicht in deine Berufsschule?

Heute ist Sonntag, sagte sie. Und August, es sind Ferien.

Du siehst, ich lebe auf dem Mond.

Endzeit (1)

Clara, im weißen Kittel, das Stethoskop in der Brusttasche, führte mich durch ihr Reich am Rande der Stadt. Es war die Klinik für Tbc-Kranke, ihr bestens vertraut, seit sie in jungen Jahren die ersten Anzeichen ihrer Erkrankung bezwungen hatte. Sie brachte mich in das Zimmer, das sie meiner Mutter ausgesucht hatte, ein Zweibettzimmer mit Blick durch ein breites Fenster auf einen aufgeräumten Garten. Meine Mutter blickte uns erwartungsvoll entgegen, ihre schwarzen Augen lebhaft wie immer, während der Oberkörper sich hilflos in die Kissen drückte und ihre Arme nur mühsam und wie unter Schmerzen meine Umarmung erwiderten. Clara hatte sich für die Unterlagen der Klinik mit einem allgemeinen Krankheitsbild begnügen können; eine Lähmung des Bewegungsapparats festgestellt, das eine weitere Beobachtung notwendig mache. Es sprach für ihren Einfluß in der Klinik, daß sie eine Verwandte aufnehmen durfte, die sonst als anonymer Pflegefall der Kirche oder der staatlichen Bürokratie überlassen worden wäre. Hatte sie denn sonst keine Verwandtschaft, die sich um sie kümmerte?

Meine Mutter schwieg, um nicht in Tränen auszubrechen. Auf dem Nachttisch hatte sie aufgebaut, was wie zufällig gerettet aussah nach einer Katastrophe, ein Fläschchen Kölnischwasser, ihre Weckeruhr, ihre Lesebrille, ein Buch, ein Notizheft, darin sie die Maße ihrer Lieben notiert hatte für den nächsten Pullover, den sie stricken würde.

Du solltest sie überreden, im Rollstuhl durch den Garten gefahren zu werden, sagte Clara.

Meine Mutter schüttelte den Kopf. Ich übersetzte mir ihre Gedanken: Dann sehe ich doch aus wie eine alte Frau.

Ihre Gedanken würden in diesen Wochen im Kreise gehen: Sie begriff, daß wir – ich, ihre Schwester Lore – sie allein ließen, guten Gewissens, da Clara uns zur Hilfe kam. Und je mehr wir uns von ihr entfernten, desto näher rückten ihre frühen Jahre wie ein schwacher Trost in ihr Bewußtsein. Jener Tango in San Sebastián, die Verlobung und Heirat mit meinem Vater, die Geburt des Kindes … Mein Vater hatte sie als erster verlassen, da er in den Tod ging. Nein, verlassen wurde sie zuerst von ihrer Mutter, die sie nach der Geburt an eine Hebamme gab, die ihre Milch für Geld verkaufte und ansonsten den Säugling den Fliegen und den Quälereien ihrer älteren Kinder überließ – doch, doch, daran könne sie sich noch gut erinnern, behauptete meine Mutter. Und nun, Jahrzehnte später, strafe sie Gott dafür, daß sie weder Mutter noch Vater geliebt habe. Und am Ende bekäme jeder die Rechnung dafür, daß er das Leben geschenkt bekommen habe, ohne darum gebeten zu haben. Und Lore, ihre Schwester? Clara und ich waren uns einig, Lore habe aus Angst vor der Endzeit, die auch ihr bevorstünde, die Flucht ergriffen, als sie allein in diese Neubauwohnung am Johannisplatz zog. Und waren wir nicht alle auf der Flucht vor den Dämonen unserer Zukunft?

Das zweite Bett blieb leer, die Kranke, auf dem Wege der Besserung, hatte Ausgang. Eine Schwester kam und brachte das Mittagessen, ein Teller Rührei mit Schinken, Messer und Gabel, eine Schale Kompott, eine Serviette. Du hilfst ihr beim Essen, sagte Clara und verschwand. Meine Mutter ließ sich wortlos die Serviette um den Hals legen, ich nahm den Teller in die Hand, nicht ohne Verlegenheit, und fütterte meine Mutter, wie sie mich als Kind gefüttert hatte, wobei mir die albernen Sprüche einfielen, mit denen man Kinder ablenkt: Ein Löffelchen für … ein Löffelchen für … Meine Mutter schluckte brav alles hinunter. Woran dachte sie?

Willst du den Nachtisch essen? sagte sie.

Nein, danke. Die unvergessenen Gerüche des Krankenhauses, diese Mischung von Desinfektionsmitteln, aufgeheizter Luft, und war nicht eine Spur Äther in allem, sogar im Essen, legte sich mir auf den Magen. Ich würde später in der Stadt essen, eine Flasche Stierblut trinken, vielleicht im Kiew am Markt, ich brauchte Betäubung nach dem Anblick meiner hilflosen Mutter, und ich würde Jäckie einladen, um bei ihrem Anblick meinen Appetit zu steigern …

Wenn man an den Teufel denkt …, dachte ich, denn an der Tür, einen Blumenstrauß in der Hand, stand Jäckie, und was weder Clara noch ich erreicht hatten – meine Mutter hellte sich auf, lächelte, bewegte die Arme und schob den Teller mitsamt der Gabel in meiner Hand beiseite, wischte sich den Mund, und in ihrer glücklichen Verlegenheit glich sie, ein anderer Vergleich fällt mir nicht ein, einer Braut bei der unerwarteten Begegnung mit dem lang ersehnten Bräutigam.

Laßt euch nicht stören, sagte Jäckie, packte die Blumen aus, fand eine Vase auf dem Tisch der Bettnachbarin, versorgte die Blumen, stellte die Vase zu den Habseligkeiten meiner Mutter. Ich überließ ihr meinen Platz auf der Bettkante, nahm mir einen Stuhl, betrachtete den aufgeräumten Garten und entdeckte am Horizont die Silhouette der Stadt mit dem drohenden Uni-Riesen als Ausrufezeichen. Wovon sprachen die Frauen?

Meine Mutter dankte für die schönen Blumen. Jäckie hielt ihre Hand fest, rückte ein wenig näher, so daß sie meiner Mutter eine mitgebrachte Bettjacke um die Schultern legen konnte. Dann erzählte sie vom Befinden Bossies, die mit Vorliebe auf dem Küchenstuhl meiner Mutter saß – und, wie ich in Gedanken ergänzte, von ihrem Teller aß.

Meine Mutter hatte nicht vergessen, daß Jäckies Großvater ihr seinen Anteil an Haus und Grundstück vermacht hatte und daß die Enkelin, solange sie nicht *majoren* sei, einen Vormund brauche, um ihre Erbschaft nicht an den Staat zu verlieren. Ich staunte nicht wenig, als ich mitbekam, daß das kluge Kind alles bedacht hatte. Sie hatte ein Schriftstück aufgesetzt, darin sich meine Mutter bereit erklärte, bis zur Volljährigkeit Jäckies eine Vormundschaft zu übernehmen. Das Papier brauche sie nur zu unterschreiben, und ein Notar (sie nannte einen Namen) würde es beglaubigen und an die zuständige Behörde weiterleiten. Im Todesfall meiner Mutter, wollte ich fragen, traute mich aber nicht, würde der Besitz meiner Mutter Jäckie überschrieben werden?

Jäckie zauberte einen Füllfederhalter aus ihrer kleinen schicken Handtasche, meine Mutter nickte, und mit steifen Fingern setzte sie ihren Namen, Consuelo Jonas, unter das Schriftstück.

Herzlichen Glückwunsch, sagte ich, ohne meinen Blick von den harmonischen Farben des Gartens zu nehmen.

Das nächste Mal, sagte Jäckie zum Abschied, nehmen wir dich mit nach Hause, das habe ich Bossie versprochen.

Meine Mutter unterdrückte die Tränen, bat um das Buch auf ihrem Nachttisch, um sich abzulenken. Ich beugte mich zu ihr, und sie flüsterte zwei Worte auf spanisch. Sagte sie: *Te quiero* – ich liebe dich, oder sagte sie *Te quiere*, sie liebt dich? War denn die Liebe der einen Frau so sehr die Liebe der anderen Frau, getrennt lediglich vom Wechsel eines Vokals?

Die Schwester am Empfang bat ich, uns ein Taxi zu bestellen. Nur weg von hier, so schnell wie möglich. Als wir mit dem Blick auf die Straße warteten, hörten wir den Schrei aus einem der Zimmer. Wir sahen uns hilflos an. Hatte ein Mensch geschrien oder ein Tier? Das Taxi kam, wir stiegen schweigend ein. Der Schrei saß noch immer in unseren Köpfen.

Prager Ereignisse

Die Nachrichten in diesen Augusttagen widersprachen einander. Sozialismus mit menschlichem Antlitz – und das hieß doch, eine Kombination Schwejkscher List mit der optimistischen Besonnenheit eines Erwin Egon Kisch, oder: Konterrevolution – geballte Faust und kämpferische Entschlossenheit? Lore hatte ihr Radio mitgenommen, und Jäckies von atmosphärischen Explosionen verunsicherter, in Zwönitz gebauter Apparat überließ uns weiter unseren Vermutungen. So machte ich mich auf den Weg in die Stadt, auf der Suche nach einem Fernsehgerät, im Vertrauen auf die Belastbarkeit meines Berliner Kontos. Ich wollte mir ein Bild machen von den Prager Ereignissen.

Ein Schwarzweißempfänger kam ins Haus, ein Monteur kümmerte sich um die passende Antenne und die richtigen Anschlüsse.

Sind Sie in der Partei? fragte er mich.

Warum fragen Sie?

Er sah mich zweifelnd an, sagte dann wie nebenher: Also wenn nicht, stelle ich Ihnen den Apparat in diese Zimmerecke, garantiert bester Westempfang. Fünf Sender im Verhältnis 3:2, ARD, ZDF, Drittes Programm zum Adlershofer Programm von DDR 1 und 2.

Der Apparat brachte uns zusammen, Jäckie und mich. Wie Kinozuschauer saßen wir abends Ellbogen an Ellbogen auf dem Sofa meiner Mutter, Katze Bossie eifersüchtig zwischen uns, den Wein und ein kleines Abendbrot in Reichweite. Und so lernten wir die Protagonisten des Prager Frühlings von Angesicht zu Angesicht kennen. Besorgte, redefreudige Leute, sobald ein Reporter des Westfernsehens ihnen mit Mikro und Kamera zu Leibe rückte. Eingerahmt von der magischen Kulisse des ewigen Prag.

Meine Sehnsucht erwachte, die Stadt wiederzusehen.

Wollen wir? fragte ich.

Was?

283

Nach Prag fahren, am Ende verpassen wir ein entscheidendes Kapitel Weltgeschichte, und wie stehen wir später da vor unseren Nachkommen?

Willst du, daß sie uns verhaften, wie wir es gerade gesehen haben, junge Leute, die mit einer tschechischen Fahne in Berlin demonstriert haben?

Es lebe der Sozialismus und der Prager Frühling? Wir geben uns unpolitisch, eine Reise nach Prag in die Stadt für Verliebte ...

Verliebte?

Ich nahm ihre Hand, die sie mir entzog, um Katze Bossie zu streicheln.

Im Zug auffällig viel Polizei. Sie kontrollierte die Reisenden und stieg, als der Zug die letzte Station in der DDR erreicht hatte, aus. Das Erzgebirge schob sich wie eine magische Grenze zwischen beide Länder. Kahle, vom Ruß der Braunkohle zerfressene Wälder auf der tschechischen Seite. Kaum auf fremdem Boden, animierte uns das Zugradio mit böhmischer Blasmusik, die ein wenig wie Spott klang und auch wie die Ankündigung fröhlicher Ereignisse.

Uns musterten die heimatlichen Genossen mit Argwohn. Mein schwarzes Cordhemd, die auffälligen Schuhe – alles »West«.

Wir legten ihnen unsere Personalausweise vor, als mir einfiel, ihnen meinen inzwischen abgelaufenen »Dienstausweis« unter die Nase zu halten, darin Genosse Wolski bescheinigt hatte, mir als Dolmetscher und Begleiter im Auftrag seiner Dienststelle behilflich zu sein.

Dienstlich, sagte ich und vollführte eine Handbewegung, die Jäckie einbezog, dienstlich im Auftrag der Liga zur kulturellen Verbindung mit dem Ausland.

Fast hätten sie salutiert. Sie bedankten sich und wünschten gute Fahrt. Die Mitreisenden im Abteil rückten schweigend ein wenig von uns ab.

Jäckie drückte meine Hand, und ich klopfte, kaum daß die Musik begann, den Takt auf ihren nackten Unterarm. Sie trug Jeans und einen kurzärmligen Pullover, den ihr meine Mutter gestrickt haben würde. Wir werden ihr eine Postkarte schicken und unsere baldige Rückkehr ankündigen. Trost und vage Versprechungen, die beste Medizin für einen Kranken.

Finnbjörnsson fiel mir ein, war er noch isländischer Konsul in Prag? Mütterchen Prag hat Krallen, zitierte ich einen bekannten Prager Schriftsteller, der die absurden Verwirrungen unserer Zeit vorausgesagt hatte.

Kaum aus dem Bahnhof, umgab uns eine scheinbar ziellos flanierende Menschenmenge. Es war, als sei der Turm zu Babel gerade erst eingestürzt und ein Gewitter fremder Sprachen über die Stadt hereingebrochen. Meine Westklamotten wurden mir zum Verhängnis: Tauschen, wisperten uns fremde Stimmen im Vorübergehen zu und zeigten gebündelte Geldscheine. Tschechenkronen gegen Westmark. Ich schüttelte den Kopf. DDR-Mark, sagte ich und bannte so die aufdringlichen Geldwechsler. Jäckie griff nach meinem Arm, aus Furcht, verlorenzugehen. Hotel? fragte eine Stimme. Wir nickten. Der Mann bot sich an, uns zu führen, und so kamen wir zum Sporthotel, froh, eine Bleibe zu finden, da alle besseren Hotels besetzt waren, als erwarte die Stadt die Eröffnung einer Weltausstellung.

Jäckie schwieg, als ich ein Zweibettzimmer zugewiesen bekam, immerhin mit zwei getrennt stehenden Betten, die ein gemeinsam zu benutzendes Nachttischchen verband. Sie verschwand im Bad und ließ mir Zeit, meine Tasche auszupacken und den Glencheckanzug anzuziehen, um unauffälliger auszusehen.

Ach, sagte sie, als sie mich sah. Der Herr hat sich fein gemacht. Da bleibt mir nichts anderes übrig, als mich anzupassen.

Sie verschwand noch einmal im Bad und zeigte sich dann in einem moosgrünen Kleid, knielang und in Strümpfen, die mich an ein Lied von Jimmy Rushing denken ließen – *I want a little girl, she may not look like a picture in a story book, but if she can cook … and I don't care if she wears silk-on-holes …* Ich würde ihr in Berlin West bei nächster Gelegenheit ein Paar Nylonstrümpfe kaufen und ein schöneres Kleid.

Wird sie diese Geschenke annehmen? Später würde ich mit Clara darüber spekulieren, wie hinterlistig unser Unterbewußtsein arbeitet: da meine Geschenke eine Art versteckter Einkleidung meiner Absichten waren, blieb mir am Ende nichts anderes übrig, als der Form einen Inhalt zu geben, die Wärme und Zuneigung eines verhüllten Körpers zu suchen. Die erste Nacht im Sporthotel verschanzten wir uns hinter der mitgebrachten Lektüre. Ich genoß die Spannung, die auf eine Entladung soviel vergeudeter Energie wartete; am Ende war die Müdigkeit größer, und wir schliefen bis in den Morgen. Ich hörte sie im Bad hantieren, dann kam sie, in Badetücher gehüllt, mit nassen Haaren. Nicht mal einen Fön haben sie hier, sagte sie.

Was willst du, es ist ein Sporthotel. Das nächste Mal steigen wir im Alarcon ab, first class.

Sie schwieg und kehrte mir den Rücken zu.

Eine Zeitung wurde uns unter der Tür zugeschoben. Soviel verstand ich, es war ein Mitteilungsblatt des Schriftstellerverbands.

Nach dem Frühstück ließ ich mich an der Rezeption mit dem Isländischen Konsulat verbinden, was einige Mühe machte. Ich verlangte Mr. Finnbjörnsson zu sprechen, *being an old friend of him*, und eine männliche Stimme bat im vertrauten zungenscharfen isländischen Englisch um meinen Namen.

Am Apparat, sagte Finnbjörnsson auf deutsch. Er nannte mir die Adresse des Konsulats, Karlova 20, Prag 1, wenn ich mich recht erinnere ..., und ich kündigte unseren Besuch an.

Kommen Sie zum Lunch, sagte er. Heute nachmittag haben wir gute Freunde eingeladen zu einer Diskussion. Sie können, ergänzte er spöttisch, und seine Stimme wurde um Oktaven tiefer, Sie können die Position der DDR vertreten, *if you don't care*.

Ich fürchte mich, sagte Jäckie, als ich ihr von meinem Gespräch erzählte, und was soll ich anziehen?

Deine FDJ-Bluse, sagte ich und berührte ihre Hand. Drück deine Baskenmütze ins Blondhaar, *guapa*, und man wird dich für eine Freundin von Che Guevara halten. Sind sie hier nicht dabei, eine Revolution zu machen?

Durch die Straßen laufend, die Moldau von der Karlsbrücke betrachtend, gerieten wir einmal mehr in den Bann der ewigen Stadt. Wo aber waren die Ikonen dieser Tage, die wir vom Fernsehen kannten. Tagten sie hinter verschlossenen Türen? Wir suchten in den Zeitungsständen nach deutschen Zeitungen. Ausverkauft, sagte die Verkäuferin, und zeigte auf ein Neues Deutschland, nur das, wenn Se mechten. Wir schüttelten den Kopf, als wollten wir ein mitleidiges Lächeln der Verkäuferin vermeiden. Ich kehrte noch einmal zurück und kaufte unser vertrautes Zentralorgan. Auf der Rückfahrt versteckten wir darin die in Prag gekauften westdeutschen Taschenbücher.

☆

Arni Finnbjörnsson kam uns entgegen, so daß wir mit dem isländischen Troll am Eingang nicht erst lange verhandeln mußten. Roch es nach Stockfisch? Nein, es roch nach englischem Tabak, nach Kaffee, nach der Spur Aramis auf der geblümten amerikanischen Krawatte des Konsuls. Jäckie, für Gerüche empfänglich und nicht weniger für Finnbjörnssons breitschultrige Gestalt, ließ sich verlegen dankend die Türen von ihm öffnen und den Stuhl zurechtschieben. Ein Gedeck für drei, eine Ordonnanz oder war es der Kulturattaché Herr Gislasson oder Herr Williamsson, brachte die Knödel und den Gulasch. *In Rome do as the Romans do,* sagte der Konsul, auf seinen Teller und auf das Budweiser Bier zeigend. Wir taten es ihm nach und entfalteten eine blütenweiße Serviette. Nach dem Essen Kaffee und Cognac und eine Davidoff mittleren Formats. Bringen Sie der Dame Schokolade, sagte er zum Attaché, der sich, ein Tellerchen mit Pralinen hinstellend, auf leisen Sohlen verzog. Finnbjörnsson, die Prager Ereignisse in ihrem Kontrast DDR–ČSSR besser übersehend als ich, wollte mich aus der Schußlinie der Kontrahenten in der Diskussionsrunde herausnehmen, indem er mich bat, meine ihm gut vertrauten Dolmetscherdienste bei Bedarf am Nachmittag auszuüben, auf Rechnung der Botschaft, in westdeutscher Währung.

Und so saß ich an seinem Tisch, Zettel und Bleistift vor mir, Jäckie verschwand unter den Zuhörern auf der letzten Reihe des Konferenzzimmers, das mit einem Porträt von Halldor Laxness die isländische Neutralität und Kultur verkündete.

Was aber kamen da für Leute? Ich versuchte, am Ausdruck der Gesichter und an den Anzügen unsere Berliner Genossen zu erkennen. War die Botschaft der DDR informiert? Würde nicht Wolski seine Vertrauten ausgeschickt haben? Die wenigen jungen Frauen kamen aus Prag, erkennbar, meine ich, am gelungenen Make-up und der Unruhe, sich sogleich verteidigen zu müssen. Dann gab es zwei, drei kaugummikauende junge Amerikaner. Und nicht zu übersehen, die Vertreter westdeutscher Zeitungen mit dem Ausdruck, einen Sieg noch vor jeder Entscheidung errungen zu haben. Finnbjörnsson begrüßte sie alle mit wenigen englischen Sätzen, die ich auf deutsch wiedergab, und der Attaché übersetzte sie ins Tschechische. Die erste Wortmeldung kam vom Vertreter der FAZ: Man möge doch das Gespräch auf deutsch führen, das in Prag jeder verstünde seit den Tagen des Golem Rabbi Löw. Einer der Amerikaner protestierte: Warum dann nicht auch, bitte, in Yiddish? Und eines der Prager Mädchen applaudierte und sagte: Wir sind Tschechen, bitte. Finnbjörnsson entschied den Streit: Wenn wir diese kleine Runde mit einer internationalen Plattform vergleichen dürfen, sagte er, dann alle drei Sprachen, bitte. Das Wort hat unser verehrter tschechischer Kollege (er murmelte einen Namen) zu einem Resümee der bisherigen Ereignisse.

Nun erwartet nicht, würde ich viel später den Cousinen Clara und Concha erzählen, viel später, als alles, was damals geschah, in den Fallgruben der Geschichtsbücher verschwand – erwartet nicht, daß mein Bericht die Dramatik und Dialektik eines Stücks von Vaclav Havel erreichen könnte.

Die tschechischen Mädchen erinnerten daran, daß der Fehler der Amerikaner 1945 darin bestanden habe, nicht in Prag einmarschiert zu sein, schlimmer noch, den kommunistischen Staatsstreich von 1948 und die Entmachtung des demokratischen Präsidenten toleriert zu haben.

Die Amerikaner feixten und klatschten in die Hände, noch ehe ich, der deutschen Übersetzung des Attachés folgend, die englische Version zustande brachte.

Die Amerikaner! höhnten die jungen Leute. Seit Vietnam haben sie jede Legitimation, für Recht und Freiheit anderer Völker einzutreten, verloren. Ihre besten Leute, siehe Kennedy, lassen sie ermorden, ersticken jede Opposition. Aber: was heute in Prag geschieht, hat durchaus mit Amerika zu tun: mit der Revolte von Woodstock, mit der Verweigerung der Blumenkinder. Und solange Bob Dylan oder Jimmy Hendrix die Leute in Prag inspirieren, sind wir in einer gemeinsamen Front gegen die bösartigen Greise in Washington wie in Moskau oder Prag, die ihre Macht nicht hergeben wollen.

288

Der Vertreter des Spiegel goß ein wenig Öl ins Feuer der Diskussion, als er meinte: Kommt es denn überhaupt noch darauf an, den Sozialismus stalinistischer Herkunft zu reformieren, wie das Dubcek, Smyrkowski und die anderen wollen, oder doch Mittel und Wege zu finden zur Errichtung einer freiheitlich-demokratischen Grundordnung? Und wo funktioniert diese, außer im Saldo der Banken? Ah, das sagte der Vertreter des DDR-Rundfunks.

Patria o muerte, sagte einer der Amerikaner, der ein kubanischer Emigrant war.

Kapitalismus, nein, sagten die Tschechen. Toleranz, Rede- und Reisefreiheit für alle, ja, unser Weg ist richtig. Unser Manifest der 2000 Worte enthält das ganze Programm. Lesen Sie!

Widerspruch von seiten des Vertreters der DDR-Botschaft. Wehret den Anfängen, sagte er. Stürzt hier die westliche Flanke der sozialistischen Staaten ein, wird der Klassenfeind auf Krieg setzen, um sich im Roll-back-Verfahren den Rest zu holen. Wir in der DDR bewahren den Frieden dank der Errichtung des antifaschistischen Schutzwalls.

Ich stellte mir die Prager von hohen Mauern geschützten Gärten vor. Ein Paradies, das die Horden Tschingis Khans (der Name als Metapher gesetzt) nicht erobern konnten.

Hat noch keiner, frage ich, eine Frau mit einer Zwiebel verglichen? Clara und Concha sehen mich beleidigt an. In einer der neu eröffneten Boutiquen am Wenzelsplatz, neben dem wie stets überfüllten Café Europa, kaufte ich vom gerade verdienten Geld alles, was sich Jäckie ansah, ohne es sofort haben zu wollen. Doch, doch, sagte ich, diese Unterwäsche, diese Strümpfe, das blaue Kleid, probier es an … Die Verkäuferin nickte mir amüsiert zu, während sie in einem babylonischen Sprachpotpourri ihre Ware anpries. Jäckie verschwand in der Ankleidekabine – und kehrte wie ausgetauscht zurück. *I knew a wonderful princess, in the land of …* Ich hörte meinen Freund Melle den alten Song von Dizzy Gillespie trällern, anstelle eines spöttischen Kommentars.

Und so zog ich ihr in der Nacht aus, was ich am Nachmittag gekauft hatte, in dem nicht länger zu unterdrückenden Wunsch, ihrer Hingabe auf den Grund zu kommen. In dieser Nacht ritt ich zu meiner Überraschung eine erfahrene Frau, so daß meine Eifersucht erwachte, dieses Gespenst, das jedem Liebenden im Nacken sitzt.

Wir befolgten Finnbjörnssons Rat, so bald wie möglich abzureisen. Über den Prager Frühling würde in den nächsten Tagen der Prager Winter einbrechen. Wieder in Leipzig, verpaßten wir, mit uns beschäftigt, die über die Fernsehscheibe dröhnenden sowjetischen Panzer in den Straßen Prags, die eine Spur von Feuer und Blut hinter sich her zogen.

E n d z e i t *(2)*

Das Purgatorium der christlichen Religion, eine Art Vorhölle zur Verbüßung oder Vergebung unserer Sünden, ist, so erkläre ich den Cousinen (die über meine metaphysische Anwandlung staunen), keine Einrichtung im Jenseits. Wir erleben es in den Wochen oder Monaten vor der Gewißheit unseres unabwendbaren Todes. Nach dem Tod meiner Mutter, über den im einzelnen zu berichten mir unmöglich ist, erinnere ich mich an ihre stille Abwesenheit im Krankenbett, das ihr Clara in ihrer Klinik eingerichtet hatte. Eine routinierte Pflege war garantiert; unsere Besuche, Jäckies Blumen und das eine und andere Buch, das ich mitbrachte, gehörten zum Dekor ihrer Krankheit, ohne große Beachtung zu finden. Lore war zu ihrer Spanienreise aufgebrochen, nach kurzem Abschied. An manchen Nachmittagen wich das Schweigen meiner Mutter einer febrilen Mitteilungslust, als ob vor allem meine Begleiterin in jede Episode im Leben meiner Mutter eingeweiht werden sollte. Und es waren durchaus komische Erinnerungen an Schule und Familienleben auf dem Lande, an den Privatlehrer Herrn Hüsgen, den mein Großvater für einen oberflächlichen Unterricht seiner Kinder engagiert hatte, damit sie weniger Fehler in der Benutzung der so schwierigen deutschen Sprache machten. Die baskische Großmutter der Kinder, Doña Polonia, und der Lehrer standen über Kreuz miteinander, weil er ihr die Kinder entfremdete mit dieser unchristlichen Sprache. Und Herr Hüsgen verwahrte sich, daß Doña Polonia den Unterricht störte mit ihrem geflüsterten *Shaguchu!* (Mäuschen) und der Ankündigung, ein Papagei sei durchs Küchenfenster geflogen und habe sich über die Weintrauben hergemacht. Wen interessierten da noch die Regeln zur Benutzung des bestimmten Artikels. Hieß es nun »der dicke Schwein« oder »das dicke Schwein«? Und »Vater macht der Kopf drehen« ergab keinen Sinn, obschon es die wörtliche Übersetzung aus dem Spanischen war? *Dar vueltas a la cabeza* – sich Sorgen machen.

Mit steifen Fingern gab uns meine Mutter die Fotos, die sie zwischen die Seiten eines Buches gesteckt hatte. Schwarzweißfotos wie aus einem legendären Jahrhundert, überzogen vom gelblichen oder rötlichen Schleier, der ihr völliges Erblinden ankündigte. Die Mädchen in langen Kleidern und sorgfältig geflochtenen Zöpfen. Die Jungen, Paco und Alfredo, in Matrosenanzügen und einem Ausdruck trotziger Aufsässigkeit. Und dann das Foto mit dem Fahrrad, das meiner Mutter gehörte, aber das Mädchen neben ihr hat sie zur Seite gedrängt, und die Lenkstange im Griff mimt sie die stolze Besitzerin des Zweirads. Eine Demütigung, die meine Mutter bis zu diesem Tag nicht vergessen hatte. Ich wußte, was sie jetzt erzählen würde: wie sie, wäre mein Vater aus dem Krieg zurückgekommen, mit ihm über Land gefahren wäre, jeder auf seinem Fahrrad, als säße man auf einem feurigen Pferd nach Vorlage romantischer Liebesfilme. Und so glitten ihre Erinnerungen ins eigentliche Purgatorium, das ganz beherrscht wurde vom Tod meines Vaters in den Bergen um Assisi. Sie hatte, was mich überraschte, die Tage seines Sterbens, von der leichten Verwundung eines Streifschusses an der Schläfe bis zur Blutvergiftung in der zum Krankenhaus eingerichteten Schule von Assisi, in diesen Wochen so erlebt, als habe sie ihn bis zuletzt begleitet. Ich hatte ihr meine Recherchen verschwiegen, daß weder Engländer noch Amerikaner die tödlichen Schüsse abgegeben hatten, sondern die mit erbeuteten Flinten bewaffneten Partisanen, die fünf vor zwölf ihren Anteil am alliierten Sieg haben wollten. Wir hatten nie darüber gesprochen. Woher wußte sie davon?

Clara klärte mich auf. Ihr Vater hatte ihr Teile des Buches The Assisi Connection übersetzt, das auch mir geholfen hatte, die italienische Front des Jahres 1944 besser zu erkennen.

Das nun einsetzende Schweigen meiner Mutter machte uns hilflos. Hatte sie, dachte ich (um mich mit einer Konstruktion zu trösten), meinen Vater in den Tod begleitet, würde sie das gleiche von ihm erwarten. Der Engel des Lichts, den viele gesehen haben wollen, die noch einmal zum Leben zurückkehrten, ist vermutlich nichts anderes als ein Mensch, der vor uns gestorben ist und den unsere Liebe an uns bindet.

✩✩✩

Koda   Pauline

Im Literaturarchiv warte ich auf die Freigabe eines Romanfragments meines Großvaters, seine letzte, unbekannt gebliebene Arbeit. Sein hundertster Geburtstag holt Freunde und Feinde von einst, sofern sie überlebt haben, aus ihren Schützenlöchern: die noch immer nicht vollzogene deutsche Einheit macht's möglich, daß der tote Jubilar zum Kronzeugen der alten Widersprüche aufgerufen wird. Draußen das liebliche Marbach, meine Heimat, im lauen Maiwind erblühend; hier die künstliche Kälte, die den Säurefraß in den Manuskripten verlangsamen soll. Endzeit, in den Köpfen der Archivare ein von der Historie unbeeinflußter Dauerzustand abendländischer Kultur. Der Barrikadenkampf der Kritiker eine groteske Farce, zählt man ihre Jahre. Allen voran meines Großvaters Freund Archie, hundert und mehr Jahre alt, ein Wunder der Natur, nein, der Medizin, zusammengehalten von den Ersatzteilen, die eine moderne Medizin aus dem Baukasten der Roboter und für den nächsten Marsflug erprobten neuen Menschen bezieht. Nicht anders sein Widersacher, Herr Schabe, der am Gift seiner Haßtiraden längst krepiert wäre, wenn er nicht vor seinen Auftritten ein bestimmtes Elixier schluckte, das aus einem Mr Jekyll einen Mr Hyde macht, aus einer Schabe einen Schmetterling. Die aus ihren Gräbern geholten Lemuren der Vergangenheit, das hatte der Mann nicht vorausgesehen, erwachten, sobald er sie beschwor, zu neuem Leben, und in den Köpfen der Nachgeborenen entstand ein neues Utopia. Worum streiten sie?

Für Archie ist das Werk meines Großvaters das Hohelied auf die untergegangene DDR, ihre Widersprüche und Ungereimtheiten nicht verschweigend, aber, Genossen, von Menschen bevölkert auf dem Weg in ein Land, wo der Mensch sich in seiner Humanität verwirklicht. Ah, wirklich? Und ist er nicht, der Mensch, denke ich, von Kind auf ein von seinen Trieben besessener, auf die Vernichtung anderer und sich selbst eingestelltes Wesen? Ein Sprengsatz mit Zeitzünder? Dieser Autor, der sich früh an die Geheimdienste seines Landes verkauft hatte, ein Verräter an den Idealen seiner Jugend, ein Denunziant aus der Sucht nach Privilegien, eine Entscheidung, die er geheimhielt vor seinen Frauen und Kindern, ihm kann nicht vergeben werden. Und tatsächlich, sie haben es ihm gezeigt, wer die Macht im neuen Staat hat, indem sie ihn mit gnadenlosem Schnitt von der Öffentlichkeit trennten, die für einen Schriftsteller das ist, was für den Fisch das Wasser. Und sie löschten sein Gesicht und die Erinnerung an ihn in den Literaturgeschichten – die erklärten Antistalinisten erwiesen sich auch hier als die besten Schüler des Diktators. Gewiß, mein Großvater hat sich ungeschickt erklärt und verteidigt und sich im nachhinein zum glühenden Anhänger der DDR stilisiert – wie hätte er auch die ganze Wahrheit sagen können. Wäre er reumütig zu Kreuze gekrochen, man hätte ihm vielleicht in Marbach das Abstauben der Akten erlaubt.

Warum schweigen seine Kinder? Er hat sie in späteren Texten nicht erwähnt, wollen sie ihn vergessen, um eine unbefriedigte Kindheit nicht noch einmal zu erleben? Und seine Frauen? Ich werde mich mit ihnen zu beschäftigen haben, sobald das Ergebnis einer Konferenz zu seinem hundertsten Geburtstag die Presse erreicht hat. Ich kenne das tolle Ergebnis, das mit einer anderen Pauline zu tun hat, die, als sie auf meinen Großvater angesetzt wurde, so alt gewesen sein muß wie ich heute. Ein Kriminalfall der besonderen Sorte, im Grunde eine grottenschlechte Story, bestsellerverdächtig wohl kaum, doch habe ich, von meiner Mutter geerbt, eine Nase für alles Kriminalistische.

Meine Position in dieser Großfamilie bleibt mir ein Rätsel, die Identifizierung mit meinem Großvater ein willkommenes Spielfeld für Spekulation. Wie oft habe ich ihn gesehen? Als Kind und als junges Mädchen ein paarmal, ich erinnere einen alten Mann im Rollstuhl, die Augen wach, als könnten sie in jedem Augenblick die verlorenen Jahre seines Lebens zurückholen. Eingehüllt in den Dunstkreis des Alters, trotz sorgfältiger Toilette und den Spritzern Aramis oder Lavendel auf seinem Kragen und den Tabakswolken seiner Davidoff Zigarre. Das Kind, das ich war, saß gerne bei ihm, im gespitzten Mund schimmerte die Zahnspange, auf der Nase die verbogene Lesebrille, in den Händen einen Band Harry Potter und eine Ausgabe vom Herrn der Ringe. Ich wußte, was er hören wollte: Der Herr der Ringe, sagte ich, ist besser. Es war leicht, ihn zufriedenzustellen. Schuldig bin ich ihm eine Biografie, zumindest ein Fortspinnen der fehlenden Kapitel seines letzten fragmentarischen Romans. Ausgebeutet habe ich seine Themen zur Genüge für Adaptionen von Drehbüchern und Hörspielen. Mit vierunddreißig Jahren, vom Leben und der Liebe enttäuscht (wie gut doch die Sprache für uns zu lügen versteht, tatsächlich fühle ich mich noch ganz und gar Teenie, also voller Erwartung, und ich folge – wie früher als Kind – meinen Launen). Schauspielerin! rief mir mein Vater zu, wenn er mich loben wollte. Auch ihn habe ich enttäuscht.

Das Gespräch mit mir in Vorbereitung der erwähnten Konferenz fand im wiedereröffneten Chinarestaurant am ehemaligen Checkpoint Charlie statt, jener unheilbaren Schnittstelle zwischen Ost und West. Uns gegenüber die bröckelnde Fassade eines Gebäudes, das den ostdeutschen PEN-Club beherbergte, in dessen Rat der Götter mein Großvater 1984 gewählt wurde. Am Tisch mit seinen jüdischen Kollegen konnte er zwei seiner Leidenschaften befriedigen: seiner spanischen Herkunft jüdische Wurzeln geben (die spanische Melancholie aus dem Talmud erklären), und in einer Art Identifikation mit den jüdischen Emigranten die Bitterkeit des Exils mit der Überzeugung, hierzulande auf der richtigen Seite zu stehen, verbinden zu können. Dabei waren die jüdischen Kollegen so unterschiedlich wie Farben der europäischen Landkarte. Der Präsident eröffnete die Sitzungen mit einer Presseschau, aber es war die Times, die er zitierte. Sein Widersacher, der das Ghetto von Warschau überlebt hatte, schaute finster und wartete auf eine Möglichkeit, ein Zitat aus der Prawda anbringen zu können, das ein anderer, der als Kind in Australien überlebt hatte, mit einem Witz durchlöchern würde.

Mein Großvater lebte von seinen Illusionen, alles zugleich sein zu können, ein Doppelleben reichte ihm nicht, er näherte sich den Frauen nur, um abwechselnd ihr Liebhaber und ihr Ehemann sein zu können, sein Lebenslicht brannte wie eine oben und unten angezündete Kerze. Der alte Mann im Rollstuhl, den Tod wie einen Schatten verfolgend, der nach ihm suchte und von Zimmer zu Zimmer glitt in seinem großen Haus – bereute er? Er hätte, wie er in einem Brief an seine Cousinen Clara und Concha schrieb, seine Beichtmütter seit Kindertagen, mit einem Leben genug haben sollen. Doch gehöre er einer Generation an, die in ständiger Verführung gelebt habe im Match Ost gegen West. Und er glaube nicht an eine freie Willensentscheidung.

Er zog, noch vor dem Staatsexamen, die amerikanische Karte. In meinen Notizen zu seiner Biografie denke ich über diese Verliebtheit in einen American Way of Life nach. Zu simpel wäre die Erklärung, der Jazz, der den Einmarsch der amerikanischen Armee in Leipzig begleitete, hätte ihn von Leutzsch nach New Orleans, Kansas City, New York oder auch nur nach Nashville entführt. Auch nicht die Konserven seines Onkels William und die Comic Weekley, die sie bedeckte wie eine Altardecke die Monstranz – vager Vergleich, sorry. Vielmehr war es die Lust an der radikalen Verwandlung, die aus den Bettlern der Alten Welt die Eroberer einer Neuen Welt machte, in der ein Schienennetz – Honky Tonk Train Blues! – Raum und Zeit zu einer Einheit verband. Im 21. Jahrhundert wahrlich eine romantische Vorstellung. Der von allen Ideologien beschworene neue Mensch – hier war er zu finden. Warum aber wanderte er nicht aus?

Die Gründe verrät mir der amerikanische Germanist Dr. Benjamin Gutman von der Saint John's University in Minnesota. Bei einer Tasse Jasmintee und in Erwartung einer süßsauren Suppe. Er duzt mich wie selbstverständlich und wiederholt meinen Namen – Pauline! –, als würden die Silben meines Namens das Geheimnis einschließen, das Dr. Gutman in Erledigung eines vom FBI oder der CIA finanzierten Forschungsauftrags der Welt mitteilen will. Bei uns in Amerika, sagt er, kommt alles an den Tag, wenn auch fünfzig Jahre zu spät. In wenigen Jahrzehnten, dear Pauline, werden wir wissen, wer den Auftrag gab, das World Trade Center in New York zu Asche zu brennen.

Dr. Gutman ist von täuschender Jugendlichkeit, geschorener Kopf à la mode, dicke Hornbrille, deren Gläser seine flinken Augen zu vergrößern scheinen. Am Ende ist er jener verschollene Halbbruder meine Vaters, der als Winkeladvokat die Geschäfte der Mafia mit dem amerikanischen Staat betrieben haben soll und mit neuer

Identität belohnt aus der Schußlinie entfernt wurde. Dann wären wir ja verwandt.

Dein Großvater, sagt der Anwalt, als decke er vor meinen Augen ein Kartenspiel auf, dein Großvater war bis zum Fall der Mauer amerikanischer Agent im Auftrag der CIA. Sie schickten ihm eine Frau, als er in Berlin West, Argentinische Allee, unseren Mann Hogg besuchte, er konnte nicht widerstehen. *Un coup de foudre*, sie hieß Pauline.

Wie sah sie aus, frage ich und komme mir dumm wie ein Schulkind vor.

Gibt kein Bild von ihr. Die östlichen Geheimdienste waren ihr auf der Spur. Im Vertrauen auf die westliche Technik schossen sie ein Polaroidfoto nach dem anderen, sobald sie auftauchte – wir hatten den Film präpariert, unter Lichteinwirkung verblaßten die Konturen, zwei gesichtslose Schemen des Kalten Krieges. Warum heißt du Pauline?

Ich heiße Pauline, weil mein Großvater es so wollte. Er mischte sich ein, als meine Eltern die unterschiedlichsten Namen für das Ungeborene ausprobierten. Nennt sie Pauline, sagte er, ein guter, weil klassischer Name für die Jüngste der Familie, die ergo die Liebste, die Liebliche ist.

Pauline von Württemberg, sagte meine Mutter. Wurde sie nicht Königin?

Daß es kein Foto von ihr gibt, ist Unsinn. Falls sie Pauline hieß, dann zur Tarnung. Tatsächlich hieß sie, wie meine Recherchen ergeben, Kathleen, eine Schwester jener Töchter der Revolution, die die Engländer aus Boston und Umgebung ins Meer gejagt hatten.

Blöderweise bin ich eifersüchtig auf sie. Eine heimliche Geliebte meines Großvaters von damals achtzehn Jahren? Wieder in meiner Berliner Wohnung, stelle ich mich nackt vor den großen Spiegel.

Mein spitz zulaufendes, ziegennasiges Gesicht – wie von Greco gemalt, sagte mein Großvater bewundernd – zieht eine Grimasse. Die Hüften zu schmal, die Beine lang, wohlgeformt, Beine einer Langstreckenläuferin, die Brüste frech, aber zu klein, die unrasierte Scham ein Urwald voller Gefahren und Geheimnisse.

Die andere Pauline wird älter als mein Großvater gewesen sein. Sie trug Uniform, war ein *private first class*, das Käppi auf dem ungebändigten Blondhaar, sie arbeitete in Berlin für AFN – American Forces Network, the Voice of Information and Education.

Jener Hogg, den mein Großvater zusammen mit seinem Schulfreund Falk in Zehlendorf besucht hatte, bot ihm an, in den Semesterferien entweder im PX zu arbeiten, im Dunstkreis von Spam und Schokolade, Büchsenkaffee und Hot Dogs – oder für AFN Berlin die Schallplatten für die Nachmittagssendung Frolic At Five aus dem Archiv zu holen. Eine falsche Information: Joe Hudaks Frolic At Five wurde in Frankfurt am Main produziert. Mein Großvater zögerte nicht. Er wählte AFN, Kathleen-Pauline begrüßte ihn wie einen heimkehrenden Soldaten, sie führte ihn durch das Studio, wo ihn jeder mit *hi* und *how are you* empfing, und der Besucher aus Leipzig sah nur sie, *the one and only* Kathleen in ihrer auf Taille geschneiderten Uniform, und ein Lied hämmerte in seinem Kopf: *We got married in a fever* ... Aber dahin war ein langer Weg. Das amerikanische Weib spielte mit ihm wie die Katze mit der Maus. Anders noch: wie im Märchen mußte er die Aufgaben erfüllen, die der CIA Chef in Washington D.C. sich ausdachte, wollte er eine Prinzessin aus Fleisch und Blut haben. Vorerst gewährte sie ihm Ausflüge in der Weststadt, auf ihre Rechnung, im chromblitzenden Chrysler. Diese Leute, denke ich wütend, ließen es sich was kosten, meinen Großvater zu kaufen. Sie konnten sich darauf verlassen, daß der auffällige Aufwand die Russen anlocken würde, um diesen Maulwurf zurückzuschicken als Doppelagent.

Kathleen – *call me Pauline, won't you* – hätte ihn zu gern mitgenommen, wenn sie im Jeep, in Begleitung dreier GIs, ihre Kontrollfahrten durch den Ostsektor der Stadt machte. Er hätte sich verkleiden müssen, die zu große Uniformjacke zurechtschiebend, die gebügelten khakifarbenen Hosen zu Ringelsocken und Kreppsohlenschuhe mit Stolz betrachtend – Kathleen hatte ihn neu eingekleidet, als müsse sie ihn zu einem anderen Menschen machen, ehe er in ihr Bett durfte. Der Junge aus dem Osten als Ami im Jeep? Sie bekam keine Erlaubnis, obschon es zu den Überlegungen ihrer Vorgesetzten gepaßt hätte, in Berlin Ost mit seiner Hilfe die Adressen von Künstlern, Wissenschaftlern, Politikern zu erkunden, denen das Hilfswerk der CIA mit CARE-Paketen zu Leibe rücken wollte.

Kathleen aber zeigte ihm die Weststadt, Ku'damm mit seinen Buchläden, das KADEWE mit den paradiesischen Kulinarien einer im Genuß ungeteilten Welt; das frohe Jugendleben in der Eierschale am Breitenbachplatz, den Square Dance auf deutsch-amerikanischen Volksfesten, das Jazzlokal Badewanne in der Nürnberger Straße. Mein Großvater erinnerte sich in seiner Einfalt zu spät, daß er hier die Kellnerin kannte, die Falk und ihm jene dubiose Adresse in Ostberlin gegeben hatte. Doch sie schien ihn nicht wiederzuerkennen, wenn er mit seinen neuen Schuhen den Takt zu Rediskes Blue Moon schlug und dabei Kathleen in ihren *fatigues* (Jeans und Pullover) anhimmelte.

Der Weg von hier zu ihrer Wohnung in der Argentinischen Allee glich der Wiederholung eines Gewohnheitsrechts – nicht anders die Liebe auf der Schaumgummimatratze ihres Bettes, unter dem Bärenfell aus Alaska. Niemand weiß, ist es die Liebe – die Zeile eines Gedichts quälte ihn an jedem Morgen, wenn er die Wohnung für sich hatte. Was reizte ihn an ihr? Ich denke, es war ihre Kälte, die, von keinem Gefühl gebremst, ihre Energien freisetzte. Kühl war sie wie jene Liebhaberinnen, wie die Rennfahrerin, Pilotin auf Bildern von Tamara de Lempicka. In diesem Berlin eine Wiederholung der Roaring Twenties.

Auf dem Tisch das Frühstück – und die Schreibmaschine neben dem Packen Papier. Hemingway hatte so seine Romane und Depeschen geschrieben, am Morgen, im Pyjama, vor dem Spiegel sitzend, der zur Beschreibung einer seitenverkehrten Welt aufforderte.

Mein Großvater schrieb seinen ersten Roman. Ich bezweifle, ob der gedruckte Text von ihm stammte und nicht anders der Titel: Die schwarze Sonne. Er schrieb Seite für Seite, amüsierte sich bei seiner Beschreibung einer Zugfahrt Leipzig–Berlin über die Verhöre der Volkspolizei, wenn sie das Reiseziel der Fahrgäste erfahren wollte und vor den Gefahren der Frontstadt warnte. Sozialismus schön und gut, aber das ist ein alter Hut ... Kathleen zeigte sich zufrieden, nahm mit, was er am Tage geschrieben, und schickte ihn zurück nach Leipzig, wo sein Staatsexamen auf dem Spiel stand, bliebe er zu lange in ihrem Bett. *By the way,* er solle die Augen offen halten und sich merken, mit welchen Fahrzeugen die sowjetische Armee auf ostdeutschen Schienenwegen unterwegs sei. Sie packte ihm ein, was er an allen Kontrollen vorbei denjenigen zukommen lassen würde, deren Beruf und Adresse Kathleen notiert hatte – und deren Namen er in Leipzig gehört zu haben glaubte, Maler, Musikwissenschaftler, Linguisten, die den sozialistischen Realismus (wir malen, wie wir reden) nicht befolgten und abstrakt malten, nach der Wiener Schule komponierten und Faulkner für einen größeren Autor als Scholochow hielten. Und so wurde er zum Kundschafter in amerkanischen Diensten.

Wieder in Berlin und in der Argentinischen Allee, unversehrt und ohne an den Grenzen aufgehalten worden zu sein, übergab ihm Kathleen ein schmales Buch, das nach feuchter Druckerschwärze roch wie die Sonntagsausgabe der Comic Weekley. Dein Roman, sagte sie. Er fand seinen Namen auf dem Umschlag. »Die schwarze Sonne« – das war nicht mein Titel, sagte er.

Never mind, sagte Kathleen-Pauline, jeder Anfänger muß sich die Eingriffe eines Lektors gefallen lassen. Die erste Rezension ist auch schon erschienen – »Talente von drüben«, las der ungläubige Autor, in der deutschsprachigen Ausgabe von Der Monat.

Jetzt muß ich bei euch bleiben, sagte er, ich bitte um Asyl.

Kathleen lachte. Ich muß ein paar Tage verreisen, sagte sie. Familienangelegenheiten in New England. *I am the running kind …* Hüte das Haus. *See you later, alligator.*

We got married in a fever … dachte mein Großvater. Geblieben war das Fieber.

Eine Woche später setzte ihn die Militärpolizei auf die Straße. Er halte sich, sagten die kaugummikauenden Catcher, ohne Genehmigung hier auf. Mein Großvater verwies auf Kathleen, auf die Freunde von AFN, auf Hogg …

Sie schüttelten den Kopf. Alles Phantasien eines kiffenden Dichters. Die Argentinische Allee verlor ihre Konturen im Nebel eines kalten Sommertages. Mein Großvater zog seinen tabakbraunen Lumberjack an, darüber die Texasjacke, packte die Holzfällerhemden ein und die maisgelbe Slim Fit Jacke –, schulterte seinen Campingbeutel und verschwand im nächsten U-Bahnschacht. *It's the blues, and on the road I go …*

Auf den Zug im Ostbahnhof wartend, vermutlich war es der Karlex Berlin – Prag, wurde er verhaftet. Zwei Herren in Zivil setzten sich zu ihm auf die Bank, stellten sich vor, indem sie einen Ausweis aufklappten, der so unauffällig war wie eine Fahrerlaubnis – dann prüften sie seinen Personalausweis, sein Dokument, das ihn für einen Bürger der Deutschen Demokratischen Republik ausgab. Ein kalter Wind wehte durch die Bahnhofshalle. Mein Großvater liebte Bahnhöfe, die den gegenwärtigen Aufenthalt mit dem Ziel der Reise in ein Niemandsland verschoben. Auf dem Gleis gegenüber rollte ein Militärzug. Die Iwans winkten ihm zu wie einem alten Bekannten. Zwei Dutzend Panzer, T 34, notierte mein Großvater im Kopf. Fahren Richtung Westen.

Wir bitten Sie, sagten die Männer, uns zu folgen zwecks Überprüfung eines Sachverhalts. Vor dem Bahnhof wartete ein Auto. Wohin brachten sie ihn? Etwa in ein Haus am Thälmannplatz, das er später beschreiben würde? In ein Zimmer, dessen Tür nur von außen zu öffnen war? Tisch, Schrank, Bett, Toilette und Waschbecken. Er mußte den Inhalt seines Campingbeutels auf den blanken Tisch packen. Die amerikanischen Hemden, made in Texas, die Stange Philipp Morris (wer hatte sie ihm eingepackt), die Flasche Kentucky Bourbon. Was noch? Ein Buch, sein Buch, die Herren am Tisch nickten und fächerten die Seiten des Buches auf, als könnten so die fatalen Sätze auf den Tisch fallen. Nicht nötig, sie kannten den Inhalt.

Was haben Sie sich dabei gedacht, sagten sie, und zitierten, ohne ins Buch zu schauen, die Sentenzen, die mein Großvater in dieser Schärfe nicht formuliert hatte. Eines Tages werde ich das Originalmanuskript finden und beweisen, wie der Autor zum Spielball der Geheimdienste wurde.

Sie, ein Bürger unserer Deutschen Demokratischen Republik, dem die Arbeiter-und-Bauern-Macht Vertrauen entgegengebracht hat durch Bewilligung eines Studienplatzes … Und dann kommen Sie und tanzen nach der Pfeife des Klassenfeindes … Ein Vergleich, der meinem Großvater ein Lächeln entlockte. Die Schlinge um den Hals, würde er, da bin ich sicher, sogar noch einen geistreichen Witz des Henkers auskosten.

Sie haben, sagten die Vernehmer und bedienten sich aus der Schachtel Philip Morris, die mein Großvater anbot, als sei er hier der

Gastgeber – Sie haben einen Paragraphen unserer Rechtsordnung verletzt – Boykotthetze! –, das bringt Sie hinter Gitter. Denken Sie darüber nach. Morgen reden wir weiter. Unterschreiben Sie, was wir bis auf weiteres aufbewahren. Die Stange Philip Morris und der Bourbon waren dabei. *Because this Philip Morris has it.* Wie, dachte mein Großvater, wenn die Zigaretten präpariert waren … Zu dritt stießen sie den aromatischen Rauch ins kahl eingerichtete Zimmer, schon verwandelte sich der Raum in einen Western-Saloon, die Herren sahen einander an, lockerten die Krawatten, lachten grundlos, lasen sich aus dem Buch vor, fast umarmten sie einander aus Zustimmung mit den klassenfeindlichen Sentenzen meines Großvaters. »Spitzbart und Brille sind nicht des Volkes Wille« – so ist es, sagten sie, was wir wollen, ist ein eigener deutscher Weg zum Sozialismus. Kämpfer an der unsichtbaren Front – vereinigt euch! Mit diesen Worten verschwanden sie.

Um sechs brachte ein Mann im grauen Kittel, der den Gruß des Inhaftierten nicht erwiderte, einen Kräutertee und einen Teller mit belegten Broten. Wie im Krankenhaus, dachte mein Großvater. Gleich würde das Glockenwerk der Russischen Kirche neben dem Krankenhaus zur Messe rufen – doch nein, das war in einer anderen Stadt, in einem anderen Jahr. Der Trost, der in jeder Wiederholung einer bekannten Situation zu finden ist, blieb aus.

Er zog seinen Schlafanzug an; der war imprägniert von den Chanel-Spritzern, die Kathleen vergossen hatte – *we got married in a fever.* Warum hatte sie ihm das angetan. Er begriff. Er würde bei den Verhören, die auf ihn zukämen, keine Aussagen über gegenwärtige amerikanische Kontakte machen können. Alles Hirngespinste seiner Phantasie. Schemen eines Marijuanarausches. Aber es fand sich kein Krümel Gras in den Falten des Campingbeutels, der an den Seesack eines Auswanderers erinnerte. Aber warum hatten sie ihn den Greifern der Staatssicherheit ausgeliefert?

Auch diese Leute arbeiteten nach Plan. Nachdem sie dem jungen Mann die Instrumente gezeigt hatten, Einzelzelle, Verhöre zu jeder Tages- und Nachtzeit, Zwangsarbeit unter Tage oder, bei guter Führung, Arbeit in der Warnowwerft in luftiger Höhe, tief unten die Strände der Ostsee mit ihren glücklichen, vom Alltag befreiten nackten Menschen, also: wollte er das? Ein Held der westlichen

Welt, ein Austauschobjekt auf der Glienicker Brücke? Ein vom Stalinismus verfolgter Schriftsteller? Dazu reicht es wohl nicht bei Ihnen, da sind Sie eine Nummer zu klein. An Profil können Sie nur bei uns gewinnen. Erkunden Sie die Stärke der amerikanischen Armee, sagen wir in Rota bei Cadiz, wir schicken Sie hin, als Tourist. Spanisch können Sie doch. Wie ist das denn heute in Spanien, und was geschieht, wenn Franco endlich ins Gras beißt. Ein Kundschafter bei uns ist ein Aufklärer im Dienste des Fortschritts. Unterschreiben Sie und wir begießen's mit einem Schluck Ihres Bourbons.

Schon standen die Gläser auf dem Tisch. Er würde sich an Kathleen-Pauline rächen. Er unterschrieb.

Und doch war es, sage ich mir, so simpel nicht. Seine Neugier war stärker. Schon sah er seinen nächsten Roman zum Thema: Aus dem Innenleben der Geheimdienste. Am Ende würde sich zeigen, daß auch hier die Kunst die Geschichte korrigierte. Wem er sein nächstes Buch widmen würde, wußte er sofort. Und als ich im Literaturarchiv das unvollendete Romanmanuskript bekomme, entdecke ich die Widmung, die leider zweideutige Widmung: *Für Pauline.*

Ein Schüttelfrost überzieht meinen Körper. Ist es die höllische Kälte im Archiv oder die Sensation, die erste Leserin dieses Textes zu sein. Das letzte Kapitel beschreibt das Sterben seiner Mutter. Ein seltsam zweideutiger Text. Mein Großvater beschreibt seinen eigenen Tod und überläßt es mir, herauszufinden, welche Frau in seinem Leben er zum Engel macht, der den Toten aus der Umklammerung mit dem Diesseits befreit. Ich verstehe, daß er nicht weiterschreiben konnte. Der Tod der Mutter war das Ende seiner Kindheit, um die alles andere kreiste; die Beziehung zur Mutter bedeutet die ständige Möglichkeit, Vergebung und Unschuld zu gewinnen. Ein Tag nach ihrem Tod war er eingeladen, an der Premierenfeier eines spanischen Theaterstücks teilzunehmen, das er für die Leipziger Kammerspiele übersetzt hatte. Jäckie begleitete ihn. Sie tanzten zusammen zur idiotischen Musik eines Tagesschlagers – Eh-viva Es-panha … In der Tasche hatte er, was das Krankenhaus ihm überreicht hatte, das Notizheft meiner Mutter, die kleine Weckeruhr, die fleißig weitertickte … Er tanzte mit verbissenem Gesicht, er beging ein Sakrileg an der Toten, er projizierte seinen Selbsthaß auf die Tänzerin, an deren Schulter er sich gestern ausgeweint hatte – schon morgen würde er sie verlassen und in Berlin mit Franziska ein anderes Leben beginnen. Genosse Wolski mahnte ohnehin zur Rückkehr, um getroffene Abmachungen – welche – in die Tat umzusetzen. Daß er drohte, käme er nicht zurück, Jäckie zu verhaften ihrer Proteste wegen, als die Universitätskirche gesprengt wurde, mag ein von meinem Großvater nur zu gern kolportiertes Gerücht sein.

Es sind die angefangenen, nicht zu Ende erzählten Themen seiner romanhaften Autobiografie, die mich beschäftigen werden. Zunächst Lores Reise nach Spanien. Und sie blieb in Spanien, ohne vom Sterben und von der Beisetzung ihrer Schwester Notiz zu nehmen. Endlich konnte sie sich von der Familie emanzipieren und ein eigenes Leben beginnen: Sie heiratete einen Witwer mit zwei erwachsenen Söhnen. Sie waren auf der Fahrt von Hendaye nach Irún ins Gespräch gekommen, bei einem Café con leche, den der stille bebrillte Mann mit dem Trauerflor am Ärmel anbot. Dem vorsichtig tastenden Gespräch auf beiden Seiten folgte die Verabredung im Bar Pacho von Bilbao. Lange vor der Zeit saß er am Tisch, ein Buchhalter, der die Zuverlässigkeit zu seiner Tugend gemacht hatte. Fast hätte Lore Tag und Stunde vergessen, im Rausch der Begegnung mit den Zeugen ihres früheren Lebens: die Deutsche Schule, die Brücke über dem Nervión, die Standseilbahn, die mit der alten Geduld über den Hügel nach Archanda kroch …

Teilte sie uns ihre Heirat mit Don Emiliano Echevarría mit? Ein Foto mit ihm, Arm in Arm, bekamen wir nicht, und daß sie kirchlich getraut wurden, war selbstverständlich, und ein Brautkleid brauchte nicht genäht zu werden, vielleicht von den betagten Schneiderinnen, die einst Teresa und meine Mutter ausgestattet hatten und die noch immer darauf warteten, daß Don Paco, der spleenige Vater der Mädchen, die Rechnung begleiche.

Wir (ich meine die Cousinen Clara und Concha und Chico, meinen Großvater) bedauerten, daß Lore nicht zurückkehren würde. Ihren vom Alliierten Travel Büro ausgestellten Reisepass schickte sie zurück. Durch die Heirat wurde sie spanische Staatsbürgerin. Die Beziehungen Spanien–DDR unterlagen noch immer, auch unmittelbar nach dem Tod des Diktators, der Willkür der Bürokratie.

Mit Lores Weggehen, das wurde uns bewußt, verlor die Großfamilie ihren Archivar geflügelter Worte aus der klassischen Dramatik, ihre peinlich genau geführte Auflistung der Schlager der Woche und die Geschichten ihrer vielen unglücklichen Lieben, die sie mit den Jahren bitterer und eigensinniger gemacht hatten. Sie war uns die große Schwester gewesen, die mit einem Mal eine Fremde wird.

☆

Jäckie, die Katze Bossie auf der Schulter, öffnete ihm die Gartentür. Sie machte ihm den Abschied leicht. Das Haus gehörte ihnen nun zu gleichen Teilen. Das Haus war ihre Festung, in die mein Großvater zurückkehren würde. Ihre Prüfungen an der Buchhändlerschule hatte sie bestanden. Schreib einen Roman, damit ich ihn verkaufen kann, sagte sie.

Dann kam das Taxi, er winkte ihr zu, und eine Welle der Eifersucht überfiel ihn. Er hatte zur Genüge diese Leipziger Szene kennengelernt, die in Protestbriefen an die Leipziger Volkszeitung, als die Universitätskirche gesprengt wurde, ihre Freiheit aufs Spiel setzte und die ihre Glasperlenspiele auf Hauspartys trieb, mit bitteren Schnäpsen und Salzstangen und sächsisch ausufernden Gesprächen über den Maler Ebert und den Komponisten Mahler, dessen Sinfonien in Prag erschienen waren und in Leipzig angeboten wurden, im Umkreis der blauen Uhr am Alten Rathaus. Jäckie hatte eine besondere Begabung, durch Einfühlung und durch ein herausforderndes Lachen der Mittelpunkt dieser Partys zu werden, auf denen mein Großvater sich alt und überflüssig vorkam.

Das Mädchen an der Gartentür zog eine blonde Locke übers Gesicht und wurde unsichtbar.

☆

Nun komme keiner und mache mir eine Rechnung auf, wenn die Zeitangaben meines Großvaters in seinem Roman von meinen

Recherchen abweichen. Denn wieviel Zeit verging denn wohl, bis er wieder in Leipzig auftauchte, wenn er mit Franziska, die noch immer seine Ehefrau war, in ein Haus am Stadtrand zog und Kinder mit ihr hatte, die sein Roman unterschlägt?

Wichtiger ist mir, zu zeigen, wie seine alte Unruhe oder sagen wir die Gier nach einem absoluten Leben ihn hin und her jagte, von der einen Frau zur anderen, von einem Haus ins andere, von der Lüge zur Wahrheit auf Zeit, dabei auf ein Zeichen wartend, das von Kathleen-Pauline kommen würde. Inzwischen tat er alles, seine neuen Herren zufriedenzustellen, wenn auch in der Illusion, sie würden die phantastischen Enthüllungen, denen er auf der Spur war, für Wahrheit halten.

Und so erfand er den Fluchttunnel, der vom Keller des Pressecafés zu erreichen war und unterhalb der Friedrichstraße entweder zur unterirdischen Linie einer Westberliner U-Bahn führte oder auf den Westbahnsteig im S-Bahnhof Friedrichstraße.

Das gab ihm Gelegenheit, wie eh und je im Pressecafé zu sitzen, den Rindfleischsalat des Hauses zu bestellen, mit dem jungen Kellner, der neu war, über Gottfried Benns Aprèslude zu reden, die bunt gemischten Gäste zu beobachten, die auf irgend etwas zu warten schienen. Nach Anbruch der Dunkelheit, im diffusen Licht, das von der Straße durch die Scheiben sickerte, verschwand der eine und andere und kam auch am nächsten Tag nicht zurück. Logisch, sie waren im Keller des Hauses in den Schacht gestiegen, der geradenwegs in die Freiheit führte. Ihre Abwesenheit und ihre Erklärungen in der Westberliner Presse waren der Beweis für die Enthüllungen meines Großvaters in Wolskis Büro.

Die Wahrheit findet sich im Manuskript meines Großvaters, das im Literaturarchiv verwahrt wird: In einer phantastischen Geschichte hatte er den Tod seiner Mutter als einen Zustand beschrieben, der dem Aufenthalt von Reisenden im Wartesaal eines Bahnhofs glich, von dem aus die Gesetze der Lebenden umgangen werden mußten, wollte man ein Jenseits ewiger Jugend, der Ruhe und des Friedens erreichen.

Wäre diese Arbeit damals gedruckt worden, Genosse Wolski hätte sie für die verkappte Schilderung einer tatsächlichen Fluchthelferorganisation verstanden. Was aber wollte mein Großvater mit seiner Story erreichen? Wollte er ablenken von jenem Auftrag Wolskis, in Westberlin die Maulwürfe und ihre Geldgeber aufzuspüren, die mit ihren unterirdischen Gängen die gespaltene Oberstadt zu *einer* Stadt machten?

Er hatte Glück. Denn auch der Genosse Wolski, dessen Funktion mein Großvater in seinem Roman mehr verschweigt als benennt, war nicht allmächtig. Er bekam neue Order, und die verfügte, seinen Mann gemäß seinen Qualitäten einzusetzen. Sie würden ihn nach Ronda bei Cádiz schicken, den größten Militärstützpunkt der amerikanischen Navy zu erkunden. Damit er wie ein Tourist auftreten konnte, sollte er eine Frau mitnehmen, der er vertrauen konnte. Nein, nicht die Ehefrau Franziska, die ihren scharfen Hund an die Tür brachte, wenn die Berliner Genossen klingelten und den Hausherrn sprechen wollten.

Und so muß ich einmal mehr mit einer eingeschobenen Episode den Ablauf der Biografie unterbrechen. Was nichts anderes heißt, als daß mir eine Sinngebung des Sinnlosen im Leben meines Großvaters nicht gelingt.

Ich stecke meine Notizen in meine Arbeitsmappe, die ich auf das Romanfragment lege, und verlasse den Raum, um in der Cafeteria einen Imbiß zu nehmen.

Nachzutragen ist, daß eine gründliche Untersuchung des Pressecafés und seiner Kellerräume zu keinem Ergebnis führte. Als suche man die verborgenen Gänge der Cheopspyramide oder im letzten Weltkrieg die Möglichkeit, sich in den Keller des Nachbarhauses retten zu können, wurde auch hier eine Trennwand entfernt – es fand sich kein Ausstieg zur Friedrichstraße oder auch nur der Bootssteg an einem unterirdischen Nebenarm der Spree – wie mein Großvater es in seiner phantastischen Geschichte beschreibt. Aber es fand sich etwas anderes: ein Vorratslager mit sauber abgepacktem Kokain, mit aromatisch duftendem, mit Tabak vermischtem Marijuana. Grund genug, das Lokal wenig später zu schließen, so daß wir uns in die Bar des nahegelegenen Hotels Adria zurückzogen.

Eine Weile schienen die Dienste meinen Großvater zu übersehen. In Berlin angekommen, erfuhr er, daß Franziska in einem Säuglingsheim an der Ostsee einen Lehrgang besuchte. Sollte er ihr nachreisen?

Genosse Wolski bewies ihm, daß sein Büro recht eigentlich der kulturellen Verbindung mit dem Ausland diente. Er vermittelte ihm die Bekanntschaft mit einem venezolanischen Professor, der mit Unterstützung der DDR eine Abhandlung schreiben wollte. Seine These: die lateinamerikanische Unabhängigkeit beginnt mit dem Tag, da Columbus die Neue Welt entdeckte.

Keine Rede war mit einemmal über Einsätze in der Frontstadt oder in Rota. Man quartierte ihn mit dem Professor im Haus der Gewerkschaften ein, in der Invaliden-Straße, und er tippte die Sätze in die Maschine, die dem Professor den Kopf schwer machten, so daß er so finster blickte wie ein Prälat in der Diaspora.

Möglich, daß die internationale Politik, der Tanz zwischen dem russischen Bären und dem amerikanischen Grizzley im Augenblick nach ganz anderen Noten aufgeführt wurde, weniger Kalinka und mehr *Stars and Stripes for ever* – ich weiß es nicht. Plausibler meine Vermutung, daß ihr Mann in Berlin, auf sich gestellt, in die eine und andere Falle tappen würde.

Franziska kam zurück, sie war nicht überrascht, ihn zu sehen. Der Berliner Jargon ihrer Kindheit und Jugend konservierte sozusagen ihren Gefühlshaushalt. Dazu kam das gnadenlose Training in den Jahren an der Dresdner Ballettschule, das sie noch im Alter rücksichtslos gegen eigene und fremde Schmerzen machte.

Na schön, sagte sie, versuchen wir's.

Nach jeder neuen Enttäuschung zog sie sich ein wenig mehr ins Schneckenhaus ihrer Gefühle zurück, bis sie jedem neuen Anlauf meines Großvaters, es mit ihm aufs Neue versuchen zu wollen, mit Unverständnis begegnete.

Ein, zwei Jahre möchte ich meinem Großvater an ihrer Seite geben, Zeit genug, als Übersetzer sein Brot zu verdienen, ein Haus mit Garten am Berliner Stadtrand zu mieten, es wie für die Ewigkeit einzurichten, über sein Leben nachzudenken und es in Gedichten, Erzählungen und einem Roman zu beschreiben und zu deuten – und Franziskas Illusionen nicht zu verstehen, eine Gleichberechtigung mit durchsetzen zu wollen, indem sie alles Kraft ihres Willens vereinigte: Liebe, Kindererziehung und ihre Arbeit mit den Kindern im Ort in einem Tanzzirkel. Meinem Großvater war das zuviel auf einmal, denn was blieb für ihn übrig?

Und so geschah, was Jäckie vorausgesehen hatte: das Haus in Leipzig verklärte sich für meinen Großvater zur Oase, darin eine Zauberin ihre magischen Sprüche reimte. Die Sprüche waren Briefe, die sie ihm schickte, Lockrufe, durchwirkt von Liebesgedichten und Schlagertexten. Hörst du mein heimliches Rufen …

Den Nachtisch löffelnd und den bittersüßen Espresso schlürfend, sortiere ich im Kopf die Reihenfolge fehlender Kapitel. Was wurde aus Alfredo, als er in Polen ankam und ein Hotel in Warschau erreichte, wohin Galland ihm ein Flugticket nach Buenos Aires schicken ließ und ein Paket mit Wäsche, Zigaretten und zwei Paar Schuhen bester argentinischer Produktion?

Wem konnte er trauen? Er dachte an jenen Ratschlag Gallands, mit den stärksten Bataillonen zu marschieren – in Polen keine ganz leichte Aufgabe, wenn das Land den Einfluß der ehemaligen polnischen Exilregierung mit der Macht der sowjetischen Armee und der römisch-katholischen Kirche bewältigen mußte. Sollte er zum Glauben seiner Kindheit zurückkehren, um geläutert – *absolvo te!* – neu anfangen zu können?

Über die Trümmer der Stadt ragte die eine und andere Kirche. Alfredo beugte das Knie, betupfte die Stirn mit Weihwasser, schlug das Kreuz. Das Kommen und Gehen in der Kirche störte seine Andacht. Im bunten Licht der Fenster wirbelten Staubkörner. Er folgte den Darstellungen der Passionsgeschichte und betrachtete lange die geschundene Gestalt unseres Herrn und Erlösers am Kreuz. Es gab kein besseres Sinnbild des Menschen in dieser Zeit. Kreuziget ihn! Der Ruf gellte ihm in den Ohren, und Alfredo verbarg das Gesicht in den Händen, wie um sich zu verstecken. Denn unter wessen Schutz sollte er sich stellen? Die Russen würden ihm auch jetzt, auch wenn sie ihn aus dem GULAG entlassen hatten, seine Tätigkeit für die Amerikaner nicht verzeihen. Die Amerikaner würden ihn vermutlich opfern, um sich mit ihm nicht zu kompromittieren – waren die Russen ihnen nicht entgegengekommen und hatten ihre Raketen aus Cuba zurückgezogen? Sollte er vielleicht nach Cuba gehen, wo man gleichermaßen mißtrauisch war gegen die Liebesschwüre der russischen Genossen wie gegen den Burgfrieden, den Kennedy anbot? *Patria o muerte.* Und hatte er nicht, den Verrat auf sich nehmend, für eine Balance in der Welt gesorgt? Ein Nachrichtenoffizier in deutschen und in alliierten Diensten? Der das Seine getan hatte, um Spanien vor einem Weltkrieg zu bewahren? Indem er den U-Boot-Krieg von der Biscaya fernhielt?

Galland hatte ihm einen argentinischen Paß zukommen lassen. So kam er mühelos zu seinem Platz in der Maschine nach Buenos Aires, via Kopenhagen und Rio de Janeiro. Auf dem Flug wurde ihm stündlich wohler, was auch an Gardels Musik lag, die ein Lächeln auf die Gesichter mancher Fluggäste zauberte, aber auch daran, daß er seine erwachenden Lebensgeister am Interesse erkannte, das die Stewardessen bei ihm fanden, wenn sie ihm einen Drink brachten und nach seinen Wünschen fragten. Raissa fiel ihm ein, arbeitete sie noch immer in seiner Agentur? Er würde das alte Leben wieder aufnehmen.

In der engen Toilette rasierte er sich, überrascht stellte er fest, seine Schläfen waren grau geworden, sein Gesicht zeigte eine kränkliche, ins Gelbe spielende Blässe, sein Schnurrbart mußte gestutzt und gefärbt werden. Groucho Marx hatte sich mit einem Pinselstrich schwarzer Farbe begnügt, um einen Schnurrbart vorzutäuschen. Ohne Täuschung keine Kunst.

In Gander auf Neufundland kam es zu einer unvorhergesehenen Zwischenlandung. Es war früher Morgen, ein geisterhaftes Licht stieg von den Schneefeldern in den schwarzen Himmel. Der Kapitän bat, die Plätze nicht zu verlassen. Kanadische Militärpolizei tauchte auf und sah sich gelangweilt die Passagiere an. Wen suchten sie? Wie sie gekommen waren, verschwanden sie wieder, grußlos und doch den Schatten latenter Bedrohung wie einen schlechten Geruch zurücklassend.

Der Kapitän lud die Passagiere ein, in der Cafeteria des Flughafens auf Kosten der Fluggesellschaft ein Frühstück einzunehmen.

Ein Fingerzeig des Schicksals, dachte Alfredo, Flucht in die kanadischen Wälder, ein neues Leben beginnen als Trapper und Siedler.

Er betrachtete seine eleganten Schuhe, mit denen er mitsamt Anzug und Krawatte im Schnee versinken würde.

☆

Woher ich das alles weiß? Möglich wäre, beim rasanten Fortschreiten der Neurologie in diesem Jahrhundert, daß ich über einen implantierten Chip im Gehirn verfügte, der mit dem Wissen meines Großvaters ausgerüstet wurde … Ich kann versichern, auf eine altmodische Art zu fabulieren, mit Hilfe der Phantasie und der Einfühlung – und im Besitz der flüchtig bekritzelten Zettel meines Großvaters, dieser Notate seiner Einfälle und Vermutungen auf Kuverts, Servietten, Speisekarten. Da erwartet mich noch die eine und andere Überraschung.

War die Zeit in diesem Teil der Welt stehengeblieben? Raissa hatte einen Nelkenstrauß auf seinen Schreibtisch gestellt, zu der gerahmten Fotografie seiner früheren Jahre. Sie selber hatte sich nur wenig verändert und erinnerte den Heimkehrer mehr denn je an ihre Mutter, an jene Raissa im Madrider Hotel Florida. Sie packte ihm die Zeitungen des Tages auf den Tisch, die Internationale Presse, die immer mehr von den neuen Medien, diesen Wort- und Rechenmaschinen, überholt wurde.

Alfredo zog die russischen Zeitungen aus dem Stapel, die er nun zu lesen verstand. Raissa lachte über seinen Akzent. Alfredo kreuzte an, was er über Glasnost und Perestroika fand. Im Schatten des neuen Mannes im Kreml würde er unsichtbar bleiben, für das KGB wie für die CIA.

Eine abenteuerliche Vermutung, die noch abenteuerlicher klingt, wenn er später seine Rolle in der Welt der Geheimdienste neu überdenken würde.

☆

Meldete er seine Rückkehr in Leipzig an? Wohl nicht. Er wollte sie überraschen. Der Vorort lag unter einer Schneedecke. Das Taxi folgte der Spur anderer Fahrzeuge, bis der Fahrgast nickte: Hier ist es. Oder? Die Gartentür mußte seit Tagen nicht mehr geöffnet worden sein, sie steckte im tiefen Schnee, den der unangemeldete Besucher beiseite trat. Bossie äugte durch die schmiedeeisernen Ranken der Tür, nein, es war eine fremde Katze. Ein violetter Himmel zog von Westen her über die Bäume und Dächer, zerrissen vom Diskant der sich vom Leutzscher Bahnhof zum Rathaus mühenden Straßenbahn. Das Geräusch war dem Heimkehrer vertraut, er fühlte sich mit einemmal zu Hause. Er kramte in den Taschen seines Lammfellmantels nach einer chinesischen Zigarette, Marke Langes Leben oder Glück in der Ehe. Er schaute auf die Uhr, käme sie aus ihrer Buchhandlung, müßte er hier bis zwanzig Uhr warten. Er probierte die Schlüssel aus, die ihm den Zugang zu seinem Haus am Rande Berlins öffneten – mit welchen Lügen hatte er sich von Franziska verabschiedet? –, und siehe, die Gartentür gab nach, und da ein Glück selten allein kommt, fand sich im Briefkasten der Schlüssel zum Haus. Einmal im Haus, das nach klammer Kälte roch, löschte er sogleich die Lichter und setzte sich ans Fenster. Die fremde Katze folgte ihm und zeigte ihm den Weg zum Kühlschrank. Er goß sich zwei Glas Wodka ein und war sicher, die Flasche vor zwei Jahren hier abgestellt zu haben.

Dann kam sie, schattenhaft beleuchtet von der Straßenlaterne. Klopfte sein Puls schneller? Sie kam langsam auf das Haus zu, ging noch einmal zum Briefkasten zurück, stopfte die Tüte, aus der sie im Kommen etwas gegessen hatte, in die Manteltasche und kam mit schnellen Schritten zurück. Er öffnete die Tür, und es folgte eine lange Umarmung.

Schnitt: im Film würde ich jetzt die Bettszene folgen lassen, ohne Dialog, unterlegt mit etwas Musik, die mein Großvater vorbereitet hatte, etwa: *kiss me once and kiss me twice* … Im Film mit Doris Day, wenn ich nicht irre, spielt diese Szene auf einem Eisbärfell vor dem Kamin.

Hier braucht es eine Weile, bis der Heimkehrer sagt: Kalt, laß mich Feuer im Kamin machen, was gibt es zu essen. Und die wiedereroberte Geliebte streift sich den Pullover über die nackte Haut und geht in die Küche. Liebe lebt von der klar definierten Rollenverteilung.

Im Februar reisten sie nach Spanien. Madrid empfing sie mit Eiseskälte. Dennoch saßen die alten Leute auf den Bänken der Plaza Santa Ana und wärmten sich die klammen Finger an den frisch gerösteten Kastanien in ihren Manteltaschen. Mein Großvater ließ sich von Jäckie vor dem kastilisch streng blickenden Calderón auf seinem Denkmal fotografieren – touristischer Brauch, das Reiseland in Fragmenten nach Hause zu bringen. Sie aßen die obligatorische Tortilla in der Cervezería Alemana und erkundigten sich nach Hemingway. Der Kellner schüttelte den Kopf. Jäckie wanderte durch die Etagen des Corte Inglés – ein Märchenland des Konsums. War das Francos Polizeistaat, ein Land absoluter Verelendung? Nach dem Tod des Diktators explodierte das Land wie ein Kessel, der zu lange einen Überdruck ertragen mußte.

In Berlin hatte mein Großvater ein Theaterstück jenes spanischen Dramatikers übersetzt, der, unter Franco zum Tode verurteilt, überlebt hatte und der nun die verlorenen Jahre in den Alpträumen seiner Stücke beschrieb. Er war ihm einen Besuch schuldig – im Einvernehmen mit dem Genossen Wolski, der diese Reise mit knapp bemessenen Tagesgeldern finanzierte. Der Dichter empfing im seidenen Morgenmantel, umhüllt vom bitteren Tabak seiner in langer Spitze steckenden Zigarette. Das abgemagerte Gesicht mit den febrilen Augen machte ihn zum Nachfahren Don Quijotes und seiner Schimären. Seine Frau, in ihren besseren Jahren eine bekannte Schauspielerin, servierte einen klebrigen Sherry. Der Dichter legte sein neuestes Stück auf den Tisch, dazu zwei Freikarten für die Spätvorstellung im María-Guerrero-Theater. Jäckie strahlte und spielte mit ihren blonden Strähnen, die der Dichter mit einer gewissen Wehmut betrachtete.

Und so kamen sie nach langer Eisenbahnfahrt nach Cádiz, einer Stadt aus Silber und Kupfer am Atlantischen Meer, und von da nach Rota, von wo mein Großvater eine Ansichtskarte nach Berlin schickte.

☆

Ein kaltes Meer schlug an die verlassenen Strände. Der Ort schien ohne Plan entworfen, eine Kirche, Tankstellen, Bodegas, in denen der Jerez reifte, verlassene Pensionen – wo hatten die Amerikaner ihre Navy versteckt? Ihre Marines, vor allem diejenigen schwarzer und brauner Hautfarbe, bevorzugten das eine und größte Hotel. In der Pension um die Ecke quartierten sich unsere Reisenden ein. Die Mahlzeiten nahmen sie Tisch an Tisch mit den Marines ein, die, auffällig genug, japanische Frauen bevorzugten. Für die rassistischen spanischen Kellner ein Greuel – man sah es an der Art ihrer nachlässigen oder betont höflichen Bedienung, das bemühte Spanisch der Marines überhörend. Es erinnerte an das komische Spanisch von Oliver Hardy und Stan Laurel oder Nat King Cole. Mein Großvater schickte den einen und anderen amerikanischen und spanischen Satz ans Ohr der Marines, doch schon umstellten die spanischen Kellner ihren Tisch, schirmten sie mit aufgeschlagener Speisekarte gleichsam ab – *a sus órdenes!*

Lange Spaziergänge über weite, von einem blauen Himmel überwölbte Strände, indes Jäckie den Wochenmarkt besuchte. Am dritten Tag stieß er auf den Mann, der seine Staffelei in den Sand gedrückt hatte, Steine und Muscheln zu seinen Füßen, Pinsel und Farbtuben vor dem feinen Sandsturm schützend, die Augen unsichtbar hinter der übergroßen Sonnenbrille. Der Maler trug eine Art Cowboyhut, ein Amerikaner vermutlich, ein Sonntagsmaler, mein Großvater grüßte mit einem *hi!* und betrachtete das angefangene Bild. Ein Sonnenuntergang, wie aus einem anderen Teil der Welt herangeholt, während hier in Rota die Uhr am Kirchturm die zwölfte Stunde verkündete. Der Maler nickte, murmelte ein *ola, amigo, qué tal*, kramte mit seinen nikotingelben Fingern nach einer Zigarette, reichte meinem Großvater die Packung und ließ sich Feuer geben. *Americano?* fragte mein Großvater.

Oiga, che, sagte der Maler, *soy argentino,* aber wir können auch deutsch sprechen, wie unter Verwandten üblich, Name ist Schall und Rauch, aber sei's drum: Ich bin dein Onkel Alfredo, *eh, qué cosas tiene la vida ...*

Der geübte Leser wird nicht lange zögern, diesem Zufall jede Willkür abzusprechen. *Big brother is watching you.* Hatte Kathleen-Pauline ihre Hand im Spiel? Und welches Interesse konnte die amerkanische Seite haben, ihren vergessenen Agenten mit einer erfolgreich abgeschlossenen Mission in Berlin auftreten zu lassen?

Ergänzen will ich, daß Alfredos Auftritt als Maler am kalten Strand von Rota sein ganz privater Wunsch war. Die Harmonie in der Natur, diese Sonnenaufgänge und Untergänge, diese Stilleben mit Blumen und tropischen Früchten – er malte sich den Frust (oder den Gulag) von der Seele. Die Ereignisse von der Höhe meines Jahrhunderts betrachtend, neige auch ich zu jeder Art Verdrängung. Endgültig vorbei das Zeitalter der Aufklärung – und vorbei die Querelen und die Wichtigtuerei der Geheimdienste, in den Verlauf der Geschichte eingreifen zu können.

Und so mag es eine Illusion sein, was mein Großvater, der alte Illusionist, auf Zetteln und Speisekarten hinterließ: Man werde Leute wie ihn gerade nach Einbruch einer neuen Weltordnung, nach einer Wende, die alles bisher Gültige auf den Kopf stellen würde, aufs neue an die Front schicken, um heimlich eine neue Wende vorzubereiten. Bis dahin sei es ratsam, keinen der anderen Seite zu opfern, vielmehr in einem Geheimabkommen gemeinsame Aktionen zu planen. Wie alt aber, frage ich mich, müßte diese Elite denn werden, um mit ihren kläglichen Ausreden den Krieg im Irak oder die Kriege am Kaukasus als Siege zu feiern?

Daß Alfredo (denn das war sein Auftrag) ihm eine Aufstellung aller in Ronda stationierten Kriegsschiffe und Atomunterseeboote gab, beschäftigte meinen Großvater weniger als die Überzeugung, Kathleen-Pauline habe an ihn gedacht, wo immer sie sich aufhielt, in Washington D.C. oder in New Mexico. *Comes love, nothing can be done ...*

Wie geht es ihr? fragte er Alfredo. Der lud zu opulentem Mal ein, seine Malerkluft hatte er mit einem hellen Leinenanzug vertauscht. Er machte Jäckie Komplimente, sprach mit den Kellnern arabisch und andalusisch.

Wen meinst du? fragte er.

Mein Großvater nannte, nicht ohne Verlegenheit, den Namen.

Mir nicht bekannt. Keine Namen, bitte, oberster Grundsatz aller Geheimdienste.

An den Nebentischen kreischten die japanischen Mädchen mit ihren Vogelstimmen. Die schwarzen Marines kauten an ihren Zahnstochern und suchten auf ihren Transistorradios nach einer vertrauten Musik. *Please help me, I'm falling in love with you ...*

Alfredo erkundigte sich nach den letzten Jahren in Leipzig. Der Tod seiner Mutter und seiner Schwestern Teresa und Consuelo hatte inzwischen für ihn jede Realität verloren. Im Abstand der Jahre verschwand die Trauer, und nur die Erinnerung konservierte das verlorene Leben.

☆

Nächtliche Zugfahrt durch drei Länder – Spanien, Frankreich, Westdeutschland. Die Grenze im Spiegel der Seen um Potsdam. Die Reisenden memorierten ihre Ausreden, falls sie von der kontrollierenden ostdeutschen Poliziei nach westlichen Druckerzeugnissen gefragt wurden. Mein Großvater ließ die spanischen und westdeutschen Nachrichtenmagazine sichtbar auf der Fensterbank liegen. Die Grenzer drückten ein Auge zu – oder hatten sie im Paß des Reisenden ein Geheimzeichen gefunden, das meinen Großvater unantastbar machte?

In Berlin würde er Alfredos chiffrierte Aufstellung über die Schlagkraft der US-Navy in Rota dem Genossen Wolski auf den Tisch legen. Eine aufs Neue bestandene Prüfung. Was wollten sie noch von ihm?

Tatsächlich kam die Ausbeute zu spät in den Besitz der östlichen Geheimdienste – einmal angenommen, Wolski würde das Material nach Moskau weiterleiten. Es kamen andere Zeiten, über den Kopf der ostdeutschen Genossen einigten sich Amerikaner und Russen. Die DDR wurde ins Schaufenster gestellt – wer das meiste bot, konnte kaufen. Die Mauer zerfiel, noch lange bevor die Bagger, Kräne und Mauerspechte sie abtrugen. Griffen die Tschekisten um Wolski zu den Waffen? Kaum. Sie selber stürmten unerkannt ihr eigenes Hauptquartier und reservierten den westlichen Geheimdiensten, als wären's Ablaßzettel, die Filetstücke. Das Zeitalter von Angebot und Nachfrage hatte begonnen.

Heute, in den dreißiger Jahren des neuen Jahrhunderts, schwinden mit den Ressentiments der neunziger Jahre des vorigen Jahrhunderts auch die Feindseligkeiten und Illusionen. Neue Konstellationen beuten die in der Antarktis entdeckten Bodenschätze aus, Norwegen im Bunde mit China und Rußland, neue Kriege bedrohen

Indien und Australien. Europa wird zum Museum, darin täuschend echt angelegte Reservate Raum bieten auch für die Indianerspiele der Geheimdienste aus der Vergangenheit, Wachsfigurenkabinette, darin eine ewig junge Kathleen-Pauline meinem Großvater, einem schüchtern auftretenden Studenten, die Hand reicht und einen Kontakt auslöst, der die Musik von damals in Gang setzt …

Am letzten Abend in Rota erschien Alfredo in der Uniform eines amerikanischen Captains, eine glimmende Chesterfield im Mundwinkel. Die japanischen Frauen ließen kein Auge von ihm, ihre Begleiter überlegten, ob sie salutieren sollten.

Alfredo steckte meinem Großvater einen Zettel zu, auf welchem stand: K., *en el hotel principal de Tijuana, México.*

Ob mein Großvater nach Mexiko reiste, ist nicht überliefert.

Wieder in Leipzig, im Garten blühten die Magnolien und schimmerte der Goldregen, lasen sie die Post, die von einer Freundin Jäckies auf den Küchentisch gelegt worden war. Die neue Katze ohne Namen machte wie immer auf den Kühlschrank aufmerksam, der einen letzten Schluck Wodka anzubieten hatte. Jäckie vertiefte sich in einen Brief mit amtlichem Siegel – sie setzte ihre Lesebrille auf, was für die Wichtigkeit des Briefes sprach. Was ist es, fragte mein Großvater.

Der Nachlaß deiner Mutter. Von Rechts wegen habe ich ihren Anteil an diesem Haus geerbt, sie hatte es mir zu Lebzeiten vermacht, in Anwesenheit eines Notars.

Ach, sagte mein Großvater und kippte die leere Flasche ins Glas. Ich kann mich nicht erinnern. So daß ich, sagte er, von nun an dein Untermieter bin?

So wird es sein. Es sei denn, du läßt dich scheiden und heiratest mich.

Mein Großvater packte seine Siebensachen in den alten Campingbeutel, bestellte ein Taxi und fuhr davon. In der nächsten Woche hatte er ein Gespräch mit einem Leipziger Verlag. Er würde von Berlin aus anrufen und sich entschuldigen.

Wer schreibt, rafft oder dehnt die Zeit – ganz nach seinem Belieben. Die Jahre nach dem Fall der Mauer, läßt man die Preisreden der Politiker und Parteien beiseite, sie bringen in diese Papiere eine gewisse Unordnung. Im Bild der beiden Frauen, Franziska in Berlin, Jäckie in Leipzig, erscheint meinem Großvater die alte und neue Hauptstadt als romantische Möglichkeit, an der Vergangenheit festzuhalten – an einer Vergangenheit, die zurückreichte in die zwanziger Jahre des zwanzigsten Jahrhunderts, in die Selbstverliebtheit künstlerischer Selbstdarsellung, auf die das Inseldasein der Westberliner folgte und ein von einer Mauer geschütztes Experiment in Ostberlin. Nun wurden die Karten neu gemischt. Die Museen konnten den Andrang der Besucher nicht bändigen, die in der dokumentierten Vergangenheit den Sinn ihrer unsicheren Gegenwart suchten. Keine Frage, daß mein Großvater Berlin bevorzugte, eine Stadt, die alle Optionen offen ließ und die in der Person Franziskas alles bot, was er für seine Phantasien brauchte. Und so folgten, nach dem schweigenden Auszug aus Leipzig, seine, wie ich sie nenne, Berliner Familienjahre. Doch reichte ihm das aus?

Die radikal neue Gegenwart konnte er nur in Leipzig erfahren. Wie immer bestanden die sächsischen Tugenden darin, das Praktischmögliche zu beherrschen, mit der Nachgiebigkeit des Dialekts die scharfen Kanten der Realität zu verkleiden und erst dann zu protestieren, wenn der Gewinn größer sein würde als der Verlust.

Jäckie hatte nicht aufgehört, ihm zu schreiben – wenn auch indirekt in der Sprache ausgesuchter Dichter. Sie stöberte in den Leipziger Antiquariaten nach seltenen Büchern, nach Restbeständen jener Leipziger Editionen von Tauchnitz und Albatross. Ihren Beruf als Buchhändlerin hatte sie aufgegeben, nachdem die Bestände der Buchhandlung, nicht nur ihrer Buchhandlung, ob es nun die Klassiker des Reclamverlags oder die Romane von Gorki, auf dem Müll gelandet waren – und die neuen Händler einzogen mit ihren im Westen liegengebliebenen Bestsellern.

Ich unterbreche diese Aufzeichnungen, verlasse das Literaturarchiv, um in New York einen Film anzusehen (und für eine Zeitung zu besprechen), der die Woche deutscher Filme aus dem vorigen Jahrhundert eröffnet und der mich, aufsässig und renitent, in einer Kinderrolle zeigt. Meine Eltern sind verantwortlich für dieses Zerrbild einer pubertierenden Göre. Ich hoffe, sie haben meinem Großvater eine Rolle eingeräumt. Tatsächlich erscheint er als ein tyrannischer pater familias, als Inkarnation des autoritären Staates, der Nachsicht nur mit seiner geliebten Enkeltochter hat, der er sein Hab und Gut vermacht. Leider hat er nicht mit einer Wende der Zeiten und dem Verlust der noch gestern gültigen Gesetze gerechnet. Verstoßen von Familie und Gesellschaft, endet er im Irrenhaus.

Der Film mischt Horror mit Sentimentalität, ein Erfolgsrezept auch in diesem Jahrhundert. Um mich auf New York einzustimmen, dieses Tollhaus, diese Kakophonie von Sirenen und Autohupen, habe ich ein paar Songs von Leonard Cohen im Ohr, *Music on Clinton Street …* Um die berühmte Schauspielschule mache ich einen Bogen. Statt dessen sitze ich lange auf einer Bank im Gramercy Park und beobachte die grauen Eichhörnchen. Mir gegenüber sitzt mein Großvater, und wir beginnen ein Geistergespräch, von dem ich mir Information über seine letzten Jahre erhoffe.

Wieder in Marbach, brauche ich lange, um mich zurechtzufinden. Ich ordne die Zettel, auf denen mein Großvater festgehalten hat, was er in seinen Tagebüchern nicht eintrug – Satzfragmente, auf der Rückseite von Menükarten, die seine Reisen dokumentieren, Les Deux Magots Paris, Ganymed Berlin, Cervezería Alemana Madrid … Gramercy Park Hotel, New York … Notizen wie: »Verhaftung Alfredos in Madrid« – ich ergänze: Die alte Geschichte mit den Juwelen, die gegen ein gefälschtes Duplikat vertauscht wurden …, als Galland und er sich nach Buenos Aires absetzten. Und diesmal bürgte niemand für ihn, weder seine Schwester noch ihr Liebhaber, noch der Erzbischof. Alfredos Spur verliert sich in Madrid und findet sich noch einmal in Cádiz. Er war vorzeitig aus der Haft entlassen worden, mit der Auflage, in Cádiz das unauffällige Leben eines

Buchhalters zu führen – observiert von den Geheimdiensten, die seine Aussagen (und Erfahrungen) unter Verschluß halten wollten. »Js. Geschäftstüchtigkeit, ihr Umzug, das Kind?« War es sein Kind? Die Frage scheint ihn nicht beschäftigt zu haben. Ich ergänze: Einmal in jenen Jahren kehrte er nach Leipzig zurück. Er hatte in dem Haus in Leutzsch Bücher und Grafiken zurückgelassen. Er kam ohne Anmeldung, fand einen fremden Namen am Briefkasten, Dr. K. Gutman, ein Mann öffnete. Er wohne zur Miete hier, die Hausbesitzerin wohne … und er gab ihm eine Adresse in Plagwitz. Eine Hinterhofwohnung, Mülltonnen, Teppichstangen, bröckelnde Fassaden, von den nahen Fabriken wehte ein smoggetränkter Wind in die offenen Fenster. Ein Kind öffnete, ein Junge, drei oder vier Jahre alt. Sein Sohn, von dem er nichts wissen wollte?

Er hat den folgenden Dialog notiert:

Wie heißt du?

Benjamin.

Kann ich deine Mutti sprechen?

Nein, sie ist nicht da.

Wo ist sie denn?

In ihrem Büro.

Wo ist das?

Kann ich nicht sagen.

Eine graue Katze kam an die Tür und machte einen Buckel.

Wie heißt die Katze?

Die heißt Bossie.

Ich krame in meiner Jackentasche und biete ihm einen Schokoriegel an. Er lehnt ab.

Kann ich deinen Vater sprechen?

Kenne ich nicht. Er arbeitet in Berlin.

Ich arbeite auch in Berlin. Vielleicht kenne ich ihn?

Keine Antwort.

Übrigens, sage ich, du solltest die Tür nicht aufmachen, wenn es klingelt, ohne vorher gefragt zu haben, wer da an der Tür steht.

Aber vielleicht sagt der auf meine Frage eine Lüge und gibt sich für meinen Vater aus.

Aha, denke ich, er hat den Widerspruchsgeist und die Kasuistik seiner Mutter geerbt.

Da hast du recht. Also, grüß deine Mutter von mir.
Wie heißt du?
Ich gebe ihm meine Visitenkarte.

Kühles Wiedersehen mit J. in ihrem Büro. Das Büro gehört zur
sanierten Rückseite der erbärmlichen vorderen Hausfassade. Blick
auf den nahen Park, schmale tief heruntergezogene Fenster. Chrom
und Leder. Offenbar gehen die Geschäfte gut. Das Haus in Leutzsch
hat sie vermietet und mit dem Geld sich hier eingerichtet, von wo
aus sie ihre Angebote macht. Der Immobilienmarkt boomt, sage
ich mir.
Laß uns von meinem Anteil an der Vermietung des Hauses sprechen.
Wieso?
Ihre Stimme klingt kalt, das macht der Beruf, denke ich.
Habe ich nicht, ergänzt sie, jahrelang deine Manuskripte getippt,
ohne die geringste Bezahlung? Wenn du willst, zeige ich dir, was du
allein mit deinen Kinderbüchern verdient hast. Die Kontoauszüge
habe ich aufgehoben.
Wo eine Frau auftaucht, rauscht das Geld, denke ich. Wo habe ich
das unlängst gelesen? Jetzt sollte ich nach dem Jungen fragen, Benjamin, ich tue es nicht. Wen will ich mit meinem Schweigen schonen – mich, sie oder den Jungen? Oder ihm eine Chance geben, seinen Vater zu finden?

Womöglich, so ergänze ich die Frage, hoffte mein Großvater auf
eine romantische Fortsetzung dieser Vater-Sohn-Geschichte. Der
verlorene Sohn auf der Suche nach seinem Vater, ein Erbe im Geist
und im Temperament, ein Verwalter seines Nachlasses tauchte da
auf ... und das in jedem Menschen unbefriedigt kreisende Liebes-
verlangen wird zufriedengestellt.
Diese Wanderungen in jenen Jahren von einer Stadt zur andern,
von Franziska zu Jäckie – am Ende lähmten sie seine Phantasie,
sein schizophrenes Begehren nach Verwandlung. Wer auch immer
seine Nähe suchte, sei es, um gegen Bezahlung im Haus zu helfen

(als er ein Haus für sich allein besaß), oder mit einer exotischen Biografie aufwarten konnte, er wurde zum Vertrauten, zum Schüler, zur platonischen Geliebten, zur Anregung, einen Roman, eine Erzählung zu schreiben, darin sich seine eigenen Geschichten mit ihren Geschichten in einer phantastischen Hochzeit begegneten.

Im einzelnen kann ich mit einer genauen Beschreibung seiner Haushälterinnen oder seiner Freunde nicht dienen. Wenn er notiert: »Unbefriedigte Sehnsucht nach Griechenland«, dann meinte das seine vorübergehende Bewunderung für einen griechischen Journalisten und Übersetzer, von dem vermutlich diese Rembetiko-CDs und Mikis Theodorakis-Kompositionen stammen, die im Nachlaß meines Großvaters dominieren und die Fados und Country-and-Western-Songs (Kathleen-Pauline!) verdrängten. Nach Vorlage jener Romanfigur, die im Sommer ihr Haus verdunkelt, den Kamin heizen läßt und sich eine Winterreise an die englische Küste einbildet, konnte auch mein Großvater, an seinen Rollstuhl gefesselt, in seinem Haus beliebig einen griechischen Abend veranstalten, einen Joint rauchen und sich, von Musik stimuliert, in einer Hafenkneipe am Piräus wähnen. Das Haus mit seinen Büchern, Bildern, Sammlungen zwischen Kunst und Kitsch, den Familienfotos, der gerahmten Fotografie seiner Mutter in ihren letzten Lebensjahren; dem Hammer-und-Zirkel-Emblem der DDR neben einer Fotografie der uniformierten Andrew-Sisters – das Haus illustrierte sein Leben besser als jede Biografie. Wie ich lese, soll es nächstens abgerissen werden. Auf dem Grundstück, das die Erben verhökert haben, wird ein Hotel gebaut für die Reisenden, die zum nahen Flughafen wollen.

Übrigens, das Haus kaufte er dank einer Summe, die sich aus dem Testament seines Großvaters ergab – jenes glücklosen Erfinders, der eine Schraube patentieren ließ, die damals keiner gebrauchen konnnte und die, grotesk genug, mit einemmal von der Kriegsindustrie übernommen wurde.

Die Einweihung seines Hauses am Berliner Stadtrand fiel zusammen mit der Sonnenfinsternis im August 1999.

Nun bin ich in der glücklichen Lage, ein Tonbandprotokoll jenes Tages zu besitzen, ein Geflecht unterschiedlicher Stimmen, das ich nur zu entwirren brauche, um mir ein Bild von den Gästen und ihren Gesprächen zu machen. Die nun arbeitslosen Kämpfer an der unsichtbaren Front, die 1989 kapitulieren mußten, hatten das Haus verkabelt und verwanzt – im Auftrag des Verfassungsschutzes, der meinen Großvater und seine Gäste verdächtigte, im Bunde mit linken Parteien einen Staatsstreich zu planen. Grotesk! Allerdings war Malapartes Technik des Staatsstreichs eine bevorzugte Lektüre meines Großvaters und ein Thema für Diskussionen mit seinem Freund Archie. Mr. Benjamin Gutman gab mir die Kassette, als wir uns ein zweites Mal zum Essen am ehemaligen Checkpoint Charlie trafen. Wer hatte sie ihm gegeben?

Die Sonnenfinsternis am 11. August blieb in allen Einzelheiten ein Gesprächsthema, lange nachdem über dem Haus meines Großvaters der Mond sich über die Sonne legte. Das alles ist nachzulesen und im Ganzen nur von naturwissenschaftlichem Interesse. Schulfreund Falk würde es sich nicht nehmen lassen, darüber fachmännisch zu extemporieren und die nächste Sonnenfinsternis in Europa für den 3. September 2081 vorauszusagen. Er kam mit Melles jüngerem Bruder Wolfgang, Rentner beide, aber schlagfertig wie immer und gestählt von den Wellness-Programmen unserer seniorenfreundlichen Zeit.

Mein Großvater hatte seine Gäste zum Brunch – einem frühen Mittagessen, eingeladen, um die Wirkung der Sonnenfinsternis auf den Gesichtern seiner Gäste studieren zu können. Zu welchem Zweck? Seine Haushälterin garantierte einen pünktlich gedeckten, mit Blumen und Damastservietten geschmückten Tisch, und ich durfte ihr helfen. Sie war, das geht aus späteren Notizen hervor, eine magere bebrillte Person, die sich eine Zigarette an der anderen anzündete, die langen Beine in Jeans, um die schmale Taille eine Sommelierschürze von Rothschild. Sie beherrschte jene Berliner Schlagfertigkeit, deren Akzente der Berliner *melting pot* gesetzt hatte – was meinen Großvater interessierte. Indes er versuchte, ihr die Grundanschauungen einer Ästhetik beizubringen, die an Picasso und Joyce Genüge gefunden hatte und die ihre Träume noch immer mit Hilfe von Freud deutete, übernahm er von ihr den verbalen

Sprengstoff ihrer polnisch-jüdischen und hugenottischen Vorfahren, der die Miseren des Alltags beseitigte in einer Mischung von Kalauern und verbogenen Sprichwörtern – wie sie auch sein Freund Melle bevorzugte. Auch er war unter den Gästen, von Krankheiten gebeugt, kurzatmig, dem Alkohol ergeben, und mit Stolz führte er seinen Enkel vor, Abels Sohn, der David hieß.

Meine Erinnerung an den Tag ist schwach, wie alt war ich denn, noch keine fünf Jahre … Mein Großvater würde mich nicht aus den Augen gelassen haben, mißtrauisch gegen David, der durch Haus und Garten tollte. Meine Eltern hatten die Einladung abgelehnt. Weder wollte meine Mutter ihren neuen Lebenspartner vorstellen noch mein Vater seine neue Gefährtin. Doch war es gut möglich, daß mein Großvater sie nicht eingeladen hatte.

Und es kamen seine Cousinen Clara und Concha, betagte Damen, die den Jahren Figur und Elan geopfert hatten, doch in den Augen (ich urteile nach den Fotografien, die an diesem Tag gemacht wurden) glänzte noch immer Claras spöttische Intelligenz und Conchas verträumte Anteilnahme (was kein Widerspruch sein muß, sondern aus der Überzeugung entstand, sie habe es nur mit guten Menschen zu tun).

Nun Vetter, sagte Clara, hast du schon dein Statement parat zum scheidenden Jahrhundert?

Wir haben, sagte mein Großvater und legte Gewicht in seine Stimme, wir haben auf zu vielen Hochzeiten getanzt, statt mit nur einer Frau glücklich zu werden, ihr versteht, ich meine es sinnbildlich. Einsicht in die Notwendigkeit. Patria o muerte, am Ende war der Tod der Sieger.

Aha, sagte Clara. Und Concha, die in den letzten Jahren keinen Vortrag verpaßte, der auf wissenschaftliche oder metaphysische Art sich mit der Zukunft unseres blauen Planeten beschäftigte, sagte: Das neue Zeitalter im Zeichen des Wassermanns bringt den Ausgleich und die Aussöhnung des Menschen mit seinem Gott.

Oder mit seinen Göttern, ergänzte Archie, der Conchas Sanftmut entdeckt hatte und nicht von ihrer Seite wich. Claras Mann Richard fand in Melles Bruder Wolfgang einen willigen Gesprächspartner. Die immerzu sich ändernde Politik des neuen Staates zur medizinischen Betreuung war ein Thema, zu dem Archie eigene Erfahrungen beibringen konnte. Die Haushälterin bot Wodka an – »Vodka is gut-t für tralala«, und die Männer ließen sich nicht zweimal bitten. Die Frauen lehnten ab.

Überhaupt die Frauen, die ich mit Neugierde betrachtete. Sie beugten sich hinunter zu meinem Großvater in seinem Rollstuhl, deuteten einen Kuß an oder küßten ihn auf seine blasse Stirn, zogen den Kragen seines weißen Hemdes zurecht und nestelten an seiner schwarzen Boss-Jacke, deren Qualität er mit den Motten in seinem Kleiderschrank teilte. Immerzu schienen die Ehefrauen ihm irgendwelche Nöte mit ihren Männern anvertrauen zu wollen – die Tonkassette gibt da wenig Auskunft; die Haushälterin kannte sich in den Gästen besser aus und nannte die alleinstehenden Damen, zumal die eine von der schreibenden Zunft »Hilde die Wilde«, und die andere, die in den Hörspielen meines Großvaters als Dramaturgin genannt wird, »Tante Hoppchen«, nach einem mir nicht bekannten Kinderhörspiel oder ihrer kurzen Schritte wegen, mit denen sie ihre korpulente kleine Figur in der Balance hielt. Akustisch dominiert sie dank ihres ansteckenden Lachens, ihrer Berliner, mit Bosheit gespickter Suada. Mit kindlicher Eifersucht beobachtete ich, wie sie den Platz neben meinem Großvater okkupierte, auf eine konspirative Art, scheel angesehen von Archie, auch er war ja in besseren Tagen ein Dramaturg gewesen, ehe die neuen Eigentümer der Babelsberger Filmgesellschaft ihn auf die Straße setzten. Geblieben war ihm über die Jahre die patriachalische Erscheinung, der von einem weißen Bart umrahmte gewaltige Schädel – braungebrannt von den vielen Last-Minute-Reisen, die er und seine Frau unternahmen, Türkei im Wechsel mit der Insel Djerba, mit dem Schwarzen Meer und den Ferieninseln des Mittelmeers. Von jeder Reise kamen sie etwas lädierter zurück, mit schmerzenden Kniegelenken und schwer atmender Lunge. Worauf die Ärzte in ihre Baukästen griffen, die billigsten Ersatzteile aussuchten (»oder sind Sie Privatpatient?«), und sie sich wieder in die Schar zufriedengestellter Konsumenten einreihen konnten.

Ich band mir eine der großen Servietten um die Hüfte und half der Haushälterin, das Essen aufzutragen. Mein Großvater bestimmte die Weinsorten und öffnete selber die erste Flasche Château-neuf-du-Pape. Den Anfang machte eine mexikanische Hühnersuppe, die noch auf den Tellern (Villeroy & Boch) dampfte, als neue Gäste kamen, meines Großvaters spanisch-lateinamerikanische Fraktion, »die Alte Garde«, in Begleitung ihrer deutschen Frauen ... mein Großvater wies ihnen die freien Plätze zu, die Dramaturgin räumte ihren Stuhl, als sie begriff, daß ihr Autor die eine Frau, die er mit einem lauten Simone! begrüßte, an seiner Seite haben wollte. Auf ihren schwarzen Locken ruhte eine keck aufgesetzte Baskenmütze – Huldigung an die unsterbliche Ikone Che Guevara. Die Haushälterin beobachtete mit gerunzelter Stirn diese ständig wechselnde Szenerie. Dann kratzten wir den Rest Hühnersuppe aus dem Topf und wandten uns einer spanischen Paella zu, die mein Großvater sich gewünscht und deren Zutaten er bestimmt hatte. Roter Paprika, in Streifen geschnitten, würzte das saftige Schweinefleisch und das gar gekochte Rindfleisch, und das Eigelb der in Scheiben geschnittenen harten Eier fügte sich mit dem roten Paprika zur spanischen Nationalfahne, die von den Republikanern mit einer Scheibe violetter Aubergine korrigiert wurde. *Qué aproveche!*

Ein Paket wurde abgegeben, das die Haushälterin in Empfang nahm und auf Wunsch meines Großvaters auspackte. Absender: »Wolski & Co. Essen wie einst im Mai«. Auf den Küchentisch stapelten wir eine bunte Mischung aus alten Zeiten, Tempo-Erbsen, Büchsen mit weißen Bohnen und serbischem Rauchfleisch, Thüringer Rotwurst, Halberstädter Würstchen, Kuko-Reis, Spreewälder Gurken, Club-Cola, Imi-Starkreiniger ..., Moskauer Eis in einer Kühlverpackung made in Italy ... Zigaretten der Marke Karo ... Archie ließ es sich nicht nehmen, uns von der Küche aus zu informieren.

Vermutlich kamen an diesem Tag auch die Kollegen meines Großvaters, auch der eine und andere Verleger und Literaturkritiker – ihre Stimmen sagen mir nichts, so daß ich weder ihre Profession noch ihren Namen mitteilen kann. Wie stand denn der Gastgeber zu ihnen? Vorbei die Zeiten verschworener Gemeinschaften. In der neuen Zeit herrschten Mißtrauen und Neid; Mißtrauen kleidete sich in Schadenfreude, wenn der andere verdächtigt wurde und in den Malstrom der neuen Zeit geriet – es sei denn, er klagte sich selber an und beriefe sich auf sein aussetzendes Gedächtnis. Neid verwandelte sich in Huldigung – schreib mir doch eine Rezension zu meinem neuen Buch, mein Großvater ließ sich nicht lange bitten; umschmeichelt wurden die Verleger, damit sie das Risiko eingehen sollten, ein Buch auf den Markt zu bringen, das die Kritik vermutlich zerreißen und der Leser nicht kaufen würde. Von Musik und Malerei war die Rede, ohne daß ich im einzelnen erkennen kann, wer da mit meinem Großvater sprach – die Neunte Mahler, sagte eine, vom Alter belegte Stimme, das wäre die richtige Musik für Tag und Stunde!

Der Nachtisch, eine kubanische Guayabamarmelade mit einem cremigen Käse, wurde auf einem Teewagen arrangiert, auf dem die Mokkatassen aufgereiht waren, die Zigarren und der Cognac mit dem Namen eines spanischen Monarchen. Wer will Likörchen und Konfektchen? rief die Haushälterin.

Der Gastgeber sah auf die Uhr und schaltete den Fernseher ein. Die Sonnenfinsternis rollte über Zentraleuropa. Am längsten verweilte sie über Rumänien (2 Minuten, 23 Sekunden), ehe sie im Golf von Bengalen sich mit der Sonne versöhnte und gemeinsam mit ihr unterging. Falk hatte schon beim Essen die sozusagen wissenschaftlichen Aspekte des Ereignisses dargestellt und so die Gespräche unterbrochen, die Archie, Simone und eine mir unbekannte Stimme in Gang hielten. Auch Falk mischte sich ein, als er in Simone und Archie Gleichgesinnte zu erkennen glaubte, die den amerikanischen Plutokraten (Falk), den amerikanischen Kriegstreibern (Simone und Archie) die Schuld an der gegenwärtigen und künftigen Misere gaben. Melle hörte aufmerksam zu, er ahnte, welches Mißverständnis sich hier anbahnte. Denn Falk meinte mit den Plutokraten das Weltjudentum, seitdem er der neuen Rechten anhing und deren gewaltsame Aktionen, ihre Totschlägerbrigaden, als notwendige Reaktion auf die Provokationen der Linken verteidigte. Wie kam er dazu, sich diesem imbezilen Haufen anzuschließen? Doch auch Simone und Archie waren sich uneins: die Linke müsse im Spektrum der anderen Parteien mitreden und mitregieren, sagte Simone, und Archie hob entsetzt die Hände. Jede Form der Anpassung führe zu einer Verwässerung der marxistisch-leninistischen Erkenntnisse. Und dem Stalinismus Tür und Tor geöffnet, sagte Simone. Haben wir nicht erlebt, wie schnell die Linken von ihrem Klassenfeind ablassen und sich selber ans Messer liefern – Spanien: die Jagd auf

Trotzkisten und Abweichler, und Hitler konnte in Ruhe mit Franco die Republik kaputtmachen …

Zurück zur Weimarer Republik, sagte Melle und bat um ein weiteres Glas Rotwein, Rotfront im Kampf mit den deutschen Kameraden … und er ballte die Faust und reckte sie in Richtung unseres alten Freundes Falk. Be-bop ist da und wird bleiben, rief er ihm zu.

Die nahende Sonnenfinsternis beendete diese und andere Gespräche. Mein Großvater bat seine Gäste, ihm auf die Terrasse zu folgen und eine Schutzbrille mitzunehmen, man wisse nicht, ob das Amalgam aus Mond- und Sonnenlicht uns erblinden lassen würde, schlimmer noch, in einer Art innerem Weltuntergang könnte uns genommen werden, was wir einmal gewesen waren, zu sein glaubten, und nicht umsonst werde die Sonnenfinsternis als Vorbote des Weltuntergangs gedeutet, der im nächsten Jahr, mit dem Ende des Millenniums, eintreten werde. Die Gäste baten, den Teewagen auf die Veranda zu schieben und ein paar Flaschen mehr zu entkorken. Hilde die Wilde und Tante Hoppchen unterbrachen ihr Gespräch über den maniatischen Individualismus unserer Literatur, der doch nur auf eine Rechtfertigung ihrer Autoren hinausliefe. Am Ausgang dieses Jahrhunderts, sagte die Dramaturgin, erstarren wir alle zu einem Wachsfigurenkabinett. Man kann uns bewundern, aber wir schweigen. Wir können abtreten, wir haben versagt.

Das leise Surren des Fernsehapparats machte die plötzlich eingetretene Stille nur noch unheimlicher. Die Gespräche verstummten, und ein Auto, das in Eile vorbeifuhr, ließ an ein Gewitter denken, dem der Fahrer entkommen wollte. Wir schoben uns die Brillen auf die Nase, und das fahle Grün des Gartens, das fahle Sonnenlicht auf Blumen und Blättern wurde Grau. Eine Szene, die ich heute, würde ich einen Film drehen über jenen 11. August 1999, mit einer Musik aus Mozarts Don Giovanni verfremden würde, den Auftritt der maskierten Gäste zu Beginn der Champagnerarie – *viva la libertà!*

Mein Großvater sah sich nach mir um. Wo ist Pauline? Die Haushälterin, die in der Küche saß und sich bei einer Zigarette und einem Glas Wein erholte, wies nach draußen. Zu ihren Füßen zwei bettelnde Katzen, die mein Großvater boshafterweise Franzi und Jäckie nannte; grazil und rassig die eine, eine robuste Bauernkatze die andere.

Als ein bläuliches Licht sich an jenem Mittwoch gegen zwölf Uhr dreißig über uns ergoß, erstarrten wir in der gleichen Pose, die man bei einem Gruppenfoto annimmt. Anders David und ich, die wir auf der Wiese vor dem Haus umhersprangen, die übergroße Brille auf der Nase, und wir warfen uns einen Ball zu, den David »meine Sonne« nannte, wenn er ihn auffing, und den er mir mit den Worten »jetzt kommt dein Mond« zuwarf.

Die erstarrten Gäste schienen über unser Spiel nachzudenken, und mein Großvater, die Brille abnehmend und auf den nun wieder blauen Himmel zeigend, sagte: Alles eines Irrsinns Spiel.

ENDE

16. Juli 2009

Dank

Der Autor dankt dem Literaturfonds Darmstadt für die großzügig
gewährte Unterstützung seiner Arbeit.

Der Autor versichert, seine historischen wie zeitgenössischen Figuren vor allem im Sinne ihrer nicht gelebten Möglichkeiten beschrieben zu haben. Die dem Roman geschuldete Phantasie befreit sie aus
ihrer vertrauten Realität, ohne ihr tatsächliches Leben beschreiben
zu wollen oder in Frage zu stellen.

Fritz Rudolf Fries

Gestaltung Frank Eilenberger
Layout atelier eilenberger, Taucha
Gesamtherstellung Offizin Andersen Nexö Leipzig GmbH
Printed in Germany
ISBN 978-3-86730-115-2

Dieses und andere Bücher
finden Sie auch im Internt unter
www.faberundfaber.de